GDZIE JESTEŚ, BERNADETTE?

MARIA SEMPLE

GDZIE JESTEŚ, BERNADETTE?

Tłumaczył
Maciej Potulny

Media Rodzina

Tytuł oryginału WHERE'D YOU GO, BERNADETTE

Projekt logotypu Gorzka Czekolada
Dorota Wątkowska

Projekt graficzny polskiej wersji okładki
Andrzej Komendziński

ISBN 978-83-7278-944-0

Książkę wydrukowano na papierze Lux cream 70 g 1,6
dostarczonym przez PaperlinX Sp. z o.o.

Media Rodzina Sp. z o.o.
ul. Pasieka 24, 61-657 Poznań
tel. 61 827 08 60
www.mediarodzina.pl
mediarodzina@mediarodzina.pl

Skład i łamanie
perfekt

Druk
Abedik

Dla Poppy Meyer

Najbardziej mnie wkurza, kiedy pytam tatę, co według niego stało się z mamą, a on odpowiada:

– Przede wszystkim musisz pamiętać, że to nie twoja wina.

Sami widzicie, że zupełnie zmienia temat. Przyciśnięty do muru wypowiada kolejne irytujące słowa:

– To nie takie proste. Nigdy nie możesz być pewna, że w stu procentach znasz drugą osobę.

Dwa dni przed Bożym Narodzeniem mama, nie mówiąc mi ani słowa, jakby się rozpłynęła w powietrzu. No jasne, że to nie takie proste. Ale jeśli coś nie jest proste albo jeżeli nie znasz w stu procentach drugiej osoby, to nie znaczy, że nie powinieneś szukać rozwiązania tajemnicy.

W każdym razie ja na pewno będę szukać.

ROZDZIAŁ 1

MAMA KONTRA GZY

Poniedziałek, 15 listopada

Szkoła Galer Street jest miejscem, w którym empatia, ciało pedagogiczne oraz globalna konektywność patronują kreowaniu społeczeństwa obywatelskiego naszej zrównoważonej, multikulturowej planety.

Uczeń/uczennica: Bee Branch
Klasa: ósma
Wychowawca/wychowawczyni: Levy

KLUCZ DO OCEN
A arcymistrz wiedzy
M mistrz wiedzy
K kandydat na mistrza wiedzy

geometria	A
biologia	A
religie świata	A
muzyka	A
kreatywne pisanie	A
ceramika	A
język angielski	A
rytmika	A

UWAGI DOTYCZĄCE UCZNIA: Praca z Bee to prawdziwa przyjemność. Jej zapał do nauki jest zaraźliwy, podobnie jak życzliwość i poczucie humoru. Bee nie boi się stawiać pytań. Zawsze dąży do wszechstronnego zrozumienia tematu, a nie tylko do dobrych ocen. Inni uczniowie zwracają się do niej z prośbami o wytłumaczenie materiału, a ona zawsze chętnie, z uśmiechem każdemu pomaga. Bee wykazuje się niezwykłą koncentracją, kiedy pracuje indywidualnie, w grupie zaś jest spokojną, pewną siebie liderką. Na uwagę zasługuje jej talent do gry na flecie. Mamy za sobą dopiero jedną trzecią roku szkolnego, a ja już odczuwam smutek, myśląc o dniu, w którym Bee ukończy Galer Street i wystartuje w dorosłe życie. Wiem, że zamierza zdawać do kilku szkół z internatem na wschodzie kraju. Zazdroszczę nauczycielom, którzy po raz pierwszy się z nią spotkają i odkryją, jaka z niej cudowna młoda kobieta.

▪ ▪ ▪

Tego dnia siedziałam z rodzicami przy kolacji i cierpliwie znosiłam ich ochy, achy, „patrzcie-jaka-mądra" i „jesteśmy-z-ciebie-dumni", czekając, aż ochłoną i pozwolą mi dojść do słowa.

– Wiecie, co to znaczy, prawda? – zapytałam w końcu. – Czas na moją wielką nagrodę.

Mama i tata popatrzyli na siebie pytająco.

– Nie pamiętacie? Kiedy zdałam do Galer Street, obiecaliście, że jeśli będę przynosić najlepsze oceny, to po ukończeniu szkoły mogę sobie zażyczyć, czego dusza zapragnie.

– Pamiętam – potaknęła mama. – Ta obietnica miała uciąć nasze dyskusje o kucyku.

– Kucyka chciałam, kiedy byłam mała – odparłam. – Teraz marzę o czymś innym. Powiedzieć wam, o czym?

– Nie jestem pewien – westchnął tata. – Na pewno chcemy wiedzieć?

– O rodzinnej wyprawie na Antarktydę! – Sięgnęłam po broszurę informacyjną, na której cały czas siedziałam. Był to folder biura podróży organizującego rejsy do różnych egzotycznych miejsc. Otworzyłam go na stronie dotyczącej Antarktydy i położyłam na stole. – Jeśli się zdecydujemy, to musimy wypłynąć przed Bożym Narodzeniem.

– Przed tym Bożym Narodzeniem? – zdziwiła się mama. – Za miesiąc?

Wstała od stołu i zaczęła zbierać do firmowych reklamówek puste pojemniki po daniach na wynos. Tata już studiował broszurę.

– Teraz panuje antarktyczne lato – oświadczył. – To jedyny okres, kiedy można tam jechać.

– No... wiesz, kucyki są całkiem fajne. – Mama związała w supeł ucha foliowych reklamówek.

– Co o tym sądzisz? – Tata popatrzył na mamę.

– Zdaje się, że masz dosyć napięte terminy w pracy... – powiedziała mama.

– Właśnie uczymy się o Antarktydzie – wtrąciłam. – Przeczytałam wszystkie relacje podróżników, a teraz piszę esej o Shackletonie. – Zaczęłam się wiercić na krześle. – Nie do wiary. Właściwie żadne z was nie powiedziało: „Nie".

– Czekałem na twoją opinię – tata zwrócił się do mamy. – Wiem, jak bardzo nie lubisz podróży.

– A ja czekałam na twoją – odparła mama. – Przecież masz pilną pracę.

– O Boże! A więc się zgadzacie! – Zeskoczyłam z krzesła. – Zgadzacie się!

Zaraziłam radością Lodzię, która zbudziła się i zaczęła triumfalnie biegać dokoła stołu, szczekając wniebogłosy.

– Zgadzamy się? – zapytał tato przy wtórze zgniatanych w koszu na śmieci plastikowych pojemników.

– No tak – odpowiedziała mama.

■ ■ ■

Wtorek, 16 listopada

Od: Bernadette Fox
Do: Manjula Kapoor

Manjula,

wypadło mi coś niespodziewanego, więc byłoby cudownie, gdybyś mogła popracować trochę dłużej. Jeśli o mnie chodzi, to Twój okres próbny wiele razy okazał się zbawieniem. Mam nadzieję, że Ty też jesteś zadowolona. Jeśli tak, to proszę, odpisz jak najszybciej, bo chciałabym, żebyś zrobiła użytek ze swojej hinduskiej magii w pracy nad pewnym bardzo dużym zleceniem.

OK, czas zerwać kurtynę tajemnicy.

Jak wiesz, mam córkę Bee (dla której zamawiasz lekarstwa i o którą tak dzielnie walczysz z firmą ubezpieczeniową). Okazuje się, że kiedyś razem z mężem obiecaliśmy, że spełnimy dowolne jej marzenie, jeżeli ukończy szkołę z najlepszymi ocenami. Rzeczywiście, Bee przyniosła same piątki – a raczej tytuły arcymistrza wiedzy, bo Galer Street jest jedną z tych nowoczesnych, liberalnych szkół, w których panuje przekonanie, że oceny źle wpływają na uczniów (mam nadzieję, że ta moda ominęła Indie) – i wiesz, czego sobie zażyczyła? Żebyśmy całą rodziną popłynęli na Antarktydę!

Z miliona różnych powodów wolałabym zrezygnować z tej wyprawy, główny jednak jest taki, że trzeba będzie ruszyć się z domu. Zapewne zdążyłaś się już zorientować, że nie przepadam za podróżami. Nie mogę jednak odmówić Bee. To dobre dziecko. Ma silniejszy charakter niż Elgie, ja i jeszcze dziesięć innych osób razem wziętych. Ponadto jesienią zdaje do szkoły z internatem, do której oczywiście się dostanie dzięki swoim ocenom. Ech, to znaczy tytułom! Dlatego nie wypada odmówić jej tej przyjemności.

Na Antarktydę można się dostać jedynie statkiem. Najmniejszy z nich zabiera na pokład stu pięćdziesięciu pasażerów, co oznacza, że zostanę uwięziona ze stu czterdziestu dziewięcioma innymi osobami, które będą doprowadzać mnie do szału swoim grubiaństwem, bałaganiarstwem, idiotycznymi pytaniami, nieustannym trajkotaniem, osobliwymi wymaganiami kulinarnymi, nudnymi anegdotami itp. Na domiar złego, mogą się do mnie przyczepić i oczekiwać, że będę dla nich miła. Już na samą myśl o tym rejsie dostaję ataku paniki. No cóż, odrobina fobii społecznej jeszcze nikomu nie zaszkodziła, prawda?

Chciałabym Cię prosić, żebyś zajęła się formalnościami, wizami, biletami lotniczymi i wszystkimi rzeczami niezbędnymi podczas ekspedycji trzech osób z Seattle na biały kontynent. Prześlę Ci wszystkie informacje. Znajdziesz na to trochę czasu?

Proszę, powiedz, że tak.

Bernadette

Aha! Znasz numer karty kredytowej, którą zapłacisz za samolot, podróż, ubrania i ekwipunek. Jeśli jednak chodzi o honorarium, to wolałabym, żebyś je pobrała bezpośrednio z mojego osobistego konta. Kiedy Elgie przeczytał zestawienie transakcji za ubiegły miesiąc i zobaczył wynagrodzenie za Twoją pracę, to – chociaż kwota była niewielka – nie był szczególnie zachwycony, że wynajęłam wirtualną asystentkę z Indii. Obiecałam mu, że zrezygnuję z Twoich usług. Dlatego obiecaj mi, Manjulo, że nasz mały romans pozostanie tajemnicą.

▪ ▪ ▪

Od: Manjula Kapoor
Do: Bernadette Fox

Droga Pani Fox,

z przyjemnością pomogę Pani w przygotowaniach do rodzinnej wyprawy na Antarktydę. Załączam umowę dotyczącą dalszej współpracy w pełnym wymiarze godzin. We wskazanych rubrykach proszę uzupełnić numer identyfikacyjny Pani banku. Mam nadzieję, że nasza współpraca będzie długa i owocna.

Pozdrawiam serdecznie,

Manjula

▪ ▪ ▪

Wystawca rachunku: Delhi Virtual Assistants International

Nr faktury: BFB39382
Pracownik: Manjula Kapoor

40 godzin tygodniowo, stawka 0,75 USD/godz.

SUMA: 30,00 USD

Płatne w całości po otrzymaniu rachunku.

Środa, 17 listopada

▪ ▪ ▪

List od Olliego Ordwaya (Ollie-O)

KORESPONDENCJA POUFNA:
DO RADY RODZICÓW SZKOŁY GALER STREET

Drodzy Rodzice,

cudownie było się z Wami spotkać w ubiegłym tygodniu. Niezmiernie się cieszę, że zostałem obdarzony misją konsultanta niezwykłej szkoły, jaką jest Galer Street. Pani dyrektor Goodyear uprzedziła mnie, że wybieram się na spotkanie ze szczególnie prężną Radą Rodziców, i jej zapowiedź w stu procentach się spełniła.

Weźmy od razu **byka za rogi** – za trzy lata skończy się Państwu okres dzierżawy aktualnej lokalizacji. Naszym celem jest **organizacja kampanii zbierania funduszy** na zakup większego, odpowiedniejszego kampusu. Tych z Państwa, którzy nie mogli uczestniczyć w spotkaniu, proszę o zapoznanie się z podanym poniżej **meritum**.

Przeprowadziłem na własną rękę ankietę z udziałem 25 rodziców z okręgu Seattle, których dochód przekraczał dwieście tysięcy dolarów i których dzieci zaczęły edukację przedszkolną. **Konkluzją tego badania** był fakt, że Galer Street jest **szkołą drugiego wyboru** – alternatywą dla tych, którzy nie dostali się do preferowanych przez siebie placówek.

Naszym celem jest **przesunięcie języczka u wagi** na Galer Street, a tym samym dokooptowanie jej do grona **szkół pierwszego wyboru (SPW)** wśród elity Seattle. Jak tego dokonać? Jaka jest **sekretna receptura**?

W Państwa misji można przeczytać, że Galer Street opiera się na globalnej „konektywności". (Trzeba przyznać, że potrafią Państwo **przełamywać nie tylko stereotypy**, ale i **konwencje językowe**!) Media **piały peany** na temat krów, które Państwo zakupili dla Gwatemalczyków, i kuchenek zasilanych promieniowaniem słonecznym dla wiosek w Afryce. Oczywiście zbieranie **drobnych kwot** na rzecz ludzi, których nigdy w życiu Państwo nie widzieli, jest godne pochwały, ale czas pomyśleć o zgromadzeniu **dużych funduszy** dla dobra prywatnej szkoły, do której uczęszczają Państwa dzieci. W tym celu należy przestawić się z mentalności **rodzica-subaru** na sposób myślenia **rodzica-mercedesa**. Jak zatem myślą rodzice-mercedesy? Moje badania zaowocowały następującymi wnioskami:

1. Wybór szkoły prywatnej jest podyktowany zarówno **obawą**, jak i **ambicją**. Rodzice-mercedesy boją się, że ich dzieci nie otrzymają „najlepszej dostępnej edukacji", co ma niewiele wspólnego z samą nauką, a skupia się przede wszystkim na liczbie innych rodziców-mercedesów w danej szkole.

2. Wybierając przedszkole, rodzice-mercedesy już **myślą o nagrodzie**. Tą nagrodą jest szkoła **Lakeside**, *alma mater* Billa Gatesa, Paula Allena itp. Lakeside cieszy się opinią najlepszej trampoliny do szkół z Ivy League. Postawmy więc sprawę jasno – pierwszym przystankiem tego **szalonego pociągu** jest **dworzec przesiadkowy „Przedszkole"**, a wszyscy pasażerowie robią, co w ich mocy, żeby wytrwać na swoich miejscach aż do **stacji końcowej „Harvard"**.

Pani dyrektor Goodyear zaprosiła mnie na obchód Państwa kampusu w tutejszym parku przemysłowym. Zdaje się, że rodzicom-subaru nie przeszkadza fakt, że posyłają dzieci do szkoły sąsiadującej z **hurtownią owoców morza**. Proszę mi wierzyć, że rodzice-mercedesy nigdy by się na to nie zgodzili.

Wszystko zatem sprowadza się do kumulacji środków na budowę nowego kampusu. Najlepszy sposób realizacji tego zamierzenia to ściągnięcie do grupy przedszkolnej jak największej liczby **rodziców-mercedesów**.

Przygotujcie czekany i raki, bo czeka nas trudna, mozolna wspinaczka. Proszę się jednak nie bać – będę Państwa **piorunochronem**. Na podstawie zaplanowanego przez Państwa budżetu opracowałem **dwustopniowy plan działania**.

Pierwszym **etapem naszej ofensywy** jest **przeprojektowanie** logotypu Galer Street. Nie twierdzę, że grafika wektorowa przedstawiająca odciski dłoni jest zła, ale spróbujmy znaleźć wizerunek, który lepiej manifestuje **sukces**. Może podzielony na cztery części herb przedstawiający Space Needle*, kalkulator, jezioro (żeby nawiązać do nazwy Lake-

* Space Needle – wieża obserwacyjna w Seattle, która stanowi symbol tego miasta. (Przypisy pochodzą od tłumacza).

side) i coś jeszcze – na przykład piłkę? Oczywiście to tylko luźne propozycje, a nie ostateczna wersja.

Następnym **etapem ofensywy** musi być **Drugie Śniadanie Rodziców z Aspiracjami**, które zorganizujemy z myślą o elicie Seattle – lubię ją nazywać **rodzicami-mercedesami**. Pani Audrey Griffin, jedna z matek uczniów z Galer Street, uprzejmie zgodziła się udostępnić w tym celu swój piękny dom. (Dzięki czemu unikniemy nieprzyjemnej bliskości hurtowni ryb).

Proszę Państwa o pobranie załącznika z listą mieszkających w Seattle **rodziców-mercedesów**. Jest dla nas niezwykle ważne, żeby przejrzeli Państwo tę listę i zadeklarowali, które z wymienionych osób są Państwo w stanie osobiście nakłonić do udziału w Drugim Śniadaniu. Musimy skompletować **grupę bazową. Będzie kołem zamachowym**, które napędzi kolejnych **rodziców-mercedesy**. Kiedy zobaczą u nas ludzi podobnych sobie, porzucą obawy, że Galer Street jest szkołą drugiego wyboru, a na nasze biurka zaczną spływać podania o przyjęcie pożądanych przez nas uczniów.

Tymczasem ja na swoim ranczu zajmę się zredagowaniem zaproszenia. Proszę Państwa o jak najszybsze dostarczenie tych nazwisk. Musimy zorganizować Drugie Śniadanie w domu państwa Griffinów przed świętami Bożego Narodzenia. Wyznaczyłem docelową datę na sobotę jedenastego grudnia. Nasza mała impreza ma wszelkie predyspozycje, by stać się **najekskluzywniejszym wydarzeniem w mieście**.

Kłaniam się Państwu,
Ollie-O

▪ ▪ ▪

Liścik Audrey Griffin do specjalisty likwidacji jeżyn

Tom,

wczoraj poszłam do ogrodu, żeby przyciąć byliny i zasadzić kolorowe zimowe kwiaty z okazji szkolnego Drugiego Śniadania, które organizujemy w naszym domu 11 grudnia. Kiedy chciałam przerzucić kompost, zaatakowały mnie kolce jeżyn.

Jestem zdruzgotana tym, że znowu się pojawiły – nie tylko w kompoście, ale też na grządkach warzywnych, w szklarni, a nawet w skrzyni na dżdżownice. Chyba sobie wyobrażasz moją frustrację, zwłaszcza że trzy tygodnie temu zapłaciłam Ci fortunę za ich usunięcie. (Może dla Ciebie 235 dolarów to nie jest dużo, ale dla nas to pokaźna kwota.)

Na swojej ulotce piszesz, że gwarantujesz efekt. No więc proszę, żebyś wrócił i do 11 grudnia usunął wszystkie jeżyny. Tym razem już na dobre.

Niech Bóg Cię ma w opiece. Możesz sobie wziąć trochę botwiny,

Audrey

▪ ▪ ▪

Liścik od Toma, specjalisty likwidacji jeżyn

Audrey,

usunąłem jeżyny z Twojej posesji. Źródłem problemów, o których mówisz, jest dom sąsiadów na szczycie wzgórza. To ich jeżyny wpełzają pod płotem do Twojego ogrodu.

Aby temu zapobiec, moglibyśmy wykopać rów wzdłuż Twojej posesji i zalać go betonem, ale musiałby być głęboki na co najmniej pięć stóp, a to się wiąże z kosztami. Możesz też walczyć z nimi za pomocą środków chwastobójczych, ale ze względu na dżdżownice i warzywa nie sądzę, żeby ten pomysł Cię zachwycił.

Szczerze mówiąc, to Twoi sąsiedzi powinni trochę posprzątać. Nigdy nie widziałem w Seattle takiego gąszczu dzikich jeżyn, a już na pewno nie na Queen Anne Hill, wśród Waszych drogich domów. Tylko raz na wyspie Vashon trafiłem na budynek, którego fundamenty były kompletnie zniszczone przez pnącza jeżyn.

Krzaki sąsiada rosną na stromym zboczu, więc będzie potrzebne specjalne urządzenie. Najlepszy byłby CXJ Hillside Side-Arm Thrasher, którego niestety nie mam.

Innym sposobem, i to według mnie jeszcze lepszym, są świnie. Wystarczy wypożyczyć dwie, a po tygodniu masz z głowy jeżyny i parę innych problemów. Poza tym są całkiem fajne.

Chcesz, żebym pogadał z sąsiadami? Mogę do nich zapukać, chociaż zdaje się, że nikt tam nie mieszka.

Daj mi znać,

Tom

▪ ▪ ▪

Od: Soo-Lin Lee-Segal
Do: Audrey Griffin

Audrey,

już Ci mówiłam, że zaczęłam dojeżdżać do pracy autobusem, prawda? Zgadnij, z kim jechałam dzisiaj rano. Z mężem Bernadette, Elginem Branchem. (Chyba nikogo nie dziwi, że ja muszę korzystać z Microsoft Connector, ale co tam robił Elgin Branch?) W pierwszej chwili nie byłam pewna, czy to on – co świadczy o tym, jak często widzimy go w szkole.

Ale posłuchaj najlepszego. W autobusie było tylko jedno wolne miejsce – obok Elgina Brancha, przy oknie.

– Przepraszam – powiedziałam.

Branch wściekle stukał w klawiaturę laptopa. Nawet nie uniósł głowy, tylko odchylił kolana, żeby zrobić dla mnie przejście. Rozumiem, że jest członkiem kadry kierowniczej najwyższego szczebla, a ja jedynie pracownicą administracji, ale niemal każdy prawdziwy dżentelmen wstałby i przepuścił kobietę. Przecisnęłam się koło niego i usiadłam.

– Chyba w końcu wyjdzie słońce – zagadnęłam.

– Przydałoby się.

– Już nie mogę się doczekać Święta Ziemi.

Wyglądał na nieco spłoszonego, jakby nie miał pojęcia, z kim rozmawia.

– Jestem mamą Lincolna. Z Galer Street.

– Och, oczywiście! – powiedział. – Naprawdę chciałbym porozmawiać, ale muszę wysłać pilną wiadomość.

Nasunął na uszy słuchawki, które nosił na szyi, i pochylił się nad laptopem. Wyobrażasz to sobie?! Te słuchawki nawet nie były wpięte do żadnego urządzenia! Po prostu używał ich, żeby się odciąć od świata! Przez całą drogę do Redmond nie odezwał się do mnie już ani słowem.

Widzisz, Audrey? Od pięciu lat wiemy, że Bernadette jest odpychającym babsztylem, ale okazuje się, że jej mąż jest równie gburowaty i aspołeczny! To spotkanie tak bardzo wyprowadziło mnie z równowagi, że w pracy od razu wpisałam w wyszukiwarkę Google: Bernadette Fox. (Nie do wiary, że do tej pory tego nie zrobiłam! Przecież od dawna mamy na jej punkcie niezdrową obsesję!) Każdy wie, że Elgin Branch jest szefem zespołu pracującego nad projektem Samantha 2 w Microsofcie. Jednak kiedy próbowałam wygooglać nazwisko jego żony, nie znalazłam żadnych wyników. Jedyna znana Bernadette Fox to jakaś architekt z Kalifornii. Próbowałam różnych kombinacji: Bernadette Branch, Bernadette Fox Branch, ale nasza Bernadette, matka Bee, nie istnieje w rzeczywistości wirtualnej. W dzisiejszych czasach to niezły wyczyn.

A tak z innej beczki, nie sądzisz, że Ollie-O jest cudowny? Zdruzgotała mnie wiadomość, że w ubiegłym roku Microsoft obciął mu dziesięć procent honorarium. Jednak gdyby tak się nie stało, to nie moglibyśmy go wynająć do zmiany wizerunku naszej kochanej szkoły.

Tutaj w Microsofcie też szykują się zmiany. SteveB zaprosił ludzi z ratusza na poniedziałek po Święcie Dziękczynienia. W firmie huczy od plotek. Mój *project manager* właśnie kazał mi zarezerwować pokój konferencyjny na parę godzin i mam twardy orzech do zgryzienia. To może oznaczać tylko jedno – kolejną serię zwolnień. („Udanych wakacji!") Naszemu liderowi zespołu ktoś szepnął w tajemnicy, że projekt, nad którym pracowaliśmy, zostanie odrzucony, więc znalazł w swojej skrzynce e-mail z najdłuższą listą adresatów, napisał wiadomość: „Microsoft jest dinozaurem, którego akcje spadają do zera", a potem rozesłał ją do wszystkich na liście. To się nie mogło dobrze skończyć. Teraz się boję, że kara dosięgnie wszystkich członków zespołu, a ja będę miała poważny kłopot, żeby się z tego wykręcić. O ile w ogóle uda mi się wykręcić! Może zarezerwowałam salę konferencyjną tylko po to, żeby w niej usłyszeć o swoim zwolnieniu?

Och, Audrey, proszę, pamiętaj o mnie, Alexandrze i Lincolnie w swoich modlitwach. Nie wiem, co zrobię, jeśli mnie wyleją. Takich świadczeń jak tutaj trzeba by ze świecą szukać. Jeśli po świętach wciąż będę miała pracę, to chętnie pokryję część kosztów związanych z Drugim Śniadaniem Rodziców z Aspiracjami.

Soo-Lin

Czwartek 18 listopada

■ ■ ■

Liścik Audrey Griffin dla specjalisty likwidacji jeżyn

Tom,

piszesz, że chyba nikt nie mieszka w tym dużym nawiedzonym domu sąsiadów, sądząc po opłakanym stanie otaczającego go ogrodu. To nieprawda. Ich córka Bee chodzi z Kyle'em do jednej klasy w Galer Street. Z przyjemnością poruszę temat jeżyn z jej matką, kiedy odbierzemy dzieci ze szkoły. Świnie? Dziękuję, żadnych świń. Ale propozycja dotycząca botwiny jest wciąż aktualna.

Audrey

■ ■ ■

Od: Bernadette Fox
Do: Manjula Kapoor

Jestem wniebowzięta, że się zgadzasz!!! Podpisałam i zeskanowałam wszystko, co trzeba. Jeśli chodzi o ten wyjazd na Antarktydę, będzie to trzyosobowa wyprawa, więc zarezerwuj nam dwie kajuty. Elgie ma mnóstwo darmowych przelotów dzięki promocji karty American Express – spróbujmy je wykorzystać przy zakupie biletów. Nasza przerwa świąteczna trwa od 23 grudnia do 5 stycznia. Jeśli trzeba będzie opuścić parę dni szkoły, to nic strasznego. No i wypadałoby coś zrobić z psem! Musimy znaleźć jakiś lokal, którego właściciele zgodzą się przechować stutrzydziestofuntowego, wiecznie mokrego czworonoga. Ojej, znowu się spóźnię, żeby odebrać Bee ze szkoły. Jeszcze raz WIELKIE DZIĘKI.

Piątek, 19 listopada

▪ ▪ ▪

Cotygodniowy informator rozsyłany przez panią Goodyear do domów uczniów

Drodzy Rodzice,

wielu z Was słyszało o zdarzeniu, do którego doszło wczoraj podczas odbioru dzieci ze szkoły. Na szczęście nikomu nie stała się krzywda. To jednak skłania nas do ponownego zastanowienia się nad regulaminem szkoły, zamieszczonym w kodeksie Galer Street. (Pozwoliłam sobie zaznaczyć kursywą najistotniejszy fragment.)

Punkt 2A, paragraf II. Są dwa sposoby odbioru uczniów.

Samochodem: podjeżdżamy przed wejście do szkoły. Uprasza się o nieblokowanie rampy towarowej firmy Sound Seafood International.

Pieszo: zostawiamy pojazd na północnym parkingu i odbieramy dzieci na ścieżce przy kanale. *W duchu bezpieczeństwa i efektywności uprasza się, żeby rodzice poruszający się pieszo nie zbliżali się do podjazdu.*

Serce rośnie na myśl, że tworzymy wspaniałą społeczność rodziców, którzy z takim zaangażowaniem szukają rozwiązania problemów. Niemniej, naszym priorytetem zawsze jest bezpieczeństwo uczniów. Niech więc to, co zdarzyło się Audrey Griffin, będzie dla nas rodzajem lekcji i przypomnieniem, że rozmowy należy prowadzić przy kawie, a nie na podjeździe.

Z poważaniem,
Gwen Goodyear
dyrektor szkoły

▪ ▪ ▪

Rachunek z izby przyjęć, który Audrey Griffin kazała mi przekazać mamie

Nazwisko pacjenta: Audrey Griffin
Lekarz dyżurny: C. Cassella

Opłata za przyjęcie na izbę	900,00
Rentgen (na żądanie, nie objęte ubezpieczeniem)	425,83
Rx: Vicodin 10 mg (15 tabletek, pierwsze wyd.)	95,70
Wypożyczenie kul ortopedycznych (na żądanie, nie objęte ubezpieczeniem)	173,00
Kaucja za kule ortopedyczne	75,00
Razem	1669,53

Uwagi: Oględziny i podstawowe badanie neurologiczne nie wykazały uszkodzeń ciała. Pacjentka w stanie silnego wzburzenia emocjonalnego zażądała prześwietlenia rentgenowskiego, vicodinu i kul.

▪ ▪ ▪

Od: Soo-Lin Lee-Segal
Do: Audrey Griffin

Słyszałam, że Bernadette próbowała Cię rozjechać swoim pickupem! Jak się czujesz? Mam wpaść do Ciebie z obiadem? CO DOKŁADNIE SIĘ STAŁO?

▪ ▪ ▪

Od: Audrey Griffin
Do: Soo-Lin Lee-Segal

Wszystko, co słyszałaś, to najświętsza prawda. Chciałam porozmawiać z Bernadette o jej krzakach jeżyn, które rozpleniły się pod moim płotem i wdzierają się do ogrodu. Byłam zmuszona wynająć specjalistę, który stwierdził, że wkrótce jeżyny Bernadette rozsadzą fundamenty mojego domu.

Oczywiście zamierzałam kulturalnie zamienić z nią parę słów, więc podeszłam do jej samochodu, kiedy czekała w kolejce na odbiór Bee. *Mea culpa*! Ale czy ktoś zna inny sposób, żeby się zbliżyć do tej kobiety? Jest jak Franklin Delano Roosevelt. Ludzie widzą ją jedynie od pasa w górę przez okno samochodu. Nie widziałam, żeby choć raz wysiadła i odprowadziła Bee pod drzwi szkoły.

Próbowałam nawiązać z nią jakiś kontakt, ale miała zamknięte okna i udawała, że mnie nie widzi. Zgrywa pierwszą damę Francji w tym swoim jedwabnym szalu i wielkich okularach przeciwsłonecznych. Zapukałam w przednią szybę, ale uruchomiła silnik i ruszyła naprzód.

Przejechała po mojej stopie! Pojechałam na izbę przyjęć, gdzie zbadał mnie niekompetentny lekarz, który upierał się, że nic mi nie jest.

Naprawdę nie wiem, na kogo jestem bardziej wściekła – na Bernadette Fox czy na Gwen Goodyear za to, że mnie obsmarowała w piątkowym informatorze. Przedstawiła fakty tak, jakbym to ja zawiniła! I to właśnie mnie, a nie Bernadette wymieniła z nazwiska! Powołałam dla niej szkolny zespół doradczy. Zorganizowałam akcję „Pączki dla taty". Napisałam misję Galer Street, za którą profesjonalna firma z Portland chciała zażądać od nas dziesięciu tysięcy dolarów.

Może dyrektorka Galer Street nie ma nic przeciwko temu, żeby dalej wynajmować lokal w parku przemysłowym? Może jej nie zależy na stabilizacji, którą zapewni własny kampus? Może Gwen Goodyear woli, żebym odwołała Drugie Śniadanie Rodziców z Aspiracjami? Wezwała mnie na rozmowę. Wcale mi się to nie podoba.

Dzwoni telefon. To na pewno ona.

Poniedziałek, 22 listopada

▪ ▪ ▪

Informacja od pani Goodyear rozesłana do domów w poniedziałek

Drodzy Rodzice,

w nawiązaniu do poprzedniego maila informuję, że za kierownicą samochodu, który przejechał po stopie jednego z rodziców, siedziała Bernadette Fox, mama Bee Branch. Mam nadzieję, że mimo deszczu udał się Państwu weekend.

Z poważaniem,
Gwen Goodyear
dyrektor szkoły

▪ ▪ ▪

Gdyby ktoś się pofatygował, żeby mnie zapytać, mogłabym mu powiedzieć, o co naprawdę chodziło w tym wypadku. Chwilę trwało, zanim się wgramoliłam do samochodu, bo mama zawsze przyjeżdża z Lodzią, która uwielbia podróżować na przednim siedzeniu, a kiedy już raz zajmie fotel, to nie chce z niego zejść. Tym razem Lodzia wykonała swój stały numer, który robi zawsze, kiedy się uprze – kompletnie zesztywniała i patrzyła nieruchomo przed siebie.

– Mamo! – powiedziałam. – Nie powinnaś jej pozwalać, żeby siadała z przodu...

– Sama wskoczyła.

Mama pociągnęła Lodzię za obrożę, a ja zaparłam się o zad i w końcu, stękając i sapiąc, zdołałyśmy przepchnąć ją do tyłu. Nie usiadła jednak jak każdy normalny pies, tylko stała na podłodze wciśnięta między kanapę a oparcie przedniego siedzenia i patrzyła z wyrzutem, jakby chciała powiedzieć: „Widzicie, jak muszę przez was cierpieć?".

– Och, przestań już dramatyzować – powiedziała do niej mama.

Zapięłam pasy. Nagle Audrey Griffin ruszyła biegiem w kierunku samochodu. Truchtała sztywnym, nierównym krokiem. Było widać, że co najmniej od dziesięciu lat nie zdobyła się na taki wysiłek.

– O losie! – westchnęła mama. – O co znowu chodzi?

Audrey Griffin miała dziki wzrok i jak zwykle szeroki uśmiech. Wymachiwała jakimś papierem. Siwiejące kosmyki wysypały się jej z końskiego ogona, na nogach miała drewniaki, a spod kamizelki wystawały grube zaszewki na dżinsach. Trudno było oderwać od niej wzrok.

Señora Flores, która kierowała ruchem, dała nam sygnał, że mamy jechać dalej, bo w kolejce czekało dużo samochodów, a facet z Sound Seafood nagrywał kamerą korek, który już zaczął się tworzyć. Tymczasem Audrey skinęła na nas, żebyśmy się zatrzymały.

Mama miała na nosie okulary z ciemnymi szkłami, które nosi nawet wtedy, gdy pada deszcz.

– Niech ten giez myśli, że go nie widzę – mruknęła.

Odjechałyśmy i na tym się skończyło. Wiem, że na pewno nikomu nie zmiażdżyłyśmy stopy. Uwielbiam samochód mamy, ale jazda nim zawsze przypomina mi bajkę o księżniczce na ziarnku grochu. Gdyby mama wjechała na coś tak dużego jak ludzka stopa, od razu wystrzeliłyby poduszki powietrzne.

▪ ▪ ▪

Wtorek, 23 listopada

Od: Bernadette Fox
Do: Manjula Kapoor

W załączniku wysyłam Ci zeskanowany rachunek z izby przyjęć, który chyba powinnam zapłacić. Pewna baba z Galer Street wmawia światu, że przejechałam samochodem po jej stopie, odbierając Bee ze szkoły. Mogłabym ją wyśmiać, ale nudzi mnie ta sprawa. Właśnie dlatego wciąż powtarzam, że mamuśki z tej szkoły są natrętnymi gzami. Denerwują cię, ale nie na tyle, żeby tracić z ich powodu cenną energię. Przez ostatnie dziewięć lat chwytały się różnych sposobów, żeby mnie sprowokować – mogłabym Ci długo o tym opowiadać! Jednak teraz, kiedy Bee kończy szkołę, a ja już widzę linię mety, nie warto rozpętywać wojny z gzami. Zechciałabyś przejrzeć nasze polisy ubezpieczeniowe, żeby sprawdzić, czy któraś z nich nie pokrywa takich wypadków?
A właściwie, po prostu zapłaćmy ten rachunek. Elgie nie chciałby, żeby nasze składki wzrosły przez taką drobnostkę. Nigdy nie rozumiał mojej niechęci do mamusiek-gzów.

W sprawie podróży na Antarktydę wszystko układa się doskonale! Zarezerwuj dla nas dwie kajuty drugiej kategorii z szerokimi kojami. Zeskanowałam nasze paszporty, żebyś miała daty urodzenia, dokładną pisownię nazwisk i wszystko, co potrzeba. Na wszelki wypadek dorzucam też skany naszych praw jazdy i numery ubezpieczeń. Na pewno zauważysz, że w paszporcie Bee widnieje jej prawdziwe imię i nazwisko – Balakrishna Branch. (Powiedzmy, że kiedy się urodziła, byłam pod wpływem silnego stresu. Zresztą wtedy wydawało się, że to dobry pomysł.) Zdaję sobie sprawę, że na bilecie lotniczym musi być imię Balakrishna, ale jeśli chodzi o statek, to proszę, porusz niebo i ziemię, żeby wszędzie – na bagażu, na liście pasażerów itp. – pojawiło się imię Bee.

Widzę, że przygotowałaś listę rzeczy na wyjazd. Kup nam po trzy sztuki wszystkiego. Ja noszę rozmiar M, a Elgie XL, ale nie z powodu tuszy, tylko dlatego, że ma aż sześć stóp i trzy cale wzrostu, bez grama tłuszczu, dzięki Bogu. Bee jest drobna jak na swój wiek, więc możesz dla niej kupić cokolwiek, co będzie pasować na dziesięcioletnią dziewczynkę. Jeśli masz wątpliwości dotyczące rozmiarów czy stylu, to przyślij nam kilka tych rzeczy do przymiarki, o ile ewentualny zwrot nie będzie wymagał więcej zachodu niż przekazanie paczki kurierowi z UPS. Kup też, proszę, wszystkie zaproponowane przez Ciebie książki, które Elgie i Bee na pewno przeczytają od deski do deski, a ja jedynie będę miała zamiar przeczytać.

Chciałabym też kamizelkę wędkarską – taką z odpinanymi kieszeniami. Kiedyś, gdy jeszcze lubiłam wyjeżdżać z domu, siedziałam w samolocie koło pewnego ekologa, który przez całe życie podróżował wzdłuż i wszerz po świecie. Miał na sobie kamizelkę wędkarską, w której trzymał paszport, pieniądze, okulary i filmy do aparatu – naprawdę filmy, to było aż tak dawno. Najlepsze jest to, że w takiej kamizelce wszystko masz w jednym miejscu, pod ręką, bezpiecznie przypięte, a w razie potrzeby zawsze możesz odczepić całą kieszeń i rzucić ją na taśmę przy odprawie paszportowej. Wciąż sobie obiecywałam, że na następną podróż kupię właśnie taką kamizelkę. No i nadszedł ten moment. Najlepiej kup mi od razu dwie.

Wyślij wszystkie rzeczy do domiszcza. Jesteś nieoceniona!

■ ■ ■

Od: Manjula Kapoor
Do: Bernadette Fox

Droga Pani Fox,
otrzymałam Pani instrukcje dotyczące listy zakupów. Postąpię zgodnie z zaleceniami. Co to jest „domiszcze"? Nie mogłam znaleźć tego adresu w żadnym z dokumentów.
Pozdrawiam serdecznie,
Manjula

■ ■ ■

Od: Bernadette Fox
Do: Manjula Kapoor

Wiesz, jak to jest, kiedy idziesz do Ikei i nie możesz się nadziwić, jakie wszystko jest tanie, więc nawet jeżeli nie potrzebujesz stu świeczek, to myślisz: „O Boże, tylko dziewięćdziesiąt dziewięć centów za całą paczkę!". Albo: „Wiem, że te poduchy są wypełnione polimerowymi kulkami albo innym toksycznym świństwem, ale są takie kolorowe i w promocji kosztują pięć dolarów za trzy sztuki", więc nim się obejrzysz, wyskoczysz z pięciuset dolców nie dlatego, że potrzebujesz tych badziewi, tylko dlatego, że są tak diabelnie tanie.

Nie znasz tego uczucia. Ale gdybyś znała, to wiedziałabyś, czym był dla mnie rynek nieruchomości w Seattle.

Przeprowadziłam się tutaj przede wszystkim pod wpływem chwilowego kaprysu. Przedtem mieszkaliśmy w LA, ale produkującą animacje firmę Elgiego kupił Wielki Brat. Ups, czyżbym użyła zwrotu: „Wielki Brat"? Miałam na myśli Microsoft. Ten fakt zbiegł się mniej więcej w czasie z katastrofą, która zdarzyła się w moim życiu prywatnym (i nad którą dzisiaj na pewno nie ma powodu się rozwodzić). Wystarczy powiedzieć, że było to coś tak ważnego i okropnego, że wystarczyło za pretekst, by uciec z LA i już nigdy nie wracać.

Elgie nie musiał się przeprowadzać do Seattle, ale zdaniem Wielkiego Brata było to bardzo pożądane. Z radością więc uznałam, że to doskonały pretekst, by się wynieść z Miasta Snów.

Podczas pierwszej podróży do Seattle agent nieruchomości odebrał mnie bezpośrednio z lotniska, żeby pokazać mi parę domów. Przedpołudnie upłynęło nam pod znakiem stylu *craftsman* – panującego tu niepodzielnie, jeśli nie liczyć ohydnych bloków, które przesłaniają widok i z niepojętych powodów zwykle występują stadnie, jakby główny urbanista całe lata sześćdziesiąte i siedemdziesiąte przespał za biurkiem, a planowanie przestrzenne zlecił Rosjanom.

Oprócz tych maszkar cała tutejsza architektura opiera się na stylu *craftsman*: *craftsman* z przełomu wieków, pięknie odrestaurowany *craftsman*, reinterpretacja *craftsman*, *craftsman* do odnowy albo współczesne spojrzenie na styl *craftsman*. Czasami mam wrażenie, że jakiś hipnotyzer wprowadził wszystkich mieszkańców Seattle w zbiorowy trans. „Czujecie ogarniającą was senność. Kiedy się zbudzicie, będziecie pragnęli mieszkać jedynie w domu w stylu *craftsman*. Nieważne, który będzie rok – liczyć się będzie tylko to, żeby wasze domy były źle usytuowane, miały grube ściany, mikroskopijne okna, ciemne pokoje i niskie sufity".

Główną cechą tego zatrzęsienia craftsmanów jest fakt, że w porównaniu z LA są tanie jak Ikea!

Ryan – mój agent nieruchomości – zaprosił mnie na lunch do restauracji Toma Douglasa w centrum. Tom Douglas to lokalny restaurator, właściciel kilkunastu lokali – każdy lepszy od poprzedniego. Kiedy jedliśmy w Loli – co za tort kokosowy! a jakie masło czosnkowe! – uwierzyłam, że naprawdę mogę znaleźć szczęście w przygranicznej dziurze, nazywanej przez niektórych Szmaragdowym Miastem. Tomie Douglas, możesz czuć się winny!

Po lunchu wróciliśmy do samochodu agenta i zaczęliśmy popołudniową rundę ofert. Niedaleko centrum wznosiło się wzgórze zabudowane domami w stylu... zgadnij, jakim. Oczywiście *craftsman*! Na szczycie po lewej stronie zobaczyłam ceglany budynek na ogromnym placu z widokiem na zatokę Elliott.

– Co to jest? – zapytałam Ryana.

– Straight Gate – odpowiedział. – Z początku wieku. Kiedyś była tam katolicka szkoła dla trudnych dziewcząt.

– A teraz?

– Och, od wielu lat budynek stoi pusty. Co jakiś czas któryś z deweloperów próbuje go przerobić na apartamentowiec.

– Jest na sprzedaż?

– Miał być przerobiony na osiem mieszkań – powiedział Ryan. Nagle zwąchał interes i jego oczy rozpoczęły piruety. – Działka zajmuje aż trzy akry, w większości na płaskim terenie. Ponadto masz do dyspozycji całe zbocze. Wprawdzie nie można na nim budować, ale zapewnia poczucie prywatności. Gatehouse – deweloperzy zmienili nazwę, bo Straight Gate miało antygejowski wydźwięk – to bardzo urokliwe miejsce o powierzchni mniej więcej dwunastu tysięcy stóp kwadratowych. Wymaga trochę pracy, żeby przywrócić mu świetność, ale i tak mamy do czynienia z klejnotem w koronie.

– Ile za nie chcesz?

Ryan przez chwilę milczał, żeby wzmocnić efekt dramatyczny.

– Czterysta tysięcy. – Z satysfakcją patrzył, jak zaniemówiłam.

Inne domy, które oglądaliśmy, kosztowały tyle samo, a stały na mikroskopijnych działkach.

Okazało się, że ze względów podatkowych wielki dziedziniec sklasyfikowano jako obszar niezabudowany, a Stowarzyszenie Przyjaciół Queen Anne Hill wpisało Straight Gate na listę obiektów historycznych, co uniemożliwiło przebudowę murów zewnętrznych i wewnętrznych. Tak więc szkoła dla dziewcząt Straight Gate znalazła się w impasie z powodu przepisów budowlanych.

– Ale ten teren jest przeznaczony pod zabudowę jednorodzinną – zauważyłam.

– Rzućmy okiem na budynek.

Ryan niemal wepchnął mnie do samochodu.

Układ przestrzenny był rewelacyjny. Piwnica – gdzie, sądząc po ciężkich, zamykanych od zewnątrz drzwiach, zapewne zamykano uczennice – oczywiście wywoływała gęsią skórkę i działała na mnie depresyjnie. Miała jednak pięć tysięcy stóp kwadratowych, czyli nad ziemią znajdowało się siedem tysięcy stóp kwadratowych – to naprawdę wielki dom. Na parterze była kuchnia z wyjściem do jadalni – cudownie! – ogromne foyer, które mogło nam służyć za salon, oraz dwa mniejsze gabinety. Piętro zajmowała kaplica z witrażami w oknach i rzędem konfesjonałów. Idealna jako sypialnia i garderoba! W innych pomieszczeniach można było urządzić pokój dziecięcy i gościnny. Wszystko wymagało jedynie paru zabiegów kosmetycznych – izolacji, prac wykończeniowych i dekoratorskich, malowania. Bułka z masłem.

Kiedy stanęliśmy na ganku przed kuchennymi drzwiami i popatrzyliśmy na zachód, zobaczyłam promy na rzece, pełzające po wodzie niczym ślimaki.

– Dokąd one płyną? – zapytałam.

– Na wyspę Bainbridge – odpowiedział Ryan, a ponieważ był bystrym facetem, szybko dodał: – Wielu mieszkańców ma tam weekendowe domy.

Zostałam więc jeden dzień dłużej i dokupiłam jeszcze dom na plaży.

■ ■ ■

Od: Manjula Kapoor
Do: Bernadette Fox

Droga Pani Fox,

zakupy z listy zostaną wysłane pod adres Gate Avenue.

Pozdrawiam serdecznie,

Manjula

■ ■ ■

Od: Bernadette Fox
Do: Manjula Kapoor

Aha! Mogłabyś zarezerwować dla nas stolik w restauracji na Święto Dziękczynienia? Wystarczy, że zatelefonujesz do Washington Athletic Club i złożysz rezerwację dla trzech osób na siódmą wieczorem. Możesz korzystać z telefonu, prawda? Oczywiście, głupie pytanie. Przecież Wy tam wciąż wisicie na telefonach.

Zdaję sobie sprawę, że to dziwna prośba, żebyś dzwoniła z Indii i rezerwowała stolik w restauracji, którą widzę ze swojego okna, ale chodzi o to, że facet, który tam odbiera telefony, zawsze zaczyna słowami: „Washington Athletic Club. Z kim panią połączyć?".

Mówi to bezosobowym, optymistycznym tonem... wiesz, jak rasowy Kanadyjczyk. Jednym z głównych powodów, dla których przestałam wychodzić z domu, jest obawa, że mogłabym stanąć twarzą w twarz z jakimś Kanadyjczykiem. W Seattle się od nich roi. Pewnie sobie myślisz: „Stany Zjednoczone, Kanada, co za różnica? W obu krajach mieszkają białe tłuściochy mówiące po angielsku". No cóż, Manjula, nic bardziej mylnego.

Amerykanie są natrętni, nieuprzejmi, neurotyczni, nietaktowni – możesz im przypisać każdą wadę – katastrofa na całej linii, jak powiedziałby nasz przyjaciel Zorba. Kanadyjczycy są zupełnie inni. Boję się Kanadyjczyków w takim sensie, w jakim Ty zapewne boisz się krowy leżącej na środku ulicy w godzinach szczytu. Dla Kanadyjczyków wszyscy są równi. Zamiast Joni Mitchell równie dobrze mogłaby dla nich wystąpić pierwsza lepsza sekretarka z konkursu talentów. Uważają, że Frank Gehry ma taki sam talent jak wyrobnik taśmowo wypuszczający z AutoCAD-a projekty McDworków. John Candy nie śmieszy ich bardziej niż wujek Lou po dwóch piwach. Nic dziwnego, że jedyni Kanadyjczycy, o których ktokolwiek słyszał, to ci, którzy się wynieśli za granicę. Wszystkich zdolnych, którzy postanowili zostać, rozwałkował walec równości. Kanadyjczycy po prostu nie rozumieją, że niektórzy wyrastają ponad przeciętność i tak powinni być traktowani.

No dobrze, już skończyłam się wywnętrzać.

Jeśli w WAC nie będzie wolnych miejsc, co bardzo możliwe, bo do Święta Dziękczynienia zostały tylko dwa dni, to znajdź inny lokal w magicznym świecie Internetu.

■ ■ ■

Zastanawiałam się, jak to się stało, że w Święto Dziękczynienia znaleźliśmy się w Daniel's Broiler na kolacji. Tego dnia wstałam późno i zeszłam w piżamie na parter. Wiedziałam, że zanosi się na deszcz, bo w drodze do kuchni minęłam mozaikę leżących na podłodze worków foliowych i ręczników. To był system przeciwpowodziowy wymyślony przez mamę na okazje, kiedy z dachu lała się woda.

Najpierw rozkładaliśmy worki w miejscach, gdzie kapało z sufitu, a potem przykrywaliśmy je ręcznikami i kocami. Na końcu stawialiśmy pośrodku wielki garnek do spaghetti, do którego łapaliśmy krople. Worki na śmieci są niezbędne, bo godzinami może kapać w jednym miejscu, a nagle przeciek powstaje dwa cale obok.

Pièce de résistance mamy to stary T-shirt włożony do garnka do spaghetti, który wycisza nieustające kap-kap-kap. Bo ten dźwięk może cię doprowadzić do szaleństwa, kiedy próbujesz zasnąć.

To był jeden z tych rzadkich dni, kiedy tata całe przedpołudnie kręcił się po domu. Wstał wcześnie, żeby pójść na rower, a teraz stał przy kuchennym blacie, spocony, we fluorescencyjnych obcisłych spodenkach i popijał zielony sok, który sam przyrządził. Zdjął T-shirt. Nosił przymocowany na piersiach czarny czujnik pracy serca i opaskę ściągającą własnego pomysłu, która podobno jest dobra dla pleców, bo pomaga zachować właściwą pozycję przy komputerze.

– Dzień dobry, ja też się cieszę, że cię widzę – przywitał mnie z przyganą w głosie.

Chyba miałam niewyraźną minę. Przepraszam, ale trudno się dziwić. Nie każdy wie, jak się zachować, kiedy widzi swojego tatę w staniku, nawet jeżeli jest to stanik ortopedyczny.

Mama wyłoniła się ze spiżarni obładowana garnkami do spaghetti.

– Cześć, Bączku! – Upuściła garnki, które spadły z potwornym łoskotem na podłogę. – Przepraszam, przepraszam, przepraszam. Jestem naprawdę zmęczona. – Czasami mama nie sypia.

Stuk-stuk-stuk-stuk, tata zastukał na podłodze podeszwami swoich butów rowerowych. Na drugim końcu kuchni podpiął czujnik pracy serca do laptopa, żeby zapisać wyniki treningu.

– Elgie – powiedziała mama. – Kiedy znajdziesz chwilę, to przymierz wodoodporne buty na podróż. Przygotowałam ci kilka par do wyboru.

– Och, świetnie! – Stuk-stuk-stuk do salonu.

Mój flet leżał na kuchennym blacie. Zagrałam parę gam.

– Mamo? – zapytałam. – Mellon Arts Center już istniało, kiedy byłaś w Choate?

– Tak – odparła mama, znowu objuczona garnkami. – To był jedyny raz, kiedy znalazłam się na scenie. Zagrałam dziewczynę z Hot Box w *Facetach i laleczkach*.

– Podczas naszej ostatniej wizyty z tatą w Choate przewodniczka powiedziała, że mają tam orkiestrę szkolną, a w każdy piątek mieszkańcy Wallingford przychodzą na biletowane koncerty.

– Na pewno ci się tam spodoba – powiedziała mama.

– O ile się dostanę. – Zagrałam jeszcze parę gam, a potem mama znowu upuściła garnki.

– Nawet nie wiesz, ile siły to ode mnie wymaga! – wybuchnęła. – Zdajesz sobie sprawę, że serce mi pęka na myśl, że wyjeżdżasz do szkoły z internatem?

– Ty też chodziłaś do tej szkoły – przypomniałam. – Jeśli nie chcesz, żebym wyjechała, to nie trzeba było wciąż mi powtarzać, że tam jest tak fajnie.

Tata pchnął wahadłowe drzwi i wszedł w kaloszach ze zwisającymi sklepowymi metkami.

– Bernadette, nie do wiary, ile rzeczy kupiłaś. – Objął ją ramieniem i przytulił. – Czyżbyś całe dni spędzała w REI?

– Można tak powiedzieć – odparła mama i znowu zwróciła się do mnie. – Wiesz, nigdy nie myślałam o implikacjach twoich ewentualnych starań o przyjęcie do szkoły z internatem. Na przykład, o tym, że będziesz musiała opuścić dom. Ale nawet jeśli wyfruniesz, to jakoś się z tym pogodzę, bo i tak będziemy się co dzień spotykać.

Zaskoczona wbiłam w nią wzrok.

– Och, nie mówiłam ci? Ja też przeprowadzam się do Wallingford. Wynajmę dom w mieście – wyjaśniła. – Już sobie załatwiłam pracę w stołówce Choate.

– Chyba żartujesz! – powiedziałam.

– Nikt nie będzie wiedzieć, że jestem twoją matką. Nawet nie będziesz musiała się do mnie odzywać. Po prostu chcę każdego dnia widzieć twoją słodką buzię. No, a jeśli od czasu do czasu skiniesz ręką na przywitanie, to będzie się cieszyć serduszko mamusi.

Ostatnie słowa powiedziała głosem leśnego licha.

– Mamo!

– Nie masz na to wpływu. Jesteś jak króliczek z bajki, który chciał uciec mamie. Nie masz gdzie się przede mną ukryć. W gumowych rękawiczkach będę się czaić za kontuarem, podając ci w środy hamburgery, w piątki rybę...

– Tato, każ jej przestać.

– Bernadette – powiedział tata. – Proszę.

– Myślicie, że żartuję – odparła mama. – No dobrze, możecie sobie tak myśleć.

– A tak w ogóle, to co robimy dzisiaj wieczorem? – zapytałam.

Na twarzy mamy na chwilę zagościł tajemniczy grymas.

– Poczekaj. – Wymknęła się tylnymi drzwiami.

Wzięłam do ręki pilot telewizora.

– Czy przypadkiem Seahawks nie grają dzisiaj z Dallas?

– O pierwszej – potaknął tata. – Może wyskoczymy do zoo i wrócimy na mecz?

– Super! Odwiedzimy kangurka drzewnego, który właśnie się urodził.

– Chcesz tam pojechać rowerami?

– Weźmiesz swój rower poziomy? – zapytałam.

– Chyba tak. – Tata zacisnął pięści i zakręcił nimi. – Jazda po tych wzgórzach nadweręża mi nadgarstki...

– Lepiej pojedźmy samochodem – wtrąciłam szybko.

Mama wróciła. Wytarła dłonie w spodnie i wzięła bardzo głęboki oddech.

– Wieczorem idziemy do Daniel's Broiler – oznajmiła.

– Do Daniel's Broiler? – zdziwił się tata.

– Do Daniel's Broiler? – powtórzyłam jak echo. – Masz na myśli tę totalnie wymaksowaną knajpę nad jeziorem Union, która wypożycza busy wycieczkowe i wciąż się reklamuje w telewizji?

– Właśnie tę – powiedziała mama.

Zapadło milczenie. Po chwili przerwało je głośne: „Ha!" taty.

– Nigdy w życiu nie zgadłbym, że wybierzesz Daniel's Broiler na kolację w Święto Dziękczynienia.

– Lubię ci robić niespodzianki – odparła mama.

Skorzystałam z telefonu taty, żeby wysłać SMS-a do Kennedy, która wyjechała z mamą na wyspę Whidbey. Kennedy powiedziała, że zazdrości mi tego wieczoru w Daniel's Broiler.

Grał tam prawdziwy pianista, można było dostać darmowe dolewki lemoniady, a porcje ciasta czekoladowego były gigantyczne. Nazywały się Śmiertelne Zaczekoladzenie i były jeszcze większe niż ogromne porcje w P.F. Chang's. W poniedziałek w szkole wszyscy mówili:

– Niemożliwe! Naprawdę spędziłaś Święto Dziękczynienia w Daniel's Broiler? Ale fajnie!

Poniedziałek, 29 listopada

▪ ▪ ▪

Liścik od Toma

Audrey,

nie potrzebuję Twojej botwiny. Wolałbym raczej, żebyś mi zapłaciła. W przeciwnym razie będę musiał wystąpić na drogę sądową.

▪ ▪ ▪

Liścik od Audrey Griffin

Tom,

doprawdy zabawne, że ty straszysz mnie sądem. Mój mąż Warren, który pracuje w biurze prokuratora generalnego, jest tym faktem szczególnie rozbawiony, bo gdybyśmy to my pozwali ciebie do sądu w sprawie drobnych roszczeń, z łatwością byśmy wygrali. Jednak zanim się na to zdecyduję, poszłam po rozum do głowy i znalazłam bardziej polubowne rozwiązanie. Proszę, napisz, ile mniej więcej może kosztować usunięcie jeżyn z ogrodu moich sąsiadów. Jeżeli potrzebujesz specjalnego urządzenia, nie krępuj się tego uwzględnić. Zaakceptuję wszystko oprócz świń – przynajmniej w dosłownym znaczeniu.

Gdy tylko otrzymam ten kosztorys, zapłacę ci w całości za poprzednie zlecenie. Za niecałe dwa tygodnie organizuję bardzo ważne spotkanie na rzecz szkoły, więc muszę odzyskać swój ogród.

Środa, 1 grudnia

▪ ▪ ▪

Liścik od Toma

Audrey,

tak duże zlecenie na pewno wymaga użycia Hillside Thrashera. Mój człowiek woli jednak się z tym wstrzymać do końca pory deszczowej. Może zacząć najwcześniej w maju. Jeśli mam przygotować kosztorys, to muszę się jakoś dostać na posesję sąsiadów. Czy już z nimi rozmawiałaś? Masz ich numer telefonu?

▪ ▪ ▪

Liścik od Audrey Griffin

Tom,

czuję się, jakbym mieszkała w domu wariatów. Za dziesięć dni elita Seattle zbiera się w moim domu na doniosłej uroczystości szkolnej i będzie chciała spędzić czas w ogrodzie. Nie mogę pozwolić na to, żeby kolczaste krzaki rozszarpały na strzępy ubrania gości. Nie będę czekać do maja. Ani nawet do przyszłego miesiąca. Nie interesuje mnie, czy sam będziesz musiał wypożyczyć Hillside Thrashera. Interesuje mnie tylko, żeby te jeżyny zniknęły do 11 grudnia.

Jeżeli zaś chodzi o wstęp na posesję sąsiadki, żeby oszacować koszty, to niestety babsko okropnie się jeży (tak *à propos* jeżyn). Najlepiej umówmy się u mnie punktualnie o trzeciej w poniedziałek. Wiem, że o tej godzinie ona odbiera córkę ze szkoły. Będziemy mogli przejść przez dziurę w ogrodzeniu i przyjrzeć się jej jeżynom.

▪ ▪ ▪

Fragment mojego eseju o Sir Erneście Shackletonie

Cieśnina Drake'a to obszar wodny znajdujący się między wysuniętym najdalej na południe punktem Ameryki Południowej – przylądkiem Horn w Chile – a Antarktydą. Ta cieśnina o długości pięciuset mil została nazwana na cześć szesnastowiecznego korsarza Sir Francisa Drake'a. Na tych szerokościach geograficznych nie ma żadnych istotnych mas lądowych, więc nic nie powstrzymuje nurtu antarktycznego prądu okołobiegunowego. Wskutek tego Cieśnina Drake'a jest najdzikszym akwenem na świecie, budzącym największy strach wśród marynarzy.

▪ ▪ ▪

Od: Bernadette Fox
Do: Manjula Kapoor

Niesamowite, jakich cudów można się dowiedzieć od ósmoklasistów, kiedy zadajesz im pytania retoryczne w rodzaju: „Czego w dzisiejszych czasach uczycie się w szkole?".

Na przykład, czy wiedziałaś, że różnica między Antarktydą i Arktyką polega na tym, że Antarktyda posiada stały ląd, a Arktyka jest zbudowana w całości z lodu? Wiedziałam, że Antarktyda jest kontynentem, ale sądziłam, że na północy też jest ląd. Ponadto czy wiedziałaś, że na Antarktydzie nie ma niedźwiedzi polarnych? Bo ja nie! Myślałam, że będziemy przyglądać się ze statku, jak biedne, zapuszczone białe niedźwiedzie próbują skakać z jednej topniejącej góry lodowej na drugą. Jednak okazuje się, że jeśli chcesz wziąć udział w tym przygnębiającym spektaklu, to musisz się wybrać na biegun północny. Na biegunie południowym żyją pingwiny. Jeżeli więc wyobrażałaś sobie jakieś sielskie sceny – misie polarne dokazujące z pingwinami – to musisz się pozbyć złudzeń, bo niedźwiedzie polarne i pingwiny mieszkają na, dosłownie, dwóch różnych końcach świata. Chyba powinnam częściej wychodzić z domu.

To zaś prowadzi do drugiej kwestii, z której do niedawna nie zdawałam sobie sprawy. Miałaś pojęcie, że płynąc na

Antarktydę, musisz pokonać Cieśninę Drake'a? Wiesz, że Cieśnina Drake'a to najbardziej niespokojne wody na całym świecie? Ja już to wiem, bo właśnie spędziłam trzy godziny w Internecie.

Już wyjaśniam, w czym rzecz. Zdarza Ci się cierpieć na chorobę morską? Ludzie, którzy jej nie doświadczyli, nigdy nie zrozumieją, jak to jest. To nie tylko nudności. Raczej nudności połączone z chęcią popełnienia samobójstwa. Ostrzegłam Elgiego, że podczas tych dwóch dni przede wszystkim musi mi uniemożliwić dostęp do broni palnej. W kleszczach choroby morskiej nietrudno strzelić sobie w łeb.

Dziesięć lat temu widziałam film dokumentalny o oblężeniu pewnego moskiewskiego teatru. Zakładnicy nie mogli się ruszyć ze swoich miejsc ani zasnąć, bo oślepiały ich reflektory, a potrzeby fizjologiczne musieli załatwiać pod siebie – terroryści przynajmniej pozwolili im się wypróżniać w podsceniu. Po czterdziestu godzinach kilku zakładników najnormalniej w świecie wstało i ruszyło w kierunku wyjścia, nie przejmując się, że w każdej chwili napastnicy mogą im strzelić w plecy. Po prostu mieli już serdecznie dość!

Ale do rzeczy. Bardzo się boję tej podróży na Antarktydę. Nie tylko dlatego, że nie znoszę ludzi (do czego przyznaję się bez bicia). Przede wszystkim jednak nie wierzę, że uda mi się pokonać Cieśninę Drake'a. Gdyby nie chodziło o Bee, na pewno odwołałabym tę wyprawę. Nie mogę jej jednak zawieść. Może zdołałabyś znaleźć dla mnie coś silnego przeciwko chorobie morskiej? I nie mam na myśli aviomarinu, tylko coś naprawdę SILNEGO.

A z innej beczki – wcale się nie zdziwię, jeśli doliczysz do rachunku czas, który poświęcasz na czytanie moich chaotycznych e-maili!

■ ■ ■

List od Bruce'a Jessupa,
kierownika działu rekrutacji w Choate

Droga Bee,

uważnie przeanalizowaliśmy zgłoszenia wszystkich szczególnie uzdolnionych kandydatów z grupy pierwszego naboru i bardzo nam miło Cię poinformować, że otrzymałaś miejsce w Choate Rosemary.

W procesie rekrutacji z niekłamaną przyjemnością przeczytaliśmy listę Twoich osiągnięć naukowych oraz licznych zainteresowań pozaszkolnych. Prawdę mówiąc, Twoje wyniki oraz opinie nauczycieli o Tobie były tak nadzwyczajne, że dyrektor działu nauczania Hillary Loundes wystosowała osobny list do Twoich rodziców z propozycją przyjęcia Cię do naszej szkoły na szczególnych warunkach.

Tymczasem serdecznie gratulujemy Ci przebrnięcia przez nasz wyjątkowo rygorystyczny proces kwalifikacyjny. Bez cienia wątpliwości mogę Cię zapewnić, że nowi koledzy i koleżanki pobudzą Twoją ambicję i będą dla Ciebie równie inspirujący oraz mili, jak Ty jesteś dla nas.

Z poważaniem,
Bruce Jessup

▪ ▪ ▪

List od Hillary Loundes,
dyrektor działu nauczania w Choate

Szanowni Państwo Branch,

gratuluję Państwu przyjęcia Bee do szkoły Choate Rosemary. Zdają sobie Państwo sprawę lepiej niż ktokolwiek z nas, że Bee jest niezwykle zdolną młodą kobietą. Istotnie, tak zdolną, że chciałabym zaproponować pominięcie klasy pierwszej i przyjęcie Bee od razu do klasy drugiej.

W tym roku na każde miejsce w Choate Rosemary przypada dziesięciu kandydatów. Każdy z nich, tak jak Bee, osiągnął doskonałe wyniki egzaminu końcowego i miał niemal idealną średnią ocen. Może więc Państwa zastanawiać, w jaki sposób udaje się nam wyłowić z morza jednakowych osiągnięć akademickich – prowadzących do inflacji ocen i rekomendacji – tych uczniów, którzy mają szansę odnieść prawdziwy sukces w Choate Rosemary.

Od drugiej połowy lat dziewięćdziesiątych nasz dział rekrutacji współpracuje z Centrum PACE (psychologii, umiejętności, uzdolnień i wiedzy specjalistycznej) przy uniwersytecie Yale, formułując „twarde" metody pomiaru „miękkich" kompetencji niezbędnych w procesie adaptacji do społecznych i naukowych wyzwań, które stawia edukacja w szkole z internatem. Efekty naszej współpracy sprawiają, że proces rekrutacji do Choate Rosemary jest jedyny w swoim rodzaju – nazywamy go „Ewaluacją samooceny" (ES).

To właśnie w ES Bee najwyraźniej się wysforowała. W nowoczesnym języku sukcesu dwa określenia szczególnie dobrze opisują idealnego, naszym zdaniem, ucznia. Są to słowa: „twardy charakter" oraz „pewność siebie". Państwa córka w obu kategoriach wykroczyła poza zaprojektowaną przez nas skalę.

Powszechnie wiadomo, że najgorszą rzeczą, która może się zdarzyć utalentowanemu dziecku, jest znudzenie. Dlatego też uważamy, że przeniesienie od razu do drugiej klasy leży w najlepszym interesie Bee.

Czesne dla uczniów mieszkających w internacie wynosi 47 260 dolarów. Jeżeli chcą Państwo zapewnić Bee miejsce w naszej placówce, proszę o dostarczenie podpisanego kontraktu szkolnego wraz z zaliczką najpóźniej do 3 stycznia.

Proszę o kontakt w celu omówienia szczegółów, a tymczasem witamy w Choate Rosemary!

Z poważaniem,
Hillary Loundes

▪ ▪ ▪

Od: Bernadette Fox
Do: Manjula Kapoor

Czy aż w Indiach słychać mój płacz? Bee została przyjęta do Choate! Szczerze żałuję, że oboje z Elgiem raczyliśmy ją opowieściami o naszych szkolnych przygodach. Elgie uczył się w Exeter, a ja w Choate. Wiesz, złota młodzież, koncerty Grateful Dead i wynajdywanie coraz bardziej pomysłowych sposobów na pozbycie się z pokoju smrodu smolistego osadu na fajce wodnej – i jak tu mieć złe wspomnienia? Lwia część mojej duszy pragnie, żeby moja córka wyrwała się z drętwego prowincjonalizmu Seattle. Sama Bee też nie może się doczekać wyjazdu. Nie mam zatem wyboru, muszę przez to przejść z podniesioną przyłbicą i nie skupiać się jedynie na swoich uczuciach.

Elgie właśnie pisze wniosek o nieumieszczanie Bee w drugiej klasie, bo nie chcemy, żeby pominęła rok nauki. To Cię jednak nie dotyczy. Proszę, przelej szkole zaliczkę z naszego wspólnego konta. Wiesz już coś na temat lekarstwa przeciwko chorobie morskiej? Zaczynam trochę panikować.

To na razie tyle, bo już jestem spóźniona, żeby odebrać Bee, a nie wiem, gdzie się zapodział pies.

▪ ▪ ▪

– No to mamy problem – powiedziała mama, kiedy wsiadłyśmy do samochodu. – Lodzia wlazła do mojej szafy, drzwi się za nią zatrzasnęły i nie mogę ich otworzyć. Jest uwięziona.

W pierwszej chwili może to brzmieć dziwnie, ale mnie wcale nie zdziwiło. Nasz dom jest stary. Dzień i noc wszystko w nim trzeszczy i skrzypi, jakby próbował się wygodnie umościć, niestety bezskutecznie, co, moim zdaniem, wynika z olbrzymich ilości wody, która wsiąka w budynek podczas każdego deszczu. Już przedtem zdarzało się, że drzwi się zacięły, bo mury napęczniały wokół futryny. Ale po raz pierwszy problem dotyczył Lodzi.

Razem z mamą popędziłyśmy do domu, a ja wbiegłam na górę, krzycząc:

– Lodzia! Lodzia!

W sypialni rodziców stoi rząd konfesjonałów, które służą jako szafy. Ich drzwi są zaokrąglone i zwieńczone ostrymi łukami. Za jednymi z nich usłyszałyśmy Lodzię. To nie było żałosne szczekanie wystraszonego psa, tylko radosne ujadanie. Słowo daję, że Lodzia się z nas śmiała.

Na podłodze walały się różne narzędzia i parę ciężkich drewnianych kloców, które zawsze mamy pod ręką na wypadek, gdyby trzeba docisnąć brezentową płachtę na dachu. Złapałam za klamkę, ale drzwi nie ustąpiły ani o cal.

– Próbowałam już wszystkiego – powiedziała mama. – Architraw jest kompletnie przegniły. Widzisz, jak zwiesiła się tamta belka?

Wiedziałam, że przed moim urodzeniem mama odnawiała różne domy, ale teraz mówiła, jakby była zupełnie inną osobą. Uznałam, że to zły znak.

– Próbowałam podnieść futrynę lewarkiem, ale nie ma wystarczającego oparcia – dodała.

– Nie możemy ich po prostu wyważyć kopniakiem? – zaproponowałam.

– Te drzwi otwierają się na zewnątrz... – Mama się zamyśliła, a po chwili wpadła na pomysł. – Masz rację. Będziemy musiały je wyważyć. Od środka. Wdrapmy się na dach i wejdźmy przez okno.

Zanosiło się na dobrą zabawę.

Zbiegłyśmy po schodach, wyniosłyśmy z szopy drabinę i przeciągnęłyśmy ją przez podmokły trawnik pod ścianę domu. Mama podłożyła pod nogi drabiny kawałek dykty.

– W porządku – powiedziała. – Trzymaj, a ja wejdę na górę.

– To mój pies – zaprotestowałam. – Ty trzymaj drabinę.

– Nie ma mowy, Bala. To zbyt niebezpieczne.

Mama zdjęła szal, owinęła go wokół prawej dłoni i ruszyła naprzód. Dziwnie wyglądała, wspinając się w belgijskich botkach i spodniach rybaczkach po poplamionej farbą drabinie. Zabezpieczoną szalem ręką zbiła witrażową szybkę w oknie i odsunęła rygiel, a potem wśliznęła się do środka. Zdawało się, że minęła wieczność.

– Mamo! Mamo! – wołałam.

Zołza nawet nie wysunęła głowy za okno. Byłam tak przemoczona i zła, że miałam wszystko w nosie. Postawiłam stopę na szczeblu. Było zupełnie bezpiecznie. Weszłam megaszybko, bo mogłam stracić równowagę jedynie w przypadku, gdyby mama nagle krzyknęła na mnie w pół drogi. Zajęło mi to mniej więcej osiem sekund i wlazłam przez okno, nie pośliznąwszy się ani razu.

Lodzia nie zareagowała na mój widok. Bardziej interesowała ją mama, która rytmicznymi kopniakami karate próbowała sforsować drzwi. Każdemu kopnięciu towarzyszyło głośne: „Aaaaach!". W końcu drzwi nieco ustąpiły i zgrzytnęły na podłodze.

– Dobra robota – pochwaliłam ją.

Mama podskoczyła.

– Bee! – krzyknęła zaskoczona.

Była wściekła, a jej złość jeszcze podsycił łoskot za oknem. To drabina zsunęła się po ścianie i huknęła o trawnik.

– Łubudu! – powiedziałam. Mocno przytuliłam Lodzię i wdychałam jej piżmowy zapach tak długo, jak to możliwe bez utraty tchu. – Jesteś najgorszym psem na świecie.

– Przyszła poczta do ciebie. – Mama podała mi list. W miejscu adresu zwrotnego widniała pieczęć Choate. – Gratuluję.

Mama zamówiła obiad na wcześniejszą godzinę, żebyśmy mogły pojechać z tatą uczcić mój sukces. Kiedy sunęłyśmy pontonowym mostem przez jezioro Washington, w mojej głowie kłębiły się myśli o Choate. Kampus był olbrzymi i czysty, z majestatycznymi, obrośniętymi bluszczem budynkami z czerwonej cegły. Właśnie tak wyobrażałam sobie Anglię. Pojechaliśmy tam z tatą wiosną, kiedy gałęzie drzew uginały się pod ciężarem kwiatów, a kaczki beztrosko pływały po migotliwych stawach. Nigdy przedtem nie widziałam równie malowniczego miejsca – jeśli nie liczyć obrazków z puzzli.

– Wiesz, nikt ci nie zabrania cieszyć się z tego, że nas opuścisz – mama zwróciła się do mnie.

– To dziwne uczucie.

Uwielbiam Microsoft. Chodziłam tam do żłobka. W słoneczne dni wsiadaliśmy do dużych czerwonych wagoników i jechaliśmy odwiedzić naszych rodziców. Tata skonstruował skrzynię skarbów. Do dzisiaj nie wiem, na jakiej zasadzie działała, ale kiedy rodzice nas odbierali po pracy, można było wrzucić do niej monetę, a automat wybierał idealnie dopasowany prezent. Na przykład, jeśli jakiś chłopiec interesował się samochodami, dostawał Hot Wheels. I to nie pierwszy lepszy Hot Wheels, tylko taki, którego jeszcze nie miał. Dziewczynka, która lubiła lalki, dostawała butelkę dla swojego dzidziusia. Ta skrzynia skarbów stoi dzisiaj jako eksponat w centrum dla zwiedzających, bo stanowi jeden z pierwszych przykładów identyfikacji użytkownika na podstawie rysów twarzy – metody, nad którą tata pracował w LA, kiedy Microsoft go wykupił.

Zaparkowałyśmy w niedozwolonym miejscu. Biegłam krok w krok za mamą, która zdecydowanym krokiem szła przez centrum handlowe Commons, niosąc w szeroko rozpostartych, niczym łabędzie skrzydła, rękach siatki z daniami na wynos. Weszłyśmy do biurowca taty. Nad biurkiem recepcji wisiał wielki zegar elektroniczny, który odliczał:

119 DNI
2 GODZINY
44 MINUTY
33 SEKUNDY

– Nazywają go premiernikiem – wyjaśniła mama. – Odmierza czas do premiery Samanthy 2. I coś takiego ma motywować ludzi do pracy. Szkoda słów.

Takie same zegary były zainstalowane w windzie, na korytarzach, a nawet w łazienkach. Jeden z nich odliczał sekundy podczas obiadu w biurze taty. Siedzieliśmy na dużych dmuchanych kulach, które zastępowały krzesła, a jednorazowe pojemniki z jedzeniem niebezpiecznie kołysały się na naszych kolanach. Opowiadałam rodzicom o różnych gatunkach pingwinów, które mieliśmy zobaczyć podczas podróży.

– Wiecie, co w tym rejsie jest najfajniejsze? – wtrąciła mama. – Pasażerowie nie będą przypisani do konkretnych miejsc w jadalni, a stoliki są przeznaczone dla czterech osób. To znaczy, że jeśli zajmiemy trzy krzesła, a na czwartym położymy rękawiczki i czapki, to nikt nie będzie mógł się dosiąść!

Popatrzyliśmy z tatą na siebie: „To chyba jakiś żart".

– No i pingwiny – szybko dodała mama. – Jestem szalenie ciekawa tych pingwinów.

Tata chyba wszystkich uprzedził o naszej wizycie, bo ludzie co chwila przechodzili korytarzem i zaglądali przez szybę, ale udawali, że wcale nie zwracają na nas uwagi. Tak samo muszą się czuć gwiazdy show-biznesu.

– Wolałbym, żeby dzisiejsza kolacja odbyła się w bardziej uroczystych okolicznościach – powiedział tato, zerkając na e-mail w swoim komputerze. – Niestety, mam wideokonferencję z Tajpej.

– Nie szkodzi, tato – pocieszyłam go. – Wiem, że masz dużo pracy.

▪ ▪ ▪

List od taty

Szanowna Pani Loundes,

przede wszystkim jest nam niezmiernie miło, że przyjęli Państwo naszą córkę Bee do Choate. Ja uczęszczałem do Exeter, ale moja żona Bernadette zawsze powtarza, że najszczęśliwsze lata swojego życia spędziła w Choate, więc Bee od dziecka chciała się uczyć właśnie u Państwa.

Po drugie, dziękuję za miłe słowa o Bee. Rzeczywiście, my też uważamy, że jest niezwykła. Jednak stanowczo nalegamy, żeby nie pomijała całego roku nauki.

Przeczytałem jeszcze raz podanie Bee i uświadomiłem sobie, że z jego treści nie można wywnioskować pewnej ważnej rzeczy, która jej dotyczy – że urodziła się z wadą serca, i to na tyle poważną, że potrzebna była seria operacji. Z tego powodu pierwsze pięć lat życia spędziła na przemian w domu i w szpitalu dziecięcym w Seattle.

Bee poszła do przedszkola zgodnie z planem, chociaż jej drobne ciałko z trudem dotrzymywało kroku innym dzieciom. (W tym czasie jej wzrost i waga były poniżej trzeciego centyla. Bee wciąż jest drobniejsza niż jej rówieśnicy, jak Pani na pewno zauważyła.) Jednak już wtedy dało się zaobserwować jej wysoką inteligencję. Nauczyciele zachęcali nas, żebyśmy poddali Bee testom. Szczerze mówiąc, ani mnie, ani Bernadette nigdy nie interesowała moda na „cudowne dzieci". Sami chodziliśmy do prywatnych szkół i do uniwersytetów z Ivy League i pewnie dlatego nie fetyszyzujemy ich, tak jak inni rodzice w Seattle. Naszym największym zmartwieniem było zapewnienie córce namiastki normalności po przykrych przeżyciach pierwszych pięciu lat życia.

Bee wiele zyskała dzięki tej decyzji. Znaleźliśmy fantastyczną szkołę w najbliższej okolicy – Galer Street. Oczywiście Bee wyprzedzała wszystkich kolegów. Widząc to, zaczęła pomagać słabszym dzieciom w nauce pisania i czytania. Do dzisiaj zostaje w szkole po lekcjach i udziela korepetycji. Zauważyłem, że o tym też nie napisała w swoim podaniu.

Choate ma wspaniałe obiekty na terenie kampusu. Jestem pewien, że Bee znajdzie sobie wiele zajęć, które nie pozwolą jej na nudę.

Jeśli o tym mowa, to chciałbym jeszcze Panią „zanudzić" opowieścią o jedynym przypadku, kiedy Bee stwierdziła, że się nudzi. Zanim poszła do szkoły, pewnego dnia wieźliśmy ją i jej koleżankę na przyjęcie urodzinowe. Utknęliśmy w korku i Grace powiedziała:

– Nudzę się.

– Tak. – Bee zrobiła minę. – Ja też się nudzę.

Bernadette zjechała na pobocze, odpięła pasy i odwróciła się.

– Rozumiem – powiedziała do dziewczynek. – Nudzicie się. A teraz zdradzę wam pewien drobny sekret o życiu. Myślicie, że teraz jest nudno? No cóż, z upływem czasu będzie jeszcze gorzej. Im wcześniej się nauczycie, że tylko od was zależy, czy w życiu dzieją się interesujące rzeczy, tym lepiej na tym wyjdziecie.

– Jasne – powiedziała cicho Bee.

Grace się rozpłakała i już nigdy nie chciała się z nami spotkać w celach towarzyskich. To był pierwszy i ostatni raz, kiedy Bee powiedziała, że się nudzi.

Niecierpliwie wyczekujemy jesieni i spotkania z Panią, kiedy Bee przyjedzie do szkoły razem z innymi pierwszoklasistami.

Z poważaniem,
Elgin Branch

▪ ▪ ▪

Nie jestem chora! Po prostu urodziłam się z zespołem niedorozwoju lewego serca, jasne? To wada wrodzona, która sprawiła, że zastawka mitralna, lewa komora serca, zastawka aorty i aorta nie rozwinęły się jak należy, i przez którą musiałam przejść trzy operacje na otwartym sercu oraz trzy dodatkowe zabiegi z powodu komplikacji – ostatni raz, kiedy skończyłam pięć lat. Podobno jestem geniuszem, ale wiecie co? Nic z tego nie pamiętam! Aha, i jeszcze jedno – od dziewięciu i pół roku jestem zupełnie zdrowa i nic mi nie dolega. Przemyślcie to sobie. Dwie trzecie życia upłynęły mi w doskonałym zdrowiu.

Mama i tata co roku wożą mnie do szpitala dziecięcego na echokardiografię i prześwietlenie. Nawet kardiolog za każdym razem z dezaprobatą kręci głową, bo wcale nie potrzebuję tych badań. Kiedy spacerujemy szpitalnymi korytarzami, mamę zawsze prześladują wspomnienia, jakby była weteranem z Wietnamu. Przechodzimy koło jakiegoś obrazka na ścianie, a ona nagle opiera się o poręcz krzesła i mówi: „O Boże, to ten plakat Miltona Avery'ego" albo zachłystuje się powietrzem ze słowami: „W tamte okropne święta Bożego Narodzenia ten fikus był ozdobiony papierowymi żurawiami". Potem zamyka oczy, a wszyscy muszą stać i czekać. Tata obejmuje ją bardzo mocno – jego oczy też są pełne łez.

Wszyscy lekarze i pielęgniarki wychodzą z gabinetów i pozdrawiają mnie, jakbym była bohaterem, który wrócił ze zwycięskiej wyprawy, tymczasem ja cały czas zastanawiam się: „Dlaczego?”. Pokazują mi zdjęcia z czasów, kiedy byłam bobasem i w maleńkiej czapeczce leżałam na szpitalnym łóżku. Naprawdę myślą, że coś pamiętam? Przecież nawet nie wiem, po co ten cały cyrk. Poza tym już nic mi nie jest.

Moja odmienność polega jedynie na tym, że jestem niska i nie mam biustu, co potrafi być wkurzające. No i męczy mnie astma. Wielu lekarzy powtarza, że mogłam się urodzić z astmą, nawet jeśli od urodzenia miałabym zdrowe serce. Nie przeszkadza mi to w niczym – ani w tańcu, ani w grze na flecie. Nie dostaję zadyszki ani nie świszczę. Ale dopada mnie gorsze świństwo – zawsze po chorobie, choćby to była zwykła grypa żołądkowa, przez dobre dwa tygodnie zbiera mi się w gardle ohydna flegma, którą chcąc nie chcąc, muszę wypluwać. Nie twierdzę, że to najprzyjemniejsza rzecz na świecie, ale jeśli naprawdę interesują was moje uczucia, to powiem, że już dawno przestałam się przejmować.

Szkolna higienistka pani Webb ma absurdalną obsesję na punkcie mojego kaszlu. Słowo daję, że ostatniego dnia szkoły udam, że padam trupem na podłodze jej gabinetu, tylko po to, żeby ją nastraszyć. Przypuszczam, że każdy dzień w Galer Street, kiedy okazuje się, że jednak nie kopnęłam w kalendarz podczas jej dyżuru, jest dla niej prawdziwym darem od losu.

Kompletnie straciłam wątek. Dlaczego w ogóle zaczęłam o tym pisać? Aha, już wiem. Nie jestem chora!

▪ ▪ ▪

Czwartek, 2 grudnia

▪ ▪ ▪

Od: Soo-Lin Lee-Segal
Do: Audrey Griffin

Jesteś kochana, bo dyskretnie nie zapytałaś mnie o wynik rozmów Microsoftu z ratuszem, chociaż wiem, że umierasz z ciekawości, czy padłam ofiarą szerokiej fali zwolnień, o której rozpisują się gazety.

To była redukcja wszystkich etatów. Dziesięć procent pracowników poszło na zieloną trawkę. Kiedyś reorganizacja oznaczała masową rekrutację. W dzisiejszych czasach wiąże się ze zwolnieniami. Może już Ci wspominałam o tym, że mój projekt miał zostać odwołany, a *project manager* stracił zimną krew i przez jeden e-mail naraził pół załogi Microsoftu. Jak szalona zaczęłam sprawdzać rezerwacje sal konferencyjnych i stronę internetową agencji pośrednictwa pracy, żeby doszukać się czegokolwiek na temat mojej przyszłości. Wielu naszych ludzi, nawet z najwyższych stanowisk, wylądowało w Windows Phone albo w Bingu. Próbując wyciągnąć informacje od mojego *project managera*, napotykałam jedynie niepokojące milczenie.

Wczoraj po południu zadzwonili z działu HR i zaprosili mnie na rozmowę w sali konferencyjnej na końcu korytarza. (Widziałam tę rezerwację, ale nie sądziłam, że dotyczy właśnie mnie!)

Zanim sięgnęłam po imbryk herbaty, żeby się pogrążyć w otchłani rozpaczy, postanowiłam rzucić wszystko na jedną szalę i poszłam na najbliższe spotkanie Ofiar Przemocy Przeciwko Przemocy, które bardzo mi pomogło. (Wiem, jak sceptycznie jesteś nastawiona do OPPP, ale dla mnie to prawdziwa opoka w trudnych chwilach.)

Dzisiaj rano pojechałam do pracy samochodem, chcąc sobie oszczędzić dodatkowego poniżenia, którego trudno byłoby uniknąć, gdybym musiała wsiąść do

Connectora obładowana kartonami. Weszłam do sali konferencyjnej, a pracownica z działu HR monotonnym głosem poinformowała mnie, że cały zespół – oprócz tych, którzy przeszli do Binga i Windows Phone – właśnie został zwolniony.

– Jednak twoje akcje stoją na tyle wysoko – dodała – że chcemy cię przenieść do specjalnego projektu, nad którym pracujemy w Studiu C.

Uwierz mi, Audrey, prawie padłam trupem. Studio C znajduje się na terenie nowej części miasteczka zakładowego Studio West i realizuje najważniejsze projekty Microsoftu. A zatem dobra wiadomość – dostałam awans! Zła wiadomość – nowy produkt, nad którym pracuję, ma wysoki priorytet, więc będę musiała pracować w weekendy. To projekt owiany tajemnicą. Nawet nie wiem, jak się nazywa. Zła wiadomość – mogę nie mieć czasu na przygotowanie Drugiego Śniadania Rodziców. Dobra wiadomość – na pewno będę mogła pokryć koszty jedzenia.

Odezwij się szybko. Ole, ole, czadu, Huskies!

▪ ▪ ▪

Od: Ollie-O
Do: Komitet Organizacyjny Drugiego Śniadania Rodziców z Aspiracjami

GORĄCE NEWSY!

Wielkimi krokami zbliżamy się do granicy sześćdziesięciu zaproszeń z prośbą o potwierdzenie udziału! Na razie potraktujcie tę informację tylko jako **pożywkę dla wyobraźni**, ale hasło brzmi: **Pearl Jam**. Podobno mają dzieci w wieku przedszkolnym. Jeżeli uda się nam pozyskać jednego z nich – **niekoniecznie wokalistę** – to mogę na tej bazie **zbudować coś dużego**.

▪ ▪ ▪

Od: Audrey Griffin
Do: Soo-Lin Lee-Segal

Cudownie, że awansowałaś! Z radością przyjmę Twoją propozycję udziału w kosztach. Wciąż mam w szklarni dosyć zielonych pomidorów, które mogę usmażyć na przystawkę, a ponadto koperek, pietruszkę i kolendrę do sosu aioli. Odłożyłam dwa buszle jabłek, z których zamierzam zrobić na deser mój popisowy *tart tatin* z rozmarynem. Jeżeli chodzi o danie główne, to co sądzisz o wynajęciu firmy, która przyjeżdża z własnym piecem do pizzy? Mogliby rozstawić sprzęt w ogrodzie, dzięki czemu miałabym wolną kuchnię.

Ollie-O miał rację, że wieść się rozejdzie lotem błyskawicy. Dzisiaj w supermarkecie Whole Foods jakaś nieznajoma kobieta podeszła do mnie i powiedziała, że nie może się doczekać mojego Drugiego Śniadania. Sądząc po zawartości koszyka – importowany ser, organiczne maliny, spray do dezynfekcji owoców – to dokładnie taki typ rodzica, jakich potrzebujemy w Galer Street. Potem widziałam ją na parkingu. Przyjechała lexusem. To nie to samo, co mercedes, ale wystarczająco blisko!

Słyszałaś już? Jak można wysłać chore dziecko do szkoły z internatem?! Dlaczego jednak wcale mnie to nie dziwi?

■ ■ ■

Tego dnia byłam zwolniona z zajęć, bo nauczyciel muzyki pan Kangana poprosił mnie, żebym akompaniowała pierwszoklasistom, którzy przygotowywali piosenkę na Święto Ziemi, i chciał, żebym przyszła na próbę. Kiedy stanęłam przed szafką, żeby wyciągnąć flet, wpadła na mnie Audrey Griffin we własnej osobie. Przyszła rozwiesić dywaniki modlitewne uplecione przez trzecioklasistów na aukcję sztuki.

– Słyszałam, że wyjeżdżasz do szkoły z internatem – powiedziała. – Czyj to był pomysł?

– Mój – powiedziałam.

– Nigdy nie wysłałabym mojego Kyle'a do internatu.

– W takim razie na pewno kocha go pani bardziej, niż mama kocha mnie – odparłam i grając na flecie, w podskokach pobiegłam korytarzem.

■ ■ ■

Od: Manjula Kapoor
Do: Bernadette Fox

Droga Pani Fox,

sprawdziłam różne lekarstwa przeciwko chorobie lokomocyjnej. Najsilniejszym środkiem dostępnym na receptę w Stanach Zjednoczonych jest krem przezskórny ABHR do stosowania miejscowego. Jego skład to lorazepam, antyhistamina, haloperydol i metoclopramid. Wynalazła go NASA, żeby pomóc astronautom w zwalczaniu choroby lokomocyjnej w przestrzeni kosmicznej. Hospicja zaadaptowały go na potrzeby pacjentów nieuleczalnie chorych na raka. Z największą przyjemnością wyślę Pani linki do różnych forów dyskusyjnych, których użytkownicy chwalą działanie kremu ABHR. Muszę jednak Panią ostrzec, że na tych forach są zamieszczone zdjęcia bardzo chorych ludzi. Sądzę, że niektórych wolałaby Pani nie oglądać. Pozwoliłam sobie zbadać, w jaki sposób można zdobyć krem ABHR. Jest dostępny jedynie w aptekach produkujących lekarstwa na miejscu. Nie mamy ich w Indiach, ale zdaje się, że są dosyć popularne w Ameryce. Znalazłam lekarza, który wypisze receptę. Proszę o instrukcje w sprawie dalszego postępowania.

Pozdrawiam serdecznie,
Manjula

■ ■ ■

Do: Manjula Kapoor
Od: Bernadette Fox

Jeśli jest wystarczająco dobry dla astronautów i chorych na raka, to dla mnie na pewno też! Zamów go!

▪ ▪ ▪

Liścik od Audrey Griffin

Tom,

zostawiam Ci czek za poprzednie zlecenie. A dla przypomnienia – spotykamy się u mnie w poniedziałek po południu i idziemy zerknąć na dom sąsiadów. Rozumiem Twoją niechęć do wchodzenia na cudzą posesję bez zaproszenia. Wiem jednak, że na pewno nikogo tam nie będzie.

▪ ▪ ▪

Poniedziałek, 6 grudnia

Tego dnia szóstą lekcją była plastyka, a mnie zebrał się w gardle glut, więc wyszłam na korytarz, żeby – jak zwykle podczas plastyki – splunąć do fontanny. Ledwie odcharknęłam, a zza rogu wyszła... Wiecie kto? Pielęgniarka Webb. Zaczęła panikować, że rozsiewam bakterie, chociaż próbowałam jej wytłumaczyć, że to nieprawda, bo biała flegma oznacza, że bakterie są martwe. Wystarczy zapytać prawdziwego lekarza, a nie pracownicę administracji, która swoich umiejętności nie może potwierdzić dyplomem szkoły pielęgniarskiej, tylko opakowaniem plastrów w szufladzie biurka.

– Pójdę po tornister – mruknęłam.

Warto podkreślić, że córka pana Levy'ego, mojego nauczyciela biologii i wychowawcy, też ma astmę wirusową, tak samo, jak ja. Nie przeszkadza jej to grać w lidze hokejowej, więc pan Levy wie, że mój kaszel to nic wielkiego. Za nic w świecie nie wysłałby mnie do gabinetu pani Webb. Łatwo poznać, kiedy w gardle zbiera mi się glut, bo nagle mój głos zaczyna się rwać jak w zepsutym telefonie. Pan Levy ukradkiem za plecami podaje mi chusteczkę. On jest bardzo zabawny. Pozwala żółwiom spacerować luzem po całej klasie, a raz przyniósł do szkoły płynny azot i zamroził resztki naszego lunchu.

Nie było mi zbyt przykro, że mama musiała wcześniej po mnie przyjechać, bo i tak minęło już sześć lekcji. Szkoda tylko, że nie mogłam zostać po szkole i pomóc innym w zadaniach domowych. Czwartoklasiści organizowali debatę, a ja miałam ich przygotować. Właśnie uczyli się o Chinach, debata zaś dotyczyła argumentów za i przeciw chińskiej okupacji Tybetu. Słyszeliście kiedy coś takiego? Galer Street jest tak pełna absurdów, że wyprzedza program nauczania, a potem zjada własny ogon i każe czwartoklasistom przedstawiać argumenty przemawiające za ludobójstwem w Tybecie oraz za równie kompleksową zagładą tamtejszej kultury. Chciałam, żeby powiedzieli, że jedną z zalet chińskiej okupacji jest pomoc w zwalczaniu głodu na świecie, bo dzięki niej zostaje mniej Tybetańczyków do wykarmienia, ale pan Lotterstein niechcący usłyszał ten argument i ostrzegł, żebym nie ważyła się go użyć.

Siedziałam więc, moknąc w deszczu, na schodach kładki dla pieszych. (Kiedyś mogliśmy czekać na rodziców w sekretariacie, ale odebrano nam tę możliwość po wybryku Kyle'a Griffina, którego pewnego dnia wezwano do dyrektorki, a kiedy został sam w sekretariacie, dobrał się do bazy danych Galer Street i zaczął wydzwaniać z telefonu służbowego do wszystkich rodziców. Rodzice widzieli na wyświetlaczach swoich komórek, że telefonuje ktoś ze szkoły, a kiedy odbierali, Kyle krzyczał do słuchawki: „Co za straszny wypadek!", po czym się rozłączał. Od tej pory wszyscy uczniowie musieli czekać na dworze.) W końcu przyjechała mama. Nie zapytała, jak się czuję, bo dobrze wiedziała, że pani Webb lubi przesadzać. W drodze do domu wyciągnęłam swój nowy flet i zagrałam parę dźwięków. Mama nie pozwala mi grać w samochodzie, bo się boi, że w razie wypadku flet przebije mi głowę i przygwoździ mnie do fotela. Moim zdaniem, to niedorzeczne. Niby jak?

– Bee... – odezwała się mama.

– Wiem, wiem.

Odłożyłam flet na siedzenie.

– Nie o to chodzi – powiedziała mama. – To nowy instrument? Nigdy przedtem go nie widziałam.

– To japoński flet. Nazywa się *shakuhachi*. Pan Kangana wypożyczył mi go ze swojej kolekcji. Pierwszoklasiści przygotowują piosenkę na Święto Ziemi, a ja mam im akompaniować. W ubiegłym tygodniu na próbie zwróciłam uwagę, że śpiewają, stojąc jak kołki. Wymyśliłam więc, że powinni wykonać taniec słoni. Mam się zająć choreografią.

– Nie wiedziałam, że projektujesz układ choreograficzny dla pierwszoklasistów – zdziwiła się mama. – To wielka sprawa, Bee.

– Właściwie to nic takiego.

– Powinnaś mi mówić o takich rzeczach. Mogę przyjść to zobaczyć?

– Nie pamiętam dokładnej daty.

Wiedziałam, że mama nie lubi odwiedzać szkoły. Pewno i tak by nie przyszła, więc po co udawać?

W domu od razu poszłam do swojego pokoju, a mama zrobiła to, co zawsze – zamknęła się w Petit Trianon. Chyba jeszcze wam nie mówiłam o Petit Trianon. Mama nie lubi przebywać w domu w ciągu dnia, głównie z powodu Normy i jej siostry, które przychodzą do nas sprzątać i głośno rozmawiają ze sobą przez ścianę. Poza tym ogrodnicy hałasują, kosząc trawę. Tak więc mama sprawiła sobie przyczepę kempingową Airstream i wynajęła dźwig, żeby ją postawić w ogrodzie. Zaniosła do przyczepy komputer i spędza tam większość czasu. Nazwałam ten jej azyl Petit Trianon, bo przypomina mi dworek, który Maria Antonina kazała zbudować w Wersalu, żeby mieć dokąd iść, kiedy Wersal ją nudził.

Właśnie tam poszła mama, a ja usiadłam do odrabiania lekcji w swoim pokoju. Nagle Lodzia zaczęła szczekać.

– Czym mogę państwu służyć? – usłyszałam dobiegający z ogrodu, przesiąknięty sarkazmem głos mamy.

Rozległ się idiotyczny piskliwy krzyk.

Podeszłam do okna. Przed mamą na trawniku stali Audrey Griffin i jakiś facet w roboczych butach i ogrodniczkach.

– Myślałam, że cię nie ma – wykrztusiła Audrey.

– Na to wygląda. – Głos mamy brzmiał megawrednie.

To był niezły show.

Audrey zaczęła trajkotać o naszych jeżynach, o swoim organicznym ogrodzie, o koledze, który ma kolegę, który ma specjalną maszynę, i o czymś, co musi być zrobione do końca tygodnia. Mama nie odzywała się ani słowem, przez co Audrey mówiła jeszcze szybciej.

– Chętnie zatrudnię Toma, żeby się pozbył moich jeżyn – powiedziała w końcu mama. – Ma pan wizytówkę?

Nastąpiło długie, przytłaczające milczenie, kiedy facet nerwowo przeszukiwał kieszenie.

– Zdaje się, że już wszystko załatwiliśmy – zwróciła się mama do Audrey. – A teraz wróć tą samą drogą, którą tu wpełzłaś, i przestań deptać moje grządki kapusty.

Odwróciła się, energicznym krokiem podeszła do Petit Trianon i zatrzasnęła za sobą drzwi.

Miałam ochotę krzyknąć: „Dałaś czadu, mamo!", bo bez względu na to, co ludzie o niej mówią, mama wiedziała, jak sprawić, żeby w życiu było śmiesznie.

▪ ▪ ▪

Od: Bernadette Fox
Do: Manjula Kapoor

W załączniku znajdziesz informacje dotyczące faceta, który „likwiduje" krzaki jeżyn. (Uwierzysz, że istnieje taki zawód?) Proszę, skontaktuj się z nim i ustal, co, gdzie, jak i z kim ma zrobić. Pokryję wszystkie koszty.

▪ ▪ ▪

Pięć minut później mama wysłała drugą wiadomość

Od: Bernadette Fox
Do: Manjula Kapoor

Będzie mi potrzebna tablica informacyjna. Osiem na pięć stóp. Chcę, żeby napisano na niej:

TEREN PRYWATNY
ZAKAZ WSTĘPU
Gzom z Galer Street
grozi aresztowanie
i wtrącenie do więzienia dla gzów

Każ ją pomalować jak najkrzykliwszą, najohydniejszą czerwoną farbą, a napis – najbrzydszą, najostrzejszą żółtą, jaką uda Ci się znaleźć. Chciałabym, żeby została umieszczona przy zachodniej granicy mojej posesji, u stóp wzgórza, gdzie będzie dobrze widoczna, kiedy już zlikwidujemy te przeklęte jeżyny. Upewnij się, że tablica będzie zwrócona w kierunku posesji mojej sąsiadki.

▪ ▪ ▪

Wtorek, 7 grudnia

Od: Manjula Kapoor
Do: Bernadette Fox

Proszę o potwierdzenie, czy wymiary tablicy, o którą Pani prosi, to osiem stóp szerokości na pięć stóp wysokości. Zatrudniony przeze mnie wykonawca twierdzi, że to nietypowe parametry – zdają się nieproporcjonalnie duże jak na dzielnicę mieszkaniową.

Pozdrawiam serdecznie,
Manjula

▪ ▪ ▪

Od: Bernadette Fox
Do: Manjula Kapoor

Dokładnie tak. Możesz mu przysiąc na swoje *bindi*, że ma być właśnie taka duża.

▪ ▪ ▪

Od: Manjula Kapoor
Do: Bernadette Fox

Droga Pani Fox,

tablica została zamówiona i stanie na posesji w dniu, w którym Tom zakończy prace likwidacyjne.

Z przyjemnością informuję także o tym, że znalazłam lekarza, który wypisze receptę na krem ABHR. Niestety, jedyna w Seattle apteka, która ją zrealizuje, nie dostarcza lekarstw do domu. Pytałam o możliwość wysyłki kurierem, ale apteka nalega na odbiór osobisty, bo zgodnie z obowiązującymi przepisami farmaceuta musi osobiście omówić z panią ewentualne skutki uboczne. Załączam adres apteki i kopię recepty.

Pozdrawiam serdecznie,
Manjula

Piątek, 10 grudnia

Od: Bernadette Fox
Do: Manjula Kapoor

Czym prędzej wybieram się do apteki. Wyjście do miasta to nie taki zły pomysł, bo właśnie w tej chwili piekielna machina najeżona stalowymi kolcami, teleskopowymi ramionami i wirnikami o srogim wyglądzie rozszarpuje na strzępy zbocze przed moim domem i pluje dokoła trawą i ziemią. Tom dosłownie przywiązał się do niej, żeby nie spaść, bo ta bestia wierzga jak narowisty koń. Nie zdziwię się, jeśli zacznie ziać ogniem.

Aha! Dotarła do mnie kamizelka wędkarska. Dziękuję! Już noszę w niej okulary, kluczyki do samochodu i komórkę. W ogóle nie chcę jej zdejmować.

▪ ▪ ▪

Od: Soo-Lin Lee-Segal
Do: Audrey Griffin

GORĄCE NEWSY!... jak powiedziałby Ollie-O.

Mówiłam Ci, że dostałam awans na administratorkę nowego zespołu? Właśnie się dowiedziałam, że chodzi o zespół pracujący nad projektem Samantha 2, którego szefem jest ni mniej, ni więcej, tylko Elgin Branch!

Audrey, uwierz mi, kotłują się we mnie emocje! Kiedy Elgin po raz pierwszy przedstawił Samanthę 2 na lutowej konferencji TED, wywołał niemal histerię w Internecie. Nie minął nawet rok, a jego wystąpienie już jest na czwartym miejscu pod względem oglądalności na kanale TEDTalk. Niedawno Bill Gates powiedział, że Samantha 2 jest jego ulubionym projektem w całej firmie. W ubiegłym roku Elgin dostał nagrodę za szczególne osiągnięcia technologiczne – najwyższe wyróżnienie Microsoftu. Zespół Samantha 2, a szczególnie Elgin, cieszą się tutaj taką popularnością, jak gwiazdy rocka. Kiedy się rozejrzysz po Studiu West, od razu poznasz po pewnym siebie kroku, kto jest zatrudniony przy tym projekcie. Zawsze wiedziałam, że jestem dobra w swojej pracy, ale przyjęcie do zespołu Samantha 2 oznacza, że teraz wszyscy to wiedzą. To tak przyjemne uczucie, że chce mi się śmiać.

Elgin Branch to osobna historia. Tamtego dnia, kiedy spotkaliśmy się w autobusie, jego nieuprzejme zachowanie i arogancja były dla mnie niczym policzek, którego do dzisiaj mu nie wybaczyłam. Ale posłuchaj, co się stało dzisiaj rano.

Poszłam do działu HR, żeby odebrać nową kartę dostępu i przydział do biura. (Pierwszy raz od dziesięciu lat mam gabinet z oknem!) Zaczęłam ustawiać na biurku zdjęcia, kubeczki i kolekcję figurek Snow Baby. Nagle uniosłam wzrok i po drugiej stronie sali zobaczyłam Elgina Brancha. Zdziwiłam się, bo nie miał butów. Był w samych skarpetkach. Pomachałam do niego, kiedy mnie zauważył. Ledwie się uśmiechnął i poszedł dalej.

Postanowiłam wykazać się inicjatywą (zgodnie z regułą „3 × I", która jest fundamentem działań interpersonalnych Ofiar Przemocy Przeciwko Przemocy) i doprowadzić do pierwszego bezpośredniego spotkania w naszych nowych rolach – managera i administratorki projektu.

Elgin stał przy pulpicie, jego buty trekkingowe leżały bezładnie rozrzucone na podłodze. Od razu zwróciłam uwagę na dużą liczbę walających się wszędzie kostek patentowych. (Mamy w MS taki miły zwyczaj, że kiedy projektant opatentuje swój pomysł, dostaje pamiątkową kostkę.) Mój poprzedni *project manager* miał cztery. U Elgina na samym parapecie naliczyłam ich dwadzieścia, a parę innych poniewierało się na podłodze.

– W czym mogę pani pomóc? – zapytał.

– Dzień dobry. – Otrząsnęłam się z szoku. – Nazywam się Soo-Lin Lee-Segal. Jestem nową administratorką.

– Miło mi panią poznać. – Wyciągnął rękę.

– Właściwie, już się znamy. Mój syn Lincoln uczy się w Galer Street. Jest w jednej klasie z Bee.

– Och, przepraszam – powiedział. – Oczywiście.

Szef zespołu projektantów Pablo uchylił drzwi i zajrzał do biura.

– Piękny dzień, panie sąsiedzie – powiedział. (Wszyscy członkowie zespołu żartują z niego, nawiązując w różny sposób do pana Rogersa*. Okazuje się, że wszyscy wiedzą o dziwactwie Elgina, który, tak jak pan Rogers, przychodząc z dworu, zawsze zdejmuje buty. Nawet podczas konferencji TEDTalk, którą właśnie obejrzałam kolejny raz, Elgin stał na scenie boso. Przed Alem Gore'em i Cameron Diaz!) – Pamiętaj, że jesteśmy umówieni na południe – przypomniał mu Pablo. – Mamy się spotkać z podwykonawcami. Może zamiast do South Lake Union zabierzemy ich na lunch do miasta? Do Wild Ginger?

– Świetnie – odparł Elgin. – To blisko kolejki podmiejskiej. Mogę stamtąd pojechać prosto na lotnisko.

Widziałam w kalendarzu projektu, że jutro Elgin ma prezentację w innym mieście.

Pablo zwrócił się do mnie, więc się przedstawiłam.

– Hura! – powiedział. – Nowa administratorka! Bez ciebie ledwie wiązaliśmy koniec z końcem. Idziesz z nami na lunch?

– Na pewno się domyśliłeś, że burczy mi w brzuchu – zaszczebiotałam. – Przyjechałam samochodem. Mogę was zawieźć do miasta.

– Weźmy Bus 888 – zaproponował Elgin. – Będzie mi potrzebne łącze Wi-Fi, żeby wysłać parę maili.

– W takim razie niech będzie Bus 888 – zgodziłam się, nieco urażona odrzuceniem mojej propozycji, ale z drugiej strony, ucieszyłam się, bo Bus 888 jest zarezerwowany dla VIP-ów i kadry najwyższego szczebla. Po raz pierwszy w życiu miałam możliwość zobaczyć na własne oczy jego wnętrze. – Wild Ginger w samo południe. Zarezerwuję stolik.

No więc, wpadłam jak śliwka w kompot i teraz boję się na samą myśl o lunchu, który powinien być najszczęśliwszą

---

* *Mister Rogers' Neighborhood* (Sąsiedzi pana Rogersa) – popularny w Ameryce program telewizyjny dla dzieci nadawany od 1968 do 2001 roku.

chwilą mojego życia. Och, Audrey, mam nadzieję, że ten dzień upłynął Ci przyjemniej niż mnie.

▪ ▪ ▪

Od: Audrey Griffin
Do: Soo-Lin Lee-Segal

Kogo obchodzi Elgin Branch? Dla mnie Ty jesteś najważniejsza. Jestem z Ciebie dumna, kiedy sobie przypomnę, jak świetnie sobie poradziłaś ze wszystkimi problemami po rozwodzie. Wreszcie Cię docenili. Zasłużyłaś na to.

Mój dzień mija doskonale. Maszyna już wyrywa krzaki jeżyn z pagórka Bernadette. Ten fakt wprawił mnie w tak dobry humor, że jestem w stanie śmiać się z wypadku przed Galer Street, który w przeciwnym razie wpędziłby mnie w ponury nastrój.

Rano zaczepiła mnie Gwen Goodyear i zaprosiła na prywatną rozmowę w gabinecie. Wiesz, kogo tam zastałam, siedzącego tyłem do mnie na wielkim skórzanym fotelu? Kyle'a! Gwen zamknęła drzwi i stanęła za biurkiem. Koło Kyle'a stał jeszcze jeden fotel, więc usiadłam.

Gwen otworzyła szufladę.

– Wczoraj znaleźliśmy coś w szafce Kyle'a...

Pokazała mi pomarańczową buteleczkę na lekarstwa z moim nazwiskiem na etykiecie. To był vicodin, który dostałam od lekarza po tym, jak Madonna ze Straight Gate próbowała mnie rozjechać swoim samochodem.

– Skąd to się tutaj wzięło? – zapytałam.

– Kyle? – zażądała odpowiedzi Gwen.

– Nie wiem – powiedział Kyle.

– W Galer Street obowiązuje zasada „zero tolerancji" dla narkotyków – oznajmiła Gwen.

– Ale to przecież lekarstwo. Na receptę – powiedziałam, wciąż nie rozumiejąc, do czego zmierza.

– Kyle – powtórzyła Gwen. – Dlaczego miałeś to w swojej szafce?

Coraz mniej podobała mi się ta sytuacja. Wcale mi się nie podobała.

– Z powodu Bernadette Fox trafiłam na izbę przyjęć. Zapewne pani pamięta, że wyszłam stamtąd o kulach! Poprosiłam Kyle'a, żeby mi poniósł torbę i lekarstwo. Na litość boską!

– Kiedy zauważyła pani brak vicodinu?

– Dopiero teraz.

– Dlaczego butelka jest pusta? Audrey, niech pani pozwoli Kyle'owi odpowiedzieć. – Zwróciła się do niego: – Kyle, dlaczego jest pusta?

– Nie wiem – odparł Kyle.

– Na pewno była pusta, kiedy ją dostaliśmy – powiedziałam. – Wie pani, z jakimi kłopotami boryka się szpital uniwersytecki. Prawdopodobnie zapomnieli wsypać tabletki do buteleczki. Skończyliśmy? Może pani nie wie, ale jutro urządzam przyjęcie dla sześćdziesięciorga rodziców z aspiracjami.

Wstałam i wyszłam.

Właśnie w tej chwili wpadła mi do głowy pewna myśl. Chciałabym wiedzieć, czego właściwie Gwen Goodyear szukała w szafce Kyle'a. Czy te skrytki nie są zamykane na klucz? Przecież mają zapewniać uczniom prywatność, prawda?

■ ■ ■

Szafki w naszej szkole mają wbudowane zamki szyfrowe. To totalna porażka, bo za każdym razem, kiedy czegoś potrzebujesz, musisz milion razy kręcić gałką. Wszystkich to wkurza. Ale Kyle i jego banda znaleźli na nie sposób – walą w zamki ciężkimi przedmiotami, dopóki nie odpadną. Szafka Kyle'a w ogóle się nie zamyka. Właśnie dlatego pani Goodyear zwróciła na nią uwagę.

■ ■ ■

Od: Bernadette Fox
Do: Manjula Kapoor

Od roku nie byłam w centrum. Teraz przypomniałam sobie, jaki był tego powód – parkomaty.

Parkowanie w Seattle to ośmiostopniowa procedura. Krok pierwszy – znaleźć miejsce (pooowodzeeenia!). Krok drugi – wjechać tyłem (!) na zaznaczony ukośnymi liniami postój (ten, kto zaproponował taką innowację, powinien dostać dożywocie). Krok trzeci – poszukiwanie automatu z biletami, który nie jest oblężony przez bandę śmierdzących żebraków/włóczęgów/ćpunów/zbiegów wszelkiej maści. To prowadzi do kroku czwartego – przeprawy na drugą stronę ulicy. Aha, oczywiście zapomniałaś parasola (i mokną ci włosy, ale na szczęście już pod koniec ubiegłego wieku przestałaś się przejmować fryzurą, więc nic nie szkodzi). Krok piąty – wkładasz kartę kredytową do automatu (znalezienie czynnego automatu, do którego jakiś niezadowolony klient nie napchał kleju, graniczy z cudem). Krok szósty – powrót do samochodu (znowu mijasz cuchnących ćpunów i żebraków, którzy teraz obrzucają cię wyzwiskami, bo nie dałaś im pieniędzy – aha, czy już wspomniałam, że zawsze towarzyszą im zapuszczone kundle?). Krok siódmy – zastanawiasz się, gdzie umieścić bilet parkingowy (czy parkując tyłem pod kątem do chodnika, masz go położyć po stronie pasażera czy kierowcy? Mogłabym przeczytać regulamin wydrukowany na odwrocie biletu, ale tego nie robię, bo KTO, DO DIABŁA, BIERZE Z DOMU OKULARY DO CZYTANIA, ŻEBY ZAPARKOWAĆ SAMOCHÓD?). Krok ósmy – modlisz się, żeby nie stracić głowy i nie zapomnieć, po co właściwie przyjechałaś do miasta.

W tym momencie już skrycie liczyłam na to, że jakiś czeczeński terrorysta strzeli mi w plecy.

Apteka zajmowała olbrzymią przestrzeń, ściany pokrywała drewniana boazeria, a nieliczne półki były słabo zaopatrzone. Na środku stała obita brokatem sofa, nad którą wisiał wymyślny żyrandol w stylu Chihuly'ego. Wystrój apteki kompletnie nie miał sensu, więc na tym etapie moje nerwy już były w strzępach.

Podeszłam do lady. Aptekarka nosiła biały czepek, który wyglądał jak nakrycie głowy zakonnicy, tyle że bez tych wielkich skrzydeł. Jej pochodzenie etniczne było dla mnie zagadką, ale widziałam, że pełno ich tutaj, szczególnie w wypożyczalniach samochodów. Pewnego dnia będę musiała o to zapytać.

– Bernadette Fox – przedstawiłam się.

Kobieta popatrzyła na mnie i po chwili w jej oczach pojawił się kpiący błysk.

– Chwileczkę.

Weszła na podest i szepnęła coś do ucha drugiemu aptekarzowi. Ten pochylił głowę i badawczo przyjrzał mi się znad oprawek okularów. Oboje zeszli z podwyższenia. Bez względu na to, co miało się zdarzyć, z góry założyli, że to będzie robota dla dwojga.

– Dostałem receptę od pani lekarza – powiedział mężczyzna. – Przepisał ją na wypadek choroby morskiej podczas rejsu, prawda?

– Wybieramy się w święta na Antarktydę – potaknęłam. – Będziemy musieli pokonać Cieśninę Drake'a. Nie uwierzyłby pan, gdybym zacytowała statystyki dotyczące prędkości obrotowej wirów i wysokości fal w tym rejonie. Niestety, nie mogę tego zrobić, bo mam beznadziejną pamięć do liczb. Ponadto z całej siły próbuję wyprzeć te dane. To wszystko wina mojej córki. Płynę tylko ze względu na nią.

– To recepta na ABHR – powiedział aptekarz. – Jego głównym składnikiem jest lorazepam z dodatkiem antyhistaminy, haloperydolu i metoclopramidu.

– Nie widzę w tym nic strasznego.

– Haloperydol – zaczął wyjaśniać – wykazuje silne działanie przeciwpsychotyczne. – Włożył okulary do kieszeni koszuli. – Używano go w radzieckim systemie więziennym, żeby złamać morale skazańców.

– I dopiero teraz się o tym dowiaduję?

Facet był nieczuły na moje wdzięki, a może jestem ich pozbawiona. Prawdopodobnie to drugie. Tłumaczył więc dalej:

– Wywołuje groźne skutki uboczne. Najgorszym z nich jest dyskineza późna. Dyskinezę późną charakteryzują niekontrolowane skurcze mięśni twarzy, wysuwanie języka, mlaskanie...

– Na pewno widziała pani ludzi, którzy na to cierpią – dodała grobowym głosem Latająca Zakonnica. Uniosła do twarzy nienaturalnie wykręconą dłoń, pochyliła głowę na bok i zamknęła jedno oko.

– Od razu widać, że nigdy nie cierpieliście na chorobę morską – powiedziałam. – Bo dwie godziny z takimi objawami to w porównaniu z nią spacer po plaży.

– Dyskineza późna może trwać do końca życia – wyjaśnił aptekarz.

– Do końca życia? – powtórzyłam ledwo dosłyszalnie.

– Prawdopodobieństwo zachorowania wynosi mniej więcej cztery procent – mówił dalej. – U dojrzałych kobiet ryzyko wzrasta do dziesięciu procent.

Głośno wypuściłam powietrze z płuc.

– O kurczę.

– Rozmawiałem z pani lekarzem. Wypisał inną receptę na plaster ze skopolaminą przeciwko chorobie morskiej i xanax na stany lękowe.

Miałam pod dostatkiem xanaxu! Armia lekarzy Bee zawsze odsyłała mnie do domu z xanaxem albo z tabletkami nasennymi. (Wspominałam, że mam trudności z zasypianiem?) Nigdy ich nie łykałam, bo za pierwszym razem po ich zażyciu było mi niedobrze i nie czułam się sobą. (Wiem, że dla niektórych to brzmi jak zachęta, ale co zrobić? Już się do tego przyzwyczaiłam.) Problem z xanaxem i kilkuset innymi tabletkami, które zachomikowałam, polegał na tym, że ostatecznie wszystkie wylądowały w plastikowym woreczku. Dlaczego? No cóż, kiedyś poważnie myślałam o przedawkowaniu, więc wysypywałam na rękę zawartość każdej przepisanej mi fiolki tabletek – było ich tak dużo, że nie mieściły się w obu dłoniach – żeby ocenić, czy będę w stanie połknąć wszystkie za jednym razem. Po jakimś czasie odpuściłam sobie ten pomysł i przesypałam tabletki do woreczka, w którym leżą do dzisiaj. Pewno się zastanawiasz, dlaczego chciałam popełnić samobójstwo. Cóż, ja też! Naprawdę nie pamiętam.

– Ma pan planszę, na której można zobaczyć, jak wyglądają różne tabletki? – zapytałam.

Pomyślałam, że jeżeli uda mi się poznać po wyglądzie xanax, to przełożę go z powrotem do właściwego opakowania.

Farmaceuta zdębiał, biedaczysko, ale wcale się mu nie dziwię.

– W porządku, proszę mi dać xanax i ten plaster.

Usiadłam na brokatowej sofie. Była potwornie niewygodna. Oparłam nogę na siedzeniu i wygodnie się ułożyłam. Tak było bardziej komfortowo. Nagle dotarło do mnie, że to ekstrawagancka kozetka dla niedomagających klientów, i zapragnęłam stracić przytomność. Nade mną wisiał żyrandol od Chihuly'ego. Te żyrandole szpecą Seattle niczym gołębie dachowe. Wszędzie ich pełno. Nawet jeśli starasz się ich unikać, to po jakimś czasie mimowolnie zaczynasz je nienawidzić.

Ten oczywiście był cały ze szkła – biały, ażurowy, z nibymackami spływającymi ze wszystkich stron. Bił od niego zimny niebieski blask, chociaż nie było widać źródła światła. Na zewnątrz dudniły ciężkie krople deszczu. Ich rytmiczny chlupot sprawiał, że zawieszona pod sufitem szklana bestia zdawała się jeszcze bardziej przytłaczająca, jakby przyszła wraz z burzą albo jakby to ona przywołała deszcz. Zawodziła nade mną: „Chihuly... Chihuly". W latach siedemdziesiątych Chihuly – już wtedy ceniony projektant szkła – stracił oko w wypadku samochodowym. To jednak go nie powstrzymało. Parę lat później podczas surfowania doznał kontuzji ramienia, przez którą nigdy więcej nie był w stanie utrzymać w rękach narzędzi do dmuchania szkła. To też nie odebrało mu chęci do pracy. Nie wierzysz? Przepłyń się łodzią po jeziorze Union i zerknij na okna studia Dale'a Chihuly'ego. Pewno teraz też tam siedzi z opaską na oku, z bezwładną ręką i właśnie tworzy najlepsze, najbardziej odlotowe dzieło swojego życia. Poczułam, że ciążą mi powieki.

– Bernadette... – usłyszałam nagle.

Otworzyłam oczy. Zdaje się, że usnęłam. Problem z bezsennością polega na tym, że czasami jednak zasypiasz, i to w najgorszym momencie, tak jak tym razem – w miejscu publicznym.

– Bernadette? – To był Elgie. – Dlaczego tutaj śpisz?

– Elgie... – Otarłam strużkę śliny z policzka. – Nie chcieli mi dać haloperydolu, więc musiałam poczekać na xanax.

– Słucham? – Zerknął za witrynę. Na ulicy stała grupa osób z Microsoftu, które znałam z widzenia. – Co ty masz na sobie?

Miał na myśli moją kamizelkę wędkarską.

– Ach, to. Zamówiłam ją przez Internet.

– Możesz wstać? – zapytał. – Wybieram się na lunch. Mam go odwołać?

– Nie, broń Boże! – odparłam. – Nic mi nie jest. Wczoraj przesiedziałam całą noc i po prostu zmógł mnie sen. Idź, nie przejmuj się mną.

– Wrócę na kolację do domu. A może poszlibyśmy gdzieś razem na kolację?

– Nie miałeś jechać do Waszyngtonu?

– Ten wyjazd może poczekać – odpowiedział Elgie.

– Tak, jasne – powiedziałam. – Zadzwoń. Wybiorę lokal.

– Tylko ty i ja.

Kiedy wyszedł, sprawy zaczęły się komplikować. Mogłabym przysiąc, że wśród osób czekających na niego zobaczyłam gza z Galer Street. Nie tę babę, która suszy nam głowy o jeżyny, ale małpę z jej menażerii. Zamrugałam, żeby się upewnić, czy mnie wzrok nie myli, jednak już zniknęli w tłumie.

Serce waliło mi jak młotem. Powinnam była zostać i zażyć xanax, ale już miałam dość tej apteki i tkwienia w jednym pomieszczeniu ze złowróżbną bryłą lodu nad głową. To twoja wina, Dale'u Chihuly!

Uciekłam. Nie miałam pojęcia, dokąd idę ani nawet w jakim kierunku, ale zdaje się, że to była Fourth Avenue, bo nagle stanęłam przed zaprojektowaną przez Rema Koolhaasa biblioteką publiczną.

Chyba się zatrzymałam. Podszedł do mnie jakiś facet. Wyglądał jak student ostatniego roku. Zdawał się całkiem miły, nie było w nim nic odpychającego ani nie budził we mnie strachu.

On mnie rozpoznał.

Manjula, nie wiem, jak to zrobił. Jedyna przedstawiająca mnie fotografia, która gdzieś krąży, została zrobiona dwadzieścia lat temu, przed Wielką Ohydą. Wyglądam na niej pięknie, moja twarz promienieje pewnością siebie i z uśmiechem spoglądam w przyszłość, którą sama dla siebie wybrałam.

– Bernadette Fox – prychnęłam.

Teraz kończę pięćdziesiąt lat i powoli staczam się w szaleństwo.

Pewno nic z tego nie rozumiesz, Manjula. Nie szkodzi, nie musisz. Ale widzisz, co się dzieje, kiedy spotykam się z ludźmi. To nie wróży najlepiej tej naszej wyprawie na Antarktydę.

▪ ▪ ▪

Po południu mama odebrała mnie ze szkoły. Była trochę milcząca, ale taki nastrój często jej się zdarza, bo po drodze słucha wiadomości „The World" w programie PRI, które potrafią człowieka zdołować, i ten dzień nie był wyjątkiem. Wsiadłam do samochodu. W radiu właśnie nadawano reportaż z wojny w Demokratycznej Republice Kongo, gdzie gwałtu używano jak narzędzia walki. Żołnierze gwałcili wszystkie kobiety – od półrocznych niemowląt do osiemdziesięcioletnich staruszek. Gwałcono ponad tysiąc kobiet i dziewcząt miesięcznie. Ta sytuacja trwała od dwunastu lat, ale nikt nie kiwnął palcem, żeby się sprzeciwić. Hillary Clinton pojechała do Kongo z obietnicą pomocy, czym rozbudziła wielkie nadzieje, ale okazało się, że pomoc ograniczyła się do przekazania pieniędzy skorumpowanemu rządowi.

– Nie mogę tego słuchać! – Wyłączyłam radio.

– Wiem, że to okropne – powiedziała mama. – Ale jesteś już wystarczająco dorosła. Mamy wielkie szczęście, że żyjemy w Seattle. To jednak nie znaczy, że możemy po prostu wyłączyć się i udawać, że nie słyszymy kobiet, które zawiniły jedynie tym, że urodziły się w Kongo podczas wojny domowej. Musimy być świadkami ich cierpienia.

Włączyła z powrotem radio.

Skuliłam się na fotelu i zrobiłam nadąsaną minę.

– Wojna w Kongo szaleje i wciąż nie widać jej końca – mówił prezenter. – Ostatnio pojawiły się doniesienia o nowej kampanii wojskowej, która polega na tym, żeby odnaleźć kobiety, które już były ofiarami gwałtów, i ponownie je gwałcić.

– Święty Boże! – jęknęła mama. – Powtórne gwałty to rzeczywiście już za wiele.

Wyłączyła odbiornik i przez chwilę siedziałyśmy w ciszy. Dziesięć po czwartej jednak musiałyśmy znowu włączyć radio, bo o tej godzinie w piątki słuchamy naszego ulubionego prezentera Cliffa Massa. Jeśli nie wiecie, kim jest Cliff Mass, to wystarczy powiedzieć, że jest wspaniałym pasjonatem pogody, który tak bardzo kocha wszystko, co jej dotyczy, że nie masz wyboru – musisz go uwielbiać.

Pewnego razu – chyba miałam wtedy dziesięć lat – siedziałam w domu z opiekunką, a mama i tato pojechali do ratusza na jakiś wykład. Następnego dnia mama pokazała mi zdjęcie w swoim aparacie cyfrowym.

– Zgadnij, kto jest ze mną na tym zdjęciu.

Nie miałam najmniejszego pojęcia.

– Będziesz mi zazdrościć, kiedy się dowiesz.

Zrobiłam swoją firmową złośliwą minę. Rodzice nazywają ją miną kubrickowskiego szaleńca i podobno robię ją, od kiedy byłam bobasem.

– Cliff Mass! – wykrzyknęła w końcu mama.

O Boże, czy ktoś może mnie powstrzymać, zanim napiszę jeszcze jedno słowo o Cliffie Massie?

W każdym razie chodzi mi o to, że po pierwsze, z powodu gwałtów, a po drugie, z miłości do Cliffa Massa niewiele rozmawiałyśmy po drodze do domu, więc nie zauważyłam, że mama przeżyła traumę. Zatrzymałyśmy się. W bocznej uliczce stało kilka wielkich ciężarówek, a jedna zaparkowała na środku podjazdu, żeby oszukać fotokomórkę zamykającą bramę. Wszędzie kręcili się robotnicy. Trudno mi było zobaczyć przez zachlapaną deszczem szybę, co właściwie się tam dzieje.

– O nic nie pytaj – powiedziała mama. – Audrey Griffin zażądała, żebyśmy pozbyli się jeżyn.

Kiedy byłam mała, mama zabrała mnie na *Śpiącą królewnę* w Pacific Northwest Ballet. W tym przedstawieniu zła wiedźma rzuca na księżniczkę klątwę, która sprawia, że ta zasypia na sto lat. Dobra wróżka czuwa nad śpiącą królewną i otacza jej zamek gąszczem ciernistych krzewów. Przez cały seans, kiedy królewna śpi, krzaki wokół niej rosną i są coraz gęstsze. Właśnie tak się czułam w mojej sypialni. Wiedziałam, że nasze jeżyny wypaczają podłogę w bibliotece, sprawiają, że pod dywanem powstają dziwne wybrzuszenia, a szyby w oknach piwnicy pękają. Jednak zasypiałam z uśmiechem, bo wiedziałam, że nad moim snem czuwają potężne moce.

– Nie mogą wyciąć wszystkich! – krzyknęłam. – Dlaczego im na to pozwoliłaś?

– Nie złość się na mnie – powiedziała mama. – Przecież zabieram cię na biegun południowy.

– Mamo, nie jedziemy na biegun.

– Jak to?

– Turyści mogą odwiedzać jedynie Półwysep Antarktyczny. To tamtejszy odpowiednik Florida Keys.

Szok! Zdaje się, że mama naprawdę tego nie wiedziała.

– Mimo wszystko jest tam około zera stopni – mówiłam dalej. – Jednak to tylko maleńki skrawek Antarktydy. To tak, jakby ci ktoś powiedział, że jedzie na święta do Kolorado, a ty po jego powrocie zapytałabyś, jak mu się podobał Nowy Jork. Jasne, że oba miejsca są w Stanach Zjednoczonych. Twoje pytanie świadczyłoby jednak o kompletnej ignorancji. Proszę, mamo, przyznaj, że to wiedziałaś, tylko zapomniałaś z powodu przemęczenia.

– Przemęczenia i ignorancji – powiedziała mama.

▪ ▪ ▪

Od: Soo-Lin Lee-Segal
Do: Audrey Griffin

Zanim pomyślisz, że jestem histeryczką wykrzykującą przy każdej okazji: „Gorące newsy!" i przestaniesz się do mnie odzywać, posłuchaj, co mam Ci do powiedzenia.

Już pisałam, że wybraliśmy się z Elginem i Pablem na lunch do miasta. Elgin nalegał, żebyśmy pojechali Busem 888 (który, muszę przyznać, niczym się nie różni od Connectora, chociaż przez tyle lat sądziłam, że kiedy do niego wsiadasz, to mniej więcej tak, jakbyś weszła do czarodziejskiej lampy Alladyna). W centrum trwał jakiś remont, więc na rogu Fifth i Seneca utknęliśmy w korku. Elgin uznał, że będzie szybciej, jeśli pójdziemy pieszo. Lało jak z cebra, ale nie mogłam się sprzeczać, więc wysiadłam ze wszystkimi.

Teraz uważaj, Audrey. Zawsze powtarzasz, że wszystko się dzieje według boskiego planu. Po raz pierwszy zrozumiałam, co to znaczy. Mogłam pomyśleć, że Bóg mnie opuścił, bo kazał mi iść trzy przecznice w ulewnym deszczu. Okazało się jednak, że za trzecią przecznicą było coś, co chciał mi pokazać.

Elgin, Pablo i ja pochyliliśmy głowy i biegliśmy Fourth Avenue, osłaniając twarze kapturami. Przypadkiem uniosłam wzrok i wiesz, kogo zobaczyłam? Śpiącą w aptece Bernadette Fox.

Muszę to powtórzyć – Bernadette Fox leżała z zamkniętymi oczami na sofie w środku apteki z lekarstwami na zamówienie. Równie dobrze mogłaby się wylegiwać w witrynie Nordstromu na oczach całego Seattle. Miała na sobie spodnie, mokasyny, męską koszulę ze srebrnymi spinkami i coś w rodzaju kamizelki pod płaszczem przeciwdeszczowym oraz okulary przeciwsłoneczne. Kurczowo ściskała w ręce drogą torebkę, do której był przywiązany jeden z jej jedwabnych szali.

Pablo i Elgin już dotarli do rogu ulic i dreptali wkoło, zastanawiając się, gdzie tak nagle zniknęłam. W końcu Elgin mnie zauważył i podszedł poirytowany.

– Ja... – wyjąkałam. – Przepraszam...

To był mój pierwszy dzień nowej pracy. Cokolwiek się stało Bernadette, nie chciałam mieć z tym nic wspólnego. Próbowałam zatuszować sytuację, ale okazało się, że jest już za późno. Elgin zerknął przez okno do środka. Twarz mu pobladła. Otworzył drzwi i wszedł do apteki.

Po chwili stanął koło mnie Pablo.

– Tam śpi żona Elgina – wytłumaczyłam.

– Zdarza się – odparł Pablo. Uśmiechnął się, ale nawet nie zerknął w kierunku apteki.

– Już wiem, co zamówię na lunch – powiedziałam. – Kalmary z solą i pieprzem. Nie ma ich w menu, ale robią je na zamówienie, jeśli poprosisz.

– Brzmi nieźle – zgodził się Pablo. – Ja raczej przeczytam menu przed zamówieniem.

W końcu wrócił Elgin. Wyglądał na roztrzęsionego.

– Zmień mój lot do Waszyngtonu – powiedział. – Chcę wylecieć rano.

Jeszcze nie opanowałam do perfekcji rozkładu zajęć Elgina. Wiedziałam jednak, że miał przedstawić prezentację w Waszyngtonie o czwartej po południu. Otworzyłam usta, żeby wyjaśnić, że różnica czasu...

– Po prostu... – wtrącił.

– Dobrze.

Tymczasem na ulicy pojawił się – a jakże! – Connector. Elgin wystrzelił jak z procy, żeby go zatrzymać. Rozmawiał chwilę z kierowcą, a potem skinął do mnie, żebym podeszła.

– Zawiezie cię z powrotem do Redmond – powiedział Elgin. – Przyślij mi przez Outlooka nowy plan wyjazdu.

Nie miałam wyboru. Wsiadłam do autobusu. Pablo przywiózł mi kalmary z solą i pieprzem, ale źle zniosły podróż.

■ ■ ■

Od: Audrey Griffin
Do: Soo-Lin Lee-Segal

Muszę odpisać szybko, bo tkwię po szyję w przygotowaniach. Prawdziwym gorącym newsem jest to, że zaczynasz dostrzegać, że to Bóg siedzi za kierownicą autobusu (w Twoim przypadku nawet dosłownie. Trututu!). Chciałabym w końcu dłużej z Tobą porozmawiać. Umówimy się na kawę? Mogę też wpaść do Microsoftu.

■ ■ ■

E-mail studenta sprzed biblioteki do wykładowcy architektury w USC

Od: Jacob Raymond
Do: Paul Jellinek

Szanowny Panie Jellinek,

czy pamięta Pan, jak przed wyjazdem na moją prywatną pielgrzymkę do biblioteki publicznej w Seattle zażartowałem, że dam Panu znać, jeśli spotkam Bernadette Fox? No więc, zgadnie Pan, kogo spotkałem przed biblioteką?

Bernadette Fox! Wyglądała na mniej więcej pięćdziesiąt lat i miała brązowe, potargane włosy. Zwróciłem na nią uwagę tylko dlatego, że nosiła kamizelkę wędkarską, a taki strój trudno przeoczyć.

Pamiętam zdjęcie Bernadette Fox sprzed dwudziestu lat, kiedy wygrała nagrodę. Na pewno słyszał Pan różne plotki, że przeprowadziła się do Seattle i żyje jak pustelnica albo że zwariowała. Miałem bardzo silne przeczucie, że to właśnie ona. Zanim zdążyłem się odezwać, sama bez uprzedzenia powiedziała:

– Bernadette Fox.

Poczułem, że czerwienią mi się policzki. Zacząłem jej opowiadać, że studiuję na ostatnim roku USC i jeździłem oglądać Beeber Bifocal za każdym razem, kiedy budynek otwierano dla zwiedzających, a naszym zimowym projektem jest konkurs na reinterpretację Twenty Mile House.

Nagle zdałem sobie sprawę, że za dużo mówię. Patrzyła na mnie pustym wzrokiem. Coś z nią było nie w porządku. Chciałem zrobić sobie zdjęcie z nieuchwytną Bernadette Fox. (Ach, co to byłaby za fotografia do mojego profilu!) Po chwili jednak zmieniłem zdanie. I tak już dużo zawdzięczałem tej kobiecie. Nasze relacje opierały się na jednostronnych korzyściach. Czy mogłem żądać jeszcze więcej? Ukłoniłem się jej z rękami złożonymi jak do modlitwy i poszedłem do biblioteki, zostawiając ją samą w deszczu.

Mam wyrzuty sumienia, że mogłem powiedzieć coś, co ją uraziło. W każdym razie, jeśli to Pana interesuje, potwierdzam, że w środku zimy rzeczywiście można spotkać na ulicach Seattle Bernadette Fox w kamizelce wędkarskiej.

Do zobaczenia na zajęciach,
Jacob

▪ ▪ ▪

Wieczorem rodzice poszli beze mnie na kolację do restauracji meksykańskiej w Ballard. Nie miałam im za złe, że mnie nie wzięli, bo w piątki chodzę ze znajomymi do świetlicy młodzieżowej, gdzie objadamy się smażonymi krewetkami i możemy oglądać filmy – tym razem był *Odlot*.

Tato wyszedł z domu o piątej rano, żeby zdążyć na samolot, bo miał spotkanie biznesowe w sprawie Samanthy 2 w szpitalu Walter Reed*. Claire Anderssen urządzała przyjęcie na wyspie Bainbridge, więc bardzo chciałam pojechać do naszego domu letniskowego, a ponadto liczyłam na to, że Kennedy zostanie na noc. Kennedy działa tacie na nerwy, więc na co dzień nie ma mowy o nocowaniu, dlatego cieszyłam się z jego wyjazdu.

Ustaliłyśmy z mamą plan. Miałyśmy zdążyć na prom wypływający dziesięć po dziesiątej, a Kennedy miała dołączyć do nas po gimnastyce, z której chciała się zwolnić, ale mama jej nie pozwoliła.

Sobota, 11 grudnia

▪ ▪ ▪

Wpis na blogu Cliffa Massa

Burza zaczyna się przekształcać w bardziej rozbudowane zjawisko pogodowe. Potrzebuję więcej czasu, żeby je opisać, bo media nie w pełni rozumieją wszystkie implikacje. Wczoraj po południu pasmo chmur wyprzedzające front atmosferyczny dotarło do Waszyngtonu. Na najnowszych modelach komputerowych w wysokiej rozdzielczości widać silne wiatry wiejące z prędkością 40-50 mil/h, w porywach do 70-80 mil/h,

---

* Mówiąc to, nie ujawniam żadnych tajemnic Microsoftu. Podstawą egzystencji Microsoftu są pomysły, o których nie można paplać na lewo i prawo, nawet w gronie rodziny, bo jej członkowie mogliby się wygadać Kennedy, która mogłaby je wygadać swojemu tacie, a ten wprawdzie pracuje w Amazonie, ale kiedyś był pracownikiem Microsoftu, więc zna różnych ludzi, którym może się wygadać, a kiedy tata o tym się dowie, to da ci nauczkę. W normalnych warunkach nigdy bym nie zdradziła, dokąd tata wyjechał w sprawach biznesowych, ale zajrzałam do Internetu i jest tam zamieszczony film z jego prezentacji w szpitalu Walter Reed, a zatem to informacja publiczna (przypis autorki).

i niż nadciągający od północy, a nie od południa, jak wcześniej prognozowano.

Wczoraj w radiu wyraziłem skrajny sceptycyzm wobec opinii meteorologów na temat przewidywanej trasy centrum niżu, a dzisiejsze zdjęcia satelitarne już potwierdzają, że niż zahaczy o południową część wyspy Vancouver i obejmie Kolumbię Brytyjską. Takie umiejscowienie umożliwia przepływ ciepłych, wilgotnych mas powietrza wprost nad zachodni obszar stanu Waszyngton, gdzie mogą wystąpić silne opady deszczu.

Wczoraj media zignorowały moje poważne ostrzeżenia dla Seattle i potraktowały je jak histeryczny fałszywy alarm. To jednak nie jest fałszywy alarm. Nieoczekiwany kierunek frontu burzowego sprawił, że układ niżowy przesunął się na północ od cieśniny Puget i nastąpiło spiętrzenie wysokich temperatur.

Wysoka temperatura w połączeniu z długotrwałymi opadami znad Hawajów sprawiła, że w Seattle między siódmą wieczorem a siódmą rano już spadły ponad dwa cale deszczu. Pewnie nie zaskarbię sobie Państwa sympatii, ale sądzę, że ten stan utrzyma się nad cieśniną Puget, a ulewa potrwa wiele godzin. Jesteśmy świadkami widowiska pogodowego, które trudno zignorować.

▪ ▪ ▪

Widzicie? Właśnie to miałam na myśli, mówiąc, że Cliffa Massa nie da się nie lubić. Facet po prostu chciał powiedzieć, że możemy się spodziewać deszczu.

▪ ▪ ▪

Od: Ollie-O
Do: Komitet Organizacyjny Drugiego Śniadania Rodziców z Aspiracjami

GORĄCE NEWSY!

Nadszedł dzień Drugiego Śniadania. Niestety, najważniejszy gość – **słońce** – dzisiaj nas nie zaszczyci. Ha, ha. To taki żart.

Najważniejsze, żebyśmy **ściśle trzymali się planu**. **Ukręcimy stryczek** na Galer Street, jeżeli nasi potencjalni klienci poczują, że zmarnowali czas, szczególnie podczas **przedświątecznej gorączki zakupów**. Naszym celem jest, żeby **rodzice-mercedesy** zobaczyli jak najwięcej, ale sami byli w centrum uwagi, a potem z werwą ruszyli na podbój U Village i skorzystali z niesamowitych **pięćdziesięcioprocentowych obniżek cen** w tym centrum handlowym.

10.00 – 10.45 – Przyjazd rodziców-mercedesów. Poczęstunek – napoje i przekąski.
10.45 – Pan Kangana oraz pani Helen Derwood, mama jednego z naszych podopiecznych, przybywają z przedszkolakami, które cicho jak **myszki pod miotłą** wchodzą bocznymi drzwiami i przygotowują się do koncertu na marimbach.
10.55 – Gwen Goodyear wygłasza krótką mowę powitalną, a potem zaprasza rodziców-mercedesy na oszkloną werandę. Pan Kangana dyryguje przedszkolakami, które grają koncert na marimbach.
11.15 – Uwagi końcowe.

Gwen Goodyear zajmie pozycję przy drzwiach, gdzie będzie życzyć **szerokiej drogi** naszym gościom i wręczać im koszyki upominków od Galer Street. Nie wolno nam przecenić tego elementu. Fakt, że mamy do czynienia z **rodzicami-mercedesami**, nie znaczy, że nie są podatni na różne **darmowe pierdołki** (*Excuzey moi*!)

Trzymajcie się!

■ ■ ■

Od: Soo-Lin Lee-Segal
Do: Audrey Griffin

Trzymam za Ciebie kciuki! Przed chwilą rozmawiałam z ludźmi z Pizza Nuovo. Deszcz im nie przeszkadza. Ich piec działa niezależnie od pogody. Rozstawią namiot w ogrodzie. Nie mogę się ruszyć z Redmond, bo Elgin wygłasza prezentację w innym mieście i chciał, żebym na wszelki wypadek została w biurze. Zostawiam to bez komentarza.

■ ■ ■

Od: Ollie-O
Do: Komitet Organizacyjny Drugiego Śniadania Rodziców z Aspiracjami

Sytuacja kryzysowa. Przed domem Audrey stoi wielka tablica, która zasłania widok. Postawiła ją w nocy **szalona sąsiadka**. (Podobno matka jednej z uczennic Galer Street.) Audrey wpadła w histerię. Jej mąż dzwoni do prawnika. Nie lubię, kiedy ktoś mi **podrzuca świnię**.

■ ■ ■

Od: dr Helen Derwood
Do: Rodzice przedszkolaków z Galer Street
DW: Lista mailingowa Galer Street

Domyślam się, że maluchy już podzieliły się z Państwem szokującymi faktami, które zaistniały podczas dzisiejszego Drugiego Śniadania. Niewątpliwie czują się Państwo zdezorientowani i zatroskani. Ze wszystkich rodziców tylko ja jeszcze trwam na posterunku w przedszkolu i zostałam zasypana pytaniami przez telefon o to, co się właściwie zdarzyło.

Wielu z Państwa wie, że pracuję jako psycholog w Szwedzkim Centrum Medycznym, a moją specjalizacją jest zespół stresu pourazowego (PTSD). Po huraganie Katrina byłam w Nowym Orleanie i do dzisiaj regularnie podróżuję na Haiti. Dyrektor Goodyear upoważniła mnie, abym wyraziła opinię zarówno jako rodzic, jak i psycholog terapeuta.

Ważne, żebyśmy oparli dyskusję na faktach.

Zostawili Państwo swoje dzieci przed Galer Street. Następnie wsiedliśmy do busa i pan Kangana zawiózł nas do domu Audrey i Warrena Griffinów na Queen Anne Hill. Pomimo deszczu wszystko wyglądało prześlicznie. Na klombach kwitły kolorowe kwiaty, a w powietrzu unosił się aromat palonego drewna.

Powitał nas mężczyzna, który przedstawił się jako Ollie-O i pokazał nam drogę do bocznego wejścia, gdzie poproszono nas o zdjęcie płaszczy przeciwdeszczowych i kaloszy.

Śniadanie już trwało w najlepsze. Uczestniczyło w nim mniej więcej pięćdziesięcioro gości, którzy, jak sądzę, dobrze się bawili. Wyczułam wyraźne napięcie między Gwen Goodyear, Audrey Griffin i Olliem-O, ale nie było to nic, co mogłoby zaniepokoić przedszkolaki.

Zaprowadzono nas na werandę, gdzie pan Kangana poprzedniego wieczoru ustawił marimby. Pozwoliliśmy dzieciom iść do toalety, a potem maluchy uklękły przy instrumentach. Z powodu zamkniętych żaluzji w pomieszczeniu było dosyć ciemno. Dzieci miały problem ze znalezieniem pałeczek, więc zaczęłam odsłaniać okna.

Nagle koło mnie pojawił się Ollie-O i złapał mnie za rękę.

– To nic nie da.

Włączył światło.

Goście zaczęli się gromadzić i czekali na koncert. Po krótkim wstępie wygłoszonym przez Gwen Goodyear dzieci zagrały *My Giant Carp*. Mogą być Państwo z nich dumni! Doskonale im szło. Jednak mniej więcej po minucie w ogrodzie wybuchło zamieszanie wśród pracowników obsługi bankietu.

– O k...rde flak! – zaklął któryś z nich.

Kilkoro gości zachichotało pod nosem. Dzieci były tak zajęte muzyką, że nic nie słyszały. Utwór się skończył. Wszystkie oczy skierowały się na pana Kanganę, który odliczył takty do następnej piosenki:

– Raz, dwa, trzy i...

– O k...a! – rozległ się kolejny krzyk.

Tego już było za wiele. Pobiegłam przez pralnię na tyły domu, chcąc uciszyć hałaśliwych kelnerów. Kiedy złapałam za klamkę, jakaś ogromna siła popchnęła drzwi w moim kierunku. Od razu się zorientowałam, że mam do czynienia z niebezpiecznym zjawiskiem naturalnym, więc próbowałam zamknąć drzwi. Jednak nieludzka moc po drugiej stronie nie pozwoliła ich ruszyć ani o cal. Zablokowałam drzwi stopą. Nagle usłyszałam złowieszczy chrzęst. Zawiasy zaczęły odrywać się od futryny.

Zanim dotarło do mnie, co się dzieje, usłyszałam, że marimby zamilkły. Z werandy dobiegł trzask i brzęk tłuczonego szkła. Jedno z dzieci krzyknęło ze strachu.

Puściłam drzwi i popędziłam ile sił w nogach na werandę, żeby zbadać zagrożenie. Wpadłam wprost na deszcz szkła. Dzieci z krzykiem uciekły od swoich instrumentów. Na miejscu nie było żadnego z rodziców, u których mogłyby się schronić, więc cała grupa szukała wsparcia w tłumie Rodziców z Aspiracjami, którzy z kolei tłoczyli się przy wąskich drzwiach do salonu. Cud, że nikt nie został stratowany.

Moja córeczka Ginny podbiegła i mocno objęła mnie za nogi. Jej plecy były mokre od wody... i błota. Podniosłam wzrok, bo żaluzje się odchyliły, jakby pchała je niewidzialna ręka – widok nie z tej ziemi.

I nagle zaczął się potop. Błoto chlupotało do środka przez wybite okna. Gęste błoto, wodniste błoto, błoto z kamieniami, błoto z odłamkami szkła, błoto ze szprosami okiennymi, błoto z trawą, błoto z naczyniami do barbecue, błoto z mozaiką z poidełka dla ptaków. W mgnieniu oka oszklona ściana werandy zmieniła się w plujący błotem krater.

Dorośli i dzieci próbowali uciec przed zalewającymi pomieszczenie szczątkami, wśród których już zaczęły się pojawiać fragmenty mebli. Zostałam na werandzie z panem Kanganą, który starał się uratować marimby przywiezione z ukochanej Nigerii, kiedy wyemigrował stamtąd jako mały chłopiec.

Lawina błotna skończyła się równie nagle, jak się zaczęła. Odwróciłam się. Wielka, przewrócona do góry nogami tablica zasłaniała okno niczym prowizoryczna tama. Nie miałam pojęcia, skąd się wzięła, ale była jaskrawoczerwona i wystarczająco duża, żeby pokryć całą dawniej przeszkloną ścianę.

TEREN PRYWATNY
ZAKAZ WSTĘPU
Gzom z Galer Street
grozi aresztowanie
i wtrącenie do więzienia dla gzów

Kolejni goście wciąż wybiegali głównymi drzwiami i odjeżdżali z piskiem opon. Dookoła kręcili się uwalani błotem kelnerzy i kucharze, którzy złośliwie pokrzykiwali, chichocząc, jakby byli świadkami najśmieszniejszego zdarzenia pod słońcem. Pan Kangana brodził w błocie i wyławiał marimby. Gwen Goodyear stała w foyer i dzielnie robiła dobrą minę do złej gry, rozdając kosze upominkowe od Galer Street. Ollie-O w stanie bliskim katatonii mamrotał bez sensu:

– Nie ulegnie biodegradacji... konsekwencje odbiją się czkawką... prognozuję trudne procedowanie... naprzód... – W końcu zablokował się na słowach „totalna porażka", które bez przerwy powtarzał.

Jednak najbardziej niesamowite było zachowanie Audrey Griffin. Wybiegła na ulicę i zdawało się, że... ucieka ze swojego domu. Zawołałam ją, ale zniknęła za rogiem.

Zostałam sama z trzydziestoma zestresowanymi przedszkolakami.

– No dobrze. – Zaczęłam organizować zbiórkę. – Niech wszyscy znajdą swoje buty i płaszcze przeciwdeszczowe.

Teraz rozumiem, że użyłam niewłaściwego polecenia, bo w ten sposób jedynie zwróciłam uwagę na fakt, że to zadanie jest niewykonalne. Ponadto dzieci były w samych skarpetkach, niektóre nawet boso, a dokoła walały się odłamki szkła.

– Nie ruszajcie się. – Zebrałam wszystkie poduszki, jakie mogłam znaleźć, i ułożyłam z nich ścieżkę od drzwi do chodnika przed domem. – Przejdźcie po tych poduszkach i ustawcie się rzędem pod żywopłotem.

Każdy przedszkolak rozumie, co to znaczy „ustawić się rzędem". Wyniosłam dzieci po kolei na ulicę do busa, którym zawiozłam je z powrotem do Galer Street.

Właśnie z tego powodu Państwa dzieci wróciły do domu bez butów i płaszczy, były ubłocone i opowiadały niestworzone historie. Chciałabym teraz powiedzieć parę słów jako specjalista PTSD.

Traumę można z grubsza opisać jako uraz, który dana osoba uważa za groźny dla swojego życia. Może być nagły i trwać bardzo krótko – nawet 1/18 sekundy. W następstwie traumy dzieci mogą wykazywać objawy strachu albo rozbicia emocjonalnego. Przenosząc dzieci do busa, skorzystałam z okazji, żeby nawiązać z nimi kontakt fizyczny. Badania wykazują, że dotyk może mieć ważne znaczenie terapeutyczne w pierwszych chwilach po traumatycznym przeżyciu, szczególnie w przypadku dzieci.

W drodze do busa miałam szansę wysłuchać, okazać zainteresowanie i po prostu być z każdym dzieckiem. Mogłam też określić, czy widać u nich wczesne oznaki PTSD. Miło mi Państwa poinformować, że dzieci bardzo dobrze poradziły sobie z tą sytuacją. Najbardziej martwiły się tym, czy dostaną z powrotem swoje ubrania przeciwdeszczowe i w jaki sposób im je dostarczymy. Odpowiadałam na każde pytanie tak szczerze, jak to możliwe. Powiedziałam, że postaramy się odzyskać wszystkie porzucone rzeczy, które prawdopodobnie będą bardzo brudne, ale mamy spróbują je doczyścić.

Dobra wiadomość jest taka, że mieliśmy do czynienia z pojedynczym zdarzeniem traumatycznym, a zatem szansa na wystąpienie PTSD jest niewielka, zła zaś – że PTSD może się ujawnić parę miesięcy, a nawet lat po zdarzeniu. Sądzę, że jako lekarz powinnam przedstawić Państwu niektóre symptomy PTSD, które mogą się przydarzyć dzieciom:

- lęk przed umieraniem,
- moczenie nocne, koszmary, bezsenność,
- regres do ssania kciuka, gaworzenia lub noszenia pieluch,
- bezpodstawne uskarżanie się na ból fizyczny,
- unikanie kontaktów z rodziną i kolegami,
- odmowa udziału w zajęciach szkolnych,
- gwałtowne, sadystyczne zachowanie.

Jeżeli teraz lub w ciągu najbliższych kilku lat zaobserwują Państwo któreś z tych objawów, radzę, żeby od razu skontaktowali się Państwo ze specjalistą i poinformowali go o wydarzeniach w domu Audrey Griffin. Oczywiście nie twierdzę, że tak się musi stać – prawdopodobieństwo takich powikłań jest bardzo niskie.

Zaproponowałam Gwen Goodyear moje specjalistyczne usługi dla obu grup przedszkolnych. Wciąż się zastanawiamy, czy lepiej zwołać radę szkoły, przedszkola czy raczej komitet rodzicielski w celu wspólnego omówienia tego traumatycznego wypadku. Chciałabym poznać Państwa opinie.

Z poważaniem,
dr Helen Derwood

■ ■ ■

Żebyście dobrze zrozumieli, jaka koszmarna pogoda była tego dnia, wystarczy powiedzieć, że po raz pierwszy od zdarzeń z 11 września zawieszono kursy promów.

Zjadłyśmy z mamą śniadanie w Macrinie, a potem, jak co sobotę, pojechałyśmy po zakupy na Pike Place Market. Mama czekała w samochodzie, a ja pobiegłam do faceta od latających ryb* po łososia, do Beecher's po ser i do rzeźnika po kości dla psa.

W tym czasie przechodziłam fazę *Abbey Road*, bo właśnie skończyłam czytać książkę o ostatnich dniach Beatlesów, więc podczas śniadania opowiadałam mamie o tej płycie. Na przykład, że składanka na stronie B była pomyślana jako indywidualne utwory. To Paul wpadł na pomysł, żeby je połączyć w studiu. Ponadto Paul dobrze wyczuwał, co się dzieje, kiedy pisał fragment: „*Boy, you're going to carry that weight*". W tekście chodzi o to, że John chce doprowadzić do rozpadu grupy,

* Na targowisku rybnym w Pike Place Market w Seattle sprzedawcy wywołują nazwy ryb, których brakuje w ich ofercie. Jeżeli te ryby są dostępne na innym stoisku, straganiarze „pożyczają" je sobie, rzucając ponad głowami kupujących. Jest to zwyczaj znany jako latające ryby.

a Paul się temu sprzeciwia. Słowa: „Stary, musisz udźwignąć ten ciężar" są bezpośrednim przekazem dla Johna. Paul próbował powiedzieć: „Stworzyliśmy coś fajnego. Jeśli zespół się rozpadnie, to będzie tylko twoja wina, John. Na pewno chcesz żyć z tą świadomością?". Kojarzycie instrumentalny finał płyty, w którym Beatlesi rezygnują z gitar na rzecz solo Ringa na perkusji? Zawsze macie wrażenie, że to zamierzone, dramatyczne pożegnanie z fanami, i wyobrażacie sobie ubranych po hippisowsku, wpatrzonych w siebie członków zespołu, którzy grają ostatnie takty *Abbey Road*. Myślicie: „Wow, pewno kompletnie się przy tym rozkleili". Ale wiecie co? Ta kompozycja też została dograna przez Paula w studiu już po fakcie, więc jest tylko efekciarską demonstracją łzawego sentymentalizmu.

W każdym razie, kiedy dotarłyśmy do portu promowego, kolejka samochodów wykraczała poza przystań, ciągnęła się pod wiaduktem aż za First Avenue. Nigdy nie widziałyśmy ich tak dużo. Mama stanęła na końcu kolejki, wyłączyła silnik i poszła w ulewnym deszczu do budki. Po powrocie powiedziała, że po stronie Bainbridge wybiło studzienkę i woda zalała przystań. Trzy promy pełne samochodów czekały na przycumowanie. Zdawało się, że w porcie panuje totalny chaos, ale jeśli chodzi o promy, to nie masz wyjścia – pozostaje ci stać w kolejce i nie tracić nadziei.

– Kiedy masz ten występ? – zapytała mama. – Chcę zobaczyć, jak grasz na flecie.

– Lepiej, żebyś nie przychodziła. – Miałam nadzieję, że zapomniała. Mama kompletnie zaniemówiła.

– Teksty tych piosenek są słodkie jak lukier – wyjaśniłam. – Zemdliłoby cię.

– Ale ja właśnie chcę, żeby mnie zemdliło z przesłodzenia! Najbardziej na świecie lubię zasłodzić się na śmierć.

– Nie powiem ci, kiedy to będzie.

– No co za mała zołza! – jęknęła mama.

Wsunęłam do odtwarzacza *Abbey Road*, którą wypaliłam rano, i podkręciłam głośność. Upewniłam się, że dźwięk dobiega tylko z przednich głośników, bo Lodzia spała na siedzeniu z tyłu.

Oczywiście pierwszym kawałkiem był *Come Together*. Zaczyna się fantastycznym, niezwykłym „*shoomp*" i linią basu. A kiedy John zaśpiewał: „*Here comes old flattop...*", nie wiem, jak to się stało, ale mama co do słowa znała tekst piosenki! A nawet nie tylko tekst, ale nawet każdą kadencję. Pamiętała wszystkie: „*all right!*", „*aww!*" i „*yeaaaah*". Przy każdej piosence powtarzała się ta sama sytuacja. Kiedy zaczął się *Maxwell's Silver Hammer*, mama powiedziała:

– Fuuuj, zawsze uważałam, że to strasznie infantylny numer.

A jednak wiecie, co zrobiła? Ten utwór też odśpiewała od początku do końca!

Wcisnęłam pauzę.

– Skąd ty w ogóle to znasz? – zdziwiłam się.

– *Abbey Road*? – Mama wzruszyła ramionami. – Nie wiem, po prostu znam.

Wyłączyła pauzę.

A wiecie, co się stało, kiedy zaczął się *Here Comes the Sun*? Nie, nie wyszło słońce, ale mama rozpogodziła się tak, jakby zza chmur wyjrzały promienie słońca. Na pewno pamiętacie, że w pierwszych taktach tej piosenki gitara George'a brzmi bardzo optymistycznie. Kiedy mama nuciła tę piosenkę, jej głos też był pełen nadziei. Odtworzyła nawet nieregularny rytm podczas solówki. Po piosence mama znowu włączyła pauzę.

– Och, Bee – powiedziała. – Ta piosenka zawsze kojarzy mi się z tobą.

Miała łzy w oczach.

– Mamo!

Właśnie dlatego nie chciałam, żeby przyszła oglądać taniec słoni pierwszoklasistów. Najbardziej niespodziewane rzeczy wywoływały u niej nagłe wybuchy emocji.

– Musisz wiedzieć, że czasami jest mi naprawdę trudno to wszystko znieść. – Dotknęła mojej dłoni.

– Co konkretnie?

– Banalność życia – wyjaśniła. – Ale to mnie nie powstrzyma przed zabraniem cię na biegun południowy.

– Nie wybieramy się na biegun!

– Wiem. Na biegunie południowym temperatura spada do minus siedemdziesięciu stopni. Tylko naukowcy tam docierają. Zaczęłam czytać książkę na ten temat.

Wyciągnęłam rękę i wcisnęłam PLAY. Najśmieszniejsze, że wypalając płytę, nie odznaczyłam domyślnej opcji iTunes, która dodaje dwusekundową przerwę między utworami. Kiedy więc przyszła kolej na tę cudowną składankę ze strony B, odśpiewałyśmy *You Never Give Me Your Money* i *Sun King*, który mama doskonale znała – nawet fragment po hiszpańsku, chociaż nie zna hiszpańskiego, tylko francuski.

A potem zaczęły się te nieszczęsne przerwy.

Poważnie, jeżeli nie rozumiecie, jakie to denerwujące i masakryczne – spróbujcie zaśpiewać *Sun King*. Pod koniec mruczycie sennym głosem po hiszpańsku, szykując się do zmiany tempa w *Mean Mr Mustard*, i właśnie w tym jest cały urok *Sun King* – że powoli dryfujecie z muzyką, ale cały czas wiecie, że zaraz wejdzie perkusja Ringo Starra i zacznie się funkowy beat. Ale jeżeli nie odznaczycie tej nieszczęsnej opcji iTunes, to na końcu *Sun King*...

ZASKOCZY WAS NIEPRZYJEMNA DWUSEKUNDOWA PAUZA.

Podczas *Polythene Pam* tuż po słowach „*look out*" następuje... DZIURA... a dopiero po niej *She Came in Through the Bathroom Window*. Słuchanie tego jest naprawdę torturą. Obie aż do końca płyty wyłyśmy z rozpaczy.

– Kocham cię, Bee – powiedziała potem mama. – Staram się. Raz się udaje, a raz nie.

Kolejka do promu nie ruszyła się do przodu ani o centymetr.

– Myślę, że powinnyśmy wracać – powiedziałam.

Koszmar, bo w Seattle Kennedy nigdy nie chciała zostać na noc. Mówiła, że nasz dom ją przeraża. Pewnego razu zaklinała się, że wypaczona podłoga pod dywanem się poruszyła. „Tam jest coś żywego! To żyje!" – wrzeszczała.

Wytłumaczyłam jej, że na pewno jeżynowa gałąź przedostała się przez deski, ale ona była przekonana, że to duch dziewczyny ze Straight Gate.

Wróciłyśmy z mamą na Queen Anne Hill. Kiedyś mama porównała gąszcz przewodów trakcyjnych nad trasą trolejbusów do drabiny Jakubowej. Za każdym razem, jadąc samochodem w kierunku domu, wyobrażałam sobie, że wyciągam przed siebie dłoń z szeroko rozstawionymi palcami i robię z kabli kocią kołyskę.

Skręciłyśmy do domu. Nagle, w połowie drogi do bramy, wyskoczyła na nas Audrey Griffin.

– Do licha! – jęknęła mama. – Znowu mam *déjà vu*. Ciekawe, o co chodzi tym razem.

– Uważaj, żeby ci nie podłożyła stopy – powiedziałam totalnie dla śmiechu.

– O nie! – Zabrzmiało to tak, jakby mama zwymiotowała. Zasłoniła twarz dłońmi.

– Co? – dopytywałam. – Co?

Audrey Griffin biegła boso bez kurtki. Jej spodnie od kolan w dół były ubłocone. We włosach też miała grudy błota. Mama otworzyła drzwi, ale nie wyłączyła silnika. Zanim zdążyłam wysiąść, Audrey Griffin już krzyczała:

– Całe zbocze waszego wzgórza spłynęło do mojego domu!

Myślałam, że coś mi się przesłyszało. Co? Nasz ogród był taki wielki, a trawnik kończył się tak daleko w dole, że nie rozumiałam, o czym mówi.

– W samym środku przyjęcia! Dla rodziców przyszłych uczniów Galer Street!

– Nie wiedziałam... – odpowiedziała mama drżącym głosem.

– W to akurat mogę uwierzyć! – ciągnęła Audrey. – Życie szkoły w ogóle cię nie interesuje. Były tam obie grupy przedszkolaków!

– Nikomu nic się nie stało? – zmartwiła się mama.

– Dzięki Bogu, nie.

Audrey popatrzyła na nas z obłąkańczym uśmiechem. I mamę, i mnie fascynują ludzie, których nazywamy radosnymi furiatami. Audrey Griffin okazała się najlepszym okazem tego gatunku.

– Aha, to dobrze. – Mama głęboko westchnęła. Widziałam, jak próbuje sobie wmówić, że to prawda.

– Dobrze?! – zaskrzeczała Audrey. – Mój ogród jest zalany na sześć stóp błotem. Fala wybiła wszystkie szyby, zniszczyła rośliny, drzewa, podłogi, oderwała od ściany pralkę i suszarkę!!! – Mówiła bardzo szybko, a jeszcze szybciej łapała oddech. Zupełnie, jakby po każdej wymienionej przez nią szkodzie wskazówka furiometru przesuwała się coraz bardziej w prawo. – Straciłam grilla. Przepadły dekoracje okienne. Ze szklarni nic nie zostało. Sadzonki zginęły. Kataklizm wyrwał z korzeniami rzadkie jabłonki, które przyjmowały się przez dwadzieścia pięć lat. Klony japońskie leżą zrównane z ziemią. Nie ma już róż herbacianych. Ani miejsca na ognisko, które własnoręcznie obłożyłam płytkami!

Mama przygryzła policzki, żeby powstrzymać uśmiech. Ja też szybko spuściłam wzrok, bo w przeciwnym razie musiałabym się roześmiać. Jednak wszelki humor tej sytuacji nagle prysł.

– No i ta tablica! – warknęła groźnie Audrey.

Mama spoważniała.

– Tablica... – wykrztusiła z trudem.

– Jaka tablica? – zapytałam.

– Każę ją dzisiaj usunąć – powiedziała mama.

– Lawina błotna już cię wyręczyła – poinformowała mamę Audrey.

Do tej pory nigdy nie zwróciłam uwagi na to, jakie jasnozielone są jej oczy. Zauważyłam to dopiero teraz, kiedy przeszywały mamę niczym sztylety.

– Pokryję wszystkie koszty – zaproponowała mama.

Z mamą jest tak, że źle sobie radzi z irytującymi ludźmi, za to jest świetna w sytuacjach kryzysowych. Jeżeli kelnerka po raz trzeci zapomni dolać jej wody albo gdy w słoneczny dzień nie może znaleźć okularów przeciwsłonecznych, to lepiej mieć się na baczności. Kiedy jednak dzieje się coś naprawdę złego, mamę ogarnia stoicki spokój. To chyba wynika stąd, że spędziła przeze mnie parę lat na oddziale dziecięcym szpitala. Chcę przez to powiedzieć, że w razie poważnego konfliktu jest najlepszą osobą, którą warto mieć w swoim rogu ringu. Zdaje się jednak, że ten spokój jeszcze bardziej wzburzył Audrey Griffin.

– Tylko to cię obchodzi?! Pieniądze?! – Im większa wściekłość ogarniała Audrey, tym bardziej błyszczały jej oczy. – Siedzisz w tym swoim pałacu i patrzysz na nas wszystkich z góry, wypisujesz czeki, ale nigdy nie zniżysz się do tego, żeby zejść z tronu i zaszczycić nas swoją obecnością!

– Powinnaś trochę ochłonąć – powiedziała mama. – Pamiętaj, Audrey, że wszystkie prace na wzgórzu zleciłam tylko dlatego, że ty nalegałaś. Zatrudniłam człowieka z twojego polecenia i kazałam mu przyjść tego dnia, który sama wskazałaś.

– A więc to nie twoja wina? – zagdakała Audrey. – Bardzo wygodnie, nie ma co. A ta tablica? Ją też kazałam ci postawić? Ciekawe, co na to powiesz!

– Jaka tablica? – Zaczęły mnie przerażać te pytania o tablicę.

– Bączku – mama zwróciła się do mnie. – Zrobiłam coś bardzo głupiego. Później ci o tym opowiem.

– Biedne dziecko – powiedziała gorzko Audrey. – Tyle musiała wycierpieć...

– Coo...? – zdziwiłam się.

– Naprawdę mi przykro z powodu tablicy – stanowczo powiedziała mama do Audrey. – Wpadłam na ten pomysł pod wpływem impulsu, kiedy nakryłam cię na moim trawniku z twoim ogrodnikiem.

– Zrzucasz winę na mnie?! – wrzasnęła Audrey. – Coraz lepiej!

Wskazówka jej furiometru przekroczyła czerwoną strefę i zaczęła przemierzać nieznane rejony, których dotąd nie odkrył żaden radosny furiat. Nie wiem, jak mama, ale ja już się bałam.

– Nie, wina jest po mojej stronie – powiedziała mama. – Chcę jednak pokazać, że istnieje szerszy kontekst dzisiejszych wydarzeń.

– Czy sprzeciw specjalisty w celu wyceny prac ogrodowych, których zresztą wymaga prawo municypalne, upoważnia cię do postawienia tablicy, narażenia przedszkolaków na traumę, szantażu naboru uczniów do Galer Street i zniszczenia mojego domu?

– Postawienie jej było moją reakcją na wasze wtargnięcie – potaknęła mama. – A zatem tak.

– Ooooooooo. – Audrey Griffin rozciągnęła ten dźwięk we wszystkich kierunkach i ślizgała się po nim niczym wagonik rollercoastera.

Jej głos był tak nasycony jadem i szaleństwem, że czułam, jakby wdzierał się pod moją skórę. Moje serce waliło w przerażającym tempie, jak nigdy przedtem.

– To naprawdę interesujące. – Audrey otworzyła szeroko oczy. – A więc jednak uważasz, że ziejący nienawiścią billboard to właściwa reakcja na wycenę prac w ogrodzie. – Wypowiadając ostatnie zdanie, wskazała palcem osiem różnych kierunków. – Chyba już wszystko rozumiem.

– Nie. Uważam, że to zbyt emocjonalna reakcja. – Mama odzyskała spokój. – Nie zapominaj, że bez zaproszenia wtargnęłaś na moją posesję.

– Krótko mówiąc, naprawdę straciłaś rozum! – Audrey nerwowo drżały powieki. – O cholera! Zawsze się nad tym zastanawiałam. Teraz znam odpowiedź.

Jej twarz zastygła w oszalałym zdumieniu, a po chwili Audrey zaczęła drobnymi, szybkimi ruchami klaskać w dłonie.

– Audrey – powiedziała mama. – Nie stój tak, udając, że sama nie uczestniczyłaś w tej gierce.

– Ja nie gram w żadne gierki.

– A kto namówił Gwen Goodyear, żeby rozesłała do rodziców list, w którym opisała, jak podobno rozjechałam ci stopę? O co ci wtedy chodziło?

– Och, Bernadette – westchnęła Audrey, ze smutkiem kiwając głową. – Naprawdę powinnaś się pozbyć tej paranoi. Gdybyś się częściej spotykała z ludźmi, to może zrozumiałabyś, że nie jesteśmy wiedźmami, które tylko czyhają, żeby cię dopaść. – Uniosła ręce i zrobiła gest, jakby rozszarpywała pazurami powietrze.

– Chyba już wszystko sobie wyjaśniłyśmy – powiedziała mama. – Jeszcze raz przepraszam za tę tablicę. To była głupia pomyłka i zamierzam ponieść jej konsekwencje, przynajmniej jeśli chodzi o pieniądze, czas, Gwen Goodyear i Galer Street. – Odwróciła się i podeszła do samochodu.

Kiedy wsiadała, Audrey Griffin znowu zaczęła swoją tyradę, niczym potwór z horroru, który nagle wrócił z zaświatów.

– Bee nigdy nie dostałaby się do Galer Street, gdyby od razu było wiadomo, że tu mieszka! – krzyknęła. – Zapytaj Gwen. Nikt nie zdawał sobie sprawy, że to wy jesteście przesiedleńcami z LA, którzy od razu po przyjeździe do Seattle kupili tę landarę w sercu uroczej dzielnicy i nazwali ją swoim domem. Widzisz tę ziemię? W promieniu czterech mil znajduje się dom, w którym się wychowałam, w którym wychowała się moja matka, a przed nią babcia.

– Nie wątpię – odparła mama.

– Mój pradziadek był traperem na Alasce – mówiła dalej Audrey. – Pradziadek Warrena kupował od niego futra. A wy przyjeżdżacie z kabzą nabitą microsoftowymi pieniędzmi i myślicie, że macie prawo do tej ziemi. Nie macie. I nigdy nie będziecie mieć.

– Amen.

– Inne mamy cię nie lubią, Bernadette. Wiesz, że urządziłyśmy na wyspie Whidbey Święto Dziękczynienia dla dziewcząt z ósmych klas i ich mam, ale nie zaprosiłyśmy ciebie ani Bee? Słyszałam jednak, że świetnie się bawiłyście w Daniel's Broiler!

Poczułam, że brakuje mi tchu. Nie przewróciłam się, ale ugięły się pode mną kolana. Musiałam się oprzeć o samochód.

– Wystarczy, Audrey. – Mama zbliżyła się do niej mniej więcej o pięć kroków. – Pieprz się.

– Świetnie – syknęła Audrey. – Rzucaj mięsem przy dziecku. Pewnie dzięki temu czujesz się silniejsza.

– Powiem to jeszcze raz – odparła mama. – Pieprz się i odwal się od Bee.

– Bardzo lubimy Bee. Doskonale się uczy i jest cudowną dziewczynką. Jej przykład jedynie dowodzi, że dzieci są bardzo odporne, bo wbrew wszystkim przeciwnościom wyrosła na dobre dziecko. Gdyby Bee była moją córką – i mówię to w imieniu wszystkich matek na Whidbey – nigdy nie zdecydowałabym się wysłać jej do szkoły z internatem.

W końcu udało mi się odzyskać oddech na tyle, żeby powiedzieć:

– Ale ja chcę chodzić do tej szkoły!

– Oczywiście – Audrey ze zbolałą miną zwróciła się do mnie.

– To był mój pomysł! – wrzasnęłam wściekła. – Przecież już to pani wyjaśniłam!

– Daj spokój, Bee – powiedziała mama, nie patrząc na mnie. Po prostu wyciągnęła rękę w moim kierunku. – Nie warto.

– Oczywiście, to był twój pomysł. – Audrey Griffin łypała na mnie nad ramieniem mamy oczami okrągłymi jak piłki. – Nic dziwnego, że chcesz się wyrwać. Trudno cię o to winić.

– Nie mów tak do mnie! – krzyknęłam. – Nie znasz mnie!

Ociekałam deszczem, silnik samochodu cały czas pracował, marnowało się paliwo, a drzwi z obu stron były otwarte, więc deszcz kapał do środka i niszczył tapicerkę, ponadto zatrzymałyśmy się w bramie, która co chwila próbowała się zamknąć, ale fotokomórka jej na to nie pozwalała, a ja się bałam, że zaraz spali się jej silnik, Lodzia z wywalonym ozorem patrzyła głupim wzrokiem z tylnego siedzenia, jakby nie widziała, że potrzebujemy pomocy, a na domiar złego na płycie w odtwarzaczu właśnie zaczęła się *Here Comes the Sun*, która przypominała mamie o mnie, i wiedziałam, że już nigdy w życiu nie włączę *Abbey Road*.

– Och, Bee, co z tobą? – Mama odwróciła się i zobaczyła, że dzieje się ze mną coś niedobrego. – Odezwij się, Bączku. Boli cię serce?

Odepchnęłam mamę i uderzyłam Audrey w mokrą twarz. Wiem, co myślicie, ale byłam strasznie wściekła!

– Będę się za ciebie modlić – powiedziała Audrey.

– Módl się za siebie – odparłam. – Moja mama jest za dobra dla ciebie i tych innych mam. To ciebie nikt nie lubi. Kyle jest łobuzem, który nie uprawia żadnego sportu ani nie ma zainteresowań. Niektórzy kumplują się z nim tylko dlatego, że daje im narkotyki i rozśmiesza ich, obrabiając ci tyłek. Twój mąż jest moczymordą. Policja trzy razy zatrzymała go za jazdę na gazie, lecz zawsze udaje mu się wywinąć, bo zna sędziego, a tobie zależy tylko na tym, żeby prawda nie wyszła na jaw, ale już za późno, bo Kyle rozpaplał wszystko w szkole.

– Jestem dobrą chrześcijanką, więc ci wybaczam – rzekła szybko Audrey.

– Daj spokój – powiedziałam. – Chrześcijanie nie mówią w taki sposób, w jaki ty się zwracasz do mojej mamy.

Wsiadłam do samochodu, zatrzasnęłam drzwi, wyłączyłam *Abbey Road* i się popłakałam. Siedziałam ze stopami w kałuży wody, ale wcale mnie to nie obchodziło. Mój strach nie miał nic wspólnego z tablicą, z tą głupią lawiną błotną ani z faktem, że nie dostałyśmy zaproszenia na imprezę na Whidbey – i tak nam nie zależało na spotykaniu się z tymi palantami. Wynikał raczej stąd, że wiedziałam, po prostu wiedziałam, że od tej pory wszystko się zmieni.

Mama wsiadła, zamykając za sobą drzwi.

– Jesteś megafajna – powiedziała. – Wiesz?

– Nienawidzę jej – mruknęłam.

Jednej rzeczy nie powiedziałam. Nie musiałam, bo było to oczywiste, chociaż trudno wyjaśnić, dlaczego. Nigdy dotąd nie miałyśmy sekretów, ale obie z mamą doszłyśmy do milczącego porozumienia – nie mogłyśmy nic powiedzieć tacie.

Po tym zdarzeniu mama już nie była taka sama, jak przedtem. Zmiana nie zaszła tamtego dnia w aptece. Mama jakoś się pozbierała. Stało się to właśnie wtedy, kiedy w samochodzie śpiewałyśmy *Abbey Road*. Nie obchodzi mnie, co mówi tata, lekarze czy policja – to wrzask Audrey Griffin na mamę sprawił, że przestała ona być sobą.

A jeśli mi nie wierzycie:

■ ■ ■

E-mail wysłany pięć minut później

Od: Bernadette Fox
Do: Manjula Kapoor

Nikt mi nie może zarzucić, że nie spróbowałam wszystkiego, co w mojej mocy. Jednak nie jestem w stanie tego zrobić. Nie dam rady popłynąć na Antarktydę. Nie jestem pewna, jak się wycofać, ale wierzę w nas, Manjula. Razem możemy przenosić góry.

▪ ▪ ▪

List taty do dr Janelle Kurtz
z kliniki w Madrona Hill

Szanowna dr Kurtz,

moja przyjaciółka Hannah Dillard bardzo sobie chwaliła pobyt męża Franka w klinice w Madrona Hill. O ile wiem, Frank cierpiał na depresję. Pod Pani okiem terapia w Madrona Hill zdziałała cuda.

Piszę do Pani, ponieważ mnie też głęboko martwi stan emocjonalny mojej żony. Nazywa się Bernadette Fox. Obawiam się, że jest bardzo chora.

(Proszę wybaczyć mój koślawy charakter pisma. Siedzę w samolocie, a bateria w laptopie się wyczerpała, więc pierwszy raz od wielu lat trzymam w ręce długopis. Nie dam się jednak zrazić tym drobnym przeciwnościom, bo sądzę, że to ważne, aby wszystko opisać, dopóki wspomnienia są świeże.)

Zacznę od naszkicowania tła. Poznałem Bernadette mniej więcej dwadzieścia pięć lat temu w Los Angeles, kiedy zatrudniająca ją firma architektoniczna przeprojektowała studio animacji, w którym pracowałem. Oboje pochodziliśmy ze Wschodniego Wybrzeża i uczęszczaliśmy do prywatnych szkół. Bernadette była wschodzącą gwiazdą. Oczarowała mnie jej uroda, towarzyskość i beztroski styl bycia. Pobraliśmy się. Akurat rozwijałem pewien pomysł, który zamierzałem wykorzystać w animacji komputerowej. Potem moją firmę kupił Microsoft. Bernadette napotkała kłopoty podczas realizacji swojego najnowszego budynku, co sprawiło, że podjęła stanowczą decyzję o zerwaniu ze sceną architektoniczną LA. Ku mojemu zdziwieniu to właśnie ona była motorem naszej przeprowadzki do Seattle.

Bernadette poleciała do Seattle, żeby obejrzeć domy na sprzedaż. Kiedy zadzwoniła, powiedziała, że znalazła idealne miejsce – zlikwidowaną szkołę dla trudnych dziewcząt Straight Gate na Queen Anne Hill. Wielu ludziom zrujnowany poprawczak zdawałby się co najmniej dziwnym wyborem na miejsce zamieszkania. Jednak nie Bernadette – była bardzo entuzjastyczna. Dla niej entuzjazm był tym, czym woda dla hipopotama – jeżeli ktoś odważyłby się jej go odebrać, zostałby stratowany na śmierć.

Przeprowadziliśmy się do Seattle. Mnie całkowicie pochłonęła praca dla Microsoftu. Bernadette zaszła w ciążę i po raz pierwszy poroniła. Później zdarzało się to jeszcze parę razy. Po trzech latach udało jej się donosić ciążę do końca pierwszego trymestru. Na początku drugiego trymestru lekarze zalecili jej nie wstawać z łóżka. Dom – płótno, na którym miała wyczarować swoją piękną wizję – zmarniał i podupadł, co zupełnie zrozumiałe w tej sytuacji. Zaczęły się pojawiać zacieki, dziwne przeciągi, a od czasu do czasu spod desek podłogi wyrastały chwasty. Martwiłem się przede wszystkim o zdrowie Bernadette – nie potrzebowała stresu związanego z remontem, miała leżeć w łóżku i się nie denerwować. Nosiliśmy więc w domu kurtki, stawialiśmy garnki do spaghetti, kiedy padał deszcz, a w wazonie w największym pokoju trzymaliśmy na wszelki wypadek nożyce ogrodnicze. Można powiedzieć, że to miało pewien romantyczny urok.

Nasza córka Bee urodziła się przedwcześnie. Była całkiem sina. Zdiagnozowano u niej zespół hipoplazji lewego serca. Domyślam się, że ciężka choroba dziecka może zbliżyć rodziców do siebie albo zniszczyć ich związek. W naszym przypadku nie stało się ani tak, ani tak. Bernadette do tego stopnia poświęciła się walce o zdrowie Bee, że ta misja stała się sensem jej życia. Ja zaś pracowałem jeszcze więcej i zacząłem nazywać nasz związek spółką: Bernadette wskazywała potrzeby, a ja za nie płaciłem.

Kiedy Bee poszła do przedszkola, już była zdrowa, chociaż niezwykle drobna jak na swój wiek. Wciąż sobie wmawiałem, że od tej pory Bernadette wróci do zawodu albo przynajmniej zajmie się remontem domu. Przecieki w dachu zdążyły się zmienić w wielkie dziury, a miejsce popękanych szyb w oknach zajęły arkusze tektury przymocowane taśmą klejącą. Raz w tygodniu przychodził ogrodnik, żeby wytłuc chwasty pod dywanami.

Dom dosłownie chylił się ku upadkowi. Pewnego dnia, kiedy Bee skończyła pięć lat, bawiliśmy się w restaurację w jej pokoju. Odebrała moje zamówienie i po długich, energicznych przygotowaniach w miniaturowej kuchni przyniosła mi „lunch". Było to coś mokrego, brązowego. Pachniało ziemią, ale miało bardziej mechatą teksturę.

– Wykopałam to – powiedziała z dumą Bee, wskazując na drewnianą podłogę. Deski były tak rozmiękłe od deszczu, że mogła dosłownie wydłubywać je łyżką.

Bee coraz lepiej radziła sobie w szkole, ale Bernadette nie wykazywała zainteresowania remontem domu ani żadną inną pracą. Przedtem całą energię inwestowała w śmiałe projekty architektoniczne, teraz marnowała ją jedynie, by zrzędzić na

Seattle, a jej zawzięte tyrady potrafiły trwać godzinami, zanim powiedziała wszystko, co jej leżało na sercu.

Na przykład, uwzięła się na skrzyżowania pięciokierunkowe. Za pierwszym razem krytyczne komentarze Bernadette na temat ich liczby zdawały się zupełnie trafione. Sam nie zwróciłem na to uwagi, ale rzeczywiście, w mieście jest wiele skrzyżowań z dodatkową, piątą ulicą, co sprawia, że kierowcy muszą dłużej czekać na zmianę świateł. Na pewno była to sprawa, o której mąż i żona mogą chwilę porozmawiać. Jednak gdy Bernadette po raz drugi zaczęła narzekać na ten sam temat, zastanawiałem się, czy ma do powiedzenia coś nowego. Okazało się, że nie. Po prostu zrzędziła, i to z takim samym zapamiętaniem, jak przedtem. Kazała mi zapytać Billa Gatesa, dlaczego wciąż mieszka w mieście, w którym jest tyle idiotycznych skrzyżowań. Następnego dnia wróciłem z pracy do domu, a ona chciała wiedzieć, czy już zapytałem Gatesa. Pewnego razu znalazła mapę dawnego Seattle i pokazała mi, że kiedyś miasto było zbudowane na bazie sześciu różnych siatek ulic, które z upływem czasu połączyły się bez żadnego jednolitego projektu. Wieczorem w drodze do restauracji zboczyła o parę mil z trasy, żeby mi pokazać miejsce, w którym łączyły się trzy takie układy drogowe – było tam wielkie skrzyżowanie siedmiu ulic. Potem mierzyła czas, który spędzaliśmy na czerwonych światłach. Chaotyczny układ ulic w Seattle to tylko jedna z największych obsesji Bernadette.

Zdarza się jej budzić mnie w środku nocy.

– Elgie – mówi. – Śpisz?

– Już nie.

– Bill Gates zna Warrena Buffetta, prawda? – pyta. – A czy przypadkiem Warren Buffett nie jest właścicielem See's Candy?

– Chyba tak.

– To świetnie. Bo ktoś mu powinien powiedzieć, co się wyprawia na Westlake Plaza. Wiesz, że See's Candy rozdaje darmowe próbki, prawda? Niestety zwąchali to różni menele, więc dzisiaj musiałam pół godziny stać w kolejce – na dworze! – razem z włóczęgami i narkomanami, którzy nic nie kupowali, tylko domagali się darmowych próbek, a potem szli na koniec kolejki, żeby załapać się jeszcze raz.

– No to już nie chodź do See's Candy.

– Na pewno nie pójdę. Ale jeżeli spotkasz w Microsofcie Warrena Buffetta, powinieneś go uświadomić. Albo daj mi znać, to sama mu powiem.

Próbowałem odwrócić jej uwagę, wyciszyć ją, a w końcu prosić, żeby przestała się tym przejmować. Nic nie działało, szczególnie prośby, które poskutkowały jedynie dziesięciominutową tyradą na ten temat. Poczułem się jak zaszczute zwierzę, przyparty do ściany i bezbronny.

Proszę pamiętać, że przez pierwsze lata naszego życia w Seattle Bernadette co chwila była w ciąży albo akurat dochodziła do siebie po poronieniu. Domyślałem się, że to dziwne zachowanie mogło wynikać z burzy hormonalnej albo było jej sposobem na walkę z bólem po stracie kolejnego dziecka.

Zachęcałem Bernadette, żeby się z kimś zaprzyjaźniła, ale ta propozycja wywoływała jedynie emocjonalny wykład o tym, że już próbowała, ale nikt jej nie lubi.

Panuje powszechne przekonanie, że Seattle to jedno z miast, w których najtrudniej znaleźć przyjaciół. Wymyślono nawet specjalną nazwę dla tego zjawiska – „chłód Seattle". Sam nigdy go nie doświadczyłem, ale moi współpracownicy utrzymują, że istnieje naprawdę, a jego źródłem są skandynawskie korzenie tutejszej ludności. Możliwe, że na początku Bernadette miała pewne trudności z przystosowaniem się, ale czy to normalne, żeby po osiemnastu latach wciąż żywić irracjonalną wrogość wobec całego miasta?

Pani doktor, moja praca jest bardzo stresująca. Zdarza się, że rano siadam przy biurku kompletnie wyczerpany ciągłym biciem piany przez Bernadette. W końcu zacząłem dojeżdżać do pracy autobusem. To tylko wymówka, żeby wyjść z domu godzinę wcześniej pod pretekstem uniknięcia porannych tłumów.

Nie zamierzałem aż tak się rozpisywać, ale widok za oknami samolotu sprawia, że staję się sentymentalny. Przejdźmy do wczorajszych wydarzeń, które skłoniły mnie do napisania tego listu.

Kiedy wyszedłem na lunch z kolegami z pracy, jedna z osób zwróciła moją uwagę na Bernadette, która spała na sofie w aptece. Z jakiegoś powodu miała na sobie kamizelkę dla wędkarzy. To szczególnie dziwne, bo Bernadette przykłada dużą wagę do eleganckich strojów – w ten sposób protestuje przeciwko okropnemu bezguściu mieszkańców Seattle. (Oszczędzę Pani szczegółów – to jeden z ulubionych tematów gniewnych monologów Bernadette.) Czym prędzej wszedłem do środka. Kiedy udało mi się ją dobudzić, powiedziała całkiem rzeczowo, że czeka na przepisany jej haloperydol.

Dr Kurtz, nie muszę Pani mówić, że haloperydol to silny lek psychotropowy. Czy moja żona jest pod opieką psychiatry, który zapisał jej haloperydol? A może zdobyła go nielegalnie? Nie mam pojęcia.

Byłem zaniepokojony do tego stopnia, że przełożyłem wyjazd służbowy po to, żebyśmy mogli tylko we dwoje zjeść kolację. Umówiliśmy się w restauracji meksykańskiej. Zamówiliśmy dania i od razu poruszyłem temat haloperydolu.

– Nie spodziewałem się, że dzisiaj spotkam cię w aptece – powiedziałem.

– Ciiicho! – Przysłuchiwała się rozmowie przy sąsiednim stoliku. – Nie widzą różnicy między *burrito* i *enchilada*! – Bernadette maksymalnie skupiona próbowała usłyszeć poszczególne słowa. – O mój Boże – szepnęła. – Nigdy nie słyszeli o sosie *mole*. Jak wyglądają? Nie chcę się bezczelnie odwracać.

– No... normalni ludzie.

– To znaczy? Jacy... – Nie wytrzymała i szybko zerknęła przez ramię. – Cali w tatuażach! I co, jesteście tacy *cool*, że dziaracie się od stóp do głów, a nie wiecie, czym się różni *enchilada* od *burrito*?

– Chciałem cię zapytać o ten dzisiejszy... – zacząłem.

– Ach tak – powiedziała. – Zdawało mi się, że widziałam cię z gzem z Galer Street.

– Soo-Lin jest moją nową administratorką – wyjaśniłem. – Jej syn chodzi z Bee do jednej klasy.

– O losie – westchnęła Bernadette. – A więc to koniec.

– Czego? – zdziwiłem się.

– Te gzy nienawidzą mnie do szpiku kości. Nastawi cię przeciwko mnie.

– Nie bądź śmieszna – powiedziałem. – Nikt cię nie nienawidzi...

– Ciiicho! Idzie kelner. Zaraz będą składać zamówienie.

Odchyliła się na krześle, nieco w lewą stronę, coraz dalej i dalej, jej ciało wydłużyło się jak szyja żyrafy... Nagle uciekło jej spod siedzenia krzesło i wylądowała na podłodze. Wszyscy klienci restauracji popatrzyli w naszym kierunku. Zerwałem się z miejsca, żeby jej pomóc. Wstała i postawiła krzesło.

– Widziałeś tatuaż na ramieniu jednego z nich? – niewzruszona ciągnęła dalej. – Wyglądał jak rolka taśmy klejącej.

Popiłem łyk margarity i przygotowałem się na wyjście awaryjne, czyli przeczekanie.

– Wiesz, co ma na ręce jeden z facetów w Starbucksie dla kierowców? Zszywacz do papieru! Kiedyś tatuaż był prowokacją, a dzisiaj ludzie tatuują sobie na ciele sprzęt biurowy! Rozumiesz, o czym mówię? – Oczywiście to było pytanie retoryczne. – Teraz prowokacją jest nie mieć tatuażu. – Znowu zerknęła ponad ramieniem i jęknęła: – O Boże. To nawet nie jest jakaś tam zwykła rolka taśmy klejącej, tylko Scotch w czarno-zieloną kratę. Padnę ze śmiechu. Jeśli już musisz sobie wytatuować na ramieniu taśmę, to niech to będzie przynajmniej staromodny dozownik bez logo! Ciekawe, skąd ten pomysł. Czy akurat tego dnia salon tatuażu dostał nowy katalog Staples? – Wbiła frytkę w sos guacamole z takim impetem, że połowa jej została w miseczce. – Boże, nie znoszę frytek w tej knajpie. – Podłubała widelcem w naczyniu i odgryzła kawałek frytki. – Ale o czymś zacząłeś mówić...

– Zainteresowało mnie lekarstwo, którego nie chcieli ci wydać w aptece.

– No tak! – powiedziała. – Dostałam receptę od lekarza i okazało się, że zapisał mi haloperydol.

– Chodzi o bezsenność? – zapytałem. – Źle sypiasz?

– Spanie? – zdziwiła się. – A co to?

– Na co była ta recepta?

– Na lęki – odparła.

– Chodzisz do psychiatry?

– Nie!

– A wybierasz się?

– Broń Boże! Po prostu boję się tej podróży.

– A dokładnie czego?

– Cieśniny Drake'a, ludzi. Wiesz, jak to ze mną jest.

– Właściwie nie wiem – przyznałem.

– Będzie tam mnóstwo ludzi. Źle znoszę kontakty z tłumem.

– Chyba powinniśmy się rozejrzeć za kimś, z kim mogłabyś porozmawiać.

– Przecież rozmawiam z tobą.

– Chodzi mi o profesjonalistę.

– Już próbowałam. Strata czasu. – Pochyliła się nad stołem i zniżyła głos do szeptu. – OK, za oknem stoi facet w garniturze. Widzę go czwarty raz w ciągu ostatnich trzech dni. Mogę cię zapewnić, że jeśli zaraz się obrócisz, już go tam nie będzie.

Odwróciłem się. Mężczyzna w garniturze oddalał się chodnikiem.

– A nie mówiłam?

– Myślisz, że ktoś cię śledzi?

– Trudno powiedzieć.

Najpierw kamizelki wędkarskie, spanie w miejscu publicznym, psychotropy, a teraz śledzą ją tajemniczy mężczyźni?

Kiedy Bee skończyła dwa lata, rozwinęła się u niej dziwna pasja – uwielbiała oglądać ilustrowaną książkę, którą parę lat wcześniej kupiliśmy z Bernadette od ulicznego handlarza w Rzymie.

RZYM. WCZORAJ I DZIŚ
Przewodnik po monumentalnym centrum
starożytnego Rzymu
z rekonstrukcjami pomników

Są tam współczesne fotografie ruin wraz z nakładkami przedstawiającymi ich wygląd w czasach świetności. Bee podłączona do monitorów pracy serca siedziała na szpitalnym łóżku i przerzucała strony w tę i z powrotem. Książka miała spulchnioną czerwoną, plastikową okładkę, którą Bee lubiła gryźć.

Nagle zrozumiałem, że patrzę na Bernadette wczoraj i dziś. Między dziewczyną, w której się zakochałem, a nieobliczalną kobietą siedzącą przede mną ziała przerażająca przepaść.

Wróciliśmy do domu. Kiedy Bernadette zasnęła, zajrzałem do jej apteczki. Znalazłem mnóstwo butelek po lekarstwach przepisanych przez różnych lekarzy – xanax, klonazepam, zolpidem, triazolam, trazodon i inne. Wszystkie butelki były puste.

Pani doktor, nie zamierzam udawać, że wiem, co się dzieje z Bernadette. Czy cierpi na depresję? Stany maniakalno-depresyjne? Paranoję? A może jest uzależniona od leków? Nie wiem, jakie są objawy załamania nerwowego. Jednak bez względu na specjalistyczną nazwę można chyba powiedzieć, że stan mojej żony pilnie wymaga uwagi.

Hannah Dillard wyrażała się szczególnie pochlebnie właśnie o Pani i o wszystkim, co Pani zrobiła, żeby pomóc Frankowi przetrwać trudny okres. O ile pamiętam, na początku Frank wzbraniał się przed leczeniem, ale wkrótce został zwolennikiem Pani terapii. Zrobiła Pani tak dobre wrażenie na Hannah, że aktualnie zasiada u Pani w komisji.

Za dwa tygodnie Bernadette, Bee i ja wybieramy się na Antarktydę. Bernadette nie ukrywa, że nie ma ochoty na tę wyprawę. Sądzę, że może być lepiej, jeżeli popłyniemy na Antarktydę sami z Bee, a Bernadette spędzi ten czas w Madrona Hill. Trudno sobie wyobrazić, że Bernadette spodoba się ten pomysł, ale zdaje się, że odpoczynek i rekonwalescencja pod okiem specjalistów dobrze jej zrobią. Jestem ciekaw Pani opinii.

Z poważaniem,
Elgin Branch

ROZDZIAŁ 2

BERNADETTE WCZORAJ I DZIŚ

Konkurs dla architektów
sponsor: Zieloni Budowniczowie Ameryki

DO NATYCHMIASTOWEJ PUBLIKACJI:
Zieloni Budowniczowie Ameryki oraz Fundacja Turnera ogłaszają:

20×20×20: Twenty Mile House
Dwadzieścia lat później
Za dwadzieścia lat

Termin składania zgłoszeń: 1 lutego
Oryginalny Twenty Mile House autorstwa Bernadette Fox już nie istnieje. Zachowało się niewiele zdjęć i panuje powszechne przekonanie, że pani Fox zniszczyła wszystkie plany. A jednak z upływem lat znaczenie tego budynku wzrasta. Dla uczczenia dwudziestej rocznicy powstania Twenty Mile House Zieloni Budowniczowie Ameryki oraz Fundacja Turnera zapraszają architektów, studentów i firmy budowlane do nadsyłania projektów rewizji i odbudowy tego budynku, które zainicjują dyskusję na temat przyszłości „zielonej architektury" w ciągu najbliższych dwudziestu lat.

Przedmiot konkursu: Opracowanie projektu trzypokojowego domu jednorodzinnego o powierzchni 4200 stóp kwadratowych przy 6528 Mulholland Drive w Los Angeles. Jedynym kryterium jest to, które narzuciła sama Bernadette Fox – wszystkie materiały użyte podczas realizacji muszą pochodzić ze źródeł znajdujących się w promieniu dwudziestu mil od miejsca budowy.

Rozstrzygnięcie: Wyniki konkursu zostaną ogłoszone podczas gali Zielonych Budowniczych Ameryki i Amerykańskiego Instytutu Architektów w Getty Center. Zwycięzca otrzyma nagrodę w wysokości 40 000 dolarów.

Sobota, 11 grudnia

■ ■ ■

Wiadomość od wykładowcy architektury na USC Paula Jellinka do studenta, który wpadł na mamę przed budynkiem biblioteki

Jacob,

widzę, że interesujesz się dorobkiem artystycznym Bernadette Fox, więc wysyłam Ci artykuł hagiograficzny z jeszcze nie opublikowanego lutowego numeru „Artforum". Redakcja poprosiła mnie, żebym sprawdził tekst pod kątem rażących błędów merytorycznych. Gdybyś pod wpływem impulsu wpadł na pomysł, żeby skontaktować się z autorem i powiedzieć mu o Twoim spotkaniu z Bernadette Fox, to proszę, żebyś tego nie robił. Wszystko wskazuje na to, że Bernadette z własnej woli postanowiła wycofać się z życia publicznego, i sądzę, że powinniśmy uszanować jej wybór.

Paul

■ ■ ■

Artykuł z „Artforum" w formie pliku PDF
Święta Bernadette –
najbardziej wpływowa architekt, o jakiej nigdy nie słyszeliście

Amerykańskie Stowarzyszenie Architektów i Budowniczych niedawno przeprowadziło ankietę wśród trzystu studentów ostatnich lat architektury, pytając, których architektów najbardziej podziwiają. Na liście znalazły się nazwiska, których można było się spodziewać: Frank Lloyd Wright, Le Corbusier, Mies van der Rohe, Louis Kahn, Richard Neutra, Rudolf Schindler – z jednym wyjątkiem. Wśród tych wybitnych mężczyzn wyróżnia się jedna, właściwie nieznana kobieta.

Bernadette Fox jest z wielu powodów osobą niezwykłą. Jako młoda kobieta uprawiała zawód samodzielnie w środowisku zdominowanym przez mężczyzn; w wieku trzydziestu dwóch lat otrzymała stypendium MacArthura; jej ręcznie wykonane meble stanowią element ekspozycji stałej w American Folk Art Museum; jest uważana za pionierkę ruchu zwanego „zieloną architekturą"; jedyny budynek, który zrealizowała, już nie istnieje; dwadzieścia lat temu porzuciła architekturę i od tamtego czasu nic nie zaprojektowała.

Dowolny z tych atrybutów mógłby zwrócić uwagę opinii publicznej na danego architekta. Razem sprawiają, że mamy do czynienia z postacią ikoniczną. Kim jednak była naprawdę Bernadette Fox? Czy przetarła szlaki dla młodych adeptek architektury? Czy była geniuszem? Była „zielona", zanim powstał trend na „zieloność"? Co teraz się z nią dzieje?

„Artforum" dotarło do kilku osób, które blisko współpracowały z Bernadette Fox. Poniższy tekst jest naszą próbą rozszyfrowania jednej z najbardziej enigmatycznych postaci w architekturze.

W połowie lat osiemdziesiątych Princeton był pierwszą linią frontu w walce o przyszłość architektury. Szkoła modernistyczna miała tam długą tradycję, a jej akolici byli powszechnie uznani i wpływowi. Postmoderniści pod wodzą wykładowcy Princeton Michaela Gravesa mieli przed sobą nie lada wyzwanie. Graves właśnie zbudował Urząd Spraw Publicznych w Portland. Inteligentny humor i eklektyzm tego projektu były wyraźnym dowodem odrzucenia ascetyzmu i minimalistycznego formalizmu modernistów. Tymczasem zaczął się formować ruch dekonstruktywistów, radykalnej frakcji wyraźniej nastawionej na konfrontację. Patronował mu były profesor Princeton Peter Eisenman. Dekonstruktywizm odrzucał zarówno modernizm, jak i postmodernizm na rzecz fragmentacji i geometrycznej nieprzewidywalności. Od studentów z Princeton zdecydowanie oczekiwano, by opowiedzieli się po którejś ze stron, chwycili za broń i szli przelewać krew.

Ellie Saito uczyła się w Princeton w tej samej grupie, co Bernadette Fox.

ELLIE SAITO: Moją pracą dyplomową był projekt herbaciarni w centrum turystycznym na górze Fuji. Budynek miał wyglądać jak otwarty kwiat wiśni o ścianach ze wzdętych różowych żagli. Podczas recenzji broniłam swojego projektu. Odpierałam ciosy ze wszystkich stron. Nagle Bernadette uniosła głowę znad swojej robótki na drutach i zapytała: „A gdzie zostawią buty?". Wszyscy popatrzyli na nią. „W herbaciarni trzeba zdjąć buty, prawda? No więc, gdzie je zostawią?".

Jej wyraźne przywiązanie do prozaicznych detali zwróciło uwagę profesora Michaela Gravesa, który zatrudnił ją do pracy w swoim nowojorskim biurze.

ELLIE SAITO: Z całej grupy Graves zatrudnił tylko ją. To był silny cios.

MICHAEL GRAVES: Nie szukam pracowników z rozbuchanym ego i wielkimi wizjami. To ja mam rozbuchane ego i wielkie wizje. Chcę pracować z ludźmi, którzy potrafią realizować moje pomysły i rozwiązywać problemy, które przed nimi stawiam. W Bernadette uderzyło mnie to, że z radością podejmowała się zadań, które inni studenci uznaliby za niegodne ich uwagi. Architektura raczej nie jest kierunkiem wybieranym przez pozbawione egocentryzmu pracowite pszczółki. Kiedy więc znajdujesz kogoś skromnego, a w dodatku okazuje się, że ma talent, to trzeba go brać.

Bernadette Fox była najmłodszym członkiem grupy zatrudnionej przy projektowaniu Team Disney Building w Burbank. Na początku wykonywała typową brudną robotę – projektowała rozkład toalet w skrzydle menedżerskim.

MICHAEL GRAVES: Bernadette wszystkich doprowadzała do szału. Chciała wiedzieć, ile czasu menedżerowie spędzają w biurach, jak często i w jakich godzinach wychodzą na spotkania, ile osób przychodzi na konferencje, jaki jest stosunek liczby kobiet do liczby mężczyzn. W końcu wziąłem telefon i zadzwoniłem do niej, żeby zapytać, co się tam, do diabła, dzieje.

– Muszę się dowiedzieć, jaki problem ma rozwiązać mój projekt – wyjaśniła.

– Michael Eisner od czasu do czasu musi się wysikać i nie chce, żeby wszyscy go przy tym widzieli – powiedziałem.

Chciałbym powiedzieć, że trzymałem ją w zespole, bo odkryłem budzący się talent, ale tak naprawdę podobały mi się jej swetry. Zrobiła ich dla mnie na drutach cztery i mam je do dzisiaj. Dzieciaki wciąż próbują mi je podbierać. Żona chce, żebym je oddał do Goodwill. Ale nie mam zamiaru się ich pozbyć.

Realizację The Team Disney Building kilka razy odkładano z powodu procesów związanych z pozwoleniami na budowę. Podczas jednego ze spotkań pracowników Fox przedstawiła diagram z etapami działań, które miały przyspieszyć urzędowe decyzje. Graves wysłał ją do Los Angeles, żeby pracowała na miejscu budowy.

MICHAEL GRAVES: Tylko mnie było przykro, że wyjeżdża.

Sześć miesięcy później skończyła się praca przy Team Disney. Graves zaproponował Fox pracę w Nowym Jorku, ale jej spodobała się swoboda panująca na scenie architektonicznej Los Angeles. Dzięki rekomendacji Gravesa Fox została zatrudniona przez firmę Richarda Meiera, która już pracowała nad projektem Getty Center. Bernadette Fox była jedną z sześciorga młodych architektów, którym powierzono pozyskanie, import i kontrolę jakości tysięcy ton trawertynu z Włoch. Miała nim być pokryta elewacja muzeum.

W 1988 roku Fox poznała Elgina Brancha, specjalistę animacji komputerowej. Po roku się pobrali. Fox chciała zbudować dom. Judy Toll była ich agentem nieruchomości.

JUDY TOLL: Byli cudowną młodą parą – oboje bardzo inteligentni i atrakcyjni. Próbowałam im znaleźć dom w Santa Monica albo w Palisades. Bernadette zafiksowała się jednak na punkcie działki, na której mogłaby zbudować coś według swojego projektu. Pokazałam im opuszczoną fabrykę w Venice Beach, którą wystawiono na sprzedaż w cenie samego gruntu.

Bernadette rozejrzała się i powiedziała, że to idealna oferta. Byłam w szoku, kiedy odkryłam, że chodzi jej nie tyle o działkę, ile o budynki fabryczne. Jedynym człowiekiem, którego ta wiadomość zaskoczyła jeszcze bardziej, był jej mąż. On jednak jej ufał. W końcu zwykle tak jest, że żony mają decydujący głos w tych sprawach.

Fox i Branch kupili zlikwidowaną fabrykę Beeber Bifocal. Po jakimś czasie zostali zaproszeni na bankiet, na którym poznali dwie najważniejsze postaci kręgu zawodowego Bernadette Fox – Paula Jellinka i Davida Walkera. Jellinek był architektem i profesorem w SCI-Arc.

PAUL JELLINEK: Pamiętam dzień, w którym Bernadette i Elgie podpisali umowę kupna Beeber Bifocal. Jej entuzjazm udzielał się wszystkim obecnym. Powtarzała, że znalazła w fabryce mnóstwo kartonów z okularami i części maszyn, które chciała „jakoś zagospodarować". Po sposobie, w jaki mówiła – porywczo, chaotycznie – nie sposób było wywnioskować, że jest wytrawnym architektem, a co dopiero ulubienicą Gravesa.

David Walker był przedsiębiorcą budowlanym.

DAVID WALKER: Przy deserze Bernadette poprosiła mnie, żebym był jej wykonawcą. Odparłem, że dostarczę jej referencje, ale powiedziała: „Nie trzeba, wystarczy, że cię od razu polubiłam" i kazała mi przyjść z ekipą w sobotę.

PAUL JELLINEK: Kiedy Bernadette powiedziała, że jest zatrudniona przy trawertynie dla muzeum Getty'ego, wszystko stało się dla mnie jasne. Jeden z moich kolegów też pracował na podobnym stanowisku. Firma zdegradowała utalentowanych architektów do roli inspektorów przy taśmie produkcyjnej. Ta praca zabijała ich dusze. Beeber był sposobem Bernadette na ponowne zbliżenie do tego aspektu architektury, który najbardziej kochała – do budowania.

Fabryka Beeber Bifocal mieściła się w sześciennym budynku z pustaków. Zajmowała powierzchnię trzech tysięcy stóp kwadratowych, a sufit znajdujący się na wysokości jedenastu stóp wieńczyła nadbudówka z oknami. W dachu umieszczono rząd świetlików. Przekształcenie tego budynku przemysłowego w przestrzeń mieszkalną zajęło kolejne dwa lata życia Fox. Wykonawca David Walker był tam każdego dnia.

DAVID WALKER: Z zewnątrz budynek wyglądał jak jakaś ponura, wielka szopa. Wystarczyło jednak wejść do środka i było tam bardzo jasno. Pierwszej soboty pojawiłem się z kilkoma ludźmi, zgodnie z życzeniem Bernadette. Nie miała żadnych planów ani zezwoleń. Miała jednak miotły i gąbki, więc wzięliśmy się do zamiatania i mycia okien oraz świetlików. Zapytałem ją, czy mam zamówić kontener na śmieci. „Nie!" – krzyknęła niemal ze zgrozą.

Cały następny tydzień spędziła, zbierając wszystkie śmieci z budynku i układając je na podłodze. Były tam tysiące oprawek do okularów, pudła z soczewkami, sterty rozłożonych kartonów, a także urządzenia do cięcia i polerowania szkła.

Co rano, kiedy przychodziłem do pracy, ona już się uwijała jak w ukropie. Nosiła plecak, z którego zwisał koniec włóczki, żeby mogła robić na drutach nawet na stojąco. Wciąż coś dziergała i dokładnie oglądała znaleziska. Przypominała mi dzieciaka, który wysypał na podłogę klocki lego, a teraz siedzi i się zastanawia, co z nich zbudować.

Pewnego dnia – to był piątek – wzięła do domu karton drucianych oprawek do okularów. Kiedy wróciła, okazało się, że związała je włóczką. Zrobiła z nich coś w rodzaju niezwykłej okularowej kolczugi. I to niesamowicie wytrzymałej! Bernadette zwołała chłopaków, dała im cążki i szczypce, po czym kazała przerobić tysiące starych oprawek na parawany, których potem użyła jako ścianek działowych.

Naprawdę był to śmieszny widok – grupa meksykańskich *macho*, którzy wynieśli krzesła na dwór i bawili się włóczką w prażącym słońcu. Muszę jednak przyznać, że ta robota się im podobała. Puszczali w radiu muzykę *ranchera* i plotkowali jak stare baby.

PAUL JELLINEK: Beeber Bifocal w pewien sposób po prostu ewoluował. Wprowadzając się, Bernadette nie miała na ten zakład żadnego przełomowego pomysłu. Zaczęło się od połączenia za pomocą włóczki oprawek do okularów. Potem pojawiły się blaty stołowe z soczewek. Następnie same stoły zrobione z części maszyn i urządzeń. To było cholernie fantastyczne. Chętnie poszedłbym do niej ze swoimi studentami i dał piątkę każdemu, kto zgodziłby się pomóc.

W głębi budynku był pokój wypełniony po sufit katalogami. Bernadette posklejała je tak, że utworzyły sześciany o bokach długości czterech stóp. Pewnego wieczoru wszyscy się upiliśmy, wzięliśmy piłę łańcuchową i wycięliśmy z nich fotele. To były meble do salonu.

DAVID WALKER: Dosyć szybko stało się jasne, że chodzi o to, żeby nie biegać co chwila do sklepu z materiałami, tylko korzystać z tego, co jest pod ręką. Traktowaliśmy to jak grę. Nie wiem, czy takie działanie można nazwać architekturą, ale na pewno dobrze się bawiliśmy.

PAUL JELLINEK: W tamtych czasach cała architektura bazowała na najnowszych technologiach. Wszyscy przesiadali się ze stołów kreślarskich na AutoCAD-a, jedynym tematem rozmów stały się prefabrykaty. Masowo powstawały McDworki zajmujące całą powierzchnię działki. Bernadette i jej wizja pozostawały kompletnie poza mainstreamem. Pod wieloma względami korzenie Beeber Bifocal tkwią w nurcie „sztuki żulerskiej". To bardzo sprytnie pomyślany dom. Feministki nie zostawią na mnie suchej nitki, ale sądzę, że Bernadette Fox jest bardzo kobiecą architekt. Gdy wchodzisz do Beeber Bifocal, od razu rzuca się w oczy dbałość o szczegóły i cierpliwość, z jaką je dopracowano. Czujesz się tak, jakby ktoś cię przytulił.

W pracy przy budowie muzeum Getty'ego, Fox coraz bardziej drażniło marnotrawstwo, ponieważ sprowadzano z Włoch kolejne tony trawertynu, a jej zwierzchnicy odrzucali je z powodu niewielkich różnic w odcieniu.

PAUL JELLINEK: Pewnego dnia powiedziałem Bernadette, że wydział kultury Urzędu Miasta kupił pusty plac koło Watts Towers i poszukuje architekta, który zaprojektuje centrum dla zwiedzających.

Przez następny miesiąc Fox w tajemnicy przygotowywała projekt fontanny, muzeum i kilku platform widokowych, które miały być zbudowane z trawertynu odrzuconego przez zarząd muzeum Getty'ego.

PAUL JELLINEK: Przepięknie udało się jej nawiązać do Watts Towers, które też zbudowano z odpadów. Bernadette nadała platformom kształt przypominający muszle prehistorycznych mięczaków, który przywodził na myśl skamieliny w blokach trawertynu oraz zawijasy w konstrukcji Watts Towers.

Kiedy Fox przedstawiła swój plan członkom zarządu muzeum Getty'ego, ci szybko i jednoznacznie przeznaczyli ją do odstrzału.

PAUL JELLINEK: Szefów z Getty'ego interesował tylko jeden cel – zakończenie budowy. Nie życzyli sobie, żeby szeregowy pracownik mówił im, co mają zrobić z odpadami. Ponadto, jak by to wyglądało w kwestii wizerunkowej? Materiał był niewystarczająco dobry dla Getty'ego, ale odpowiedni dla South Central? Po co się pakować w kłopoty?

Firma Richard Meier i Partnerzy nie zdołała odnaleźć rysunków Fox w archiwach Getty Center.

Jestem pewny, że Bernadette po prostu je wyrzuciła. Jednak istotnym skutkiem tego zdarzenia – i Fox dobrze to rozumiała – było sformułowanie zdecydowanego poglądu, że niczego nie wolno marnować.

Fox i Branch wprowadzili się do Beeber Bifocal w 1991 roku. W tym czasie Fox już rzuciła się w wir pracy nad kolejnym projektem.

JUDY TOLL: Bernadette i jej mąż zainwestowali wszystkie oszczędności w fabrykę okularów, w której zamieszkali. Niewiele już zostało na bieżące wydatki. Znalazłam więc dla niej zarośnięty chaszczami kawałek ziemi przy Mulholland w Hollywood, niedaleko parku Runyon Canyon. Było tam płasko i rozciągał się stamtąd wspaniały widok na miasto. Sąsiednia działka także została wystawiona na sprzedaż. Zaproponowałam, żeby kupili obie, ale nie było ich na to stać.

Fox poświęciła się budowie domu z materiałów dostępnych w promieniu dwudziestu mil. Oczywiście nie chodziło o to, żeby pojechać do odległego o milę marketu Home Depot i kupić elementy z chińskiej stali. Materiały miały pochodzić z lokalnych źródeł.

DAVID WALKER: Zapytała, czy jestem gotowy podjąć wyzwanie. „No jasne" – odpowiedziałem.

PAUL JELLINEK: Jedną z najroztropniejszych decyzji Bernadette było nawiązanie współpracy z Dave'em. Większość wykonawców nie potrafi pracować bez gotowego projektu, ale on nie miał nic przeciwko temu. Jeżeli Twenty Mile House czegoś dowiódł, to na pewno jej geniuszu w sprawach związanych z pozwoleniami.

Kiedy na uczelniach jest mowa o Bernadette, wszyscy skupiają się na Beeber i Twenty Mile. Ja opowiadam uczniom o tym, jak zdobywała pozwolenia na budowę. Nie da się czytać jej planów dla komisji nadzoru budowlanego i się przy tym nie zaśmiać. Obejmują wiele stron dokumentacji, która wygląda bardzo urzędowo, ale naprawdę nie zawiera żadnych informacji. To były inne czasy. Jeszcze przed boomem budowlanym, przed trzęsieniem ziemi. Wystarczyło iść do wydziału budownictwa i pogadać z jego szefem.

Szefem Wydziału Budownictwa i Bezpieczeństwa Budynków w Los Angeles był Ali Fahad.

ALI FAHAD: Oczywiście, pamiętam Bernadette Fox. Była czarującą osobą. Nie chciała rozmawiać z nikim oprócz mnie. Żona właśnie urodziła bliźnięta, a Bernadette przyszła z ręcznie zrobionymi na drutach kocykami i czapeczkami dla maluchów. Siadała, piliśmy herbatę, ona mówiła, co chce zbudować w domu, a ja jej radziłem, jak ma to zrobić.

PAUL JELLINEK: Widzicie! Tylko kobieta mogła podejść do tego w taki sposób.

Architektura zawsze była zawodem zdominowanym przez mężczyzn. Przed rokiem 2005, kiedy na scenie pojawiła się Zaha Hadid, trzeba było się natrudzić, żeby zostać uznaną kobietą-architekt. Niektórzy zaliczają do tego towarzystwa Eileen Gray i Julię Morgan. Najczęściej kobiety-architekci pozostawały w cieniu swoich słynnych partnerów: Ann Tyng – Louisa Khana, Marion Griffin – Franka Lloyda Wrighta, Denise Scott Brown – Roberta Venturiego.

ELLIE SAITO: To mnie najbardziej wkurzało u niej, kiedy studiowałyśmy w Princeton. Jesteś jedną z zaledwie dwóch kobiet na wydziale architektury i cały czas spędzasz na szydełkowaniu? To niemal tak żałosne, jak płacz podczas rozmowy kwalifikacyjnej. Uważałam, że jako kobiety powinnyśmy dotrzymywać kroku mężczyznom. Jednak za każdym razem, kiedy próbowałam o tym porozmawiać z Bernadette, zdawało się, że nie jest zainteresowana.

DAVID WALKER: Jeżeli trzeba było coś zespawać, sprowadzałem fachowca, Bernadette tłumaczyła mu, jaki efekt chce uzyskać, a facet odpowiadał, zwracając się do mnie, a nie do niej. Bernadette jednak to nie przeszkadzało. Po prostu chciała zbudować ten dom i drobne oznaki szowinizmu nie mogły jej w tym przeszkodzić.

PAUL JELLINEK: Dlatego Dave był tak ważną osobą. Gdyby robotnicy zobaczyli kobietę, która sama kręci się po placu budowy i chce, żeby jej coś zespawać, zjedliby ją żywcem. Trzeba też pamiętać, że miała zaledwie trzydzieści lat. Architektura to jeden z niewielu zawodów, w których wiek i doświadczenie są uważane za ważne zalety. Młoda kobieta próbująca w pojedynkę zbudować dom bez projektu? Nikomu nie mieściło się to w głowie. Nawet architekt Ayn Rand był facetem.

Po otrzymaniu zezwolenia na budowę trzypokojowego domu o powierzchni czterech tysięcy stóp kwadratowych i ścianach ze stali oraz szkła, z wolno stojącym garażem i domkiem gościnnym, Fox od razu przystąpiła do realizacji Twenty Mile House. Cementownia w Gardenie dostarczyła piasku, który Fox mieszała już na miejscu. Złomowisko w Glendale miało poinformować Fox o dostawie stalowych belek. (Materiały z lokalnego wysypiska były dozwolone, nawet jeśli pochodziły z odległości większej niż dwadzieścia mil.) Tymczasem dalej przy tej samej ulicy prowadzono prace rozbiórkowe. Kontener na gruz i śmieci okazał się doskonałym źródłem materiału budowlanego. Dzięki pilarce do gałęzi drzew Bernadette Fox zdobyła drewno na szafy, deski podłogowe i drobniejsze meble.

ELLIE SAITO: Odwiedziłam Los Angeles, jadąc do Palm Springs, gdzie miałam się spotkać z producentami prefabrykatów. Zatrzymałam się przed Twenty Mile House. Bernadette w kombinezonie z pasem na narzędzia śmiała się i rozmawiała z robotnikami łamanym hiszpańskim. Ten nastrój był zaraźliwy. Podwinęłam rękawy mojej bluzki od Issey Miyake i pomogłam jej kopać rów.

Pewnego dnia konwój samochodów ciężarowych podjechał na sąsiednią działkę. Okazało się, że kupił ją Nigel Mills-Murray, magnat telewizyjny z Anglii, znany przede wszystkim dzięki swojemu popularnemu teleturniejowi You Catch It, You Keep It. *Zatrudnił brytyjskiego architekta do zaprojektowania marmurowego dworku w stylu Tudorów o powierzchni czternastu tysięcy stóp kwadratowych, który Fox nazwała White Castle. Na początku relacje między obiema brygadami układały się serdecznie. Fox chodziła do White Castle i pożyczała na godzinę ich elektryka. Kiedy inspektor budowlany chciał cofnąć White Castle pozwolenie na prace ziemne, Fox przekonała go do zmiany zdania.*

DAVID WALKER: Budowa White Castle przypominała film wyświetlany w przyspieszonym tempie. Na miejscu zaroiło się od kilkuset robotników, którzy pracowali dwadzieścia cztery godziny na dobę – dosłownie. Były tam trzy zespoły wymieniające się co osiem godzin.

Podobno podczas pracy nad *Czasem Apokalipsy* Francis Ford Coppola powiesił na swojej przyczepie kempingowej baner z napisem: „Szybko, tanio, dobrze – wybierz dwie opcje". Tak samo jest z domami. My z Bernadette zdecydowanie wybraliśmy „tanio" i „dobrze", ale robota niemiłosiernie się ślimaczyła. Ci z White Castle postawili na „szybko" i... „szybko".

Kiedy White Castle był gotowy, Fox i Walker dopiero zaczęli etap stanu zamkniętego.

DAVID WALKER: Facet od *You Catch It, You Keep It* zaczął przychodzić z projektantem wnętrz. Pewnego dnia zdecydował, że nie podoba mu się mosiądz, i kazał wymienić wszystkie klamki, uchwyty, zawiasy i armaturę.

Dla nas to było jak wczesne Święta. Nazajutrz Bernadette dosłownie wlazła do kontenera na śmieci White Castle, aż tu nagle podjeżdża swoim rolls-royce'em ten Anglik.

Nigel Mills-Murray nie odpowiedział na prośby o wywiad, które do niego wysłaliśmy. Skontaktował się z nami jego menedżer.

JOHN L. SAYRE: Kto po powrocie do domu chciałby zastać sąsiadkę buszującą w jego śmieciach? Nikt, to pewne. Mój klient chętnie spotkałby się z nią, żeby ustalić wartość materiałów. Ta kobieta jednak weszła bez zaproszenia na jego posesję i dokonała kradzieży. O ile mi wiadomo, to nielegalny proceder.

Przez noc Mills-Murray postawił ogrodzenie z drutu kolczastego i całodobową ochronę przy podjeździe. (White Castle oraz Twenty Mile House miały wspólny podjazd. Teoretycznie Twenty Mile House pozwolił White Castle korzystać ze swojej własności. Następnego roku miało się okazać, że to bardzo istotny fakt.)

Zdobycie wyrzuconych przez Millsa-Murraya elementów stało się obsesją Fox. Kiedy do White Castle przyjechała po kontener ciężarówka, Fox wsiadła do samochodu i ścigała ją do najbliższych świateł. Dała kierowcy sto dolarów za śmieci Millsa-Murraya.

DAVID WALKER: Uważała, że są zbyt kiczowate, żeby je wykorzystać w domu. Postanowiła, jak za dawnych czasów, połączyć je za pomocą drutu i zrobić z nich bramę wjazdową.

Mills-Murray wezwał policję, ale nie postawiono formalnych zarzutów. Rano brama zniknęła. Fox była pewna, że Mills-Murray ją ukradł, ale nie miała dowodów. Tymczasem coraz gorzej powodziło się jej w pracy przy budowie Getty Center, więc złożyła wypowiedzenie i poświęciła się całkowicie Twenty Mile House.

PAUL JELLINEK: Zwróciłem uwagę, że odkąd Bernadette odeszła z pracy, kierował nią zupełnie inny rodzaj energii. Przychodziłem ze studentami, a ona cały czas mówiła jedynie o White Castle – że jest brzydki, że pochłonął wiele strat itp. To była prawda, ale nie miała nic wspólnego z architekturą.

Wreszcie ukończono wszystkie prace w White Castle. Ukoronowaniem projektu były warte milion dolarów kalifornijskie palmy zasadzone wzdłuż wspólnego podjazdu. Każda z roślin musiała być dostarczona na miejsce i opuszczona na linach za pomocą helikoptera. Fox się wściekła, że jej podjazd wygląda jak Ritz-Carlton. Poskarżyła się, ale Mills-Murray odesłał jej tytuł własności, w którym wyraźnie było napisane, że wspólnota gruntowa uprawnia go do „swobodnej komunikacji" oraz „wolnej ręki w sprawie projektowania i utrzymania zieleni na posesji".

DAVID WALKER: Minęło dwadzieścia lat, a mnie wciąż robi się niedobrze na dźwięk słów „wspólnota gruntowa" i „swobodna komunikacja". Bernadette bez przerwy się o to pieklila. W końcu zacząłem nosić walkmana, żeby ją zagłuszyć.

W ramach parapetówki Mills-Murray postanowił urządzić wystawne przyjęcie z okazji rozdania Oscarów. Zaprosił Prince'a, żeby zaśpiewał w jego ogrodzie. Brak miejsc do parkowania zawsze stanowi problem przy Mulholland Drive, więc Mills-Murray wynajął parkingowych, którzy mieli się zająć samochodami gości. W przeddzień przyjęcia Fox podsłuchała asystentkę Millsa-Murraya i głównego parkingowego, którzy stali na podjeździe i zastanawiali się, w jaki sposób zmieścić tam sto samochodów. Zawiadomiła kilkanaście firm holowniczych, że na jej podjeździe będą zaparkowane niezgodnie z prawem samochody.

Podczas imprezy parkingowi wymknęli się do ogrodu, żeby popatrzeć, jak Prince śpiewa Let's Go Crazy, *a Fox wpuściła na posesję czekającą za bramą flotę ciężarówek holowniczych. Błyskawicznie odholowano dwadzieścia samochodów. Kiedy rozwścieczony Mills-Murray przybiegł, Fox ze stoickim spokojem pokazała mu akt własności, w którym napisano, że podjazd służy do „swobodnej komunikacji", a nie do parkowania samochodów.*

PAUL JELLINEK: Elgie i Bernadette mieszkali wtedy w Beeber Bifocal, ale myśleli o przeprowadzce do Twenty Mile House i powiększeniu rodziny. Elgie był jednak coraz bardziej zaniepokojony niekorzystnym wpływem kłótni sąsiedzkiej na stan psychiczny Bernadette. Stracił ochotę na mieszkanie w tym domu. Poradziłem mu, żeby trochę poczekał, aż kłopoty przycichną.

Pewnego kwietniowego poranka w 1992 roku Fox odebrała telefon. „Czy to pani Bernadette Fox?", zapytał głos w słuchawce. „Jest pani sama?".

Rozmówca poinformował ją, że została laureatką stypendium „dla geniuszów" MacArthura. Po raz pierwszy przyznano je architektowi. Wynoszące 500 000 dolarów stypendium dostają „utalentowani ludzie, którzy wyróżniają się nietuzinkową oryginalnością i poświęceniem podczas twórczych poszukiwań, a także charakteryzują się wyraźnym talentem do samodzielnego zarządzania swoim losem".

PAUL JELLINEK: Jeden z moich przyjaciół z Chicago związany z Fundacją MacArthura – nawet nie wiem, w jaki sposób, bo ta organizacja nie lubi się dzielić swoimi sekretami – zapytał mnie, co aktualnie uważam za najbardziej ekscytujące zjawisko w architekturze. Powiedziałem mu prawdę – dom Bernadette Fox. Do diabła, nie sposób precyzyjnie określić, kim naprawdę była – architektem, artystką z pogranicza sztuki, zwykłą kobietą, która lubiła robótki ręczne, czy legendarnym kloszardem. Wiedziałem tylko, że wizyty w jej budynkach to bardzo przyjemne przeżycie.

Był 1992 rok, zaczęły się pierwsze rozmowy o „zielonej architekturze", ale to było jeszcze przed LEED* i Green Building Council**. Pierwszy numer „Dwell" miał się ukazać dopiero za dziesięć lat. Oczywiście „zielona architektura" była obecna na świecie już od kilkudziesięciu lat, ale estetyka nigdy nie zajmowała w niej priorytetowego miejsca.

Mój znajomy z Chicago przyjechał w licznym towarzystwie. Wszyscy na pewno spodziewali się, że ujrzą ohydną szopę skleconą byle jak z tablic rejestracyjnych i opon. Jednak gdy weszli do Twenty Mile House, szczerze się zaśmiali – taki fantastyczny był ten dom. Zobaczyli bryłę z lśniącego szkła, o czystych liniach, bez

---

* LEED (Leadership in Energy and Environmental Design) – jeden z międzynarodowych systemów certyfikacji budynków pod kątem wartości ekologicznych.

** Green Building Council – ogólna nazwa pozarządowych organizacji typu non-profit propagujących stosowanie zasad zrównoważonego rozwoju w budownictwie i gospodarce nieruchomościami.

choćby cala płyty gipsowo-kartonowej ani farby. Podłogi były z betonu, ściany i sufit z drewna, pod przezroczystymi blatami widać było kruszywo z kolorowymi akcentami dzięki kawałkom tłuczonego szkła. Pomimo użycia „ciepłych" materiałów dom zdawał się lżejszy i jaśniejszy w środku niż na zewnątrz.

Tego dnia Bernadette budowała garaż. Wylewała beton do form, żeby przygotować ściany, które po związaniu miała podnieść do pionu. Przedstawiciele fundacji zdjęli marynarki, zakasali rękawy i ruszyli z pomocą. W tym momencie już wiedziałem, że wygrała stypendium.

To wyróżnienie pozwoliło Fox zdystansować się od Twenty Mile House i wystawić go na sprzedaż.

JUDY TOLL: Bernadette powiedziała, że chce sprzedać dom i poszukać innej posesji – bez wspólnego podjazdu. Sąsiedztwo Millsa-Murraya dobrze wpłynęło na cenę. Zrobiłam parę fotografii i obiecałam, że przygotuję kilka wariantów wyceny.

Po powrocie do biura odsłuchałam wiadomość z automatycznej sekretarki. Nagrał ją pewien menedżer, z którym często współpracowałam. Jakimś sposobem dowiedział się, że dom jest na sprzedaż. Wytłumaczyłam, że wystawię go dopiero za dwa miesiące, mój znajomy jednak był pasjonatem architektury i bardzo chciał mieć dom, który wygrał nagrodę dla geniuszy.

Poszliśmy z Bernadette i jej cudownym mężem do Spago, żeby uczcić sprzedaż uroczystą kolacją. Szkoda, że pan ich nie widział. Elgie był z niej taki dumny! Zdobyła wielką nagrodę i ubiła dobry interes na sprzedaży domu. Który mąż nie byłby dumny? Przy deserze wyjął małą szkatułkę i podał ją Bernadette. W środku znajdował się srebrny medalion z pożółkłą fotografią poważnej, jakby trochę zaniepokojonej dziewczyny.

– To święta Bernadeta – powiedział Elgie. – Patronka Lourdes. Zasłynęła swoimi wizjami. Miała ich osiemnaście. Twoją pierwszą wizją był projekt Beeber Bifocal. Drugą – Twenty Mile House. Zostało jeszcze szesnaście.

Bernadette się rozpłakała. Ja też. Nawet Elgiemu zaszkliły się oczy. Kiedy kelner przyszedł z rachunkiem, siedzieliśmy w kałuży łez.

To właśnie podczas tego lunchu postanowili pojechać do Europy. Chcieli odwiedzić Lourdes, rodzinne strony świętej Bernadety. To było doprawdy czarujące. Świat stał przed nimi otworem.

Bernadette potrzebowała zdjęć Twenty Mile House do swojego portfolio. Za miesiąc ogród miał być pełen kwiatów, więc postanowili zrobić sesję fotograficzną dopiero po powrocie. Zadzwoniłam do kupca i zapytałam, czy wyraża zgodę. Oczywiście nie miał nic przeciwko temu.

PAUL JELLINEK: Wszyscy sądzą, że byłem bliskim przyjacielem Bernadette, ale prawdę mówiąc, nie rozmawialiśmy ze sobą zbyt często. Nadeszła jesień, a ja miałem nowy rocznik studentów. Chciałem im pokazać Twenty Mile House. Wiedziałem, że Bernadette poleciała do Europy, ale postąpiłem tak, jak zawsze – zostawiłem jej wiadomość, że wybieram się z grupą studentów do jej domu. Miałem swój klucz.

Skręciwszy z Mulholland, zobaczyłem, że brama jest otwarta, co już wzbudziło moje zdziwienie. Podjechałem bliżej i wysiadłem z samochodu. Dopiero po chwili dotarło do mnie, co się dzieje – buldożer burzył dom! A dokładniej mówiąc, trzy buldożery. Wgryzały się w ściany, tłukły szkło, łamały dźwigary, rozbijały w pył meble, lampy, okna, wnęki. Panował tam cholerny harmider, co jeszcze potęgowało zamieszanie.

Nie miałem pojęcia, co się dzieje. Nawet nie wiedziałem, że Bernadette sprzedała dom. Podbiegłem do jednego z buldożerów i dosłownie wywlokłem z niego kierowcę.

– Co tu się, kurwa, dzieje?! – wrzasnąłem, ale nie rozumiał po angielsku.

W tamtych czasach nie było telefonów komórkowych. Kazałem studentom złapać się za ręce i blokować drogę buldożerom, a sam pojechałem na złamanie karku na Hollywood Boulevard do najbliższego automatu telefonicznego. Zadzwoniłem do Bernadette i nagrałem się na sekretarce.

– Co ty, do cholery, wyprawiasz?! – ryknąłem do słuchawki. – Nie do wiary, że nic mi nie powiedziałaś! Nie możesz tak po prostu zniszczyć swojego domu i uciec do Europy!

Dwa tygodnie później Jellinka nie było w biurze, więc Fox nagrała na automatycznej sekretarce następującą wiadomość, którą ten wciąż przechowuje i odtwarza dla mnie: „Paul, co się dzieje? O czym ty mówisz? Już wróciliśmy. Zadzwoń". Potem skontaktowała się z agentką nieruchomości.

JUDY TOLL: Zapytała, czy coś się stało z domem. Odparłam, że nie wiem, czy Nigel jest w to zamieszany.

– Kto?

– Nigel.

– Kto?! – powtórzyła, ale tym razem krzycząc histerycznym tonem.

– Klient, który kupił twój dom. Twój sąsiad Nigel, ten od teleturnieju, w którym zrzucają z drabiny różne drogie rzeczy i możesz wygrać wszystko, co uda ci się złapać. Ten Anglik.

– Zaraz, zaraz – powiedziała Bernadette. – Przecież dom kupił twój znajomy, John Sayre.

Nagle zrozumiałam – oczywiście, nic nie wiedziała! Kiedy była w Europie, menedżer handlowy kazał przepisać tytuł własności na Nigela Millsa-Murraya. Nie wiedziałam, że kupił nieruchomość w imieniu swojego klienta. To typowa praktyka – gwiazdy często korzystają z pośrednictwa swoich menedżerów handlowych, którzy po zakupie przepisują tytuł własności. Wie pan, chodzi o zachowanie prywatności.

– Od początku prawdziwym klientem był Nigel Mills-Murray – powiedziałam Bernadette.

Zapadło milczenie, a potem odłożyła słuchawkę.

Twenty Mile House, którego budowa zajęła trzy lata, w jeden dzień został zrównany z ziemią. Jedyne zachowane zdjęcia to te, które agentka nieruchomości Judy Toll zrobiła małym aparatem cyfrowym. Istniejące plany są komicznie niekompletne – to projekt, który Fox dostarczyła do wydziału budownictwa.

PAUL JELLINEK: Wiem, że wszyscy uważają Bernadette za tragiczną ofiarę tych zdarzeń, ale prawdę mówiąc, sama była winna zniszczenia Twenty Mile House.

W kręgach związanych z architekturą zapanowała żałoba, kiedy rozeszła się wieść o zburzeniu Twenty Mile House.

PAUL JELLINEK: Bernadette zniknęła bez śladu. Wielu architektów podpisało opublikowany w gazetach list otwarty. Nicolai Ouroussoff napisał ciekawy artykuł wstępny. Landmark Commission poważnie zainteresowała się ochroną architektury współczesnej. Ta historia zatem miała swoje dobre strony.

Próbowałem do niej telefonować, ale Bernadette i Elgie sprzedali Beeber Bifocal i wyjechali z miasta. Nie sposób to sobie wyobrazić. Wciąż trudno mi o tym myśleć. Kiedy wracam myślami do tego widoku, robi mi się niedobrze. Od czasu do czasu przejeżdżam koło miejsca, w którym stał Twenty Mile House. Teraz jest tam pusty plac.

Bernadette Fox nie zbudowała kolejnego domu. Przeprowadziła się z mężem do Seattle, bo Elgin dostał pracę w Microsofcie. Kiedy Fox została przyjęta do AIA, nie pojawiła się na ceremonii.

PAUL JELLINEK: Jeśli chodzi o Bernadette, to jestem w trudnym położeniu. Wszyscy traktują mnie jak wyrocznię, bo byłem przy budowie, widziałem ten dom i niczym nie zraziłem do siebie Bernadette. Zbudowała jednak tylko dwa domy – oba dla siebie. To były fantastyczne budynki, bez dwóch zdań. Ale kiedy nie budujesz dla konkretnego klienta, nikt ci nie narzuca budżetu ani ograniczeń czasowych, to zupełnie inna sprawa. A gdyby Bernadette musiała zaprojektować biurowiec albo dom dla kogoś obcego? Sądzę, że nie pozwoliłby na to jej temperament. Nie najlepiej dogadywała się z ludźmi. A jeśli nie lubisz ludzi, to co z ciebie za architekt?

Dzięki tak skromnemu dorobkowi łatwo było ją ubóstwiać. Została świętą Bernadetą architektury! Młoda kobieta w świecie opanowanym przez mężczyzn! Budowała „zieloną architekturę", zanim nastała epoka eko! Była mistrzynią projektowania mebli! Rzeźbiarką! Nie bała się wytknąć marnotrawstwa muzeum Getty'ego! Zapoczątkowała ruch budowania samowystarczalnego! Można mówić, co się chce – kto udowodni, że było inaczej?

Odejście w takim momencie prawdopodobnie było najlepsze dla jej reputacji. Niektórzy twierdzą, że kiedy Nigel Mills-Murray zburzył

Twenty Mile House, Bernadette straciła rozum. Akurat! Raczej straciła ochotę na kontakty z ludźmi.

W Internecie nie ma żadnych informacji o aktualnych poczynaniach Fox. Pięć lat temu na ulotce Galer Street, prywatnej szkoły w Seattle, wydrukowano listę przedmiotów wystawionych na aukcję. Jedną z pozycji był: „WYJĄTKOWY DOMEK NA DRZEWIE: Mama naszej trzecioklasistki, pani Bernadette Fox zaprojektuje, dostarczy materiały i zbuduje dom na drzewie dla Państwa dziecka".

Napisałem do dyrektorki szkoły, żeby dopytać o szczegóły. W e-mailu zwrotnym przeczytałem: „Z naszych protokołów wynika, że nikt nie był zainteresowany tym domkiem, więc nie został sprzedany".

Poniedziałek, 13 grudnia

▪ ▪ ▪

List mamy do Paula Jellinka

Paul,

pozdrowienia ze słonecznego Seattle, gdzie kobiety to „laski", ludzie to „wiara", a niewielka ilość to „ciut". Kiedy jesteś zmęczony, czujesz się „padnięty", kiedy jedzenie się zepsuje – jest „zleżałe". Nie siada się tutaj po turecku, tylko „na kokardkę", kiedy zza chmur wychodzi słońce, to wcale nie jest słońce, lecz „słonko", chłopak i dziewczyna są „partnerami", nikt nie przeklina, lecz od czasu do czasu ktoś „rzuci mięsem", możesz kaszleć, ale jedynie w rękaw, a na każdą prośbę, choćby najbardziej niedorzeczną, jest jedna odpowiedź: „Nie ma sprawy".

Aha, czy już wspomniałam, jak bardzo nienawidzę tego miasta?

A jednak to światowa stolica techniki i dochodzi do nas taka fajna rzecz, która się nazywa Internet, a w nim znajduje się mały instrument zwany wyszukiwarką Google, dzięki której – jeżeli przed biblioteką publiczną wpadniemy na obcego faceta, który ni stąd, ni zowąd wyjeżdża z informacją o konkursie architektonicznym w Los Angeles, zainspirowanym, na przykład, przez nas samych – możemy wpisać tę informację we wspomnianą wyszukiwarkę Google i dowiedzieć się czegoś więcej.

Paul, ty mały draniu. Wszędzie na rekonstrukcji Twenty Mile House widać Twoje odciski palców. Za co Ty mnie tak lubisz? Nigdy nie mogłam zrozumieć, co we mnie widzisz, głupolu.

Chyba powinnam się czuć zaszczycona albo zła, ale prawdę mówiąc, najwłaściwszym słowem opisującym mój stan jest „otępienie". (Z ciekawości zajrzałam do słownika i wiesz co? Otępienie ma dwa znaczenia. Pierwsze to „stan zaniku wrażliwości lub energii", a drugie – „stały, postępujący spadek sprawności intelektualnej, spowodowany zmianami w ośrodkowym układzie nerwowym". Nic dziwnego, że nigdy nie jestem pewna, czy dobrze używam tego słowa. Tutaj miałam na myśli pierwsze znaczenie.)

No i co, Jellinek, jak Ci, kurde, leci? Jesteś na mnie wściekły? Stęskniony, bo życie beze mnie już nie jest takie samo? Czy otępiały w pierwszym albo drugim znaczeniu?

Chyba jestem Ci winna telefon czy coś w tym guście.

Pewnie się zastanawiasz, co się ze mną działo przez ostatnie dwadzieścia lat. No cóż, zajmowałam się rozwiązywaniem konfliktu między przestrzenią publiczną i prywatną w budownictwie jednorodzinnym.

Żartuję! Zamawiałam szajs przez Internet!

Do tej pory już się domyśliłeś, że przeprowadziliśmy się do Seattle. Elgiego porwał Microsoft. Dla wtajemniczonych – MS. Ze świecą by szukać firmy, która z większą rozkoszą posługuje się akronimami.

Nigdy nie planowałam zestarzeć się w tym okropnym miejscu na szarym końcu mapy. Po prostu w napadzie furii chciałam się wynieść z LA wszystko jedno dokąd, gdzie mogłabym lizać rany na moim porządnie przetrzepanym ego, a potem – kiedy uznam, że wszyscy już dosyć się nade mną użalali – rozpostrzeć płaszcz superbohaterki i spektakularnie spaść z powrotem na miasto, żeby zacząć drugi akt tworzenia i tym razem pokazać wszystkim dupkom, kto jest prawdziwą gwiazdą i jedyną boginią architektury.

Tymczasem Elgie pokochał to miasto. Kto by się spodziewał, że w Elginie drzemie *alter ego* o duszy rowerzysty, kierowcy subaru i miłośnika ubrań z Keen! No i to ego nagle się zbudziło w biurach Microsoftu, który jest cudowną Utopią dla ludzi o IQ geniusza. Zaraz, zaraz, naprawdę powiedziałam, że Microsoft jest cudowny i utopijny? No proszę, a chciałam użyć słów „złowrogi" i „nikczemny".

W Microsofcie, gdziekolwiek spojrzysz, widzisz sale konferencyjne. Jest ich więcej niż biur, które zawsze są miniaturowe jak dla krasnoludków. Zamurowało mnie, kiedy po raz pierwszy zobaczyłam gabinet Elgiego. Był niewiele większy od jego biurka. Teraz Elgie jest jedną z szych w firmie, ale wciąż ma mikroskopijne biuro. Ledwie można tam wcisnąć leżankę na tyle długą, żeby się jako tako zdrzemnąć – pytam więc, co to za biuro?! Albo taka rzecz, uważaj – nie uświadczysz tam sekretarki. Elgie kieruje dwustupięćdziesięcioosobowym zespołem, a ma tylko jedną sekretarkę. A raczej „adminkę", bo tak je nazywają – z akcentem na „ad". W LA ktoś z pozycją Elgiego miałby co najmniej dwie osobiste sekretarki, które też miałyby swoje sekretarki i tak dalej, dopóki każdy średnio kumaty synek albo córeczka ludzi mieszkających na zachód od Czterysta Piątej nie znalazłby się na liście płac. Ale to jest Microsoft. Tam wszyscy robią wszystko sami za pomocą specjalnie szyfrowanych portali.

OK, OK, już jestem spokojna. Opowiem Ci o tych salach konferencyjnych. Na wszystkich ścianach wiszą mapy, co jest zupełnie normalne, prawda? Każda firma ma na ścianie mapę przedstawiającą obszar jej wpływów i drogi dystrybucji towarów. Tyle że w Microsofcie wiszą mapy świata, a gdyby ktoś miał wątpliwości co do docelowego dominium, to są one wyraźnie podpisane: ŚWIAT. Pewnego dnia poszliśmy z Elgiem na lunch w Redmond. Tego dnia zrozumiałam, że Microsoft dąży do panowania nad całym światem.

– Na czym właściwie polega misja Microsoftu? – zapytałam, pożerając kawałek urodzinowego tortu z Costco.

Tego dnia na kampusie Microsoftu trwał dzień otwarty Costco. Mogłeś się zapisać do klubu i dostać z pięćdziesięcioprocentowym rabatem kartę członkowską – miał cię do tego skusić darmowy kawałek tortu. Nic dziwnego, że czasami daję się zmylić i myślę o tej firmie jak o cudownej Utopii.

– Dosyć długo nasza misja brzmiała: „Komputer w każdym domu" – odparł Elgie, nie zwracając uwagi na tort, bo teraz jest człowiekiem o silnej woli. – Jednak ten cel udało się zrealizować już wiele lat temu.

– No, a jak brzmi dzisiaj?

– To... – Popatrzył na mnie z rezerwą. – No wiesz... – powiedział, patrząc dookoła. – O tym się raczej nie rozmawia.

Widzisz? Rozmowa z pracownikami Microsoftu zawsze się kończy w jeden z dwóch sposobów. To pierwszy z nich – paranoja i podejrzliwość. Boją się nawet swoich żon! Bo, jak często powtarzają, firma istnieje przede wszystkim dzięki informacji, a tej – jak widać – czasami wyrastają nogi i lubi uciekać.

Drugie zakończenie rozmowy z pracownikiem MS wygląda trochę inaczej. (Napisałam MS – o Boże, już im się udało mnie indoktrynować!) Powiedzmy, że jestem z córką na placu zabaw. Z podkrążonymi oczami huśtam małą, a dwie huśtawki dalej bawi się z dzieckiem jakiś aktywny tatuś (bo tutaj obowiązuje tylko jeden typ ojca – aktywny tatuś). Zauważył moją torbę na pieluchy, która wcale nie jest torbą na pieluchy, lecz gadżetem reklamowym z logo Microsoftu – Elgin wciąż je przynosi.

AKTYWNY TATUŚ: Pracujesz w Microsofcie?
JA: Och, nie, mój mąż tam pracuje. (Od razu zduszam w zarodku następne pytanie.) W dziale robotyki.
AKTYWNY TATUŚ: Ja też pracuję dla Microsoftu.
JA: (Udając zainteresowanie, bo naprawdę mam to w dupie, ale rany, ten gość naprawdę chce się wygadać.) Tak? Co tam robisz?
AKTYWNY TATUŚ: Rozwijam Messengera.
JA: A co to?
AKTYWNY TATUŚ: Wiesz, co to jest Windows Live?
JA: Ummm...
AKTYWNY TATUŚ: A strona startowa MSN?
JA: No tak jakby...
AKTYWNY TATUŚ: (Traci cierpliwość.) Co się wyświetla, kiedy włączasz komputer?
JA: Wiadomości „New York Timesa".
AKTYWNY TATUŚ: W większości wypadków to strona Windowsa.
JA: Aha, masz na myśli to coś, co jest zainstalowane, kiedy kupujesz komputer? Przykro mi, ale używam Maca.
AKTYWNY TATUŚ: (Przechodzi do defensywy, bo wszyscy w Microsofcie ślinią się na widok iPhone'a, ale krąży plotka, że jeśli Ballmer zobaczy go u ciebie, to masz przechlapane. Nikt jej nigdy nie udowodnił, ale też nie zdementował.) Mówię o Windows Live. To najczęściej odwiedzana strona internetowa na świecie.

JA: Wierzę ci.
AKTYWNY TATUŚ: Z jakiej wyszukiwarki korzystasz?
JA: Z Google.
AKTYWNY TATUŚ: Bing jest lepsza.
JA: Nie twierdzę, że nie.
AKTYWNY TATUŚ: Gdybyś chociaż raz zajrzała na Hotmail, Windows Live, Bing albo MSN, to na górze strony zobaczyłabyś przycisk z nazwą „Messenger". To moja działka.
JA: Fajnie! Jaka jest twoja rola?
AKTYWNY TATUŚ: Mój zespół pracuje nad komfortem pracy użytkownika końcowego. Rozwijamy interfejs C Sharp pod HTML5...

Potem najczęściej tracą moje zainteresowanie, bo podczas każdej rozmowy nadchodzi moment, kiedy zaczynają używać słów, których nikt na świecie nie jest w stanie przełożyć na ludzki język.

Okazało się, że przez cały czas w LA Elgie był zakamuflowanym facetem w skarpetkach, który potrzebował jedynie wyłożonego dywanem, oświetlonego jarzeniówkami korytarza, w którym mógłby grasować całymi nocami. W Microsofcie znalazł idealny ekosystem. Poczuł się jak za czasów studenckich na MIT, gdzie zarywał noce, popisywał się zręcznością, rzucając ołówkami tak, żeby się wbiły w płytki na suficie, i grał w prehistoryczną grę Space Invaders z mówiącymi z cudzoziemskim akcentem maniakami programowania.

Kiedy Microsoft zbudował nowe miasteczko zakładowe, przeniesiono tam zespół Elgiego. W atrium nowego budynku znajduje się bar kanapkowy, nad którym wisi szyld: POD GŁOWĄ DZIKA – NAJLEPSZE DANIA MIĘSNE. Kiedy to ujrzałam, wiedziałam, że już nigdy nie zobaczę męża.

A zatem mieszkamy w Seattle.

Po pierwsze, ten, kto zaplanował tutejszy układ urbanistyczny, wszystkie normalne skrzyżowania przerobił na skrzyżowania pięciokierunkowe. Ulice dwukierunkowe nagle i zupełnie bez powodu zmieniają się w jednokierunkowe. Piękne widoki zasłaniają dwudziestopiętrowe domy starców zbudowane kompletnie bez poszanowania dla integralności projektu architektonicznego. Uwaga, uwaga, to zapewne pierwszy raz, kiedy oba słowa: „integralność" i „architektura" zostały jednocześnie użyte w dyskusji o Seattle.

Ludzie tu jeżdżą fatalnie. To znaczy tak, jakby nie wiedzieli, że inni mogą też chcieć dokądś dojechać. To najbardziej ślamazarni kierowcy, jakich w życiu widziałeś. Kwitniesz pod światłami na pięciokierunkowym skrzyżowaniu, a kiedy wreszcie nadchodzi twoja kolej, to wiesz, co robią? Ruszają, ale na środku skrzyżowania wciskają hamulec. Masz nadzieję, że przynajmniej robią to, bo spadła im kanapka i próbują ją wyłowić spod siedzenia, ale gdzie tam! Zwalniają tylko dlatego, że wjechali na skrzyżowanie, więc po prostu trzeba zwolnić.

Od czasu do czasu widzę samochód z tablicą rejestracyjną z Idaho. Myślę wtedy: „O do diabła, skąd się tu wziął gość z Idaho?". Potem sobie przypominam: „Ach tak, przecież sąsiadujemy z Idaho. Przeprowadziłam się do stanu, który graniczy z Idaho". W tym momencie całe życie, które jeszcze się we mnie tliło, ulatuje z sykiem.

Moja córka stworzyła na plastyce dzieło pod tytułem „Księga poziomów". Na pierwszej stronie był kosmos, potem Układ Słoneczny, dalej Ziemia, Stany Zjednoczone, Waszyngton i Seattle. Słowo honoru, przez chwilę zastanawiałam się, dlaczego właśnie Waszyngton – co moja córka ma z nim wspólnego? Nagle sobie przypomniałam – no tak, przecież mieszkamy w stanie Waszyngton. Pssss.

Seattle. Nigdy nie widziałam innego miasta w takim stopniu opanowanego przez zbiegów, narkomanów i włóczęgów. Weź, na przykład, Pike Place Market – są wszędzie. Roją się na Pioneer Square. Przed Nordstromem, sztandarowym sklepem Seattle, musisz uważać, żeby ich nie podeptać, jeśli chcesz się dostać do środka. W legendarnym pierwszym Starbucksie jeden z nich zasyfił ladę samoobsługową, bo posypał sobie głowę darmowym cynamonem. Aha, i każdy z nich ma pitbulla, często z zawieszoną na szyi tabliczką, na której nabazgrał niby-śmieszną informację w rodzaju: „ZAŁOŻĘ SIĘ O DOLARA, ŻE JESTEŚ W STANIE TO PRZECZYTAĆ". Dlaczego wszyscy menele muszą mieć pitbulla? Naprawdę nie wiesz? Żeby ci udowodnić, że są cholernie twardzi, i lepiej żebyś o tym pamiętał.

Pewnego dnia poszłam wcześnie rano do centrum i zauważyłam na ulicach tłum ludzi ciągnących walizki na kółkach. Pomyślałam: „Ho, ho, oto miasto miłośników podróży". Dopiero po chwili zrozumiałam: „A nie, to przecież bezdomni, którzy przespali noc w bramach, a teraz czmychają, zanim ktoś ich przepędzi". Seattle jest jedynym miastem na świecie, gdzie wdepnąwszy w kupę na ulicy, modlisz się, żeby to była psia kupa.

Czasami się dziwisz, jak to możliwe, że amerykańskie miasto, w którym na jednego mieszkańca przypada więcej milionerów niż gdziekolwiek indziej, pozwala sobie na to, żeby rządzili nim włóczędzy. Odpowiedź zawsze jest taka sama: „Seattle to miasto współczucia i wrażliwości".

Pewien facet zwany Tubą – ulubieniec tłumów i człowiek-instytucja, który zawsze grał na tubie podczas meczów Mariners – został brutalnie zamordowany przez gang uliczny w pobliżu biura Fundacji Gatesów. Wiesz, jaka była reakcja? Wcale nie zaostrzenie działań wymierzonych przeciwko gangom – nic z tych rzeczy. To byłoby niezgodne z ideą współczucia i wrażliwości. Zamiast podjąć rzeczywiste działania, mieszkańcy dzielnicy podwoili wysiłek, żeby „rozpoznać korzenie przestępczości zorganizowanej". Urządzili „Bieg do korzeni", żeby zebrać pieniądze na ten głupkowaty cel. Oczywiście „Bieg do korzeni" był triatlonem, bo Boże uchowaj, żeby w weekend nasi drodzy aktywiści mieli się skupić na jednej dyscyplinie sportowej.

Nawet burmistrz włączył się do akcji. W mojej dzielnicy jest księgarnia z komiksami, której właściciel wykazał się wielką odwagą, wieszając w oknie tabliczkę z informacją, że nie będzie wpuszczał do sklepu nikogo, komu spodnie spadają z tyłka. Tymczasem burmistrz szukał korzeni mody na opuszczone spodnie. Co za cymbał!

Z kolei Kanadyjczycy to zupełnie inna bajka. Trzymaj mnie, żebym się nie rozkręciła.

Pamiętasz, jak parę lat temu w Teksasie FBI rozbiło kult mormonów poligamistów? Postawili kilkadziesiąt żon przed kamerami, a wszystkie miały długie włosy w mysim kolorze z siwymi pasemkami. Trudno było mówić o jakiejkolwiek stylowej fryzurze czy makijażu. Za to charakteryzowały je ziemista cera, owłosienie na twarzach niczym u Fridy Kahlo i nieatrakcyjne ubrania. Tłum fanek Oprah przed telewizorami przejęła zgroza i oburzenie – od razu widać, że nigdy nie były w Seattle.

W Seattle obowiązują dwie fryzury – krótkie szare włosy albo długie szare włosy. Kiedy w salonie pytasz o dostępne kolory farb, fryzjerki rozkładają ręce, niczym kwoki trzepoczące skrzydłami, i gdaczą:

– Ojej, nie farbujemy włosów!

Jednak naprawdę najważniejszą rzeczą, jaka mi się zdarzyła w Seattle, były cztery poronienia. Choćbym bardzo się starała, nie mogę o to winić Nigela Millsa-Murraya.

Och, Paul, mój ostatni rok w LA był okropny. Tak bardzo się wstydzę swojego zachowania. Do dzisiaj nie pozbyłam się niesmaku po tym, jaką wstrętną babą się stałam – a wszystko z powodu jednego głupiego domu. Nigdy nie wyleczyłam się z tej obsesji. Przed samozagładą powstrzymuje mnie jednak myśl o Nigelu Millsie-Murrayu. Czy naprawdę byłam tak zła, że zasłużyłam na to, żeby jakiś bogaty dupek dla żartu pogrzebał trzy lata mojego życia? No dobrze, kazałam odholować parę samochodów. Zrobiłam bramę z wyrzuconych do śmieci klamek. Jestem artystką. Kurwa, dostałam stypendium MacArthura! I co? Nic mi nie wolno? Oglądam program w telewizji i dostaję szału, kiedy widzę na końcu nazwisko Nigela Millsa-Murraya. On spokojnie tworzy sobie dalej, a ja wciąż nie mogę się pozbierać?.

Zobaczmy, co trzymam w mojej skrzyni z zabawkami: wstyd, złość, zazdrość, infantylność, samooskarżenie, żal nad samą sobą.

Parę lat temu AIA nadało mi bardzo miły tytuł, powstał ciekawy projekt 20×20×20, reporter z „Artforum" chciał ze mną porozmawiać w sprawie jakiegoś artykułu. Ale wiesz co? Te rzeczy jeszcze bardziej pogarszają sprawę. To są parodie nagród, bo i tak wszyscy wiedzą, że jestem artystką, która nie umiała sobie poradzić z porażką.

Wczoraj w nocy wstałam, żeby skorzystać z toalety. Szłam w półśnie, bez świadomości, kim jestem, jak czysta kartka papieru, i nagle do systemu zaczęły się ładować dane – *Bernadette Fox – Twenty Mile House zniszczony – zasłużyłam na to – jestem jedną wielką porażką*. Poczucie klęski trzyma mnie mocno za gardło i nie przestaje mną potrząsać.

Jeśli zapytasz mnie o Twenty Mile House, będę szastać nonszalancją. „Ta stara rudera? Och, już o niej nie pamiętam". To moja fałszywa fasada i niech tak zostanie.

Kiedy zaczęła się seria poronionych ciąż, Elgie bardzo mnie wspierał. Był naprawdę pomocny.

– To wszystko moja wina – mówiłam.

– Nie, Bernadette – zapewniał. – To nie twoja wina.

– Zasłużyłam na to.

– Nikt na coś takiego nie zasługuje.

– Nie potrafię niczego zrobić do końca. Wszystko niszczę.

– Proszę, Bernadette, przestań. To nieprawda.

– Jestem potworem – mówiłam. – Jak możesz mnie kochać?

– Kocham cię, bo dobrze cię znam.

Elgie nie wiedział, że jego słowa pomagały mi się wyleczyć z jeszcze większego żalu niż smutek po stracie dziecka – z żalu, do którego sama nie chciałam się przyznać. Chodziło o Twenty Mile House. Elgie wciąż tego nie wie. A ten fakt dalej pogłębia bezdenny wstyd, że tak bezrozumnie, nieuczciwie oddaliłam się od najwspanialszego, najszczerszego człowieka, jakiego znam.

Elgiemu można zarzucić jedynie to, że dla niego życie jest cholernie proste – wystarczy robić to, co się kocha. W jego wypadku to znaczy: pracuj, spędzaj czas z rodziną i czytaj biografie prezydentów.

Jasne, oczywiście powlokłam się do lekarza – miejscowego, najlepszego w Seattle. Wystarczyły mi mniej więcej trzy sesje, żeby go przeżuć i wypluć. Biedny skurczybyk był zdruzgotany, że mnie zawiódł.

– Przepraszam – powtarzał. – Psychiatrzy w Seattle nie są zbyt dobrzy.

Kiedy tu przyjechaliśmy, kupiłam dom – odlotowy budynek po poprawczaku dla dziewczyn, obwarowany wszystkimi możliwymi przepisami z arsenału ograniczeń budowlanych. Przerobienie go w sensowny sposób wymagałoby pomysłowości Houdiniego. Oczywiście to była woda na mój młyn. Naprawdę chciałam wziąć się w garść po przejściach z Twenty Mile House. Zamierzałam zbudować nowy dom dla siebie, Elgiego i dzieci, z którymi co chwila byłam w ciąży. Potem siadałam na toalecie, zgięta w pałąk niczym litera C, i znowu widziałam krew na majtkach. Biegłam do Elgiego i kolejny raz wypłakiwałam się mu w rękaw.

W końcu utrzymałam ciążę, ale serce naszej córki nie rozwinęło się do końca, więc trzeba było je odbudować podczas serii operacji. Miała minimalną szansę na przeżycie, szczególnie na początku. Po porodzie lekarze zabrali moją siną, wijącą się rybkę na blok operacyjny, jeszcze zanim ją dotknęłam.

Pięć godzin później przyszła pielęgniarka i dała mi zastrzyk, żeby moje piersi nie produkowały mleka. Operacja się nie udała. Nasze maleństwo nie było wystarczająco silne, żeby przeżyć kolejny zabieg.

Wiesz, jak wygląda człowiek, który jest doszczętnie zdruzgotany? Siedziałam w szlafroku w samochodzie na parkingu przed szpitalem dziecięcym. Wszystkie okna były szczelnie zamknięte, miałam wepchnięty między nogi dwunastocalowy pęk waty, a na ramionach kurtkę Elgiego. Elgie stał w ciemności na dworze i próbował coś zobaczyć przez zaparowane okna. Byłam nabuzowana rozpaczą i adrenaliną. Nie miałam żadnych myśli ani emocji. Kłębiło się we mnie coś tak strasznego, że Bóg na pewno wiedział, że musi ocalić moje dziecko, żeby ten wściekły nurt nie rozlał się na cały świat.

O dziesiątej rano usłyszałam pukanie w przednią szybę.

– Możemy iść ją zobaczyć – powiedział Elgie.

Dopiero wtedy po raz pierwszy zobaczyłam Bee. Spała spokojnie w inkubatorze. Wyglądała jak sina kluska w żółtej czapeczce pod idealnie ułożoną kołderką. Z każdego kawałeczka jej ciała wystawały przewody i rurki. Koło inkubatora stała bateria trzynastu monitorów. Bee była do nich podłączona.

– To pani córka – powiedziała pielęgniarka. – Wiele już przeszła.

Wtedy zrozumiałam, że Bee jest nie z tego świata, a mnie przypadło zadanie opieki nad nią. Może widziałeś plakaty z wizerunkiem Krishny jako dziecka – nazywa się Balakrishna i jest inkarnacją Wisznu, który tworzy i niszczy, jest tłuściutki, ma szczęśliwą twarz i sinoniebieski kolor skóry. Właśnie taka była Bee – twórca i niszczyciel. Nagle wszystko zdawało się oczywiste.

– Nie umrze – powiedziałam do pielęgniarek takim tonem, jakbym zwracała się do kompletnych ignorantów. – Nazywa się Balakrishna.

Takie imię wpisano na jej świadectwie urodzenia. Elgie zgodził się tylko dlatego, że już zamówiono wizytę psychologa, który za godzinę miał nam pomóc w trudnych chwilach. Zapytałam, czy mogę zostać sam na sam z córeczką. Elgie dał mi kiedyś medalik ze świętą Bernadetą, która osiemnaście razy doświadczyła wizji. Powiedział, że moimi dwiema wizjami były Beeber Bifocal i Twenty Mile House. Padłam na kolana przy inkubatorze Bee i mocno ścisnęłam w dłoni medalik.

– Nigdy więcej nic nie zbuduję – obiecałam Bogu. – Rezygnuję z pozostałych szesnastu wizji, tylko ocal moje dziecko.

Podziałało.

Nikt w Seattle mnie nie lubi. Pierwszego dnia weszłam do Macy's, żeby kupić materac. Zapytałam, czy ktoś mógłby mi pomóc.

– Nie jest pani stąd, prawda? – zapytała ekspedientka. – Można to poznać po pani energii.

Co było nie w porządku z moją energią? Że poprosiłam o obsługę sprzedawczynię materaców w dziale z materacami?

Trudno zliczyć sytuacje, kiedy podczas zdawkowej wymiany zdań rozmówca nagle wyskakuje z uwagami w rodzaju: „Ale powiedz, co tak naprawdę o tym sądzisz" albo „Może powinnaś się przerzucić na kawę bezkofeinową". Możliwe, że to wpływ bliskości granicy z Kanadą. Nie będę rozwijać tego tematu, bo w przeciwnym razie musiałabym się rozpisać o Kanadyjczykach, a zapewniam Cię, że na to nie masz czasu.

Ostatnio jednak znalazłam przyjaciółkę – kobietę o imieniu Manjula, która na odległość załatwia moje sprawy i mieszka w Indiach. To wirtualna znajomość, ale zawsze coś.

Mottem tego miasta powinny być pamiętne słowa wypowiedziane przez francuskiego feldmarszałka podczas oblężenia Sewastopola: „*J'y suis, j'y reste*" – „Jestem tu, pozostanę tu". Ludzie się tutaj rodzą, tutaj dorastają, idą na tutejszy Uniwersytet Waszyngtoński, pracują tu i tutaj umierają. Nikt nie czuje potrzeby, żeby się stąd wyrwać. Na pytanie: „Co w Seattle podoba ci się najbardziej?" odpowiadają: „Mamy tu wszystko – góry i wodę". To im wystarcza jako uzasadnienie – góry i woda.

Zwykle staram się unikać rozmów z ludźmi w kolejce do kasy w sklepie, ale pewnego dnia nie mogłam się powstrzymać, słysząc, że jedna z kobiet nazwała Seattle miastem kosmopolitycznym. Zachęcona jej komentarzem, zapytałam:

– Doprawdy?

– Pewno – odparła. – Mnóstwo tu przyjezdnych z całego świata.

– Niby skąd? – zdziwiłam się.

– Z Alaski. Znam wielu ludzi z Alaski.

No i masz ci los.

Zabawmy się w pewną grę. Powiem coś, a Ty dodasz pierwsze słowo, które przyjdzie Ci na myśl. Gotowy?

JA: Seattle.
TY: Deszcz.

Wszystko, co słyszałeś o deszczu w Seattle, to prawda. Można by się zatem spodziewać, że ta pogoda nikogo – a przynajmniej tubylców – nie zaskakuje. Tymczasem, kiedy pada deszcz, a Ty akurat musisz przebywać wśród ludzi, ktoś zawsze powie:

– Nie do wiary, co za pogoda!

Masz wtedy ochotę odpowiedzieć:

– Właściwie pogoda mnie nie dziwi. Nie do wiary jest raczej to, że musimy poruszać ten temat.

Oczywiście nie mówię tego głośno, bo zaczęłabym niepotrzebną kłótnię, a bardzo się staram unikać konfliktów – z różnym skutkiem.

Wdawanie się w kłótnie przyprawia mnie o palpitacje. Niewdawanie się w kłótnie też mnie przyprawia o palpitacje. Nawet sen wywołuje u mnie palpitacje! Leżę w łóżku i nagle serce zaczyna mi walić jak barbarzyńca w bramy miasta. Groźna, mroczna materia niczym monolit z *2001: Odysei kosmicznej*, rządząca się swoimi prawami, ale kompletnie nie dająca się poznać, wnika we mnie i powoduje wydzielanie adrenaliny. Jest jak czarna dziura, która pochłania wszystkie dobre myśli błąkające się po moim umyśle, a zamiast nich sieje paniczny strach. Na przykład, w dzień myślę: „Powinnam zapakować Bee więcej świeżych owoców na drugie śniadanie do szkoły". W nocy, kiedy nadciąga Wielki Barbarzyńca, te myśli zaczynają brzmieć tak: „MUSZĘ PAKOWAĆ BEE WIĘCEJ ŚWIEŻYCH OWOCÓW NA DRUGIE ŚNIADANIE!!!". Czuję, że irracjonalny lęk wysysa ze mnie energię, jestem jak samochód na baterie daremnie próbujący sforsować ścianę. Ta energia jest mi niezbędna, żeby jakoś przetrwać kolejny dzień, ale tylko leżę w łóżku i patrzę, jak się wypala, a wraz z nią znika nadzieja na produktywnie spędzony dzień. Przepada mycie naczyń, przepadają zakupy w spożywczaku, przepadają ćwiczenia, przepada wyniesienie kubłów na śmieci. Przepadają podstawowe ludzkie odruchy. Budzę się tak spocona, że muszę trzymać koło łóżka dzbanek z piciem, żeby nie umrzeć z odwodnienia.

Och, Paul, a pamiętasz tę knajpkę niedaleko Twenty Mile House na La Brea? Mieli tam lody o smaku różanym, pozwalali nam organizować u siebie narady wojenne i korzystać z ich telefonu. Nawet nie wiesz, jak bardzo chciałabym, żebyś poznał Bee.

Wiem, nad czym się zastanawiasz – kiedy w tym wszystkim znajduję czas na prysznic? No więc, nie znajduję. Potrafię chodzić niedomyta przez parę dni z rzędu. Jestem w rozsypce, nie wiem, co się ze mną dzieje. Ostatnio pokłóciłam się z sąsiadką – tak! znowu! Tym razem w odwecie postawiłam tablicę ostrzegawczą i niechcący zniszczyłam jej dom. Cholera, uwierzysz?

Ta żałosna historia zaczęła się w przedszkolu. Szkoła, w której uczy się Bee, ma hopla na punkcie aktywizacji rodziców. Wciąż chcą, żebyśmy się zgłaszali do jakichś komitetów. Oczywiście na mnie nigdy nie mogą liczyć. Pewnego dnia dopadła mnie na korytarzu jedna z matek, Audrey Griffin.

– Widziałam, że nie zapisałaś się do żadnego komitetu – powiedziała z jadowitym uśmiechem.

– Nie nadaję się do komitetów – odparłam.

– A twój mąż? – zapytała.

– On nadaje się jeszcze mniej.

– Nie wierzycie we wspólnotę?

Już zaczęło krążyć wokół nas stado mam podekscytowanych tą długo odkładaną konfrontacją z antyspołeczną matką chorej uczennicy.

– Nie jestem pewna, czy wspólnota może być obiektem kultu – odpowiedziałam.

Parę tygodni później weszłam do klasy Bee i zobaczyłam tam coś, co nazywają „ścianą zaciekawień". Dzieciaki piszą na niej rzeczy w rodzaju: „Ciekawe, co dzieci w Rosji jedzą na śniadanie?" albo: „Co sprawia, że jabłko jest czerwone albo zielone?". Naprawdę można zemdleć z przesłodzenia.

Nagle przeczytałam: „Ciekawe, dlaczego rodzice wszystkich uczniów – z wyjątkiem jednej rodziny – udzielają się w życiu szkoły?". To pytanie napisał Kyle Griffin, kijanka tamtej ropuchy.

Nigdy nie lubiłam tego dzieciaka. W przedszkolu ciało Bee szpeciła blizna ciągnąca się przez całą klatkę piersiową. (Z upływem czasu stała się niewidoczna, ale wtedy był z niej niezły okaz.) Pewnego dnia Kyle zobaczył tę bliznę i nazwał ją „glizdą". Oczywiście nie byłam zachwycona, kiedy Bee mi o tym powiedziała, ale dzieci bywają okrutne, a Bee niezbyt się przejęła. Puściłam to w niepamięć. Dyrektorka – która wiedziała, że chłopak jest zgniłym jabłkiem w koszyku – wykorzystała ten incydent jako pretekst do zwołania forum na temat znęcania się nad kolegami.

Po roku, wciąż nadąsana z powodu „ściany zaciekawień", postanowiłam jednak być dobrym rodzicem i po raz pierwszy zgłosiłam się na ochotnika jako kierowca podczas szkolnej wycieczki do Microsoftu. Miałam pod opieką czworo dzieci – Bee i troje innych uczniów, między innymi Kyle'a Griffina. Idąc korytarzem, minęliśmy baterię automatów ze słodyczami. (Microsoft wszędzie ustawił automaty, w których wystarczy wybrać przycisk, a ze środka wypada darmowy batonik.) Domyślną funkcją życiową młodego Griffina jest sianie zniszczenia, więc z całej siły rąbnął w automat. Kiedy zobaczył, że wypadła czekoladka, zaczął łomotać na oślep we wszystkie automaty, a po chwili dołączyła do niego reszta dzieciaków – nawet Bee. Słodycze i puszki z napojami walały się dookoła, a dzieciaki podskakiwały i darły się wniebogłosy. To był niesamowity widok – jak z *Mechanicznej pomarańczy*. Nagle w sam środek naszej bandy *droogów* weszła druga grupa uczniów pod opieką dyrektorki we własnej osobie.

– Który zaczął te wygłupy? – zapytała surowo.

– Nikt – powiedziałam. – To moja wina.

A tymczasem wiesz, co zrobił Kyle? Podniósł rękę i sam się zakapował.

– To ja – powiedział.

Audrey, jego matka, od tamtej pory mnie nienawidzi i mobilizuje do czynu inne mamuśki.

Dlaczego zatem nie zmieniliśmy szkoły? Bo inne dobre szkoły, do których moglibyśmy wysłać Bee... żeby do nich dojechać, musiałabym przejeżdżać koło Buca di Beppo. Moje życie jest wystarczająco upierdliwe bez konieczności mijania Buca di Beppo cztery razy dziennie.

Już Cię zanudziłam? Bo ja jestem piekielnie znudzona.

W skrócie – kiedy byłam mała, w klubie osiedlowym zorganizowano wielkanocne szukanie jajek, a ja znalazłam złote jajko, za które nagrodą był króliczek. Moi rodzice nie byli tym zachwyceni. Zrezygnowani kupili klatkę i wzięliśmy króliczka do naszego domu przy Park Avenue. Nazwałam go Sailor. Latem pojechałam na obóz, a rodzice na Long Island. Zostawili Sailora z gosposią, której kazali go karmić. Wróciliśmy pod koniec sierpnia i odkryliśmy, że Gloria ukradła srebrną zastawę oraz biżuterię mamy i uciekła. Pobiegłam do klatki Sailora, żeby sprawdzić, czy żyje. Siedział wtulony w kąt, drżał i był w fatalnym stanie – tak niedożywiony, że jego futerko stało się okropnie długie, bo organizm próbował zrekompensować skutki zwolnionego metabolizmu i niskiej temperatury. Miał długie na cal pazurki, a na domiar złego siekacze zarosły mu na dolną wargę i zawinęły się tak, że z trudem otwierał pyszczek. Króliki muszą chrupać twarde rzeczy, na przykład marchew, w przeciwnym razie przerastają im zęby.

Przerażona otworzyłam klatkę, żeby przytulić biednego Sailora, ale oszalałe zwierzę rzuciło się na mnie z pazurami. Podrapał mi twarz i szyję. Do dzisiaj mam blizny. Pozbawiony opieki Sailor kompletnie zdziczał.

To samo przytrafiło się mnie w Seattle. Nie waż się do mnie podchodzić, nawet z dobrymi zamiarami, bo podrapię cię tak, że popamiętasz. Widzisz, jaki nędzny los spotkał laureatkę nagrody MacArthura dla geniuszy?

Pssss.
Ciebie jednak wciąż lubię,
Bernadette

Wtorek, 14 grudnia

■ ■ ■

List od Paula Jellinka

Bernadette,

nagadałaś się? Chyba sama nie wierzysz w te bzdury. Tacy ludzie jak Ty muszą tworzyć. Jeżeli nie będziesz tworzyć, staniesz się zakałą społeczeństwa.

Paul

ROZDZIAŁ 3

ZAKAŁA SPOŁECZEŃSTWA

Wtorek, 14 grudnia

▪ ▪ ▪

Kartka świąteczna od rodziny Griffinów

Fala błota się przelała
przez nasz dom na stoku,
zatopiła nasz dobytek
przed Gwiazdką w tym roku.

Więc do Westin przeprowadzka,
bo luksus lubimy.
Chociaż żal naszego domu,
ducha nie tracimy.

Warren wkłada miękki szlafrok,
ja – czepek na głowę
i pływamy tak w basenie
pod niebem zimowym.

Nocą wtuleni w poduszki
śpimy w pościeli białej
i mamy sny kolorowe
o naszej obsłudze wspaniałej.

Nie wierzcie więc złym pogłoskom,
bo tkwi w nich pewien błąd:
Griffinowie trzymają się świetnie
i życzą Wam Wesołych Świąt!

Od: Soo-Lin Lee-Segal
Do: Audrey Griffin

Audrey,

umierałam z nerwów, próbując Cię odnaleźć po usłyszeniu wiadomości o lawinie błotnej. Teraz dostałam Twoją cudowną kartkę świąteczną i już się nie martwię. A więc dlatego się nie odzywałaś – życie dało Ci cytrynę, ale Ty zrobiłaś z niej lemoniadę!

Kto by pomyślał, że w Westin są takie luksusy! Wiele się musiało zmienić od czasu, kiedy ostatni raz tam nocowałam. Jeżeli jednak Ci się znudzi, to nalegam, żebyście przeprowadzili się do nas. Po rozwodzie przerobiłam gabinet Barry'ego na pokój gościnny i przeniosłam tam jego łóżko, na którym możecie spać z Warrenem, chociaż teraz jest tam ciut ciasno, bo wstawiłam nowy stepper. Kyle mógłby się rozgościć u Lincolna i Alexandry. Tylko lojalnie ostrzegam, że będziemy musieli korzystać z jednej łazienki.

Samantha 2 ma premierę za trzy miesiące, więc oczywiście Elgin Branch zdecydował, że właśnie teraz jest najlepszy moment, żeby wyjechać na Antarktydę – jedyne miejsce na Ziemi, gdzie nie dociera Internet. Podczas jego nieobecności mam odpowiadać za to, żeby wszystko przebiegało bez zarzutu. Muszę jednak przyznać, że zachowywanie stoickiego spokoju wobec jego wciąż zmieniających się żądań sprawia mi całkiem dużą przyjemność.

Szkoda, że nie widziałaś go dzisiaj rano. Zmieszał z błotem dziewczyny z marketingu. Sama nie przepadam za laskami z marketingu, które tylko ganiają po całym świecie i zatrzymują się w pięciogwiazdkowych hotelach. Mimo to musiałam poprosić Elgina na stronę.

– Domyślam się, że w weekend miałeś w domu pełne ręce roboty – powiedziałam. – Ale musisz pamiętać, że jesteśmy zespołem i dążymy do wspólnego celu.

Ha, poszło mu w pięty. Punkt dla nas, Audrey!

■ ■ ■

Środa, 15 grudnia

■ ■ ■

Od: Audrey Griffin
Do: Soo-Lin Lee-Segal

Och, Soo-Lin!

Muszę wyznać, że Westin daleko odbiega od tego, co opisałam w mojej świątecznej rymowance. Od czego by zacząć?

Przez całą noc trzaskają drzwi, w rurach bulgocze za każdym razem, kiedy ktoś spuszcza wodę w toalecie, a gdy bierze prysznic, to czuję się tak, jakby tuż przy moim uchu gwizdał czajnik. Obcokrajowcy całymi rodzinami zwiedzający Seattle chyba specjalnie czekają z rozmowami do czasu, gdy znajdą się za naszymi drzwiami. Minilodówka rzęzi i szumi tak głośno, jakby zaraz miała ożyć. Śmieciarki piszczą i o pierwszej w nocy zbierają worki z brzęczącymi butelkami. Potem z barów wysypują się na ulicę tłumy ludzi wrzeszczących na siebie bełkotliwymi, pijackimi głosami. Wszystkie rozmowy dotyczą samochodów. „Wsiadaj do samochodu", „Nie wsiadam z tobą do samochodu", „Zamknij się albo wypad z samochodu", „Nikt mi nie będzie mówił, czy mogę wsiąść do mojego samochodu".

To jednak brzmi jak kołysanka w porównaniu z budzikiem. Sprzątaczka na pewno myje go mokrą szmatą, bo cholerstwo dzwoni co noc, i to za każdym razem o innej godzinie. W końcu wyciągnęliśmy przewód z gniazdka.

Ubiegłej nocy za piętnaście czwarta zaczął piszczeć alarm przeciwpożarowy, a obsługa hotelu przepadła bez śladu. Wreszcie zaczęliśmy się przyzwyczajać do tego działającego na nerwy dźwięku, lecz nagle rozdzwonił się budzik w sąsiednim pokoju! A potem radio na cały regulator – trzaski i jakaś meksykańska audycja. Jeżeli kiedykolwiek zastanawiałaś się, z czego są zrobione ściany w Westin, to już znam odpowiedź – z bibuły. Warren śpi jak kłoda, więc nie miałam z niego wiele pożytku.

Ubrałam się, żeby poszukać kogoś – kogokolwiek – kto mógłby mi pomóc. Otworzyły się drzwi windy. Nie uwierzyłabyś, jaka banda degeneratów się z niej wytoczyła. Wyglądali jak ci okropni uciekinierzy z domów, którzy się zbierają naprzeciw Westlake Center. Było ich pięcioro czy sześcioro, wszyscy z kolczykami w najdziwniejszych miejscach, z brzydko wygolonymi włosami w pstrokatych kolorach, od stóp do głów mieli wypłowiałe tatuaże. Jeden z nich wytatuował sobie na szyi kreskę z napisem CIĄĆ TUTAJ. Jego koleżanka ubrana była w skórzaną kurtkę, do której przypięła agrafką na plecach pluszowego misia z doszytym zakrwawionym sznurkiem od tamponu. Nie potrafię zrozumieć ich przesłania.

W końcu znalazłam kierownika nocnej zmiany i wyraziłam niezadowolenie z faktu, że wpuszczają na teren hotelu podejrzany element.

Biedny Kyle mieszka dwa pokoje dalej i też jest pod wpływem stresu. Z braku snu cały czas ma zaczerwienione oczy. Powinniśmy chyba kupić udziały w Visine!

Na domiar złego Gwen Goodyear znowu próbuje wezwać mnie i Warrena na spotkanie na szczycie w sprawie Kyle'a. Jeżeli wziąć pod uwagę okoliczności, można by oczekiwać, że pozwoli nam chwilę odetchnąć, zanim znowu zacznie nas zanudzać swoją starą śpiewką. Wiem, że nauka nie jest największą pasją Kyle'a, ale Gwen się na niego uwzięła po tamtej aferze ze słodyczami w Microsofcie.

Och, Soo-Lin, piszę te słowa i przypominają mi się cudowne czasy, kiedy beztrosko kolekcjonowałyśmy plotki o dziwactwach Bernadette! Wtedy wszystko zdawało się takie proste.

■ ■ ■

Od: Soo-Lin Lee-Segal
Do: Audrey Griffin

Chcesz powspominać dawne czasy? To zapnij pasy, bo ruszamy w ekspresową wycieczkę do przeszłości. Właśnie odbyłam druzgocącą rozmowę z Elgiem Branchem. Będziesz w szoku, kiedy się dowiesz, co zrobiłam.

Zarezerwowałam Elgiemu salę konferencyjną na spotkanie *all-hands* o jedenastej. Byłam okropnie zabiegana, bo musiałam spełnić rozmaite wymagania dotyczące laptopów, usprawnić wymianę stołów i krzeseł na sali, podpisać zamówienia na zapasowe baterie... A nawet znalazłam dawno zaginioną piłkę do futbolu stołowego. Jedno, co na pewno można powiedzieć o pracy w Mister Softy, to że zawsze trzeba się spodziewać najgorszego. Kiedy wróciłam do biura – już Ci mówiłam, że w końcu mam biuro z oknem? – co najmniej sześciu pracowników powiedziało, że Elgie osobiście mnie szukał. Przypiął do moich drzwi karteczkę z propozycją lunchu, którą wszyscy mogli przeczytać. Podpisał się EB, ale jakiś dowcipniś, przechodząc obok, zmienił podpis na „E-Dawg" – to jedno z jego przezwisk.

Gdy wychodziłam, stanął w moich drzwiach. Tym razem był w butach.

– Pomyślałem, że moglibyśmy wyskoczyć na rower – powiedział.

Akurat był ładny dzień, więc postanowiliśmy kupić kanapki w delikatesach na dole i znaleźć jakieś miłe miejsce poza miasteczkiem zakładowym.

Jestem nowa w zespole Samantha 2, więc nie zdawałam sobie sprawy, że mamy własną flotę rowerową. Elgie jest całkiem sprawny. Postawił stopę na pedale, odepchnął się i przerzucił drugą nogę nad siodełkiem. Tymczasem ja od lat nie siedziałam na rowerze i obawiam się, że było to widać.

– Co się stało? – zapytał Elgie, bo niechcący zjechałam ze ścieżki na trawnik.

– Chyba poluzowała się kierownica.

To było irytujące. Nie potrafiłam utrzymać roweru w linii prostej! Zawzięłam się jednak i wsiadłam z powrotem, a w tym czasie Elgie na stojąco balansował na pedałach, żeby się nie przewrócić. Wydaje Ci się, że to łatwe? Sama kiedyś spróbuj.

Wreszcie złapałam rytm i dalej jechaliśmy razem ramię w ramię. Już zapomniałam, jakie przyjemne uczucie wolności daje jazda rowerem. Twarz owiewał mi rześki wiatr, słońce świeciło, a drzewa wciąż były mokre po burzy. Jechaliśmy przez Commons między ludźmi, którzy wyszli zjeść lunch na świeżym powietrzu i cieszyć się słońcem. Minęliśmy cheerleaderki Seahawks, które ćwiczyły układy na boisku. Czułam, że wszyscy patrzą zaintrygowani w naszym kierunku, myśląc: „Kto to? I co robi w towarzystwie Elgina Brancha?".

Przejechaliśmy mniej więcej milę, aż znaleźliśmy kościółek z przepiękną, otoczoną ławkami fontanną na dziedzińcu. Wypakowaliśmy kanapki.

– Zaprosiłem cię na lunch, żeby porozmawiać o tym, co powiedziałaś rano – zaczął. – Że w domu mam pełne ręce roboty. Chodziło ci o Bernadette, prawda?

– Och... – Byłam w szoku. Praca to praca. Trudno mi było przestawić się na inne tory.

– Zastanawiam się, czy ostatnio nie zauważyłaś u niej dziwnego zachowania.

W jego oczach zobaczyłam łzy.

– Dziwnego?

Złapałam go za rękę. Wiem, że to brzmi jak impertynencja, ale wykonałam ten gest, żeby okazać współczucie. Elgie zerknął w dół i delikatnie cofnął dłoń. Naprawdę nie mam mu tego za złe.

– Jeżeli dzieje się z nią coś dziwnego, to również moja wina – powiedział. – Za rzadko bywam w domu. Wciąż pracuję. Bernadette jest świetną matką.

Nie podobało mi się to, co słyszałam. Dzięki Ofiarom Przemocy Przeciwko Przemocy jestem ekspertką w rozpoznawaniu symptomów prześladowania emocjonalnego – zakłopotania, wycofania, zaprzeczania rzeczywistości, samooskarżeń. W OPPP nie pomagamy nowym członkom, tylko robimy im PUZON.

P: Potwierdzenie opresji emocjonalnej.
U: Ujawnienie naszych własnych doświadczeń.

Z: Zjednoczenie z OPPP.
O: Odpędzenie myśli o opresji.
N: Normalne życie!

Zaczęłam opowiadać Elgiemu długą historię nieudanych przedsięwzięć Barry'ego, jego eskapad do Vegas oraz zaburzenia kontroli emocji (którego oficjalnie u niego nie zdiagnozowano, ale moim zdaniem, objawy były oczywiste), a w końcu opisałam, jak znalazłam siłę, żeby się z nim rozwieść, chociaż do tej pory zdążył już przepuścić oszczędności naszego życia.

– A wracając do Bernadette... – wtrącił Elgie.

Poczułam, że ze wstydu czerwienią mi się policzki. Jak zwykle, rozgadałam się o sobie i o OPPP.

– Przepraszam – powiedziałam. – Jak mogę ci pomóc?

– Jak się zachowuje, kiedy widujesz ją w szkole? Zauważyłaś jakieś niepokojące oznaki?

– No cóż, szczerze mówiąc... – zaczęłam ostrożnie. – Od początku... Bernadette nie przykładała szczególnej wagi do udzielania się w naszej społeczności.

– A co to ma do rzeczy?

– Podstawową wartością w Galer Street jest więź ze wspólnotą. Nigdzie nie jest napisane, że rodzice muszą się udzielać, ale działalność szkoły opiera się na wielu niepisanych zasadach. Na przykład, moim zadaniem, ważna jest koordynacja aktywności ochotników spośród grona rodziców. Bernadette ani razu nie zgłosiła się na ochotnika. Ponadto nigdy nie odprowadza Bee do klasy.

– Dlatego, że przywozicie dzieci samochodami i zostawiacie je przed wejściem – zauważył Elgie.

– Oczywiście, można tak postępować. Jednak większość matek woli odprowadzać dzieci do klasy. Szczególnie dotyczy to mam, które nie pracują.

– Chyba nie rozumiem.

– W Galer Street podstawą jest aktywny udział rodziców.

– Przecież każdego roku wypisujemy czek na kwotę przewyższającą czesne. Czy to nie wystarcza?

– Mówisz o udziale finansowym, ale istnieją też inne, istotniejsze sposoby udzielania się. Na przykład, dyżury na przejściach dla pieszych, pieczenie zdrowych przekąsek na Wieczór Talentów czy czesanie dzieci, kiedy przychodzi fotograf.

– Przykro mi, ale w tym względzie podzielam zdanie Bernadette... – powiedział Elgie.

– Chcę tylko... – Zdałam sobie sprawę, że uniosłam głos, więc wzięłam głęboki oddech. – Próbuję jedynie przedstawić szerszy kontekst tragedii, do której doszło w weekend.

– Jakiej tragedii? – zdziwił się.

Audrey, myślałam, że żartuje.

– Nie czytałeś e-maili?

– Jakich e-maili?

– Z Galer Street!

– Do diabła, nie – odparł. – Już wiele lat temu poprosiłem o wykreślenie mnie z listy adresatów... Zaraz, zaraz, o czym ty mówisz?

Opowiedziałam mu o tym, jak Bernadette postawiła wielką tablicę, która zniszczyła Twój dom. Słowo harcerza – nie miał o niczym pojęcia! Po prostu siedział i słuchał z otwartymi ustami. Kanapka wypadła mu z ręki, ale nawet się nie ruszył, żeby ją podnieść. Potem zadzwonił alarm w moim telefonie. Było piętnaście po drugiej, tymczasem u niego minęło wpół do trzeciej. Tyle zatem znaczy dla niego koordynacja działań.

Ruszyliśmy z powrotem do biura. Niebo zrobiło się czarne, tylko w miejscu, które przebijały promienie słońca, pojawiła się srebrzysta plama. Jechaliśmy przez uroczą dzielnicę przytulonych do siebie bungalowów. Ich szarozielony kolor wyglądał prześlicznie na tle bezlistnych wiśni i klonów japońskich. Czułam obecność pod ziemią cebulek krokusów, żonkili i tulipanów, zbierających siły, cierpliwie znoszących zimę i czekających, by znowu ożywić wiosnę w Seattle cudowną feerią barw.

Wystawiłam rękę i pozwoliłam, by owiewało ją wilgotne, zdrowe powietrze. O którym innym mieście można powiedzieć, że jest kolebką jumbo jeta, supermarketu internetowego, komputera osobistego, telefonu komórkowego, rezerwacji biletów online, muzyki grunge, sklepów wielkopowierzchniowych i dobrej kawy? Gdzie indziej ktoś taki jak ja miałby okazję popedałować z człowiekiem, którego występ na TEDTalk zajmuje czwarte miejsce pod względem oglądalności? Zaśmiałam się.

– Co się stało? – zapytał Elgie.

– Och, nic takiego.

Przypomniałam sobie, jaka byłam zdruzgotana, kiedy okazało się, że mojego ojca nie stać, żeby mnie wysłać do USC, więc poszłam na UW. Bardzo rzadko wyjeżdżałam poza stan Waszyngton. (I do dzisiaj nie widziałam Nowego Jorku!) Nagle przestało mi na tym zależeć. Niech tam inni podróżują sobie po świecie. Wszystko, czego szukają w Los Angeles, w Nowym Jorku i wszędzie indziej, ja mam już tutaj – w Seattle. I chcę to zatrzymać dla siebie.

▪ ▪ ▪

Od: Audrey Griffin
Do: Soo-Lin Lee-Segal

Masz mnie za kretynkę? Oczywiście, byłoby bardzo wygodnie, gdyby Elgin Branch naprawdę nic nie wiedział o spustoszeniu, które sieje jego żona, no nie? Powtórzyłam Twoją historię Warrenowi. Podejrzewa to samo, co ja – że Elgin Branch szykuje sobie alibi, żeby się zasłonić niewiedzą, kiedy go pozwiemy. Ale ta sztuczka mu się nie uda. Możesz mu to powiedzieć następnym razem, kiedy będziecie razem śmiecić w Domu Bożym. Nie dostał żadnych e-maili! Chyba go pogięło!

▪ ▪ ▪

Od: Audrey Griffin
Do: Gwen Goodyear

Proszę o sprawdzenie wszystkich list mailingowych i potwierdzenie, czy jest na nich nazwisko Elgina Brancha. Nie chodzi mi o Bernadette, tylko konkretnie o niego.

■ ■ ■

Tego dnia Kennedy miała urodziny, a jej mama szła do pracy na nocną zmianę, więc zrobiłyśmy z moją mamą to, co zawsze – zabrałyśmy Kennedy na kolację urodzinową. Rano Kennedy czekała na mnie i mamę przed szkołą.

– Dokąd pójdziemy? Dokąd? – pytała niecierpliwie.

Mama opuściła szybę w oknie.

– Do restauracji w Space Needle.

Kennedy zapiszczała z radości i zaczęła podskakiwać.

Najpierw Daniel's Broiler, a teraz to?

– Mamo – zdziwiłam się. – Od kiedy chodzisz do modnych restauracji?

– Od teraz.

Idąc na lekcje, Kennedy z trudem powstrzymywała podniecenie.

– Nikt z Galer Street nigdy nie był w restauracji w Space Needle! – piszczała.

To prawda, bo chociaż znajduje się na samym szczycie i w dodatku się obraca – czyli powinna być jedyną restauracją w mieście, którą warto odwiedzić – to chodzą tam tylko turyści, a jedzenie jest bardzo drogie. Kennedy zrobiła swój popisowy numer – warknęła żartobliwie i objęła mnie jak zapaśnik.

Minęło co najmniej dziesięć lat od ostatniego razu, kiedy byłam w restauracji w Space Needle, i już kompletnie zapomniałam, jak tam jest fajnie. Złożyłyśmy zamówienie, a potem mama sięgnęła do torebki po ołówek i biały kartonik. Na środku napisała kolorowymi markerami: MAM NA IMIĘ KENNEDY I OD DZISIAJ JESTEM SUPERPIĘTNASTKĄ.

– Hę? – zdziwiła się Kennedy.

– Nigdy tu nie byłaś, prawda? – zapytała mama, a potem zwróciła się do mnie: – A ty nie pamiętasz?

Pokręciłam głową.

– Położymy to na parapecie. – Oparła kartonik o szybę. – Zostawimy też ołówek. Restauracja obraca się wokół własnej osi, więc każdy może coś dopisać, a kiedy zatoczymy pełny okrąg, będziesz miała na swojej kartce mnóstwo życzeń urodzinowych.

– Ale fajnie! – zawołała Kennedy.

– To nie fair! – powiedziałam.

– Powtórzymy to w przyszłym roku, kiedy przyjdziemy na twoje urodziny – obiecała mama.

Nasz stolik wolno oddalił się od kartki, a my świetnie się bawiłyśmy. Robiłyśmy z Kennedy to, co zwykle, kiedy spędzamy czas z mamą, czyli opowiadałyśmy jej o świetlicy młodzieżowej. Mama pochodzi z rodziny katolickiej, ale w college'u została ateistką, więc totalnie schizowała, kiedy zaczęłam chodzić do przykościelnej świetlicy. Poszłam tam jednak tylko dlatego, żeby zrobić przyjemność Kennedy. Jej mama pół życia spędza w Costco, więc przynosi do domu wielkie paczki czekoladek i beczułki lukrecji. Poza tym mają ogromny telewizor ze wszystkimi kanałami kablówki, co znaczy, że spędzałam dużo czasu u Kennedy, opychając się słodyczami i oglądając *Przyjaciół*. Niestety, pewnego dnia Kennedy doszła do wniosku, że jest za gruba, i postanowiła przejść na dietę. Od tej pory wciąż powtarzała zdania w rodzaju: „Bee, nie możesz jeść tyle lukrecji, bo muszę dbać o linię". Widzicie? Jest totalnie rąbnięta, a nasze rozmowy też są porąbane na maksa. Podjęła więc ważną decyzję, że już nie możemy chodzić do niej, bo od tego tyje, tylko musimy się przenieść do świetlicy młodzieżowej. Nazwała to „świetlicową dietą".

Utrzymywałam nasze wypady w tajemnicy przed mamą tak długo, jak to możliwe, bo kiedy się w końcu dowiedziała, wściekła się, że wkrótce zostanę fanatyczką religijną. Tyle że Luke'owi i jego żonie Mae, którzy prowadzą świetlicę, wcale na tym nie zależy. No, może troszeczkę. Ale ich dyskusje o Biblii trwają może z piętnaście minut, a potem mamy dwie godziny na oglądanie telewizji i gry. Trochę mi żal Luke'a i Mae – tak bardzo się cieszą, że w piątki przychodzi do nich pół Galer Street. Nie wiedzą, że w piątek po prostu wieje nudą, bo tego dnia nie ma treningów ani kółek zainteresowań, a dzieciaki chcą tylko pooglądać telewizję.

Mama i tak nie cierpi świetlicy, co rozśmiesza Kennedy najbardziej na świecie.

– Hej, mamo Bee – powiedziała Kennedy. Zawsze zwraca się do niej w ten sposób. – Słyszała pani o kupie w zupie?

– O kupie w zupie? – zdziwiła się mama.

– Powiedzieli nam o niej w świetlicy – wyjaśniła Kennedy. – Luke i Mae zrobili dla nas przedstawienie kukiełkowe o narkotykach. Osioł mówił: „Eee tam, jeden dymek marihuany nikomu nie zaszkodzi". Ale owieczka odparła: „Życie jest jak zupa, a narkotyki są jak kupa. Gdyby ktoś ci dodał do zupy choćby odrobinę kupy, naprawdę wciąż chciałbyś ją zjeść?".

– No widzisz, a potem kołtuństwo się zastanawia, dlaczego ludzie odchodzą z Kościoła. Przedstawienia kukiełkowe dla nastolatków, też mi pomysł...

Zanim mama rozkręciła się na dobre, chwyciłam Kennedy za rękę.

– Chodźmy jeszcze raz do toalety – powiedziałam.

Toaleta znajduje się w części restauracji, która się nie obraca, więc kiedy wracasz, twojego stolika nie ma tam, gdzie go zostawiłaś. W drodze powrotnej próbowałyśmy zgadnąć, gdzie się podziały nasze miejsca. W końcu zauważyłyśmy mamę.

Tata też tam był. Miał na sobie dżinsy, buty turystyczne i parkę z kapturem. Zapomniał zdjąć z szyi identyfikator Microsoftu. Niektóre rzeczy wiesz na pierwszy rzut oka. Od razu było dla mnie jasne, że tata się dowiedział o lawinie błotnej.

– Twój tata tu jest! – wykrzyknęła Kennedy. – Nie do wiary, że przyszedł na moje urodziny. Ale fajnie!

Próbowałam ją zatrzymać, lecz wyrwała się i pobiegła naprzód.

– Tylko te jeżyny utrzymywały ziemię na zboczu – mówił tata. – Przecież wiedziałaś, Bernadette. Do licha, dlaczego postanowiłaś ogołocić cały teren w samym środku najbardziej deszczowej zimy?

– Skąd się dowiedziałeś? – zapytała mama. – Niech zgadnę. Twoja adminka sączy ci jad do ucha.

– Nie mieszaj do tego Soo-Lin – odparł tata. – Tylko dzięki niej mogę się wyrwać na trzy tygodnie z pracy.

– Jeżeli interesuje cię prawda – powiedziała mama – to usunęłam jeżyny na polecenie Bugsa Meany'ego.

– Bugsa Meany'ego z *Omnibusa Browna*? – zgadła Kennedy. – Ale czad!

– Przestań się zachowywać tak, jakbyś zrobiła dobry kawał – zwrócił się tata do mamy. – Patrzę na ciebie, Bernadette, i boję się. Nie chcesz ze mną rozmawiać. Nie chcesz iść do lekarza. Myślałem, że jesteś rozsądniejsza.

– Tato – wtrąciłam. – Nie psuj atmosfery.

– No właśnie – dodała Kennedy. – Niech pan mi lepiej życzy sto lat.

Nastąpiła chwila milczenia, a potem obie wybuchnęłyśmy śmiechem.

– Niech pan mi lepiej życzy sto lat – powtórzyła Kennedy, przedrzeźniając siebie samą, co wywołało kolejny atak śmiechu.

– Dom Griffinów się zapadł – powiedział tato do mamy. – Mieszkają w hotelu. Czy my mamy za to płacić?

– Lawiny błotne to zdarzenia losowe, więc koszty pokrywa ubezpieczenie Griffinów.

Tata wyglądał jak szaleniec, który przyszedł do Space Needle wymachiwać pistoletem. Nagle zwrócił lufę w moim kierunku.

– A ty dlaczego nic mi nie powiedziałaś?

– Nie wiem – mruknęłam pod nosem.

– Uwaga, uwaga, panie i panowie! – zawołała Kennedy. – Wraca moja kartka urodzinowa!

Złapała mnie za rękę i mocno ścisnęła.

– Weź na wstrzymanie i zamknij się, z łaski swojej – powiedziałam.

– Bee! – oburzył się tata. – Co powiedziałaś? Nie wolno tak mówić do innych osób.

– Nic się nie stało. One w taki sposób ze sobą rozmawiają – próbowała go uspokoić mama.

– Oczywiście, że się stało. – Zwrócił się do Kennedy: – Muszę cię przeprosić za moją córkę.

– Za co? – zdziwiła się Kennedy. – Jest moja kartka!

– Tato – powiedziałam. – Naprawdę tak ci na tym zależy? Przecież nawet jej nie lubisz.

– Naprawdę? – zapytała Kennedy.

– Oczywiście, że cię lubię, Kennedy. Bee, jak możesz tak mówić? Co się dzieje z tą rodziną? Przyszedłem tylko porozmawiać z mamą.

– Przyszedłeś na nią wrzeszczeć – powiedziałam. – Audrey Griffin już na nią nawrzeszczała. Nie było cię przy tym. To było okropne.

– Bierz ją! Trzymaj! – Kennedy rzuciła się na mnie i ponad moim ramieniem sięgnęła po kartkę z parapetu.

– Nie mam zamiaru wrzeszczeć na mamę. – Tata zdawał się skołowany. – To rozmowa między mną i mamą. Popełniłem błąd, przerywając kolację urodzinową Kennedy. Nie wiedziałem, kiedy znowu będę miał czas.

– Bo wciąż siedzisz w pracy – burknęłam.

– Co powiedziałaś? – zażądał stanowczo tata.

– Nic.

– Haruję na ciebie i mamę, a moja praca może pomóc milionom ludzi. Teraz pracuję szczególnie intensywnie, żeby móc cię zabrać na Antarktydę.

– O nie! – jęknęła głośno Kennedy. – Nienawidzę ich.

Chciała podrzeć swoją kartkę, ale udało mi się ją odebrać. Zobaczyłam mozaikę różnych charakterów pisma. Było parę życzeń wszystkiego najlepszego, ale przeważały teksty w rodzaju: „Jezus jest zbawcą. Pamiętaj, że Pan Jezus umarł za nasze grzechy". Były też cytaty z Biblii. Zaśmiałam się. Nagle Kennedy się rozbeczała. Czasami jej się to zdarza. Jedyne, co można zrobić, to przeczekać.

Mama wzięła ode mnie kartkę.

– Nie przejmuj się, Kennedy – powiedziała. – Zaraz namierzę tych fanatyków.

– Nie – sprzeciwił się tata.

– Niech pani to zrobi – zachęcała ją Kennedy, której nagle poprawił się humor. – Chcę na to popatrzeć.

– Tak, mamo! Ja też chcę to zobaczyć!

– Wychodzę stąd – powiedział tata. – Nikogo nie obchodzę, nikt mnie nie słucha, nikt mnie tu nie chce. Sto lat, Kennedy. Na razie, Bee. A ty, Bernadette, proszę bardzo, zrób z siebie idiotkę i zaatakuj Bogu ducha winnych ludzi, którzy odnaleźli sens swojego życia. Porozmawiamy jeszcze o tym w domu.

W drodze powrotnej zobaczyłyśmy, że światła w sypialni rodziców są zapalone. Mama poszła od razu do Petit Trianon, a ja weszłam do domu. Nad moją głową skrzypnęły deski podłogi. To tata wstał z łóżka i szedł w kierunku schodów.

– Dziewczyny! – zawołał. – To wy?

Wstrzymałam oddech. Minęła cała minuta. Tata wrócił do sypialni, a potem do łazienki. Słyszałam, jak spuszcza wodę w toalecie. Objęłam Lodzię za miękki kark i obie spędziłyśmy noc z mamą w Petit Trianon.

Mama nie namierzyła fanatyków religijnych w restauracji, ale napisała na kartce: DZIECKO MA DZISIAJ URODZINY. POWARIOWALIŚCIE, LUDZIE? i wychodząc, położyła ją na parapecie.

Czwartek, 16 grudnia

▪ ▪ ▪

Od: Gwen Goodyear
Do: Audrey Griffin

Dzień dobry Audrey. Zapytałam Kate Webb, która pamięta, że Bernadette i Elgin Branch poprosili o usunięcie ich z list mailingowych Galer Street, kiedy Bee zaczęła się u nas uczyć. Sprawdziłam osobiście, żeby się upewnić, i rzeczywiście, nie ma ich na żadnej aktualnej liście.

A zmieniając temat, cieszę się, że Twoja sytuacja już się trochę unormowała i znowu masz dostęp do Internetu. Jak wspomniałam w poprzednich trzech e-mailach, na które nie odpowiedziałaś, pan Levy uważa, że koniecznie musimy się spotkać i porozmawiać o Kyle'u. Mogę się dopasować do Twojego rozkładu dnia.

Pozdrawiam,
Gwen

▪ ▪ ▪

Rano na lekcji wychowawczej graliśmy w konteksty. Pan Levy wypowiadał słowo i wskazywał jednego z uczniów, który musiał użyć go w zdaniu. W pewnej chwili pan Levy powiedział: „Skakać" i wskazał na Kyle'a, a ten na to: „Skocz mi na fiuta". Jeszcze nigdy się tak nie uśmialiśmy. Właśnie dlatego pan Levy chciał wezwać do szkoły Audrey Griffin. Może i było to śmieszne, ale przecież wiem, że tak się nie mówi do nauczyciela.

▪ ▪ ▪

Od: Soo-Lin Lee-Segal
Do: Audrey Griffin

Postanowiłam zignorować nieprzyjemny ton Twojego poprzedniego listu. Składam to na karb stresu wywołanego trudnymi warunkami życia. Audrey, kompletnie się myliłaś co do Elgiego.

Dzisiaj rano wsiadłam do Connectora na tym samym przystanku, co zwykle, i poszłam usiąść z tyłu. Parę przystanków dalej wsiadł Elgie. Wyglądał, jakby całą noc nie spał. Rozpromienił się jednak na mój widok. (Myślałam, że zapomniał, że wpisałam nas oboje na tę samą listę pasażerów.) Wiedziałaś, że pochodzi z jednej z najlepszych filadelfijskich rodzin? Oczywiście sam z własnej woli się z tego nie zwierzył, ale fakt pozostaje faktem, że w dzieciństwie spędzał wszystkie wakacje w Europie. Zrobiło mi się wstyd, że nigdy nie wyjeżdżałam z Ameryki.

– Najwyższy czas to zmienić, prawda? – spytał.

Tylko nie wyciągaj pochopnych wniosków! To było jedynie pytanie retoryczne. Wcale nie zamierza zaprosić mnie na wycieczkę do Europy ani nic z tych rzeczy.

Pojechaliśmy do szkoły z internatem. (Jeśli o to chodzi, zdaje się, że byłyśmy niedoinformowane. Takim ludziom jak Ty i ja, którzy urodzili się w Seattle i studiowali na UW, brakuje... nie chcę użyć słowa „ogłada"... ale brakuje nam tego czegoś, co pozwala rozumieć szeroki kontekst.)

Kiedy Elgie zaczął wypytywać o mnie, miałam ochotę zapaść się pod ziemię, bo moje życie zdawało się strasznie nudne. Jedyna w miarę ciekawa rzecz, która mi przyszła do głowy, to fakt, że kiedy skończyłam siedem lat, mój ojciec stracił wzrok, a ja musiałam się nim opiekować.

– Naprawdę? – zainteresował się Elgie. – Porozumiewaliście się na migi?

– Tylko, kiedy chciałam mu zrobić na złość – powiedziałam. Elgie chyba nie zrozumiał. – Był niewidomy, a nie niesłyszący.

Roześmialiśmy się na cały głos.

– Co to? Belltown Connector? – zażartował ktoś.

To taki firmowy żart. Belltown Connector jest znany z tego, że panuje w nim nieznośny hałas, o wiele większy niż na naszej linii. Była to zatem aluzja, że powinniśmy sobie uwić bardziej ustronne gniazdko na domniemany flirt, a jednocześnie przytyk pod adresem upodobań pracowników dojeżdżających z Belltown. Nie wiem, na ile te wyjaśnienia pomagają Ci zrozumieć dowcip – możliwe, że po prostu trzeba było to słyszeć.

Zmieniliśmy temat i porozmawialiśmy o pracy. Elgie martwił się, czy nie wziął za dużo wolnego na Gwiazdkę.

– Wciąż powtarzasz, że wyjeżdżasz na miesiąc – powiedziałam. – A tymczasem nie będzie cię dwadzieścia siedem dni. Dwanaście z nich to przerwa świąteczna. W tym czasie Microsoft i tak świeci pustkami. Sześć dni przypada w weekend. Pięć dni spędzisz w podróży, a ponadto będziesz miał dostęp do Internetu w hotelach, które ci zarezerwowałam. To znaczy, że właściwie nie będzie cię w pracy tylko dziewięć dni. Tyle, ile trwa zwolnienie z powodu cięższej grypy.

– Uff – powiedział. – Dzięki tobie wreszcie mogę odetchnąć z ulgą.

– Popełniłeś tylko jeden błąd, informując wszystkich, że wyjeżdżasz. Zastąpiłabym cię i nikt nawet by nie zauważył.

– Powiedziałem im, zanim się pojawiłaś.

– W takim razie wybaczam.

Najcudowniejsze było to, że kiedy dojechaliśmy na miejsce, Elgiemu wrócił dobry humor. Dzięki temu sama też poczułam się szczęśliwa.

■ ■ ■

List od pani Goodyear
dostarczony przez posłańca do hotelu Westin

Audrey i Warrenie,

dotarły do mnie niepokojące sygnały, które dotyczą Kyle'a. W ubiegłym miesiącu zgłosił się do mnie jeden z rodziców, który oskarżył go o handlowanie narkotykami na korytarzach szkoły. Dla Waszego dobra i dla dobra Kyle'a sceptycznie potraktowałam te rewelacje.

Jednak wczoraj inny rodzic znalazł dwadzieścia podejrzanych tabletek w plecaku swojego dziecka. Okazało się, że to oxycontin. Przyparty do muru uczeń wskazał Kyle'a jako źródło tych środków. Pozwoliliśmy mu kontynuować naukę pod warunkiem, że podczas przerwy świątecznej podda się leczeniu. Muszę jak najszybciej z Wami porozmawiać.

Pozdrawiam,
Gwen Goodyear

▪ ▪ ▪

Od: Audrey Griffin
Do: Gwen Goodyear

Musisz się bardziej postarać, jeśli chcesz wmieszać Kyle'a w aferę narkotykową w Galer Street. Warren też się zastanawia, w jaki sposób moja recepta na vicodin – który włożyłam Kyle'owi do plecaka, bo szłam o kulach z powodu obrażeń odniesionych na terenie Twojej szkoły (nie zamierzałam pociągnąć Galer Street do odpowiedzialności, chociaż zgodnie z prawem o przedawnieniu wciąż mam dosyć czasu, by zmienić zdanie) – może mieć coś wspólnego z dwudziestoma tabletkami oxycontinu. Czy na nich też było wypisane moje nazwisko?

A skoro mowa o Warrenie, to wiedz, że właśnie sprawdza, na ile legalne jest pozwolenie ukończenia semestru uczniowi zażywającemu narkotyki. Czy nie stanowi zagrożenia dla innych dzieci? Pytam z ciekawości.

Jeżeli tak bardzo Ci zależy na znalezieniu winnych, to radzę, żebyś popatrzyła w lustro.

▪ ▪ ▪

Od: Audrey Griffin
Do: Soo-Lin Lee-Segal

Przepraszam, że nie odpisałam wcześniej, ale przez godzinę zbierałam szczękę z podłogi. Czeka mnie Boże Narodzenie w hotelu, a Ty się roztkliwiasz nad moim prześladowcą? Musiałam sprawdzić w kalendarzu, czy to na pewno grudzień, a nie prima aprilis.

■ ■ ■

Od: Soo-Lin Lee-Segal
Do: Audrey Griffin

Wyjaśnię Ci coś. Pamiętasz, jak w Las Vegas widziałyśmy Dianę Ross w tłumie wielbicieli? Kiedy Elgin Branch idzie korytarzem Connectora, jest niczym Diana Ross. Ludzie dosłownie wyciągają ręce i próbują go dotknąć. Nie jestem pewna, czy Elgie ich zna, ale prowadził tyle gigantycznych mityngów i pracował w tylu zespołach, że jego twarz rozpoznają setki, a może nawet tysiące pracowników MS. W ubiegłym roku wygrał nagrodę za nadzwyczajne osiągnięcia przywódcze. Dostaje ją zaledwie dziesięciu najwybitniejszych wizjonerów spośród stu tysięcy kandydatów. Na budynku 33 zawisł ogromny baner z jego wizerunkiem. Udało mu się zebrać najwięcej pieniędzy na ostatniej imprezie dobroczynnej. Pamiętaj też, że jego TEDTalk zajmuje czwarte miejsce wszech czasów pod względem oglądalności. Nic dziwnego, że nosi słuchawki, żeby się odciąć od otoczenia. W przeciwnym razie ludzie tratowaliby się, żeby tylko zamienić z nim parę słów. Szczerze mówiąc, nie mogę się nadziwić, że w ogóle zdecydował się jeździć do pracy Connectorem.

Chcę przez to powiedzieć, że byłoby z naszej strony bardzo nieprofesjonalne, gdybyśmy próbowały zbyt ostro komentować wybryki Bernadette, kiedy tyle osób nadstawia uszu.

Od: Audrey Griffin
Do: Soo-Lin Lee-Segal

Ten twój Ted obchodzi mnie tyle, co zeszłoroczny śnieg. Nie wiem, kto to jest ani co mówi podczas występów, o których wciąż ględzisz.

▪ ▪ ▪

Od: Soo-Lin Lee-Segal
Do: Audrey Griffin

TED jest skrótem od „Technology, Entertainment and Design". Konferencje TED to ekskluzywne mityngi najwybitniejszych umysłów na świecie. Odbywają się co roku na Long Beach, a możliwość prezentacji na nich swojego punktu widzenia to ogromny przywilej. Wysyłam Ci link do TEDTalk Elgiego.

▪ ▪ ▪

TEDTalk taty naprawdę był wielkim wydarzeniem. Wszyscy w szkole wiedzieli, o co chodzi. Pani Goodyear zaprosiła tatę, żeby wystąpił na żywo przed uczniami. Trudno uwierzyć, że Audrey Griffin nigdy o tym nie słyszała.

▪ ▪ ▪

Zapis wystąpienia taty podczas TEDTalk, transkrybowany na żywo przez bloggera o nicku Zakamuflowany Enzym

16.30 – PRZERWA POPOŁUDNIOWA

Zostało pół godziny do seminarium 10 „Kod i myśl", które zamyka dzisiejszą konferencję. Laski ze stoiska Vosges przeszły same siebie i tym razem rozdawały trufle z bekonem. Gorące newsy: pod koniec seminarium 9, kiedy Mark Zuckerberg przynudzał o jakiejś inicjatywie edukacyjnej, którą wszyscy mieli w nosie, dziewczyny z Vosgesa zaczęły smażyć bekon i jego zapach rozszedł się po całej sali. Ludzie nagle się ożywili i zewsząd dało się słyszeć podniecone szepty: „Czujesz bekon? To bekon!". Chris wybiegł na korytarz, jakby go ktoś gonił. Na pewno poleciał prosto do Vosgesa, do dziewczyn, którym mascara już spływała po policzkach. Chris zawsze miał słabość do wynajdywania nietypowych „sposobów wyrażenia krytyki", a te zapachy na pewno nie pomagały mu zostać do końca wykładu.

16.45 – TŁUM LUDZI WRACA DO SALI NA SEMINARIUM 10

Ben Affleck fotografuje się z Murrayem Gell-Mannem. Doktor Gell--Mann przybył dzisiaj rano. Podjechał na parking lexusem na nowomeksykańskich rejestracjach z napisem KWARK zamiast numerów. Bardzo *cool*, bo i facet jest *cool*. Kiedy byliśmy na przerwie, scena została zaaranżowana jak salon w domu albo pokój w akademiku. Rozkładany fotel z La-Z-Boy, telewizor, kuchenka mikrofalowa, odkurzacz. A nawet robot!

O Jezu, to naprawdę robot. I to rozkoszny – cztery stopy wysokości, antropomorficzny wygląd. Figura w kształcie klepsydry. Czy o robocie można powiedzieć, że jest sexy? Hmmm, z programu wynika, że teraz wystąpi tancerka z Madagaskaru, która opowie o swoim procesie twórczym. Jaką rolę w jej prezentacji pełni robot? Czy zobaczymy afrykański taniec salonowy w wersji lesbijskiej z robotem w roli partnerki? Nie wyłączajcie Internetu. Może się zrobić ciekawie.

Facet z opaską na oku i w marynarce typu Nehru, który w ubiegłym roku przedstawił poschizowaną wizję latających miast, zajął miejsce, na którym zawsze siada Al Gore. Oczywiście podczas TEDTalk nie obowiązuje rezerwacja miejsc, ale wszyscy wiedzą, że Al Gore już od czasów Monterey co roku siada w trzecim rzędzie przy przejściu z prawej strony. Nikomu nie przyszłoby do głowy, żeby bezceremonialnie rozsiąść się na miejscu Ala Gore'a.

Jane prezentuje informacje organizacyjne. Tylko do dzisiaj można odebrać torby z upominkami. To już ostatnia szansa, żeby wypróbować samochód elektryczny Tesla. Jutro będzie okazja spotkać się na drugim śniadaniu z (niesamowitym) E.O. Wilsonem w sprawie najnowszych zmian w jego „TED na żądanie" – tym razem pod hasłem „Encyklopedia Życia".

Właśnie wszedł Al Gore pochłonięty rozmową z rodzicami Sergeya Brina. To tacy rozkoszni, malutcy ludzie, którzy w dodatku nie mówią za dobrze po angielsku.

Wszystkie oczy kierują się na Ala. Każdy chce zobaczyć, jak zareaguje na fakt, że jego krzesło jest zajęte. Facet w marynarce typu Nehru chce mu ustąpić miejsca, ale Al Gore odrzuca propozycję. Facio podaje mu wizytówkę! Co za tania sztuczka! Cała sala niemal wygwizduje go w myślach, ale nikt się głośno nie przyzna, że jest aż tak zaintrygowany. Al Gore z uśmiechem przyjmuje wizytówkę. I ♥ Al Gore.

17.00 – Chris wchodzi na scenę

...i zapowiada, że przed występem Afrykanki czeka nas prelekcja-niespodzianka – prawdziwy hicior, jak mówi – na temat interfejsu mózgu. Ludzie otrząsają się z truflowo-bekonowego amoku. Chris przedstawia Elgina Brancha z... nie uwierzycie... Microsoft Research! Wprawdzie Research jest jedynym w miarę przyzwoitym działem MS, ale ktoś tu chyba żartuje. Microsoft? Naprawdę? Entuzjazm wśród widowni opada. Chwilowe ożywienie rozłazi się po kościach.

17.45 – ALE JAJA

Zapomnijcie o uszczypliwym tonie wpisu z 17.00. Dajcie mi jeszcze sekundę... Potrzebuję trochę czasu...

19.00 – SAMANTHA 2

(Dzięki za cierpliwość. To wystąpienie pojawi się na stronie TED dopiero za miesiąc. Tymczasem spróbuję je jak najdokładniej zrelacjonować. Niskie ukłony dla mojej koleżanki po fachu, bloggerki TEDGRRRL za zgodę na transkrypcję jej nagranego komórką filmu.)

17.00 – Branch nakłada słuchawki. Na ekranie za nim pojawia się napis:

ELGIN BRANCH

(Współczuję mówcom – mają tylko pięć minut. Wszyscy się spieszą i zżerają ich nerwy.)

17.01 – Branch: „Dwadzieścia lat temu w pierwszej pracy zajmowałem się testowaniem kodu dla zespołu badawczego z Duke. Chodziło o połączenie umysłu i komputera".

17.02 – Pilot nie działa. Branch próbuje jeszcze raz wcisnąć guzik. I jeszcze raz. „Nie działa", mówi, zwracając się do wszystkich i do nikogo konkretnego.

17.03 – Branch odważnie kontynuuje bez prezentacji wideo. „Naukowcy posadzili dwa rezusy przed ekranem telewizora i dali im joysticki kontrolujące animowaną piłeczkę. Za każdym razem, kiedy małpom udało się za pomocą joysticka umieścić piłkę w koszu, dostawały przysmak". Znowu próbuje użyć pilota i zerka przez ramię. Nikt się nie kwapi do pomocy. To żałosne! Facet jednak trzyma fason. David Byrne rozwścieczony zszedł ze sceny, kiedy wysiadło mu audio.
17.05 – Branch: „To miała być prezentacja materiału wideo z pionierskich badań przeprowadzonych na uniwersytecie Duke. Zobaczyliby państwo na nim dwie małpy, którym implantowano dwieście elektrod do ośrodka motorycznego mózgu. Wyglądają jak lalki Barbie – te, którym »rosną« włosy – z otwartymi czaszkami i spływającymi z nich kaskadą przewodami elektrycznymi. Szczerze mówiąc, prezentują się dosyć makabrycznie. Może i lepiej, że nie mogę ich państwu pokazać. W każdym razie, był to jeden z pierwszych przykładów interfejsu mózgu, w skrócie BCI od słów: *brain computer interface*". Jeszcze raz próbuje użyć pilota. „Miałem naprawdę niezły slajd ilustrujący jego działanie".

IMHO, facet powinien się wkurzyć! Kto to widział, żeby na konferencji technicznej nie działały piloty!
17.08 – Branch: „Kiedy małpy opanowały umiejętność kontrolowania piłki joystickiem, badacze odłączyli kontrolery. Małpy manipulowały przy urządzeniach przez parę sekund, ale szybko odkryły, że to już nie działa. Wciąż chciały dostać przysmak, więc siedziały przed monitorem i myślały o przenoszeniu piłek do kosza. W tej chwili aktywowały się elektrody podłączone do ich ośrodków ruchu. Przenosiły „myśli" małp do komputera zaprogramowanego na interpretowanie fal mózgowych i wywoływały odpowiednią reakcję. Małpy zdały sobie sprawę, że mogą poruszać piłeczką, po prostu myśląc o niej – i dostać nagrodę. Najbardziej niewiarygodną rzeczą na filmie...". Branch zerka na biały ekran. „Mamy już obraz? Byłoby świetnie, gdybyśmy mogli obejrzeć ten fragment. W każdym razie, to niezwykłe, jak szybko małpy opanowały sterowanie piłką za pomocą myśli. Zajęło im to mniej więcej piętnaście sekund".
17.10 – Branch mruży oczy. „Właśnie dostałem sygnał, że została nam tylko minuta".

17.10 – Chris wbiega na scenę i przeprasza. Jest spięty z powodu zepsutego pilota, zresztą podobnie jak wszyscy. Branch okazał się miłym, skromnym gościem. No i ani słowem nie wspomniał o robocie!
17.12 – Branch: „Projekt się zakończył. Po kilku latach znalazłem pracę w Microsofcie. W dziale robotyki". Jego słowa wywołują aplauz. Branch wygląda na zdziwionego. „Co się stało?". Nie ma pojęcia, jak bardzo ten cholerny robot namieszał nam w głowach.
17.13 – Branch: „Zająłem się pracą nad robotem osobistym, który reagował na polecenia głosowe. Widzą go państwo na scenie". Widownia wrze. Kogo obchodzi, że Craig Venter ogłosił udaną syntezę z arszeniku żywych komórek w probówce! Dajcie nam robota z *Jetsonów*!
17.13 – Branch mówi dalej: „Powiedzmy, że mam ochotę na popcorn. Wystarczy, że zawołam: »Samantha!«". Robot się ożywia. „Daliśmy jej imię Samantha na cześć bohaterki *Ożeniłem się z czarownicą*". Śmiech na widowni. „Samantha, proszę, przynieś mi popcorn". Szkoda, że nie widzicie Brancha. Czarujący, bezpretensjonalny facet w dżinsach, T-shircie i bez butów. Wygląda, jakby dopiero co wstał z łóżka.
17.14 – Samantha sunie do mikrofalówki, otwiera drzwi i wyjmuje opakowanie popcornu. Branch: „Musieliśmy przygotować popcorn przed pokazem – jak w telewizyjnym programie o gotowaniu". Robot wraca do Brancha i podaje mu popcorn. Aplauz. Branch: „Dziękuję, Samantha". „Nie ma za co", odpowiada robot. Śmiech. Branch: „To prosta, ale efektowna technika oparta na komendach głosowych".
17.17 – Z pierwszego rzędu dobiega pytanie: „Można się poczęstować?". To David Pogue. Branch: „Jasne, wystarczy ją poprosić". Pogue: „Samantha, przynieś mi popcorn". Robot nie reaguje. Branch: „Trzeba powiedzieć: proszę". Pogue: „Bez kitu". Branch: „Mówię poważnie. Moja córka miała osiem lat, kiedy stworzyłem Samanthę. Zarzuciła mi, że zwracam się do robota jak nieokrzesany gbur, więc zaprogramowałem funkcję: »proszę«. To magiczne słowo". Pogue: „Samantha, proszę, przynieś mi popcorn". Sytuacja staje się coraz bardziej komiczna! Robot podjeżdża do końca sceny i wyciąga ręce, ale upuszcza torebkę na ziemię przed Davidem Pogue. Popcorn się rozsypuje.
17.19 – Branch: „Jak to w Microsofcie. Miała parę *bugów*". Ogłuszający aplauz z widowni. Branch wygląda na urażonego. „To chyba nie było aż takie śmieszne".

17.21 – Branch: „Nauczyliśmy Samanthę pięciuset komend. Moglibyśmy zaprogramować drugie tyle, gdyby nie tysiące ruchomych elementów, z których została skonstruowana. Nie miała wielkiego potencjału rynkowego, a ewentualna rozbudowa jej systemu byłaby zbyt kosztowna. Tak więc, projekt Samatha został anulowany". Przez salę przetacza się żałosny jęk. Branch: „Co z wami? Chyba nie jesteście jakimiś technomaniakami?". Ten komentarz to murowany klasyk TED!
17.23 – Asystent techniczny z nowym pilotem przeciska się między krzesłami w kierunku sceny. W pół drogi zatrzymuje się i podciąga spodnie. Branch: „Spokojnie. Nie warto się spieszyć". Głośny śmiech.
17.24 – Branch: „A zatem Samanthę odrzucono. Jednak po jakimś czasie przypomniałem sobie małpy z Duke i pomyślałem: »Hmm, czynnikiem, który najbardziej komplikuje prace nad robotem osobistym, jest sam robot. Może więc powinniśmy się go pozbyć?«.
17.25 – Branch w końcu dostaje działający pilot i przechodzi do prezentacji slajdów. Najpierw pokazuje małpy z wpiętymi w głowy przewodami. Na widowni rozlega się szmer, ktoś krzyczy przerażony. Branch: „Przepraszam, przepraszam!". Wyłącza slajd.
17.26 – Branch: „Zgodnie z prawem Moore'a co dwa lata podwaja się liczba tranzystorów, które można zmieścić na zamkniętej powierzchni. Zatem po dwudziestu latach ten okropny widok... zmienił się w coś takiego...". Następny slajd przedstawia ogoloną ludzką głowę z wszczepionym pod skórę chipem.
17.26 – Branch: „A potem w coś takiego...". Pokazuje publiczności kask futbolowy z logo Seahawks. Po wewnętrznej stronie znajdują się elektrody z przewodami. Wystarczyło go nałożyć i żaden element nie musiał być fizycznie połączony z mózgiem.
17.27 – Branch odkłada kask i sięga do kieszeni. „I wreszcie w coś takiego". Trzyma w ręce coś, co wygląda jak plaster opatrunkowy. „Szanowni TED-sterzy, poznajcie Samanthę 2".
17.27 – Branch przykleja sobie plaster do czoła, tuż pod linią włosów, i siada na fotelu z La-Z-Boy. Branch: „Teraz zrobię mały pokaz dla sceptyków". Pociąga za uchwyt z boku fotela i rozkłada go do pozycji leżącej.
17.29 – Dziwny szum. Włączył się odkurzacz! Sam porusza się w kierunku rozsypanego popcornu i zaczyna sprzątać. Branch leży z otwar-

tymi oczami i koncentruje się na popcornie. Odkurzacz się wyłącza. Branch zwraca twarz w kierunku telewizora.
17.31 – Telewizor samoczynnie się włącza. Zmieniają się kanały. W końcu zatrzymuje się na meczu Lakersów.
17.31 – Na dużym ekranie pojawia się Outlook. Otwiera się okno nowej wiadomości. Kursor ustawia się nad paskiem adresata. Litery same się pojawiają! BERNADETTE. Kursor przechodzi do okna wiadomości: TEDTALK SIĘ UDAŁ. PILOT ODMAWIAŁ POSŁUSZEŃSTWA. SZKODA, ŻE NIKT TU NIE ZNA POWERPOINTA. DAVID POGUE MA PEWNE KŁOPOTY Z KOORDYNACJĄ.
PS. PO PIERWSZEJ POŁOWIE LAKERS WYGRYWAJĄ TRZEMA PUNKTAMI.

Wszyscy wstają z miejsc. Na widowni daje się słyszeć dźwięk, który najlepiej można opisać jako „entuzjastyczny ryk". Branch wstaje, zdejmuje plaster z czoła i trzyma go przed sobą.
17.32 – Branch: „W marcu wysyłamy Samanthę 2 do szpitala Walter Reed. Mogą państwo obejrzeć film, na którym sparaliżowani weterani używają Samanthy 2, żeby samodzielnie gotować w inteligentnej kuchni, oglądać telewizję, pracować na komputerze, a nawet opiekować się zwierzętami. Celem projektu Samantha 2 jest pomoc weteranom w samodzielnym, produktywnym życiu. Możliwości są nieograniczone. Dziękuję".

Widownia wpada w ekstatyczny szał. Chris wbiega na scenę i obejmuje Brancha. Ludziom trudno uwierzyć w to, co przed chwilą zobaczyli.

■ ■ ■

Voilà. No i tak to jest z Samanthą 2.

■ ■ ■

Od: Audrey Griffin
Do: Soo-Lin Lee-Segal

Mam Ciebie dość! Rozumiesz? Wypchaj się!

■ ■ ■

List dr Janelle Kurtz

Szanowny Panie Branch,

otrzymałam list dotyczący Pańskiej żony. Nie jestem pewna, czy dobrze zrozumiałam intencje, ale zdaje się, że to, co eufemistycznie nazywa Pan „odpoczynkiem i rekonwalescencją pod okiem specjalistów", którymi, Pańskim zdaniem, Bernadette „nie będzie zachwycona", jest w istocie prośbą o zamknięcie jej wbrew woli w Madrona Hill.

Procedury dotyczące zastosowania tak drastycznych środków reguluje ustawa o przymusowym leczeniu zawarta w poprawionym kodeksie cywilnym stanu Waszyngton (tytuł 71, rozdział 5, sekcja 150). Mówi ona, że przed skierowaniem pacjenta na przymusowe leczenie wyznaczony przez władze powiatowe specjalista zdrowia psychicznego musi go dokładnie zbadać i określić, czy z powodu choroby psychicznej stanowi bezpośrednie zagrożenie dla siebie, innych albo dla otoczenia.

Jeżeli sądzi Pan, że żona stwarza taki rodzaj zagrożenia, musi Pan czym prędzej zatelefonować pod numer 911 i poprosić o zabranie jej na oddział nagłych wypadków. Tam zostanie zbadana. Jeżeli okaże się, że Bernadette naprawdę może być niebezpieczna, lekarz poprosi ją, żeby dobrowolnie zgłosiła się na leczenie. Gdyby odmówiła, tymczasowo straci prawa obywatelskie i zostanie przeniesiona do zatwierdzonej przez władze stanu placówki psychiatrycznej, gdzie będzie poddana przymusowemu leczeniu trwającemu do siedemdziesięciu dwóch godzin. Po tym okresie wszystko będzie zależało od sądu.

Madrona Hill na wyspie Orcas wyróżnia się tym, że oprócz znakomitej opieki nad pacjentami i rezydentami oferujemy jako jedyni w stanie Waszyngton usługi prywatnego oddziału nagłych wypadków. Dlatego codziennie jestem świadkiem destruktywnych efektów przymusowego leczenia. Rodziny się rozpadają. Policja, prawnicy i sędziowie mieszają się w prywatne sprawy. Historia leczenia zostaje odnotowana w dokumentach osobistych, więc mogą ją przeczytać przyszli pracodawcy i instytucje finansowe. Ze względu na wysokie koszty – w sensie zdrowia, pieniędzy i emocji – przymusowe leczenie powinno być rozważane dopiero po wykorzystaniu wszystkich innych opcji.

Z listu wynika, że zachowanie żony martwi Pana. Zaskoczyło mnie, że nie poddała się żadnej terapii. Zdaje się, że to powinien być pierwszy logiczny krok. Z przyjemnością zaproponuję Państwu świetnych psychiatrów w okolicy, którzy mogliby się spotkać z Bernadette i zadać jej właściwe pytania, żeby wybrać odpowiednie dla niej leczenie. Proszę zgłosić się do mnie, jeżeli postanowi Pan wybrać tę drogę.

Z wyrazami szacunku,
dr Janelle Kurtz

■ ■ ■

Rozmowa taty i Soo-Lin Lee-Segal przez chat IM podczas mityngu pracowników

Soo-Lin L-S: Wszystko w porządku? Wyglądasz na rozkojarzonego.

Elgin B: Zaczynam wątpić w moje zdrowe zmysły. Sprawy domowe.

Soo-Lin L-S: Gdybyś się zwierzył ze swoich problemów z Bernadette na spotkaniu OPPP, członkowie grupy uziemiliby Cię, zanim dokończyłbyś drugie zdanie.

Soo-Lin L-S: Kiedy uczestnik grupy zaczyna mówić rzeczy, których oczekuje jego prześladowca – na przykład, gdybym powiedziała: „Wiem, że wciąż jestem zmęczona i chcę rozmawiać tylko o pracy", o co zawsze oskarżał mnie Barry – ktoś wstaje i woła: „Halo, tu Ziemia! Wracaj!".

Soo-Lin L-S: Dzięki tej technice uczymy się oddzielać swoją rzeczywistość od tego, co nam wmawia prześladowca. To pierwszy krok w kierunku przerwania cyklu przemocy.

Soo-Lin L-S: Wiem, że niektóre wyrazy ze słownika OPPP mogą budzić kontrowersje. U mnie też budziły. Nigdy nie sądziłam, że Barry mnie „prześladuje".

Soo-Lin L-S: Ale w OPPP definicja prześladowania specjalnie jest szeroka i obejmuje pozytywne emocje. Oczywiście jesteśmy ofiarami, nie ma potrzeby się oszukiwać, ale chcemy się wyrwać z kręgu przemocy, a to subtelna, ale ważna różnica.

Soo-Lin L-S: Elgie, zajmujesz jedno z najwyższych stanowisk w firmie, która osiąga największe sukcesy na świecie. Masz w niej wiele udziałów. Twoja córka świetnie sobie radzi w szkole, chociaż przeszła kilka operacji serca.

Soo-Lin L-S: Twój TEDTalk zajmuje czwarte miejsce pod względem oglądalności, a mimo to mieszkasz z kobietą, która nie ma przyjaciół, burzy domy i zasypia w sklepie?

Soo-Lin L-S: Przykro mi, Elgie, ale muszę Cię uziemić!

Elgin B: Dziękuję Ci za troskę, ale teraz muszę się skoncentrować. Przeczytam wszystko dokładniej po spotkaniu.

■ ■ ■

Piątek, 17 grudnia

Od: Bernadette Fox
Do: Manjula Kapoor

Wróciłam! Tęskniłaś za mną? Pamiętasz, jak mówiłam, że muszę wymyślić jakiś sposób, żeby się wykpić od podróży na Antarktydę?

A gdybym tak musiała się poddać pilnej operacji?

Mój dentysta dr Neergaard wciąż nalega, żebym usunęła wszystkie cztery zęby mądrości. Do tej pory się z tym nie spieszyłam.

A może zadzwonię do dra Neergaarda i poproszę o usunięcie tych zębów w przeddzień wyjazdu? (Oczywiście, kiedy mówię, że zadzwonię do dra Neergaarda i poproszę go o usunięcie w przeddzień wyjazdu czterech zębów mądrości, to naprawdę mam na myśli, że Ty do niego zadzwonisz i zorganizujesz mi na dzień przed wyjazdem wyrwanie czterech zębów mądrości.)

Powiem, że to nagły wypadek i że jestem zdruzgotana, ale dentysta zabronił mi latać. Dzięki temu mój mąż i córka będą mogli sami się wybrać w tę podróż i nikt nie będzie miał do mnie pretensji.

Poniżej znajdziesz numer telefonu dra Neergaarda. Zamów mi zabieg na 23 grudnia o dowolnej godzinie, ale po 10.00 rano. (Rano odbędzie się szkolny występ, do którego Bee ułożyła choreografię. Ta mała zołza zabroniła mi przyjść, ale sprawdziłam w Internecie datę i czas.) Mój niecny plan polega na tym, że pójdę do szkoły, a potem wykręcę się świątecznymi zakupami.

Jeśli ktoś mnie zobaczy, będę zgrywać chomika. Powiem, że od jakiegoś czasu bolały mnie zęby, więc wpadłam na wizytę do dra Neergaarda. Zanim się obejrzałam, usunął mi cztery zęby mądrości i dlatego nie mogę płynąć na Antarktydę. U nas w Ameryce mówi się o takiej sytuacji, że tak czy owak wyjdę na swoje.

Poniedziałek, 20 grudnia

▪ ▪ ▪

List od Marcusa Stranga z FBI

Szanowny Panie Branch,

piszę do Pana jako dyrektor regionalny Internetowego Centrum Informacji Kryminalnych (IC3), które działa w porozumieniu z ministerstwem spraw wewnętrznych. Mój wydział w IC3 zajmuje się wyłudzeniami i kradzieżą danych osobowych.

Znalazł się Pan w obszarze naszych zainteresowań za sprawą transakcji na kwotę 40 USD dokonanej trzynastego października za pomocą karty VISA na rzecz Delhi Virtual Assistants International. To nieistniejąca firma. Jest jedynie fasadą dla syndykatu przestępczego z siedzibą w Rosji. Od pół roku przygotowujemy przeciwko niemu akcję. Miesiąc temu uzyskaliśmy upoważnienie, dzięki któremu mogliśmy prześledzić korespondencję e-mailową między Pańską żoną Bernadette Fox i osobą przedstawiającą się jako „Manjula".

W trakcie wymiany e-maili Pańska żona ujawniła numer karty kredytowej, instrukcje bankowe, numery ubezpieczenia, numery prawa jazdy, adresy, numery paszportów oraz zdjęcia swoje, Pana i Państwa córki.

Zdaje się, że jest Pan nieświadomy tych działań. W jednym z e-maili do „Manjuli" żona sugeruje, że zabronił jej Pan korzystania z usług Delhi Virtual Assistants International.

Sprawa jest delikatna i pilna. Wczoraj „Manjula" poprosiła o udzielenie jej pełnomocnictwa na czas Państwa podróży na Antarktydę. Udało się nam przechwycić ten e-mail, zanim dotarł do Pana żony. Obserwując jej dotychczasowe decyzje, mamy wszelkie podstawy, by sądzić, że bez wahania udzieliłaby pełnomocnictwa.

Kiedy ten list do Pana dotrze, już będę w Seattle. W południe przyjadę do centrum dla zwiedzających w siedzibie Microsoftu. Oczekuję, że spotka się Pan ze mną i zgodzi na pełną współpracę.

To bardzo ważne, żeby w ciągu najbliższych trzech godzin nie dzielił się Pan tymi informacjami z nikim, a szczególnie z żoną, która w wystarczającym stopniu udowodniła, że nie można na niej polegać.

Nasze upoważnienie dotyczy wszystkich e-maili Pańskiej żony z ostatnich trzech miesięcy zawierających słowo „Manjula". Było ich kilkaset. Wybrałem jedynie dwadzieścia najbardziej reprezentatywnych i dołączyłem długą wiadomość dla mężczyzny o nazwisku Paul Jellinek. Proszę, żeby się Pan z nimi zapoznał przed moim przybyciem. Sugeruję też, że powinien Pan zarezerwować sobie wolny czas do końca dnia, a nawet tygodnia.

Czekam zatem na spotkanie w centrum dla zwiedzających. Ufam, że z Pańską pomocą uda się nie mieszać do tej sprawy całego Microsoftu.

Z wyrazami szacunku,
Marcus Strang

PS Wszyscy moi koledzy uwielbiają Pański TEDTalk. Jeżeli czas na to pozwoli, bardzo chciałbym zobaczyć najnowsze postępy rozwoju Samanthy 2.

ROZDZIAŁ 4

INTRUZI

Poniedziałek, 20 grudnia

▪ ▪ ▪

Raport policyjny w sprawie zgłoszonej przez kierownika nocnej zmiany w hotelu Westin

SĄD OKRĘGOWY STANU WASZYNGTON
KING COUNTY

WŁADZE STANU WASZYNGTON przeciwko Audrey Faith Griffin

Ja, Phil Bradstock, funkcjonariusz wydziału policji w Seattle, oświadczam pod przysięgą, co następuje:

Dnia 20 grudnia w okręgu miejskim Seattle, stan Waszyngton, wyżej wymieniona pozwana, będąc w miejscu publicznym, uczestniczyła w czynnościach o charakterze nieprzyzwoitym, agresywnym, hałaśliwym lub innym, które skutkowały zakłóceniem porządku publicznego w sposób wymieniony w RCW 9A.84.030 c2, oraz dokonała napaści czynnej czwartego stopnia w sposób zdefiniowany w RCW 9A.36.041. Obie czynności są wykroczeniami i podlegają karze do tysiąca dolarów (1000 USD) grzywny, do trzydziestu (30) dni aresztu lub obu tym sankcjom jednocześnie.

Raport sporządzono na podstawie zeznań świadka/pokrzywdzonego STEVENA KOENIGA, kierownika nocnej zmiany w hotelu Westin, znajdującego się w centrum Seattle. Stwierdzam, że zeznania Stevena Koeniga są prawdziwe oraz rzetelne.

1. Steven Koenig zeznał, że w poniedziałek 20 grudnia o godz. 2.00 w nocy pełnił dyżur na stanowisku kierownika nocnej zmiany w hotelu Westin w Seattle. Około tej godziny otrzymał wezwanie z poko-

ju 1601 zajmowanego przez AUDREY GRIFFIN, która skarżyła się na hałas dobiegający z pokoju 1602.

2. Pan Koenig zeznał, że sprawdził listę gości i ustalił, że pokój 1602 aktualnie jest niezamieszkany.

3. Pan Koenig zeznał, że kiedy przekazał tę informację pani Griffin, ta przyjęła wrogą postawę i zażądała, żeby osobiście zbadał źródło hałasu.

4. Pan Koenig zeznał, że wysiadłszy z windy na piętnastym piętrze, usłyszał głośne rozmowy, śmiech, muzykę rap i odgłosy – jak się wyraził – „balangi".

5. Pan Koenig zeznał, że poczuł na korytarzu dym o nietypowym zapachu, który – jego zdaniem – można było przypisać „gandzi" (nazewnictwo użyte przez pana Koeniga).

6. Pan Koenig zeznał, że zlokalizował źródło hałasu i dymu w pokoju 1605.

7. Pan Koenig zeznał, że zapukał do drzwi i podał swoje nazwisko oraz funkcję, po czym wyłączono muzykę i hałas ucichł. Chwilowe milczenie przerwał chichot.

8. Pan Koenig zeznał, że pani Griffin wyszła w hotelowym szlafroku na korytarz i stanowczym głosem oświadczyła, że zapukał do niewłaściwych drzwi, ponieważ pokój 1605 należy do jej syna Kyle'a, który spokojnie śpi.

9. Pan Koenig zeznał, że kiedy wyjaśnił pani Griffin, że hałas dobiega z pokoju 1605, ta wyraziła swoją opinię o nim, używając takich słów, jak „idiota", „debil" oraz „niekompetentny czubek".

10. Pan Koenig zeznał, że przypomniał pani Griffin fragment regulaminu hotelu Westin traktujący o zniewagach słownych. Pani Griffin wyraziła swoją opinię o hotelu Westin, używając takich słów, jak „nora", „speluna" i „chlew".

11. Pan Koenig zeznał, że kiedy pani Griffin prezentowała swoje negatywne zdanie na temat warunków panujących w obiekcie, na ko-

rytarz wyszedł, mrużąc oczy, jej mąż WARREN GRIFFIN, którego odzież stanowiły jedynie bokserki.

12. Pan Koenig zeznał, że podjęte przez pana Griffina próby uciszenia żony spotkały się z oporem oraz agresją słowną.

13. Pan Koenig zeznał, że w toku czynności zmierzających do uciszenia małżonków panu Griffinowi odbiło się, a w powietrzu rozszedł się „ohydny odór".

14. Pan Koenig zeznał, że pani Griffin „wsiadła na męża" w odniesieniu do jego upodobania do alkoholu oraz niezaspokojonego apetytu na stek.

15. Pan Koenig zeznał, że pan Griffin wrócił do pokoju 1601 i trzasnął drzwiami.

16. Pan Koenig zeznał, że pani Griffin stanęła przed drzwiami pokoju 1601 i zaczęła głośno wyrażać negatywną opinię pod adresem „idioty, który wymyślił alkohol". On tymczasem włożył klucz uniwersalny do zamka drzwi pokoju 1605.

17. Pan Koenig zeznał: „Nagle ni stąd, ni zowąd poczułem, że głowa mi leci do tyłu", ponieważ „ta szalona suka" (pani Griffin) złapała go za włosy i pociągnęła, zadając mu ból oraz stwarzając niebezpieczną sytuację.

18. Pan Koenig zeznał, że zatelefonował na komendę policji, a gdy rozmawiał z oficerem dyżurnym, pani Griffin wkroczyła do pokoju 1605 i wydała z siebie przenikliwy krzyk.

19. Pan Koenig zeznał, że w pokoju 1605 zastał dziewięć osób – syna pani Griffin KYLE'A GRIFFINA oraz członków młodzieżowej subkultury ulicznej Seattle.

20. Pan Koenig zeznał, że zaobserwował bogaty wybór sprzętu służącego do zażywania substancji odurzających: „bonga, bajtle, bletki, fiolki, szczypce, lufki, pompki, grzałki, łyżeczki", przyrząd o nazwie *mega vaporizer* oraz wiele innych. Pobieżne oględziny pomieszczenia nie wykazały obecności nielegalnych substancji, z wyjątkiem „próchna i nasion na lodówce turystycznej".

21. Pan Koenig zeznał, że pani Griffin mniej więcej przez pięć minut histerycznym tonem wyrażała swoje rozczarowanie doborem znajomych przez syna.

22. Pan Koenig zeznał, że apatyczna reakcja Kyle'a Griffina oraz jego kolegów sugerowała, że „byli totalnie ujarani".

23. Pan Koenig zeznał, że nagle pani Griffin rzuciła się na dziewczynę z przypiętym agrafką do kurtki pluszowym misiem.

OPIS DALSZYCH ZDARZEŃ W RELACJI POLICJANTA
Po przybyciu na miejsce zajścia wylegitymowałem się jako funkcjonariusz policji Seattle. Przystąpiłem do odizolowania pani Griffin od pluszowej zabawki, którą szarpała z taką złością, jakby ten element szczególnie jej przeszkadzał. Poinformowałem panią Griffin, że powinna zniżyć głos i wyjść ze mną na korytarz, gdyż w przeciwnym razie będę musiał założyć jej kajdanki. Pani Griffin zaczęła mnie obrzucać obelgami. „Jestem wzorową obywatelką. To ci narkomani łamią prawo i sprowadzają moje dziecko na złą drogę". Przytrzymałem ją za lewą rękę. Pani Griffin wykrzykiwała obraźliwe słowa, kiedy zakładałem jej kajdanki. Próbowała się wyrwać, mówiąc: „Łapy precz ode mnie! Nie możesz mi nic zrobić! Nic nie mam na sumieniu!". Groziła, że jej mąż jest prokuratorem i że wykorzysta nagrania z hotelowego systemu CCTV jako dowód, że dokonałem bezpodstawnego zatrzymania, a także że użyje swoich wpływów, by te nagrania „pojawiły się we wszystkich wieczornych wiadomościach". Powiedziałem, że jedynie próbuję ją unieruchomić do czasu wyjaśnienia zajścia. Po chwili przybyli dwaj pracownicy ochrony w towarzystwie mojego partnera, oficera Stantona i wyprowadzili z lokalu wszystkie osoby, które nie mieszkały na terenie hotelu. Kierownik nocnej zmiany zrelacjonował incydent związany z napaścią i ciągnięciem za włosy. Zapytałem pana Koeniga, czy chce wnieść oskarżenie, na co pani Griffin wtrąciła sarkastycznie: „Wielkie mi ale! Moje słowo przeciwko jego. Ciekawe, komu uwierzy sędzia – żonie prokuratora czy królowi chlewu?". Pan Koenig potwierdził, że zamierza dochodzić swoich praw w sądzie.

Na podstawie powyższych informacji proszę, by podejrzaną przesłuchał sąd.

■ ■ ■

Od: Audrey Griffin
Do: Soo-Lin Lee-Segal

Witaj, nieznajoma :) Okazuje się, że miałaś rację. Mieszkanie w hotelu w końcu straciło swój urok. Chętnie więc skorzystam z Twojej propozycji przechowania nas przez jakiś czas, *chez* Lee-Segal. Nie martw się! Wiem, że jesteś zaaferowana swoją nową, bardzo ważną pracą i nie zamierzam Ci się narzucać. Dzisiaj czekałam na Ciebie przed szkołą, kiedy odwiozłam Kyle'a. Lincoln powiedział mi, że dużo pracujesz i jeszcze nawet nie zdążyłaś kupić choinki! Podjadę po drodze do mojego garażu i zgarnę świąteczne dekoracje. Kiedy wrócisz, będziesz miała pięknie ozdobiony dom. Nie próbuj mnie powstrzymać. Wiesz, że Boże Narodzenie to moje ulubione święto!

Czy to nie ironia losu? Pamiętasz, jak rozwodziłaś się z Barrym, a Warren reprezentował Cię podczas rozprawy zupełnie za darmo, dzięki czemu zaoszczędziłaś trzydzieści tysięcy dolarów? Przypominasz sobie, że łkając z wdzięczności, obiecałaś wyświadczyć nam każdą przysługę? Teraz masz doskonałą okazję! Nie będę czekała do Twojego powrotu, tylko wezmę klucz spod kupidynka i od razu się rozgoszczę.

Powiedz mi tylko, co zjadłabyś na kolację. Kiedy wrócisz, urządzimy sobie mały bankiet.

Niech Bóg ma Cię w opiece, moja droga!

■ ■ ■

Od: Elgin Branch
Do: Soo-Lin Lee-Segal

Zdaję sobie sprawę, że to, co usłyszałaś podczas naszej rozmowy z agentem Strangiem, wykracza poza obowiązki związane z Twoim stanowiskiem i mogło Cię przytłoczyć. Byłem jednak kompletnie oszołomiony. Wiedziałem, że sam nie poradzę sobie na tym spotkaniu. Byłem i wciąż jestem w szoku, ale niezmiernie się cieszę, że agent Strang w końcu pozwolił Ci uczestniczyć w naszej rozmowie. Jeszcze większą wdzięczność zaś czuję do Ciebie za to, że zdecydowałaś się stanąć u mojego boku.

▪ ▪ ▪

Odręczna notatka od Soo-Lin

Elgie,
moje zadanie polega na tym, żeby praca przy S2 przebiegała bez przeszkód. Dobra orientacja w Twoich sprawach osobistych pozwala mi lepiej je wykonywać. Jestem zaszczycona, że obdarzyłeś mnie zaufaniem. Obiecuję, że Cię nie zawiodę. Od teraz nie korzystajmy z drogi elektronicznej podczas rozmów o B.
SL

▪ ▪ ▪

Odręczna notatka od taty

Soo-Lin,
właśnie rozmawiałem przez telefon z dr Kurtz. Jeżeli „zagrożenie dla innych" jest jednym z warunków, to nie musimy daleko szukać – wystarczy sobie przypomnieć stopę Audrey Griffin i lawinę błotną. Słowa B., że myślała o przedawkowaniu leków, na pewno można podciągnąć pod „zagrożenie dla siebie". Doktor Kurtz przyjeżdża jutro, żeby porozmawiać o umieszczeniu Bernadette w szpitalu.
EB

▪ ▪ ▪

Od: Soo-Lin Lee-Segal
Do: ZESPÓŁ SAMANTHA 2 (adresy odbiorców ukryte)

W najbliższym czasie EB musi się zająć sprawą prywatną, która wymaga pełnego skupienia. Wszystkie mityngi odbędą się zgodnie z planem. Z EB można się kontaktować drogą e-mailową.
Dzięki!

■ ■ ■

Od: Soo-Lin Lee-Segal
Do: Audrey Griffin

TO NIE NAJLEPSZY MOMENT na przeprowadzkę do nas. Pilne sprawy w pracy. Wynajęłam Maurę, żeby odebrała ze szkoły Lincolna i Alexandrę. Już zajęła pokój gościnny. Naprawdę bardzo mi przykro. Może inny hotel? Albo apartament na krótki wynajem? Pomogę Ci coś znaleźć.

■ ■ ■

Od: Audrey Griffin
Do: Soo-Lin Lee-Segal

Zadzwoniłam do Maury i powiedziałam, że nie będziesz jej potrzebować. Wróciła do swojego mieszkania.

Twój dom wygląda fantastycznie. Nadmuchiwany święty Mikołaj macha ręką do przechodniów, a na parapetach leży sztuczny śnieg. Święty Józef, Maria i Jezusek stoją na trawniku pod tablicą, na której napisałam: ŻYCZYMY WAM WESOŁYCH ŚWIĄT. To ja powinnam dziękować Tobie.

■ ■ ■

List taty do dyrektora biura rekrutacji w Choate

Szanowny Panie Jessup,

jak Pan wie, otrzymałem list Hillary Loundes dotyczący przyjęcia Bee do Choate jesienią przyszłego roku. Kiedy przeczytałem sugestię pani Loundes, że Bee powinna od razu zacząć naukę od drugiej klasy, moja pierwsza instynktowna reakcja była negatywna. Jednak mądre słowa pani Loundes wciąż kołatały mi w głowie. W końcu doszedłem do wniosku, że w interesie Bee jest jak najszybszy kontakt z rozległą wiedzą, który może jej zapewnić szkoła Choate. Aktualnie Bee przerabia materiał przeznaczony dla uczniów kończących szkołę podstawową, dlatego proszę, żeby rozważył Pan przyjęcie jej już w styczniu – czyli za miesiąc – do pierwszej klasy.

O ile pamięć mnie nie zawodzi, w Exeter zawsze byli uczniowie, którzy odchodzili po pierwszym semestrze, a na ich miejsce pojawiali się nowi. Jeżeli możemy tak się umówić, to chciałbym od razu załatwić wszystkie urzędowe sprawy, żeby zmiana była dla Bee tak płynna, jak to tylko możliwe. Dziękuję.

Z poważaniem,
Elgin Branch

▪ ▪ ▪

Wiadomość taty dla jego brata

Od: Elgin Branch
Do: Van Branch

Van,

mam nadzieję, że zdrowie Ci dopisuje. Wiem, że minęło trochę czasu od naszej ostatniej rozmowy, ale zaistniała pilna sytuacja rodzinna i zastanawiam się, czy mógłbyś przylecieć w środę na parę dni do Seattle. Wyślę Ci bilet i zarezerwuję miejsce w hotelu. Daj mi znać, co i jak.

Dzięki,
Elgie

▪ ▪ ▪

Wtorek, 21 grudnia

▪ ▪ ▪

Seria e-maili między tatą i jego bratem

Elgie,

ahoj, człowieku. Sorry, ale raczej nie uda mi się zawinąć w Twoje strony. W święta zawsze mam pełne ręce roboty. Musimy to przełożyć na lepszy moment, kiedy już minie burza. (W Seattle pewno słyszysz to na każdym kroku.)

Mahalo,

Van

▪ ▪ ▪

Van,

może niezbyt jasno się wyraziłem. To awaryjna sytuacja dotycząca mojej rodziny. Pokryję wszystkie koszty i straty w Twojej pracy. Interesuje mnie termin od 22 do 25 grudnia.

▪ ▪ ▪

Braciszku,

może to ja wyraziłem się niezbyt jasno. Mam własne życie tu, na Hawajach. Mam obowiązki. Nie mogę wszystkiego rzucić i wskoczyć do samolotu tylko dlatego, że postanowiłeś zaszczycić mnie pierwszym od pięciu lat e-mailem i zaprosić na Gwiazdkę w hotelu.

▪ ▪ ▪

Van,

przecież Twoim jedynym obowiązkiem jest opiekowanie się domem pod nieobecność właścicieli. Bernadette jest chora. Bee nic o tym nie wie. Potrzebuję Cię, żebyś posiedział dzień z Bee, a ja tymczasem załatwię pomoc dla Bernadette. Wiem, że urwał się nam kontakt, ale chcę, żeby Bee była z rodziną. Przepraszam, jeśli propozycja rezerwacji hotelu zabrzmiała obcesowo, ale mój dom to ruina. Pokój gościnny od wielu lat jest zabity deskami, bo w podłodze jest dziura, której nikomu nie chce się załatać. To też dotyczy choroby Bernadette. Zgódź się.

■ ■ ■

Elgie,

zrobię to dla Bee. Zaklep mi bezpośredni lot z Kony. Mają jedno wolne miejsce w pierwszej klasie – byłoby miło, gdyby udało Ci się je ustrzelić. Na stronie Four Seasons widziałem fajne apartamenty z widokiem na wodę. Znalazłem kogoś, kto mnie zastąpi w pracy, więc nie ma pośpiechu, jeśli chodzi o termin powrotu.

■ ■ ■

Wniosek dr Janelle Kurtz o autoryzację wizyty lekarskiej

WNIOSEK O AUTORYZACJĘ PORADY SPECJALISTYCZNEJ POZA PLACÓWKĄ
DOT. BERNADETTE FOX / ELGIN BRANCH

Pierwszy raz usłyszałam o Bernadette Fox 12 grudnia. Jej mąż Elgin Branch, znajomy zasiadającej w naszej radzie Hannah Dillard, napisał do mnie długi, bardzo emocjonalny list, w którym pytał o szczegóły przymusowego leczenia (załącznik #1).

Opis zachowania Bernadette Fox dostarczony przez pana Brancha wskazuje na fobię społeczną, nadmierne zaufanie do lekarstw, agorafobię, impulsywność, nieleczoną depresję poporodową oraz możliwe zachowania maniakalne. Jeżeli wierzyć słowom pana Brancha, mogłabym postawić podwójną diagnozę – stwierdzić lekomanię i zaburzenia dwubiegunowe drugiego typu.

Odpisałam panu Branchowi, wyjaśniając prawne aspekty przyjęcia pacjenta na przymusowe leczenie, oraz zaproponowałam, żeby jego żona zgłosiła się na terapię (załącznik #2).

Wczoraj nadeszła odpowiedź od pana Brancha, który prosi o osobiste spotkanie. Powiedział, że zaistniały nowe czynniki, między innymi myśli samobójcze.

Uważam, że prośba pana Brancha jest osobliwa, a nawet podejrzana. Twierdzę tak z następujących powodów:

1. ZBIEŻNOŚĆ W CZASIE. W odpowiedzi dla pana Brancha napisałam, że skierowanie jego żony na przymusowe leczenie musi być umotywowane zagrożeniem dla siebie i otoczenia. Już po kilku dniach pan Branch stwierdził, że ma dowody takiego zachowania.

2. NIECHĘĆ DO PODJĘCIA TERAPII. Zdaje się, że panu Branchowi szczególnie zależy na umieszczeniu pani Fox w Madrona Hill. Dlaczego nie szuka pomocy lekarzy specjalistów?

3. NADZWYCZAJNA DYSKRECJA. Pan Branch odmawia udzielenia konkretnych informacji przez telefon. Zależy mu, żebyśmy się spotkali osobiście.

4. POŚPIECH. Podczas dzisiejszej rozmowy telefonicznej pan Branch nalegał, żebyśmy czym prędzej się umówili, najlepiej u niego w biurze.

Biorąc pod uwagę powyższe czynniki, mam podstawy, by kwestionować motywy i wiarygodność pana Brancha. Czuję jednak, że muszę zbadać tę sytuację. Do Madrona Hill już dwa razy dotarła informacja o zachowaniu pani Fox. Ciąży na nas odpowiedzialność, ponieważ pojawiła się wyraźna sugestia dotycząca możliwości samobójstwa. Ponadto usilne starania ze strony pana Brancha wskazują na to, że nie zaprzestanie prób nawiązania kontaktu, dopóki się z nim nie spotkam.

Dzisiaj prowadzę wykład na UW w Seattle. Umówiłam się z panem Branchem na wieczór w jego biurze. Zdaję sobie sprawę, że to nietypowy wybór czasu i miejsca konsultacji, ale chętnie podejmę ten wysiłek z uwagi na znajomość klienta z członkiem naszej rady. Mam nadzieję, że przekonam pana Brancha, by na następną konsultację wybrał bardziej odpowiednie miejsce, gdzie mogłabym mu doradzić najlepszą terapię dla jego żony.

Poinformowałam go, że moje honorarium wynosi 275 dolarów za godzinę konsultacji i półtorej tej stawki za czas podróży. Ustaliliśmy, że kosztami konsultacji nie można obciążyć ubezpieczyciela, a koszty mojej podróży do jego biura prawdopodobnie nie zostaną pokryte.

▪ ▪ ▪

Od: Audrey Griffin
Do: Soo-Lin Lee-Segal

Hej, dziewczyno! Po odebraniu dzieci ze szkoły będę dekorować domki z piernika. O której wrócisz do domu? Chcę wiedzieć, kiedy wstawić indyka do pieca.

▪ ▪ ▪

Od: Soo-Lin Lee-Segal
Do: Audrey Griffin

Już Ci mówiłam, że jestem zapracowana jak nigdy dotąd, więc nie wrócę na kolację. Ale cieknie mi ślinka na samą myśl o Twojej słynnej pieczeni!

▪ ▪ ▪

Od: Audrey Griffin
Do: Soo-Lin Lee-Segal

Myślałaś, że nie odczytam aluzji? Co powiesz na to, żebym wsiadła do samochodu i osobiście dostarczyła Ci kolację do pracy?

▪ ▪ ▪

Od: Soo-Lin Lee-Segal
Do: Audrey Griffin

Powiem, że to miło z Twojej strony, ale dziękuję, nie przyjeżdżaj!

▪ ▪ ▪

We wtorek odrabiałam lekcje w swoim pokoju. Nagle usłyszałam dwa dzwonki telefonu. Pierwszy oznaczał, że ktoś czeka przy bramie, a drugi, że czas na kolację. Wybrałam kod *7, żeby otworzyć bramę, a potem zeszłam na dół, gdzie już czekał kurier. Byłam podjarana, widząc, że przyniósł torby z Tilth. Zaniosłam jedzenie do kuchni i wpadłam na tatę, który stał z zaciśniętymi zębami.

– Myślałam, że jesteś w pracy – powiedziałam.

Ostatnie dwie noce spędził poza domem, więc się domyśliłam, że z powodu Antarktydy zarywa noce w biurze.

– Chciałem zobaczyć, jak sobie radzisz – odparł.

– Ja? W porządku.

Mama przyszła z Petit Trianon i zdjęła w korytarzu kalosze.

– Hej, patrzcie no, kto wpadł na kolację! Fajnie się składa, bo zamówiłam trochę za dużo.

– Cześć, Bernadette. – Tato nie przytulił mamy.

Odchyliłam pokrywki pojemników z daniami na wynos i postawiłam je na stole.

– Dzisiaj zjedzmy na talerzach. – Mama wyciągnęła elegancką zastawę ze spiżarni i ułożyła na niej jedzenie. Tato jednak wciąż stał w zapiętej po szyję parce.

– Muszę wam coś powiedzieć. Jutro przylatuje Van.

Wujek Van jest moim jedynym wujkiem, a zatem ulubionym wujkiem. Mama wymyśliła mu przezwisko – Van Już-Tego-Nie-Jesz Branch. Mieszka na Hawajach w stróżówce na terenie ogromnej posiadłości pewnego producenta filmowego. Producent rzadko tam bywa, ale chyba cierpi na jakąś nerwicę, bo płaci Vanowi za to, żeby co dzień robił obchód domu i spuszczał wodę w toaletach. Pewnej zimy w jego drugim domu w Aspen zamarzły rury, toalety wybiły, a ścieki zalały kolekcję antyków, więc ma totalną paranoję na tym punkcie, chociaż wiadomo, że na Hawajach rury nigdy nie zamarzają. No więc, jak mama czasami powtarza, Van zarabia na chleb, spuszczając wodę w kiblach. Pewnego razu odwiedziliśmy go na Hawajach. Wziął mnie na wycieczkę po posiadłości i pozwolił spuszczać wodę we wszystkich toaletach. Było przy tym dużo śmiechu.

– Po co Van tu przylatuje? – zdziwiłam się.

– Dobre pytanie. – Teraz mama też stała jak słup soli, zupełnie jak tata.

– W odwiedziny – powiedział tata. – Pomyślałem, że może zaopiekować się psem, kiedy nas nie będzie. A co, Bernadette? Masz coś przeciwko temu?

– Gdzie będzie mieszkał? – zapytała mama.

– W Four Seasons. Jutro odbiorę go z lotniska. Bee, chciałbym, żebyś pojechała ze mną.

– Nie mogę. Idę do świetlicy na jasełka. Będą tam występowali Rockettes.

– Jego samolot przylatuje o czwartej – powiedział tata. – Odbiorę cię ze szkoły.

– Czy Kennedy może jechać z nami? – Zaprezentowałam najbardziej przymilny uśmiech z mojego repertuaru.

– Nie. Nie lubię wozić Kennedy. Przecież wiesz.

– Ale z ciebie sztywniak. – Zrobiłam minę kubrickowskiego szaleńca i zaczęłam jeść.

Tata wyszedł z kuchni. Zamaszyście przywalił drzwiami o blat kuchenny, a po chwili rozległ się głuchy łoskot i przekleństwa. Pobiegłyśmy z mamą do salonu i zapaliłyśmy światło. Tata leżał na stercie kartonów i walizek.

– Co to za cholerny śmietnik? – zapytał, wstając.

– Bagaż na podróż na Antarktydę – wyjaśniłam.

Ostatnio w zastraszającym tempie przybywało kartonów z logo UPS. Mama przykleiła taśmą do ściany trzy listy zakupów – każdy z nas miał swoją. Wszystkie pudła były częściowo rozerwane, wysypywały się z nich kurtki, buty, rękawiczki i pikowane spodnie. Zwisały z kartonów niczym języki.

– Mamy już prawie wszystko. – Mama przeszła krokiem fachowca między pudłami. – Czekam jeszcze na maść cynkową dla ciebie. – Trąciła stopą wielką, czarną puchową kurtkę. – Próbuję znaleźć dla Bee maskę ochronną w jej ulubionym kolorze...

– Widzę moją walizkę – powiedział tato. – Widzę walizkę Bee. A gdzie twoja walizka, Bernadette?

– Tutaj – odparła mama.

Tato podszedł i zajrzał do środka. Otwarta wyglądała jak sflaczały balon.

– Dlaczego nic w niej nie ma? – zapytał.

– Właściwie, co ty tu robisz? – Mama zmieniła temat.

– Jak to, co ja tu robię?

– Mieliśmy zjeść kolację – powiedziała. – Nie siadłeś do stołu. Nawet nie zdjąłeś kurtki.

– Mam spotkanie w biurze. Nie zostanę na kolacji.

– Przynajmniej przygotuję ci świeże ubranie.

– Mam ubranie w pracy.

– Przyjechałeś taki kawał drogi tylko po to, żeby nam powiedzieć o Vanie? – zdziwiła się mama.

– Czasami warto załatwiać sprawy osobiście.

– No to zostań na kolacji – powiedziała mama. – Nic z tego nie rozumiem.

– Ja też – dodałam.

– Każdy robi to, co chce – burknął tata i wyszedł z domu.

Skołowane czekałyśmy z mamą, aż wróci, ale usłyszałyśmy, że jego prius zachrzęścił na żwirze i wyjechał na ulicę.

– Chyba rzeczywiście przyjechał tylko po to, żeby powiedzieć nam o Vanie – skwitowałam.

– Hmm... dziwne – westchnęła mama.

▪ ▪ ▪

Środa, 22 grudnia

▪ ▪ ▪

Raport dr Kurtz

PACJENT: Bernadette Fox

KONTEKST: W ślad za złożonym 21 grudnia wnioskiem o autoryzację konsultacji umówiłam się z Elginem Branchem na spotkanie na terenie miasteczka zakładowego Microsoftu. We wniosku wyraziłam sceptyczne uwagi dotyczące pana Brancha, jednak po rozmowie moja opinia o nim i o kierujących nim pobudkach uległa istotnej zmianie. By wyjaśnić przyczyny tej wolty poglądów przedstawię szczegółowy opis naszego spotkania.

UWAGI DOTYCZĄCE KONSULTACJI: Mój wykład na UW zakończył się wcześniej, niż planowałam. Chcąc zdążyć na prom powrotny o 10.05, byłam na miejscu pół godziny przed umówionym czasem. Skierowano mnie do biura administratorki pana Brancha. Za biurkiem siedziała kobieta w płaszczu przeciwdeszczowym, która trzymała na kolanach owinięty folią talerz. Zapytałam o pana Brancha. Kobieta wyjaśniła, że jest przyjaciółką administratorki i przywiozła obiad, żeby jej zrobić niespodziankę. Powiedziała, że wszyscy pracownicy zeszli do sali konferencyjnej na mityng.

Ja również wytłumaczyłam, że przyjechałam w prywatnej sprawie. Kobieta zauważyła identyfikator Madrona Hill na mojej teczce i zrobiła uwagę w rodzaju: „Madrona Hill? No, no! To rzeczywiście musi być bardzo osobista sprawa!".

Kiedy administratorka wróciła, niemal krzyknęła, widząc, że rozmawiam z kobietą z talerzem. Udawała przed koleżanką, że jestem pracownicą Microsoftu. Próbowałam dyskretnie zasygnalizować, że tamta już wie, kim naprawdę jestem, ale administratorka czym prędzej zaprowadziła mnie do salki konferencyjnej i zaciągnęła żaluzje.

Zostawiła mi akta FBI i wyszła. Nie mogę ujawnić treści tych dokumentów, więc tylko przedstawię najistotniejsze fakty dotyczące kondycji psychicznej pani Fox:

– z premedytacją potrąciła przed szkołą matkę jednego z uczniów,
– kazała postawić wielką tablicę ostrzegawczą przed domem tej kobiety, żeby jej dokuczyć,
– kupuje mnóstwo lekarstw na receptę,
– wykazuje objawy ekstremalnej fobii, megalomanii i skłonności samobójczych.

Kiedy pan Branch przyszedł do mnie, był silnie wzburzony, ponieważ na dole czekali na niego pracownicy, którzy tuż przed jego wyjściem z mityngu analizowali jakiś nowo wykryty błąd programistyczny. Uprzedziłam, że nie zajmę dużo czasu, i dałam mu listę bardzo dobrych psychiatrów przyjmujących w pobliżu jego miejsca zamieszkania. Pan Branch był sceptycznie nastawiony. Wyraził przekonanie, że w aktach FBI jest dosyć dowodów kwalifikujących jego żonę do przymusowego leczenia.

Przyznałam, że martwi mnie jego determinacja, by ubezwłasnowolnić żonę. Powiedział, że po prostu chce jej zapewnić najlepszą możliwą opiekę.

Administratorka pana Brancha zapukała do drzwi i zapytała, czy już się przyjrzał proponowanej łatce programowej. Pan Branch wyciągnął telefon i jęknął. Okazało się, że podczas naszej rozmowy otrzymał czterdzieści pięć e-maili. „Jeżeli Bernadette mnie nie wykończy, na pewno zrobi to opcja »odpowiedz wszystkim«", westchnął. Przejrzał e-maile i wyrecytował listę uwag w żargonie programistycznym, które administratorka gorliwie zanotowała, a potem wybiegła na korytarz.

Po ożywionej wymianie zdań, podczas której pan Branch zarzucił mi, że próbuję się wykpić od swoich obowiązków, przyznałam, że jego żona może cierpieć na zaburzenia przystosowania społecznego, które są reakcją psychologiczną na czynnik stresogenny i zwykle wywołują fobie oraz depresję. W przypadku jego żony czynnikiem stresogennym mogła być planowana podróż na Antarktydę. W skrajnych przypadkach mechanizm obronny człowieka może być na tyle słabo rozwinięty, że czynnik wywołujący stres prowadzi do dekompensacji psychotycznej.

Pan Branch przyjął z wyraźnie wyczuwalną ulgą fakt, że w końcu potwierdziłam, iż jego żonie coś dolega.

Administratorka wróciła, tym razem w towarzystwie dwóch mężczyzn. Musiałam wysłuchać kolejnej porcji żargonu informatycznego na temat wydania łatki programowej.

Po ich wyjściu poinformowałam pana Brancha, że właściwą metodą leczenia zaburzeń przystosowania jest psychoterapia, a nie zamknięcie w zakładzie psychiatrycznym. Oświadczyłam wprost, że nieetyczne i niespotykane jest skierowanie na przymusowe leczenie pacjenta, którego nigdy przedtem się nie widziało. Pan Branch powiedział, że niekoniecznie zależy mu, byśmy odwieźli jego żonę w kaftanie bezpieczeństwa, i zapytał, czy istnieje jakiś pośredni sposób.

Administratorka zapukała po raz trzeci. Łatka pana Brancha działała, więc mityng się skończył. Do naszej salki weszło więcej osób, a pan Branch przedstawił im listę priorytetów na jutro.

Zaskoczyło mnie, jak intensywnie pracują ci ludzie. Nigdy nie widziałam profesjonalistów o tak wysokim stopniu motywacji, pracujących z taką werwą. Wyraźnie czułam napięcie, ale równie silne było poczucie koleżeństwa i zamiłowania do pracy. Najbardziej uderzający był szacunek, jakim cieszył się pan Branch, a także jego lekki, egalitarny stosunek do pracy, nawet w warunkach nasilonego stresu.

W pewnej chwili zauważyłam, że pan Branch jest bez butów, i nagle mnie olśniło – to ten naukowiec z TEDTalk! Ten, który wykazał, że wystarczy przykleić chip komputerowy do czoła i do końca życia nie trzeba ruszać ręką ani nogą. To ekstremalna wersja zjawiska, które, moim zdaniem, wyznacza trend w kierunku ucieczki przed realnym światem.

Pracownicy wyszli, zostałam tylko ja, pan Branch i administratorka. Zaproponowałam panu Branchowi, że skieruję go do jednego z moich znakomitych kolegów, który zajmuje się interwencjami związanymi z nadużywaniem farmaceutyków, ponieważ wiele wskazuje na to, że pani Fox samodzielnie próbuje się leczyć tym sposobem z fobii społecznej. Pan Branch wyraził wdzięczność. Jednak ze względu na to, że nikt oprócz mnie nie może zostać wtajemniczony w treść akt FBI, poprosił, żebym sama rozważyła przeprowadzenie takiej interwencji. Zgodziłam się.

Żegnając się z panem Branchem, podkreśliłam znaczenie snu dla jego kondycji fizycznej i umysłowej. Administratorka odparła, że już zarezerwowała dla niego pokój w hotelu, i dodała, że osobiście go tam zawiezie.

■ ■ ■

Następnego dnia tata odebrał mnie ze szkoły i pojechaliśmy na lotnisko.

– Wciąż jesteś zadowolona, że będziesz się uczyć w Choate? – zapytał.

– No jasne.

– Cieszę się, że tak mówisz. – Po chwili dodał: – Znasz słowo „przetrwalnik"?

– Tak – odparłam.

– Właśnie tak się czułem, kiedy przyjęto mnie do Exeter, a ja musiałem jeszcze dokończyć szkołę średnią. Jakbym pływał w smole, czekając na koniec semestru. Założę się, że z tobą jest podobnie.

– Niekoniecznie.

– Przetrwalnik to forma produkowana w niekorzystnych warunkach przez organizmy żywe, które chcą doczekać...

– Tato, wiem, co to jest. Ale nie rozumiem, jak to się ma do Choate. Wszyscy uczniowie Galer Street idą do nowych szkół jesienią, tak jak ja. Czy to znaczy, że od początku ósmej klasy przez cały rok szkolny jesteś formą przetrwalnikową? Albo że po czternastych urodzinach zaczyna się kolejna faza przetrwalnikowa, która trwa, dopóki nie ukończysz piętnastu lat?

To go uciszyło na parę minut. Ale po chwili zaczął od nowa:

– Świetnie, że podoba ci się w świetlicy. Wiedz, że jeśli czerpiesz energię ze spotkań w tym miejscu, to masz moje pełne wsparcie.

– Mogę zostać na noc u Kennedy?

– Spędzasz u niej bardzo dużo czasu – powiedział zatroskanym głosem.

– Mogę?

– Pewno, że możesz.

Minęliśmy torowisko przy zatoce Elliotta i ogromne pomarańczowe dźwigi, które wyglądały jak strusie u wodopoju, pełniące straż przy tysiącach stojących jeden na drugim kontenerów. Kiedy byłam mała, zapytałam mamę, co to za kontenery. Powiedziała, że to strusie jaja pełne lalek Barbie. Już od dawna nie bawię się lalkami, ale wciąż ogarnia mnie radosne podniecenie na myśl o tylu Barbie.

– Przepraszam, że ostatnio tak rzadko się widujemy – odezwał się znowu tata.

– Teraz się widzimy.

– Chciałbym spędzać z tobą więcej czasu. Będę z tobą częściej. Wyprawa na Antarktydę to dobry początek. Oboje będziemy się tam dobrze bawić.

– Raczej troje.

Wyciągnęłam z plecaka flet i grałam przez resztę drogi na lotnisko.

Wujek Van był strzaskany na heban, miał pobrużdżoną twarz i białawe, spękane usta. Nosił hawajską koszulę i klapki, na szyi wciąż miał nadmuchiwaną poduszkę podróżną, a na głowie duży słomiany kapelusz obwiązany bandaną z napisem KAC GIGANT.

– Cześć, braciak! – Van serdecznie uściskał tatę. – A gdzie Bee? Gdzie twoja mała?

Pomachałam mu ręką.

– Nie, ty jesteś duża. Moja bratanica Bee jest małą dziewczynką.

– Bee to ja – powiedziałam.

– Niemożliwe! – Uniósł prawą dłoń. – Przybij piątkę za to, że tak urosłaś.

Anemicznie przybiłam mu piątkę.

– Mam dla was wór prezentów. – Zdjął słomiany kapelusz i wytrząsnął z niego kilka innych, a każdy z bandaną z napisem KAC GIGANT. – Jeden dla ciebie. – Włożył tacie kapelusz na głowę. – Jeden dla ciebie. – Włożył mi drugi. – Jeden dla Bernadette.

Wyrwałam mu kapelusz z ręki.

– Ja jej go dam.

Był tak ohydny, że musiałam go dać Kennedy.

Van stał przed nami, smarując sztyftem z wazeliną swoje odrażające usta, a ja miałam nadzieję, że nie spotkam nikogo znajomego, kiedy pójdę z tym gościem do zoo.

▪ ▪ ▪

Prezentacja dr Kurtz dla jej zwierzchników

PACJENT: Bernadette Fox
ZARYS INTERWENCJI: Przedstawiłam przypadek mojej pacjentki doktorom Minkowi i Crabtree, którzy specjalizują się w interwencjach dotyczących lekomanii. Obaj przyznali, że ze względu na rodzaj nadużywanych substancji interwencja jest konieczna. Nie mam formalnego przygotowania w dziedzinie lekomanii, ale z powodu nietypowych okoliczności opisanych przeze mnie w karcie pacjenta postanowiłam sama przeprowadzić tę interwencję.

MODEL JOHNSONA A INTERWENCJA MOTYWACYJNA: Ubiegła dekada to okres, w którym nasz ośrodek w Madrona Hill powoli odchodził od interwencji „prowokacyjnej" według modelu Johnsona na rzecz bardziej holistycznego, „motywacyjnego" podejścia zaproponowanego przez Millera i Rollnicka, które, jak wykazały badania, okazuje się bardziej skuteczne. Jednakże ze względu na podyktowaną udziałem FBI dyskrecję zdecydowałam się na model Johnsona.

SPOTKANIE POMOCNICZE: Dzisiaj po południu spotkałam się z panem Branchem w gabinecie dra Minka w Seattle. Doktor Mink przeprowadził w latach osiemdziesiątych i dziewięćdziesiątych wiele interwencji według modelu Johnsona i zaproponował nam kolejne etapy działania.

1. W stanowczy sposób zapoznajemy pacjenta z faktycznym stanem rzeczy.
2. Członkowie rodziny własnymi słowami wyrażają pozytywne emocje wobec pacjenta w jego obecności.
3. Członkowie rodziny wyliczają szkody spowodowane przez pacjenta.
4. Członkowie rodziny zapewniają o swoim wsparciu podczas leczenia pacjenta.

5. Członkowie rodziny wraz z pracownikiem służby zdrowia opisują negatywne konsekwencje, do których może doprowadzić odmowa udziału w leczeniu.
6. Przedstawiamy pacjentowi możliwość dobrowolnej zgody na udział w leczeniu.
7. Jak najszybciej przenosimy pacjenta do placówki ochrony zdrowia.

Podejmujemy tę interwencję, wierząc, że Bernadette Fox zaakceptuje fakt swojej choroby i dobrowolnie zgłosi się do Madrona Hill.

■ ■ ■

Wieczorem poszłam do świetlicy na *Jasełka w Radio City*. Pierwsza część, w której wystąpili Rockettes, była wkurzająca – fikanie nogami do muzyki z playbacku. Liczyłam na to, że zaśpiewają albo przynajmniej zatańczą coś innego, ale tylko stanęli rzędem przed widownią i wymachiwali nogami. Wymachiwali i obracali się bez finezji do *It's Beginning to Look a Lot Like Christmas* i *I Saw Mommy Kissing Santa Claus*. Co za porażka! Ani Kennedy, ani ja nie mogłyśmy zrozumieć, dlaczego nam to zrobili.

Ogłoszono przerwę. Nie było po co wychodzić z sali, bo nikt nie miał pieniędzy i mogliśmy najwyżej napić się wody z automatu. Wszystkie dzieciaki ze świetlicy zostały więc na miejscach. Kiedy sala znowu się zapełniła, wyfiokowane paniusie z grubą tapetą na twarzach, obwieszone błyszczącymi broszkami w świątecznych kształtach zaczęły gdakać z zachwytu. Nawet Luke i Mae, którzy nas niańczyli, wstali z krzeseł i gapili się jak zaczarowani na czerwoną kurtynę.

Zgasły światła i na sali zrobiło się ciemno. Na kurtynie pojawiła się gwiazda betlejemska z rzutnika. Na widowni rozległy się westchnienia i oklaski. Moim zdaniem, to była zbyt entuzjastyczna reakcja na zwykłą gwiazdę.

– Nadszedł najświętszy dzień dla wszystkich ludzi – zagrzmiał głos niczym z horroru. – To dzień narodzin mojego syna Jezusa, króla nad królami.

Kurtyna się rozsunęła. Na scenie stał żłóbek z naturalnej wielkości Jezusem, świętą Marią i Józefem. „Bóg" złowieszczym tonem opowiadał dalej historię narodzenia Pańskiego. Potem wyszli pasterze z żywymi owcami, kozami i osłami. Za każdym razem, kiedy na scenie pojawiało się nowe zwierzę, na widowni dało się słyszeć ekstatyczne ochy i achy.

– Zachowują się tak, jakby nigdy w życiu nie byli w minizoo – dziwiła się Kennedy.

Wjechali trzej królowie na grzbietach wielbłąda, słonia i strusia. Muszę przyznać, że nawet mi się to podobało. Nie wiedziałam, że strusie pozwalają się ujeżdżać.

Następnie pojawiła się otyła czarnoskóra kobieta, przez którą czar prysł, bo miała na sobie obcisłą czerwoną suknię – taką, jakie wiszą w Macy's.

– *Ta Święta Noc* – zaśpiewała. Wszyscy dookoła zaczęli wzdychać z zachwytu. – *Gdy gwiazdy tak się skrzyły. To narodzenia Pańskiego jest noc. Świat w grzechu grzązł i powstać nie miał siły, aż przyszedł Pan i okazał swą moc.*

Dałam się porwać i zamknęłam oczy. Miałam wrażenie, że muzyka i słowa wypełniły mnie ciepłym blaskiem.

– *Nadzieja nowa światu z nieba dana, przez mroki nowa jutrznia blaski śle.* – Nastąpiła chwila ciszy. Otworzyłam oczy. – *Schyl czoło swe i padnij na kolana* – kobieta zaśpiewała dalej z zaskakującą, radosną werwą. – *Bo nocy tej Zbawiciel zrodził się.*

– *Ta Święęęęta Noc!* – dołączyły do niej inne głosy. Na scenie nad Jezusem stał pięćdziesięcioosobowy chór, sami czarnoskórzy w błyszczących strojach. Nie widziałam, kiedy weszli. Jarząca się we mnie kula ciepłej jasności zaczęła tężeć, z trudem przełykałam ślinę. – *Ta noc, ta Święęęęta Noooooc! Ta noc! Ta Święta Noc!*

Rozpierające mnie uczucie było takie dziwne i silne, że przez chwilę nie wiedziałam, co się wokół mnie dzieje, i niemal z ulgą doczekałam końca kolędy. Muzyka jednak nie milkła. Wiedziałam, że muszę się przygotować na kolejną falę uniesienia. Nad sceną pojawiły się słowa na cyfrowym wyświetlaczu. Zmaterializowały się tak samo, jak chór. Litery napisane czerwonymi kropkami prześlizgiwały się nad naszymi głowami...

ON NAS NAUCZYŁ
PRAWDZIWEJ MIŁOŚCI...
PRAWEM JEST MIŁOŚĆ, BIBLIĄ POKÓJ JEST.

Wokół mnie rozbrzmiał basowy pomruk. To ludzie na widowni wstali i zaczęli śpiewać z chórem.

ZERWIEMY PĘTA, PRAGNIEMY WOLNOŚCI...
W IMIENIU PANA UCISK ZNAJDZIE KRES.

Już nie widziałam tekstu, bo zasłonili go stojący przede mną. Ja też wstałam.

WZNIEŚMY RADOSNĄ PIEŚŃ
NASZEJ WDZIĘCZNOŚCI,
ŚWIĘTEMU IMIENIU ODDAJEMY CZEŚĆ.

Ludzie po kolei unosili ręce i poruszali palcami do rytmu, jakby tańczyli jazz.

Kennedy zawiązała na głowie bandanę z napisem KAC GIGANT.

– No co? – spytała, robiąc zeza.

Dałam jej kuksańca.

Nagle czarnoskóra solistka, która od jakiegoś czasu śpiewała ciszej i przekazała inicjatywę chórowi, zrobiła krok naprzód.

– *Chryyyystus jest Panem!* – jej głos zabrzmiał potężnie jak ryk, a na wyświetlaczu nad sceną rozbłysnęły słowa:

CHRYSTUS JEST PANEM!

Wśród widowni zapanowała taka radość i autentyczne religijne uniesienie, że zrozumiałam, że ci ludzie – „kołtuni", jak ich nazywała mama – naprawdę są stłamszeni przez codzienność i tylko w takich chwilach mogą się otworzyć, bo czują się bezpieczni wśród innych „kołtunów". Panie, które tak bardzo się starały, żeby ładnie wyglądać w tych swoich fryzurach i bożonarodzeniowych sweterkach, w ogóle się nie przejmowały, że nie mają dobrych głosów, tylko śpiewały razem ze wszystkimi. Niektóre odchyliły głowy do tyłu, a nawet zamknęły oczy. Uniosłam ręce, żeby się przekonać, jakie to uczucie. Odchyliłam głowę i zamknęłam oczy.

PO WSZE CZASY CHWAŁĘ NIEŚĆ.

Byłam Dzieciątkiem Jezus, a mama i tata byli Marią i Józefem. Sianko zmieniło się w szpitalne łóżko. Otaczali mnie lekarze, pacjenci i pielęgniarki, którzy pomogli mi przeżyć, kiedy urodziłam się kompletnie sina. Gdyby nie ich wsparcie, dzisiaj nie byłoby mnie na świecie.

Ci ludzie, których nawet nie znałam i teraz nie potrafiłabym wskazać, gdyby ktoś mi kazał, całe życie zdobywali wiedzę, dzięki której mnie uratowali. To za ich sprawą mogłam dać się porwać tego dnia potężnej fali ludzi i muzyki.

TA NOC! TA ŚWIĘTA NOC!
TA ŚWIĘTA NOC!

Poczułam ukłucie w boku. To Kennedy wbiła mi kciuk pod żebro.

– Masz. – Podała mi bandanę, bo piekące łzy spływały mi po policzkach. – Uważaj, bo jeszcze wyrosną ci białe skrzydła.

Zignorowałam ją i znowu odchyliłam głowę. Może właśnie na tym polega religijność – żeby rzucić się w przepaść i ufać, że ktoś, jakaś potężna moc, złapie cię i przeniesie w bezpieczne miejsce. Nie wiem, czy można czuć wszystko naraz – i to tak mocno, że emocje cię rozsadzają. Bardzo kochałam tatę. Było mi przykro, że tak okropnie go potraktowałam w samochodzie. Po prostu chciał porozmawiać. Nie wiem, dlaczego go odtrąciłam. Oczywiście zwróciłam uwagę na to, że rzadko bywa w domu. Ale tak było już od wielu lat. Naszła mnie ochota, żeby biec do niego, przytulić się i poprosić, żeby spędzał z nami więcej czasu i żeby nie kazał mi jechać do Choate, bo kocham go i mamę, kocham nasz dom, Lodzię, Kennedy i pana Levy'ego, więc nie chcę ich zostawiać. Z drugiej strony, czułam się tak, jakbym samotnie dryfowała – jakby nikt mnie nie rozumiał. Opuszczona przez wszystkich, a jednocześnie otoczona miłością.

Rano mama Kennedy przyszła nas obudzić.

– O cholera! – zaklęła. – Spóźnicie się.

Zostawiła nam garść batoników na śniadanie i wróciła do łóżka.

Było piętnaście po ósmej. Święto Ziemi miało się zacząć za piętnaście dziewiąta. Szybko się ubrałam, a potem popędziłam w dół wzgórza i przez wiadukt. Kennedy zawsze się spóźnia do szkoły, a jej mama ma to w nosie, więc jeszcze została, żeby zjeść owsiankę i pooglądać telewizję.

Pobiegłam prosto do kanciapy, gdzie pan Kangana i pierwszoklasiści ćwiczyli ostatni raz przed wyjściem na scenę.

– Już jestem – powiedziałam, machając do nich moim *shakuhachi*. – Przepraszam za spóźnienie.

Maluchy w japońskich kimonach wyglądały przesłodko. Podbiegły i uczepiły się mnie jak małpki.

Usłyszeliśmy zza ściany, że pani Goodyear zapowiedziała nasz występ, i wyszliśmy na salę gimnastyczną, a tłum rodziców wycelował w naszym kierunku aparaty fotograficzne i kamery.

– A teraz – powiedziała pani Goodyear – wystąpią przed państwem pierwszoklasiści, z którymi zagra uczennica ósmej klasy Bee Branch.

Maluchy stanęły rzędem. Pan Kangana dał mi sygnał i zagrałam pierwsze takty. Dzieci zaczęły śpiewać:

Zousan, zousan
O-ha-na ga na-ga-I no ne
So-yo ka-a-san mo
Na-ga-I no yo

Świetnie się spisały, śpiewając unisono. No, może z wyjątkiem Chloe, której rano wypadł pierwszy ząb, więc stała jak sparaliżowana i próbowała zasłonić językiem szczerbę. Zrobiliśmy pauzę, a potem nadeszła kolej na piosenkę po angielsku z moją choreografią. Pierwszoklasiści zaśpiewali i zatańczyli taniec słoni, kołysząc rękami niczym trąbami.

Mały słoniku, mały słoniku
Jaką masz długą trąbę!
O tak, o tak, mama też trąbę ma.

Nagle ogarnęło mnie dziwne przeczucie. Rozejrzałam się i zobaczyłam mamę. Stała przy drzwiach w wielkich okularach przeciwsłonecznych.

Mały słoniku, mały słoniku
Kogo najbardziej kochasz?
Och wiesz, och wiesz, mamusię kocham swą.

Uśmiechnęłam się, bo wiedziałam, że mama będzie rozbawiona, kiedy jej powiem, że tym razem to ja się rozkleiłam. Uniosłam głowę, ale już jej nie było. Wtedy widziałam ją po raz ostatni.

Piątek, 24 grudnia

■ ■ ■

List dr Janelle Kurtz

Do administracji szpitala

Pragnę poinformować, że niniejszym rezygnuję ze stanowiska dyrektora oddziału psychiatrycznego Madrona Hill. Uwielbiam tę pracę, a koledzy są dla mnie jak rodzina. Jednakże to ja przyjęłam na leczenie Bernadette Fox, więc w świetle tragicznych i tajemniczych okoliczności dotyczących interwencji w jej sprawie muszę się zdecydować na taki krok. Dziękuję za wiele wspaniałych wspólnie spędzonych lat i za możliwość służenia chorym.

Z poważaniem,
dr Janelle Kurtz

■ ■ ■

Raport dr Kurtz
z interwencji kryzysowej wobec mamy

PACJENT: Bernadette Fox

Zamierzaliśmy doprowadzić do konfrontacji z panią Fox w gabinecie dentystycznym, gdzie miała umówioną wizytę na godzinę 10.00 rano. Doktor Neergaard został poinformowany o naszych planach i przygotował puste pomieszczenie biurowe, z którego mogliśmy skorzystać. Brat Elgina Brancha Van miał odebrać jego córkę Bee ze szkoły, zabrać ją do zoo i pozostać tam do odwołania.

Nie chcieliśmy dopuścić do tego, żeby pani Fox zobaczyła samochód męża przed gabinetem stomatologicznym. Postanowiliśmy zatem, że spotkamy się u niego w domu i pojedziemy pod gabinet dra Neergaarda moim autem.

MIEJSCE ZAMIESZKANIA PAŃSTWA FOX/BRANCH: W budynku tym kiedyś znajdowała się szkoła dla dziewcząt Straight Gate. Ceglany dom jest duży, ale zniszczony. Stoi na rozległym, trawiastym zboczu, które opada w kierunku zatoki Elliotta. W środku sprawia zaskakujące wrażenie ruiny. Pokoje są zabite deskami. Jest tam ciemno i wilgotno, a w powietrzu unosi się tak intensywny zapach stęchlizny, że niemal czuć jej smak. Fakt, że ciesząca się znacznymi dochodami rodzina żyje w tak fatalnych warunkach, świadczy o niskim poczuciu własnej wartości, ambiwalentnym stosunku do swojej przewagi społecznej/finansowej i o oderwaniu od rzeczywistości.

O godz. 9.00 rano przybyłam do domu Branchów, gdzie zobaczyłam parę samochodów – w tym jeden radiowóz – chaotycznie zaparkowanych na podjeździe. Zadzwoniłam do drzwi. Otworzyła mi administratorka pana Brancha, pani Lee-Segal. Wyjaśniła, że oboje przyjechali dopiero przed chwilą. Agent FBI Marcus Strang właśnie ich poinformował, że wirtualna asystentka „Manjula" w ubiegłym tygodniu ukradła panu Branchowi wszystkie darmowe mile z konta promocyjnego American Airlines.

Pan Branch był w szoku, że agent Strang dopiero teraz mu to oznajmił. Agent Strang wytłumaczył, że nie docenili zagrożenia, ponieważ złodzieje internetowi niezbyt często wychodzą ze swoich piwnic, a jeszcze rzadziej latają samolotami. Jednak wczoraj po południu darmowe mile wykorzystano do zakupu biletu w jedną stronę z Moskwy do Seattle. Samolot ma wylądować jutro. Ponadto „Manjula" wysyłała e-maile, w których prosiła o potwierdzenie, że pani Fox będzie sama w domu podczas podróży pana Brancha i jego córki na Antarktydę.

Pod panem Branchem ugięły się kolana i musiał przytrzymać się ściany. Pani Lee-Segal delikatnie poklepała go po plecach i zapewniła, że jego żona będzie bezpieczna w Madrona Hill na wyspie Orcas. Sprostowałam, że nie można tego zagwarantować, bo muszę zbadać kondycję psychiczną pani Fox, zanim skieruję ją na przymusowe leczenie.

Pan Branch dał upust swojej wściekłości i bezsilności, ale skierował je pod niewłaściwy adres, oskarżając mnie o biurokrację i piętrzenie przeszkód. W końcu pani Lee-Segal przerwała jego wywód, mówiąc, że spóźnimy się do doktora Neergaarda. Zapytałam agenta Stranga, czy interwencja może nas narazić na fizyczne niebezpieczeństwo, jeżeli „Manjula" grasuje na wolności. Uspokoił nas jednak, że nic nam nie grozi, a na miejscu jest dosyć sił policyjnych. Wstrząśnięci wyszliśmy frontowymi drzwiami na dwór, gdy nagle usłyszeliśmy dobiegający z domu kobiecy głos:

– Elgie, kim są ci wszyscy ludzie?

Okazało się, że to Bernadette Fox. Weszła kuchennymi drzwiami.

Pobieżna ocena wizualna wykazała, że pani Fox jest atrakcyjną pięćdziesięciokilkuletnią kobietą średniego wzrostu, średniej budowy ciała, bez makijażu, o bladej, lecz zdrowej cerze. Miała na sobie niebieski płaszcz przeciwdeszczowy, a pod nim dżinsy oraz biały supełkowy sweter z kaszmiru, a na bose stopy włożyła mokasyny. Jej długie włosy wyglądały na starannie wyszczotkowane i były związane szalem. Nic w jej wyglądzie nie wskazywało na to, by o siebie nie dbała. Przeciwnie, sprawiała wrażenie bardzo zadbanej i modnej.

Włączyłam dyktafon. Poniżej zamieszczam transkrypcję z taśmy.

FOX: Chodzi o Bee? Nic jej nie jest. Przed chwilą widziałam ją w szkole...

BRANCH: Nie, z Bee wszystko w porządku.

FOX: Kim są ci ludzie?

DR KURTZ: Nazywam się doktor Janelle Kurtz.

BRANCH: Bernadette, miałaś być u dentysty.

FOX: Skąd wiesz?

DR KURTZ: Usiądźmy.

FOX: Po co? Kim pani jest? Elgie...

BRANCH: Możemy to zrobić tutaj, pani doktor?

DR KURTZ: Chyba tak...

FOX: Co chcecie zrobić? To mi się nie podoba. Wychodzę.

DR KURTZ: Bernadette, jesteśmy tutaj dlatego, że martwimy się o ciebie i chcemy ci pomóc.

FOX: O jaką pomoc chodzi? Co robi policja przed moim domem? I dlaczego jest tu ten giez?

DR KURTZ: Dobrze by było, gdybyś usiadła, żebyśmy mogli ci uświadomić, na czym polega twój problem.

FOX: Elgie, proszę, każ im wyjść. Cokolwiek się stało, możemy sami o tym porozmawiać. Mówię poważnie. To są obcy ludzie. Nie mają prawa tu być.

BRANCH: Wszystko wiem, Bernadette. Oni też.

FOX: Jeśli chodzi o doktora Neergaarda... jeżeli ci powiedział... jeśli jakoś udało ci się dowiedzieć... dziesięć minut temu odwołałam wizytę. Wybieram się z wami. Popłynę na Antarktydę.

BRANCH: Proszę, Bernadette. Przestań kłamać.

FOX: Możesz sprawdzić w moim telefonie. Widzisz? Rozmowy wychodzące. Doktor Neergaard. Sam do niego zadzwoń. Masz...

BRANCH: Doktor Kurtz, czy możemy...

DR KURTZ: Bernadette, martwimy się, czy potrafisz sama o siebie zadbać.

FOX: To jakiś żart? Naprawdę nic nie rozumiem. Chodzi o Manjulę?

BRANCH: Manjula nie istnieje.

FOX: Co?

BRANCH: Agencie Strang, mógłby pan...

FOX: Agencie?!

AGENT STRANG: Tak. Z FBI. Witam.

BRANCH: Agencie Strang, jeżeli już jest pan z nami, to może wyjaśni pan mojej żonie, jaki zamęt wywołały jej decyzje?

AGENT STRANG: Nasza wizyta nagle zmieniła się w interwencję kryzysową, a to niestety wykracza poza moje kompetencje.

BRANCH: Chciałbym tylko...

AGENT STRANG: Nie za to mi płacą.

BRANCH: Manjula to jedynie przykrywka dla rosyjskiej grupy przestępczej, która kradnie dane osobowe. Podszyli się pod Manjulę, żeby przechwycić dostęp do naszych kont w banku. I nie koniec na tym. Lecą do Seattle, żeby wykonać kolejny ruch, kiedy Bee popłynie ze mną na Antarktydę. Zgadza się, agencie Strang?

AGENT STRANG: Całkiem dobrze pan to ujął.

FOX: Nie wierzę. To znaczy, właściwie, wierzę. Co chcą zrobić?

BRANCH: Och, tego nie wiem! Wyczyścić nasze konta bankowe i maklerskie, przejąć prawa własności... To nie będzie trudne, bo dałaś im wszystkie informacje i hasła. Manjula poprosiła nawet o pełnomocnictwo.

FOX: Nieprawda. Od wielu dni nie miałam od niej wiadomości. Już miałam ją zwolnić.

BRANCH: To dlatego, że FBI przechwyciło ostatnie e-maile i odpisywało w twoim imieniu. Nie rozumiesz?

DR KURTZ: Tak, to dobry pomysł, Bernadette, żebyś jednak usiadła. Zresztą wszyscy usiądźmy.

FOX: Nie tam...

DR KURTZ: Och!

FOX: Tam jest mokro. Przepraszam, ale dach przecieka. Boże, Elgie, kompletnie spieprzyłam sprawę. Wszystko nam zabrała?

BRANCH: Dzięki Bogu, jeszcze nic.

LEE-SEGAL: (*szeptem, niedosłyszalne*)

BRANCH: Dziękuję. Zapomniałem! Zrealizowała nasze darmowe mile w American Airlines.

FOX: Darmowe mile? Daj spokój, to chore. Przepraszam, ale jestem w szoku.

DR KURTZ: No, jeśli już wszyscy siedzą wygodnie... Moja spódnica!

FOX: Kanapa też jest mokra? Przepraszam. To pomarańczowe to rdza. Blacha na dachu przerdzewiała i przepuszcza wodę. Najlepiej wywabić plamy sokiem cytrynowym z solą. Kim pani jest?

DR KURTZ: Doktor Janelle Kurtz. Wszystko w porządku, Bernadette. Chciałabym ci uświadomić twój problem. FBI uzyskało dostęp do twojej korespondencji elektronicznej, dzięki czemu mogliśmy ustalić, że w przeszłości rozważałaś samobójstwo. Zgromadziłaś tabletki, żeby ich użyć w tym celu. Próbowałaś potrącić przed szkołą mamę jednego z uczniów.

FOX: To śmieszne.

LEE-SEGAL: (*głośno wzdycha*)

FOX: A ty się zamknij. Co tu w ogóle robisz? Czy ktoś może otworzyć okno, żeby wypuścić gza?

BRANCH: Bernadette, przestań ją tak nazywać!

FOX: Wybacz. Czy w takim razie ktoś mógłby wyprowadzić adminkę z mojego salonu?

DR KURTZ: Pani Lee-Segal, rzeczywiście byłoby lepiej, gdyby pani wyszła.

BRANCH: Nie. Może zostać.

FOX: Tak? Może zostać? Niby dlaczego?

BRANCH: Jest przyjaciółką...

FOX: Jaką znowu przyjaciółką?! Na pewno nie jest przyjaciółką naszej rodziny. Co to, to nie.

BRANCH: Już o tym nie decydujesz, Bernadette.

FOX: Zaraz, zaraz, a to co?

LEE-SEGAL: Co?

FOX: Coś ci wystaje z nogawki spodni.

LEE-SEGAL: Tak? Gdzie?

FOX: To majtki. Majtki wypadają ci z dżinsów!
LEE-SEGAL: Och... Nie wiem, jak to się stało...
FOX: Jesteś seattle'ańską sekretarą i nie ma dla ciebie miejsca w tym domu!
DR KURTZ: Bernadette ma rację. To sprawa rodzinna.
LEE-SEGAL: Z przyjemnością stąd wyjdę.
AGENT STRANG: W takim razie ja też chyba pójdę, no nie? Poczekam na dworze.
(*Pożegnania, dźwięk otwieranych i zamykanych drzwi.*)
FOX: Proszę mówić dalej, kapitanie Kurtz... to znaczy, doktor Kurtz.
DR KURTZ: Bernadette, twoja agresja skierowana przeciwko sąsiadce doprowadziła do zniszczenia jej domu i mogła wywołać stres pourazowy u trzydzieściorga dzieci. Nie masz zamiaru płynąć na Antarktydę. Chciałaś wyrwać sobie cztery zęby mądrości, żeby temu zapobiec. Z własnej woli ujawniłaś kryminalistom dane personalne, które mogły was doprowadzić do ruiny finansowej. Unikasz podstawowych interakcji międzyludzkich aż do tego stopnia, że wynajmujesz wirtualną asystentkę, by zrobić codzienne zakupy, umówić się na spotkanie czy wykonać najprostsze prace domowe. Twój dom zasługuje na potępienie przez wydział budownictwa, co dla mnie jest przejawem głębokiej depresji.
FOX: Wciąż „uświadamia mi pani mój problem"? Czy mogę już coś powiedzieć?
MĘSKI GŁOS: Łapcie go!
KURTZ/BRANCH: (*odgłosy paniki*)
(*Odwróciliśmy się i zobaczyliśmy wpatrzonego w wyświetlacz telefonu mężczyznę w długim płaszczu.*)
BRANCH: Kim pan jest?!
DETEKTYW DRISCOLL: Detektyw Driscoll. Siły policyjne Seattle.
FOX: Był tu cały czas. Widziałam go, wchodząc do domu.
DETEKTYW DRISCOLL: Przepraszam, trochę się wychyliłem. Clemson właśnie przejęli piłkę i prawie zdobyli punkt. Sorry. Udawajcie, że mnie tu nie ma.
DR KURTZ: Bernadette, Elgin chciałby zacząć od wyrażenia swojej miłości do ciebie. Elgin...
BRANCH: Bernadette, co się, do diabła, z tobą dzieje? Myślałem, że poronienia były dla ciebie jeszcze gorszym przeżyciem niż dla mnie,

a okazuje się, że przez cały czas martwiłaś się tylko o jakiś głupi dom? To, co cię spotkało z Twenty Mile House... W Microsofcie takie rzeczy zdarzają się dziesięć razy dziennie. Ludzie jakoś sobie z tym radzą. Nazywamy to łapaniem drugiego wiatru w żagle. Dostałaś stypendium MacArthura. Tymczasem dwadzieścia lat później wciąż przeżywasz niesprawiedliwą wojnę podjazdową z jakimś angielskim pajacem? Zresztą sama doprowadziłaś do tej wojny. Zdajesz sobie sprawę, jakie samolubne jest takie użalanie się nad sobą? Wiesz?

DR KURTZ: OK. No dobrze. Wyrażenie swojego bólu też jest ważne, ale trzymajmy się procedury. Elgin, może spróbujesz wyrazić swoją miłość do Bernadette? Mówiłeś mi, że jest cudowną matką...

BRANCH: Zamykasz się w swojej przyczepie i okłamujesz mnie na każdym kroku. Oddałaś kontrolę nad swoim... nad naszym życiem obcej osobie w Indiach? A ja nie mam nic do powiedzenia? Boisz się choroby morskiej podczas przeprawy przez Cieśninę Drake'a? Jest na to sposób. Nazywa się plaster ze skopolaminą. Nie trzeba od razu umawiać się na wyrwanie czterech zębów mądrości ani okłamywać męża i córki. Ludzie czasami umierają po wyrwaniu zębów mądrości. Ty jednak jesteś gotowa zaryzykować życie, żeby uniknąć wymiany drobnych uprzejmości z pasażerami statku? Co, do diabła, pomyśli Bee, kiedy się o tym dowie? I to wszystko dlatego, że uważasz się za „nieudacznika"? Zapomniałaś, że jesteś też żoną? I matką? Zapomniałaś, że można porozmawiać z mężem? Dlaczego musisz się wywnętrzać przed jakimś architektem, którego nie widziałaś od dwudziestu lat? Boże, ty naprawdę jesteś chora. Jesteś chora i ja też jestem chory, kiedy na ciebie patrzę.

DR KURTZ: Innym sposobem wyrażenia miłości może być przytulenie partnera.

BRANCH: Zwariowałaś, Bernadette. Czasami mam wrażenie, jakby porwali cię kosmici, a w zamian podrzucili jakąś szaloną, transwestycką podróbę. Ta myśl nie dawała mi spokoju do tego stopnia, że pewnej nocy, kiedy spałaś, wyciągnąłem rękę i dotknąłem twoich łokci. Pomyślałem: „Może i się postarali, ale na pewno nie udało im się podrobić spiczastych łokci Bernadette". Jednak były na właściwym miejscu. Obudziłaś się, kiedy to sprawdzałem. Pamiętasz?

FOX: Tak, pamiętam.

BRANCH: Kiedy się na tym przyłapałem, przestraszyłem się. „O Boże, ona powlecze mnie ze sobą. Bernadette zwariowała, ale nie pozwolę, żeby mnie ściągnęła na dno. Jestem ojcem. Jestem mężem. Kieruję dwustupięćdziesięcioosobowym zespołem ludzi, dla których jestem oparciem. Jestem oparciem dla ich rodzin. Na pewno nie skoczę z tobą w przepaść".

FOX: (*płacz*)

BRANCH: I za to mnie nienawidzisz? Uważasz mnie za prostaczka, bo kocham moją rodzinę? Bo lubię moją pracę? Bo kocham książki? Kiedy zaczęłaś tak o mnie myśleć? Pamiętasz dokładną datę? Czy musisz się skonsultować ze swoją asystentką z Internetu, której płacisz siedemdziesiąt pięć centów za godzinę, a która tak naprawdę jest facetem z rosyjskiej mafii. Wiesz, że on właśnie wykorzystał nasze promocyjne mile, żeby przylecieć do Seattle i cię zabić? Jezu, powinienem przestać mówić, zanim coś wykraczę!

DR KURTZ: Może zatem zakończymy fazę wyrażania miłości i przejdziemy do szkód, które wyrządziła Bernadette swoim zachowaniem.

BRANCH: Żartuje pani? Mam wyliczyć szkody, które wyrządziła?

FOX: Wiem, jakie to szkody.

DR KURTZ: Doskonale. Następnie... Zapomniałam, co było dalej. Przerobiliśmy uświadomienie, miłość, szkody...

DETEKTYW DRISCOLL: Na mnie niech pani nie patrzy.

DR KURTZ: Muszę zajrzeć do notatek.

DETEKTYW DRISCOLL: Nie wiem, czy to dobry moment, ale pije ktoś tę kawę? Nie wiem, gdzie odstawiłem moją...

DR KURTZ: Aha! Zapewnienie o wsparciu!

BRANCH: Pewno, że masz moje wsparcie. Jesteś moją żoną. I matką Bee. Mamy szczęście, że zostało nam jeszcze parę groszy, żebym mógł łożyć na to wsparcie.

FOX: Przepraszam, Elgie. Nie wiem, jak ci to wynagrodzić. Masz rację, potrzebuję pomocy. Zrobię, co zechcesz. Zacznijmy od spędzenia wakacji na Antarktydzie. Tylko my troje, bez komputerów, bez pracy...

BRANCH: A może jednak nie zrzucałabyś winy na Microsoft?

FOX: Miałam na myśli, że powinniśmy być tylko we troje, w rodzinnym gronie, bez żadnych czynników odwracających uwagę.

BRANCH: Nie popłynę z tobą na Antarktydę. Przy pierwszej okazji wyrzuciłbym cię za burtę.

FOX: Odwołujemy podróż?

BRANCH: Nie zrobiłbym tego Bee. Od roku czyta książki i pisze eseje na temat Antarktydy.

FOX: W takim razie chyba się pogubiłam...

DR KURTZ: Bernadette, chciałabym zaproponować, żebyśmy przez parę tygodni razem nad tobą popracowały.

FOX: Płynie pani z nami? Pełna egzotyka.

DR KURTZ: Nie, nie płynę. Bernadette, musisz się skupić na tym, żeby wrócić do zdrowia.

FOX: Wciąż nie rozumiem, na czym ma polegać pani rola.

DR KURTZ: Jestem psychiatrą w Madrona Hill.

FOX: W Madrona Hill? W tym wariatkowie? Jezu Chryste! Chcecie mnie wysłać do wariatkowa? Elgie! Powiedz, że to nieprawda!

DETEKTYW DRISCOLL: Cholera, naprawdę?

BRANCH: Bernadette, potrzebujesz pomocy.

FOX: I dlatego chcesz zabrać Bee na Antarktydę, a mnie zamknąć w Madrona Hill? Nie możesz tego zrobić!

DR KURTZ: Wolelibyśmy, żebyś się zgłosiła dobrowolnie.

FOX: O Jezu. To dlatego Van przyleciał? Żeby za pomocą lampartów śnieżnych i karuzeli odwrócił uwagę Bee, kiedy ty będziesz mnie zamykał w domu wariatów?

BRANCH: Wciąż nie rozumiesz, jak poważny jest twój stan, prawda?

FOX: Elgie, popatrz na mnie. Życie mnie trochę przytłoczyło. Wygrzebię się jednak na powierzchnię. Możemy to zrobić razem. Dla nas. Dla Bee. Ale nie zamierzam współpracować z tymi intruzami. A teraz przepraszam, ale od kiedy weszłam do domu, muszę iść do toalety. Czy potrzebuję zgody lekarza?

Dr KURTZ: Proszę się nie krępować...

FOX: O Boże! To ty! To on! Elgie!

BRANCH: Co?

FOX: Pamiętasz, jak w restauracji powiedziałam ci, że ktoś mnie śledzi? To ten facet! Śledziłeś mnie, prawda?

DETEKTYW DRISCOLL: To miała być tajemnica. Ale ma pani rację.

FOX: Wszyscy mi wmawiacie, że jestem czubkiem. Nie macie pojęcia, jak bardzo mi ulżyło, że ten człowiek rzeczywiście mnie śledził, bo teraz przynajmniej wiem, że nie jestem psychiczna.

(*Trzask zamykanych drzwi do łazienki. Długie milczenie.*)

DR KURTZ: Uprzedzałam pana, że interwencje nie są moim *forte*.

BRANCH: Bernadette naprawdę była śledzona. A jeśli rzeczywiście zadzwoniła do doktora Neergaarda, żeby odwołać wizytę? Nie powinniśmy przynajmniej sprawdzić?

DR KURTZ: Tak, jak już mówiliśmy, niepewność i wątpliwości są naturalnym, a nawet koniecznym elementem interwencji. Proszę pamiętać, że pańska żona sama nie będzie szukać pomocy. Naszym celem jest ją powstrzymać, zanim spadnie na samo dno.

BRANCH: To znaczy, że jeszcze nie jest na dnie?

DR KURTZ: Dno to śmierć. My zaś musimy umieścić siatkę ochronną powyżej tego poziomu.

BRANCH: W jaki sposób to pomoże Bee?

DR KURTZ: Jej matka otrzyma pomoc.

BRANCH: O Jezu!

DR KURTZ: O co chodzi?

BRANCH: O jej walizkę. Dwa dni temu spakowany był tylko bagaż należący do mnie i do Bee. To jest walizka Bernadette. Pełna.

DR KURTZ: Co chce pan przez to powiedzieć?

BRANCH: Doktor Kurtz, to znaczy, że Bernadette naprawdę chciała popłynąć z nami! Może trochę za bardzo zaufała Internetowi i dała się wciągnąć w przekręt. Co dzień dochodzi do kradzieży danych osobowych, a ich ofiar nikt nie wysyła do domu wariatów...

DR KURTZ: Panie Branch...

(*Pukanie do drzwi łazienki.*)

BRANCH: Bernadette. Przepraszam. Porozmawiajmy.

(*Kopanie w drzwi.*)

DETEKTYW DRISCOLL: Potrzebujemy wsparcia.

DR KURTZ: Panie Branch...

BRANCH: Niech mnie pani puści. Bernadette! Dlaczego nie odpowiada? Detektywie...

DETEKTYW DRISCOLL: Tak, jestem tutaj.

BRANCH: A jeśli miała przy sobie tabletki albo wybiła okno i podcięła sobie żyły...? Bernadette!

(*Dźwięk otwieranych drzwi wejściowych.*)

AGENT STRANG: Jakiś problem?

DETEKTYW DRISCOLL: Od paru minut jest w łazience i się nie odzywa.

AGENT STRANG: Odsuńcie się. Pani Fox!

(*Dłuższe kopanie w drzwi.*)

DETEKTYW DRISCOLL: Nie ma jej. Woda cały czas spływa do umywalki.

BRANCH: Zniknęła?

DR KURTZ: Jest tam jakieś okno...?

AGENT STRANG: Tak, ale zamknięte. (*Stuk otwieranego okna.*) Wychodzi na strome zbocze. Za wysoko, żeby bezpiecznie wyskoczyć. Nie ma gzymsu. Stałem przy drzwiach wejściowych. (*Szum krótkofalówki.*) Kevin, zauważyłeś coś?

GŁOS Z KRÓTKOFALÓWKI: Nikt nie wchodził ani nie wychodził.

BRANCH: Przecież się nie rozpłynęła. Pan stał przy drzwiach łazienki?

DETEKTYW DRISCOLL: Odszedłem tylko na chwilę, żeby zerknąć na walizkę.

AGENT STRANG: Jezu Chryste.

DETEKTYW DRISCOLL: Mówił o niej, jakby to było coś bardzo ważnego.

DR KURTZ: To jedyne drzwi, przez które mogła... Dokąd prowadzą?

BRANCH: Do piwnicy. Nigdy ich nie otwieraliśmy. Piwnica jest zarośnięta jeżynami. Detektywie, pomoże mi pan?

(*Zgrzyt wypaczonych drzwi.*)

DR KURTZ: O Boże, co za smród.

DETEKTYW DRISCOLL: Fuuuj.

AGENT STRANG: Tędy nie mogła przejść...

(*Dźwięk startującego silnika.*)

DR KURTZ: Co to?

BRANCH: Kosa elektryczna. Jeżeli Bernadette zeszła do piwnicy...

DR KURTZ: To niewykonalne...

(*Głośny warkot silnika.*)

DR KURTZ: Panie Branch!

Pan Branch nie zdołał przejść zbyt daleko, bo upadł w gąszcz jeżyn. Wynurzył się zakrwawiony, w podartym ubraniu. Miał rozszarpaną cierniem powiekę i dotkliwie zadrapane oko. Ambulans czym prędzej zawiózł pana Brancha do kliniki chirurgii oczu w Virginia Mason.

Zespół K9 przeszukał teren posiadłości. Bernadette Fox jednak zniknęła bez śladu.

ROZDZIAŁ 5

ALARM ODWOŁANY

Piątek, 14 stycznia

▪ ▪ ▪

List od taty

Bee,

telefonowała pani Webb, żeby powiedzieć, że Twój kubek z żyrafą już ma glazurę i można go odebrać. Kiedy przejeżdżałem koło Galer Street, nauczycielka pierwszej klasy dała mi plakat pożegnalny, który jej uczniowie zrobili dla Ciebie. Jest bardzo kolorowy, więc pomyślałem, że pewno chciałabyś go powiesić na ścianie pokoju w internacie. (Kubek zatrzymuję pod pretekstem, że na poczcie mógłby się stłuc!) Kochanie, wszyscy z Galer Street – od przedszkolaków aż do Gwen Goodyear – każą Cię pozdrowić.

Seattle od Twojego wyjazdu ani trochę się nie zmieniło. Mieliśmy trzy słoneczne dni, ale teraz znowu pada. Wciąż nie dostałem żadnej wiadomości od mamy. Jestem w bliskim kontakcie z operatorem jej sieci komórkowej i z wydawcami kart kredytowych. Jeżeli pojawią się jakieś ruchy, od razu dadzą mi znać.

Pamiętaj, Bee, że jej zniknięcie nie ma nic wspólnego z Tobą. To problemy dorosłych, między Twoją mamą i mną. Sprawa jest tak skomplikowana, że nie wiem, czy sam rozumiem wszystko, co się stało. Najważniejsze jednak, żebyś wiedziała, jak bardzo oboje Cię kochamy.

W przyszłym tygodniu wybieram się do Waszyngtonu na konferencję. Mógłbym zahaczyć o Choate i odebrać Cię, żebyśmy sobie urządzili długi weekend w Nowym Jorku, z dala od codziennych kłopotów. Moglibyśmy wynająć pokój w Plazie, tak jak Eloise.

Strasznie za Tobą tęsknię. Zawsze mam pod ręką telefon albo zdzwonimy się przez Skype'a, jeżeli kiedyś się do niego przekonasz.

Kocham Cię,
Tata

▪ ▪ ▪

Faks od Soo-Lin

Moja droga Audrey,
mam nadzieję, że dobrze Ci w Arizonie. (A może w Utah? Czy w Nowym Meksyku? Warren powiedział mi tylko tyle, że mieszkacie na pustyni w motelu bez rezerwacji telefonicznej i dostępu do Internetu, ech Ty!)

Nie wiem, jak dobrze jesteś poinformowana o wszystkim, co się zdarzyło przez ostatni miesiąc, więc zacznę od początku.

Domyśliłaś się, jeszcze zanim sama zdałam sobie z tego sprawę, że między mną i Elgiem wywiązała się silna więź dzięki wspólnej pracy przy projekcie Samantha 2. Mój podziw dla jego geniuszu rozkwitł i zmienił się w coś więcej, kiedy Elgie zaufał mi na tyle, żeby się zwierzyć z problemów małżeńskich, których był ofiarą.

Ósmoklasiści przerabiają Szekspira. Lincoln ma się nauczyć na pamięć monologu. (Powiedz to Kyle'owi. Będzie szczęśliwy, że już nie chodzi do Galer Street!) Wybrał fragment z *Otella*, w którym Maur staje w obronie swojej niespodziewanej miłości do Desdemony. W kilku słowach można powiedzieć, że to historia o mnie i Elgiem.

Ona mnie pokochała za przebyte
Niebezpieczeństwa, a jam ją pokochał
*Za okazane nad nimi współczucie**.

Szekspir zawsze najlepiej umiał wyrażać uczucia, prawda?

---

* W. Szekspir, *Otello*, tłum. Józef Paszkowski, Tower Press 2000.

Już wiesz, że Bernadette zniknęła podczas interwencji psychiatry w sprawie jej uzależnienia. Na początku wszyscy się martwili, że dopadła ją i porwała mafia rosyjska, ale wkrótce okazało się, że Rosjan zatrzymano podczas przesiadki w Dubrowniku. Po tym aresztowaniu FBI i policja ulotnili się niemal tak szybko, jak Bernadette!

Elgie i Bee w końcu nie popłynęli na Antarktydę. Elgie musiał iść do szpitala na operację uszkodzonej rogówki i założono mu szwy na powiekę. Po siedemdziesięciu dwu godzinach zgłosił zaginięcie żony. Do dzisiaj nie wiadomo, co się stało z Bernadette.

Jeśli chciałabyś poznać moje zdanie, to możliwe, że porwały ją duchy dziewcząt ze Straight Gate. Wiedziałaś, że Straight Gate nie była zwykłym poprawczakiem? Zamykano tam ciężarne dziewczyny i w piwnicy przeprowadzano aborcje. I to właśnie w takim miejscu Bernadette postanowiła wychować nowo narodzoną córkę?

Odbiegam jednak od tematu.

Elgie już wcześniej poczynił plany, żeby w styczniu wysłać Bee do szkoły z internatem. Po zniknięciu Bernadette obawiał się, że Bee nie będzie chciała wyjechać, jednak ona sama nalegała.

Zaproponowałam Elgiemu, żeby się przeprowadził do mnie, ale wciąż woli mieszkać w hotelu, a ja szanuję tę decyzję. Znasz moje szczęście – dostałam pod opiekę ich wielkiego, głupkowatego psa, który dzień i noc biega w kółko i wyje za Bernadette, a potem wszędzie zostawia mokre ślady. Elgie zasugerował, że powinnam się rozejrzeć za większym domem na Queen Anne Hill, za który on zapłaci. Potem Lincoln dostał się do Lakeside. (Aha, mówiłam Ci o tym? Dostaliśmy się do Lakeside!) Przez najbliższe cztery lata nasze życie będzie się koncentrować wokół szkoły Lakeside, więc pomyślałam: „Co nas trzyma na Queen Anne Hill? Dlaczego by nie zamieszkać przy Madison Park? W tej okolicy będzie nam bliżej do Lakeside i Microsoftu". Elgie się zgodził – pod warunkiem, że dom nie będzie wymagał remontu.

Znalazłam cudowną okazję na drugim brzegu jeziora Waszyngton – śliczny domek w stylu *craftsman*, w którym kiedyś mieszkali Kurt Cobain i Courtney Love. Nie muszę mówić, że akcje Lincolna w szkole mocno podskoczyły!

Odeszłam z Microsoftu i dzięki Bogu, bo szykuje się nowa wielka reorganizacja. Tak, tak szybko! Oczywiście Samantha 2 jest pod specjalną ochroną, ale i tak atmosfera ostatnio panująca w Microsofcie jest daleka od optymizmu. Z powodu huczących plotek produktywność spadła niemal do zera.

Kiedy czytam ten list od początku, zauważam, że jest utrzymany w strasznie złym tonie, zważywszy na to, gdzie teraz jesteś – czyli gdzie?! Co u Kyle'a?

Mam nadzieję, że cieszysz się z mojego szczęścia.

Całuję,

Soo-Lin

Sobota, 15 stycznia

▪ ▪ ▪

Faks od Audrey Griffin

Droga Soo-Lin,

gratuluję Ci odkrytego na nowo szczęścia. Jesteś cudowną kobietą i zasługujesz na to, żeby na nowej drodze życia spotykały Cię same pozytywne rzeczy. Niech dobry los Cię nie opuszcza.

Ja też odnalazłam spokój w Utah, gdzie Kyle uczestniczy w rehabilitacji przez kontakt z dziką naturą. Jest uzależniony od narkotyków, a lekarze zdiagnozowali u niego ADHD i pograniczne zaburzenie osobowości.

Znaleźliśmy dla niego fantastyczny, chociaż mozolny program terapeutyczny. Przeprowadziliśmy się do Utah, bo to jedyny stan, który pozwala na – dosłownie – legalne porwanie własnego dziecka, więc tylko tam można przeprowadzić terapię przez kontakt absolutny z dziką naturą. Pierwszego dnia zawiązaliśmy Kyle'owi opaskę na oczach i wywieźliśmy go oraz grupę jemu podobnych dzieciaków na pustynię, gdzie zostawiliśmy ich bez śpiworów, jedzenia, szczoteczek do zębów czy namiotów. Kazaliśmy im wrócić do domu dopiero za tydzień.

To nie tak, jak w telewizji, gdzie wszędzie jest pełno kamer i wszyscy są pod ciągłą obserwacją. O nie. Te dzieciaki musiały współpracować ze sobą, żeby przetrwać. Dla wielu z nich, między innymi dla Kyle'a, była to terapia szokowa przez raptowne odstawienie narkotyków.

Oczywiście umierałam ze strachu. Kyle w ogóle nie potrafi o siebie zadbać. Pamiętasz, jak umawiałyśmy się na wieczór w babskim towarzystwie, a ja nagle odbierałam telefon: „Mamo, w pilocie wyczerpały się baterie". Musiałam wychodzić wcześniej, żeby zdążyć do sklepu i kupić mu nowy zapas baterii. Zastanawiałam się, jak on przeżyje siedem dni na pustyni. Albo jeszcze gorzej – patrzyłam na inne matki i myślałam ze strachem: „Przecież mój syn zabije któreś z waszych dzieci".

Po tygodniu odebraliśmy dzieciaki i przywieźliśmy je do centrum rehabilitacji. Kyle był cały i zdrowy. Ważył dziesięć funtów mniej i okropnie śmierdział, ale przynajmniej odrobinę spokorniał.

Warren wrócił do Seattle, ale ja nie mogłam mu towarzyszyć. Wynajęłam pokój w motelu, przy którym Westin wygląda jak Taj Mahal. Nawet automaty z napojami są zakratowane. Pościel była tak szorstka, że pojechałam sto mil do najbliższego Walmartu i kupiłam bawełnianą.

Zaczęłam chodzić na spotkania Al-Anon dla rodziców, których dzieci mają problemy z nadużywaniem szkodliwych substancji. Pogodziłam się z faktem, że moje życie stało się nie do wytrzymania. Zawsze chodziłam do kościoła, ale program terapeutyczny, w którym uczestniczę, opiera się na wierze w stopniu, którego nigdy dotąd nie doświadczyłam. Na razie nie będę się rozpisywać na ten temat.

Szczerze mówiąc, obawiam się powrotu do Seattle. Gwen Goodyear wielkodusznie zgodziła się przyjąć Kyle'a po feriach do Galer Street i pozwoliła mu poprawić oceny do końca wakacji, żeby nie musiał powtarzać klasy. Nie mam jednak pewności, czy chcę wracać tak szybko. Już nie jestem tą samą kobietą, która napisała głupi wierszyk z okazji Gwiazdki. Właściwie sama nie wiem, kim jestem. Ufam, że Bóg wskaże mi drogę.

Wiadomości o Bernadette są bardzo przykre. Jestem jednak pewna, że w końcu ją znajdą. Zawsze miała jakiegoś asa w rękawie, prawda?

Ściskam,
Audrey

▪ ▪ ▪

Niedziela, 16 stycznia

Od: Soo-Lin
Do: Audrey Griffin

Audrey! Brzeżywam najgorszy koszmar na jawie!! Właściwie, bowinnam nabisać do kogoś z OBBB, ale nie mogę, po badł mi labtob ze wszystkimi adresami, a tylko Twój znam na bamięć. Siedzę w kafejce internetowej w Ameryce Bołudniowej,, a klawiatura jest OPRZYDLIWIE prudna, klejąca i zamiast „P" wbisuje „B", a zamiast „B" wstawia „P", brzecinek się zacina, więc jeśli od razu nie wciśniesz klawisza *packsbace*, to cały mail pędzie jednym ciągiem brzecinków. Mogłapym na pieżąco bobrawiać te zamienione „b" i „p", lecz naliczają mi obłatę za minuty korzystania z Internetu, ale nie brzyjmują kart kredytowych, a ja mam brzy sopie tylko 20 besos. Zegar tyka, a ta KUBA ZŁOMU wyłączy się za 2 minuty. Nie chcę, żepy Elgie się dowiedział, że się wymknęłam, więc obowiem Ci tyle, ile zdołam, zanim skończy mi się czas.

Znaleźli ją!!! Znaleźli Pernadette!!!! Wczoraj piuro bodróży organizujące rejsy na Antarktydę ściągnęło $1300 z karty Elgiego. Elgie zadzwonił do nich i okazało się, że nabrawdę sbrzedali pilet. Pernadette sama bobłynęła na Antarktydę!!! Transakcje na jej karcie pyły monitorowane,,,, a bonieważ rejs dopiegał końca,, boprano z niej bieniądze na niebrzewidziane zdarzenia losowe, co zaalarmowało Elgiego. Według organizatora rejsu statek akurat się zpliżał do Cieśniny Drake'a, wracając z Antarktydy, i za 24h miał dobłynąć do Ushuaia w Argentynie! Elgie zatelefonował do mnie i kubiłam pilety na samolot.

Audrey,,, jestem w ciąży!!!! Tak, pędę miała dziecko z Elgiem. Nie chciałam o tym mówić Topie ani nikomu innemu, po skończyłam 40 lat, a to już bodeszły wiek, jak na ciążę. Oczywiście Elgie już wie i to dlatego odeszłam z bracy,, żepy się nie narażać na stres, i z tego bowodu Elgie kubuje dom – nie bo to, żepyśmy urządzili gniazdko, w którym moglipyśmy żyć długo i szczęśliwie, HA, HA, HA, tak, jak sopie wymarzyłam, tylko dla swojego dziecka!!! Co ze mną pędzie teraz, kiedy Pernadette znowu się bojawiła na tabecie? Niebotrzepnie odeszłam z MS! Jestem głubia! Żyłam naiwnym marzeniem, jak idiotka uwierzyłam, że dożyję starości z Elgiem i dziećmi. Jak mam się utrzymać? Pernadette mnie nienawidzi. Szkoda, że nie słyszałaś wszystkich wstrętnych rzeczy, które o mnie mówiła. Poję się jej. To wiedźma. Jestem totalnie sbanikowana. Elgie nie chciał, żepym tu brzyjeżdżała. Niemal badł trubem, kiedy się dowiedział,,,, że lecę z nim do Ushuaia. Nie wiedział, że dla siepie też kubiłam pilet. Myślał, że tak łatwo bozpędzie się kopiety, która nosi jego dziecko? Ha, ha, nie ze mną takie numery. Jestem więc teraz w Ushuaia,, siedzę w kafejce i biszę do Ciepie na tej OKROBNEJ KLAWIATURZE!!!!!! Muszę muszę pyć brzy Elgiem, kiedy Pernadette brzybłynie jutrzejszym statkiem. Niech lebiej ON jej bowie, że jestem w ciąży, po jeśli nie, to sama to zropię i

Wtorek, 18 stycznia

▪ ▪ ▪

List od Bruce'a Jessupa

Szanowny Panie Branch,

próbowałem skontaktować się z Panem w biurze, ale automatyczna sekretarka poinformowała mnie, że przebywa Pan za granicą. Piszę do Pana z wielkim smutkiem w pilnej sprawie. Po konsultacji z wychowawczynią Bee i dyrektorką internatu jednogłośnie stwierdziliśmy, że będzie lepiej, jeżeli Bee zostanie relegowana w trybie natychmiastowym z Choate Rosemary, nie ukończywszy roku szkolnego.

Jak Pan wie, nagłe przybycie Bee do Choate sprawiło nam wszystkim bardzo miłą niespodziankę. Umieściliśmy ją w Homestead, jednym z naszych najprzytulniejszych internatów, a jej współlokatorką była Sarah Wyatt, prymuska z Nowego Jorku.

Tymczasem już po pierwszym tygodniu dotarły do mnie skargi, że Bee nie odnajduje się w nowym otoczeniu. Nauczyciele mówili, że wciąż siadała w ostatniej ławce i nie robiła żadnych notatek. Zauważyłem też, że zamiast jadać w stołówce z innymi uczniami, bierze posiłki do swojego pokoju w internacie.

Potem jej współlokatorka poprosiła o przeniesienie do innego pokoju. Skarżyła się, że Bee przeszkadza jej w nauce, godzinami słuchając na YouTube pieśni *Ta Święta Noc* w wykonaniu Josha Grobana. Miałem nadzieję, że to może być furtka, przez którą uda się dotrzeć do Bee, więc wysłałem do niej kapłana. Ten jednak powiedział, że apatycznie reagowała na wszelkie próby dyskusji o sprawach duchowych.

Wczoraj rano, kiedy Bee szła przez kampus, zwróciłem uwagę na jej sprężysty, pełen energii krok. Poczułem ulgę, widząc taką zmianę w jej zachowaniu, lecz wkrótce Sarah przybiegła roztrzęsiona do mojego gabinetu. Powiedziała, że parę dni temu poszła z Bee po pocztę. W skrzynce Bee leżała gruba szara koperta bez adresu zwrotnego. Ze stempla wynikało, że została nadana w Seattle. Bee powiedziała, że nie poznaje charakteru pisma. W przesyłce znajdował się plik dokumentów.

Przeglądając je, Bee podskakiwała z radości. Sarah próbowała ją wypytać o zawartość, ale Bee nie chciała tego zdradzić. Po powrocie do internatu Bee przestała oglądać YouTube i powiedziała Sarah, że pisze książkę opartą na tych dokumentach.

Wczoraj po południu pod nieobecność Bee Sarah udało się zajrzeć do „książki" Bee. Tak bardzo wstrząsnęła nią jej treść – szczególnie akta FBI opatrzone nagłówkiem „TAJNE" – że przybiegła prosto do mnie.

Ze słów Sarah wynika, że Bee połączyła w literacką całość materiały otrzymane w kopercie. Są wśród nich: dokumenty FBI dotyczące obserwacji Pańskiej żony, e-maile Pana i Pańskiej administratorki, odręczna korespondencja pewnej kobiety z ogrodnikiem, rachunek tejże kobiety ze szpitalnej izby przyjęć, listy zatrudnionego przez szkołę Galer Street specjalisty, których tematem jest pewne nieudane przyjęcie, artykuł o karierze zawodowej Pańskiej żony, a także Pańska korespondencja z psychiatrą.

Martwię się o Bee. Zapewne Pan wie, że w Choate uczył się między innymi John F. Kennedy. Pewnego roku podczas rozdania dyplomów usłyszał nieśmiertelne słowa wygłoszone przez ówczesnego dyrektora, sędziego Choate: „Nie pytajcie, co Choate może dla was zrobić. Zapytajcie, co wy możecie zrobić dla Choate".

To trudna decyzja, ale muszę ją podjąć właśnie dla dobra Choate. Umiem ocenić, gdy uczeń – nawet tak zdolny, jak Bee – zaczyna naukę w naszej szkole w niewłaściwym momencie swojego życia, kiedy powinien raczej zostać w domu z rodziną. Oczekuję od Pana zrozumienia i proszę o jak najszybszą wizytę w Wallingford w celu zabrania córki do domu.

Z wyrazami szacunku,
Bruce Jessup

Środa, 19 stycznia

▪ ▪ ▪

Faks od Soo-Lin

Audrey,

UWAGA, UWAGA: Wczoraj moim umysłem sterowali kosmici! Minęło dużo czasu od ostatniego razu, kiedy byłam w ciąży, więc kompletnie zapomniałam, że hormony mogą Cię popchnąć do najdziwniejszych czynów – na przykład do tego, żeby w Argentynie pędzić w środku nocy do kafejki internetowej i pisać do przyjaciółki zwariowane e-maile, których później musisz się wstydzić.

Dzisiaj już odzyskałam panowanie nad sobą, więc spróbuję przedstawić Ci w bardziej zrównoważonym tonie rozwój wydarzeń w tej sadze o Bernadette. Muszę Cię jednak uprzedzić, że nawet jeżeli mój ostatni (chaotyczny) e-mail zdawał Ci się naszpikowany sensacjami, to i tak wypada blado w porównaniu z tym, co się działo przez ostatnie czterdzieści osiem godzin.

Przybyliśmy na miejsce w środku nocy, a rano przekonaliśmy się, że Ushuaia jest ponurym, wilgotnym, małym miastem. Był środek lata, ale zupełnie niepodobny do lata, które znamy. Przez cały dzień utrzymywała się gęsta mgła, a w powietrzu unosiła się jeszcze gorsza wilgoć niż w lasach deszczowych półwyspu Olympic. Mieliśmy trochę czasu do przypłynięcia statku Bernadette, więc zapytaliśmy mężczyznę za biurkiem w recepcji, czy są w okolicy jakieś zabytki, które warto zobaczyć. Odparł, że najbardziej znaną atrakcją turystyczną jest więzienie. Tak – więzienie! To jest tutejsza definicja dobrej zabawy. Budynek już od jakiegoś czasu nie pełni funkcji więziennej, lecz został przerobiony na galerię sztuki. Dziękuję za takie przyjemności. Poszliśmy zatem prosto na przystań, żeby tam poczekać na statek.

Po drodze zwróciłam uwagę na rosnące dookoła maki syberyjskie, łubin i naparstnice, które przypominały mi o domu. Zrobiłam dużo zdjęć. Mogę je Tobie wysłać, jeśli chcesz.

Na przystani śmierdziało rybami, było tam tłoczno od obskurnych łodzi rybackich i wulgarnych robotników portowych. W Seattle statki rejsowe cumują daleko od kutrów, ale Argentyńczycy nie znają tego zwyczaju!

Czekaliśmy z Elgiem w „biurze imigracyjnym" – naprędce skleconym budynku z oprawionym w ramki zdjęciem Michaela Jacksona i odłączonym od prądu skanerem bagażu. Na ścianie wisiały trzy stare jak świat, skrzynkowe automaty telefoniczne. Stała przy nich kolejka marynarzy z różnych krajów, którzy chcieli zatelefonować do domu. To miejsce skojarzyło mi się z wieżą Babel.

Na pewno interesuje Cię, w jakim stanie emocjonalnym pozostawał Elgie przez te parę tygodni, których kulminacją był nasz wyjazd. No cóż, był kompletnie rozchwiany – raz wierzył, że Bernadette w każdej chwili może, jakby nigdy nic, wejść do domu, a raz obawiał się najgorszego. Kiedy się okazało, że zwiała na Antarktydę, podczas gdy on i Bee zamartwiali się niemal na śmierć, oszalał ze złości. Mówię Ci – aż się trochę zdziwiłam.

– Nie wolno się wściekać o to, że ktoś zachorował na raka – powiedziałam. – Przecież to jasne, że ona jest chora.

– To nie to samo, co rak – odparł. – Jest po prostu samolubna i słaba. Ucieka zamiast stawić czoło rzeczywistości. Uciekła z Los Angeles. Uciekła do swojej przyczepy kempingowej. Uciekła od wszelkiej odpowiedzialności. I co zrobiła, kiedy jej o tym powiedzieliśmy? Uciekła, i to dosłownie. A ja przez nią straciłem cholerne oko.

Audrey, on wcale nie stracił oka. Mój ojciec był niewidomy, więc drażni mnie taka przesada. Elgie po prostu musi zasłaniać jedno szkło okularów, dopóki nie wyleczy rogówki, czyli jeszcze tylko parę dni.

Wycieczkowiec „Allegra" w końcu wpłynął do portu. Jest mniejszy niż statki, które widziałyśmy w Seattle, ale świeżo pomalowany wygląda naprawdę uroczo. Dokerzy przystawili ruchome schody i po chwili pasażerowie zaczęli schodzić przez biuro imigracyjne na ląd. Elgie kazał powiedzieć załodze, że czekamy na Bernadette Fox. Strumień pasażerów był coraz szerszy, ale nigdzie nie widzieliśmy Bernadette.

Biedny Elgie wyglądał jak pies warujący przy drzwiach w oczekiwaniu na swojego pana. Co chwila powtarzał: „Jest tam...", a potem: „Nie, to nie ona. O, chyba tam!" i posmutniały: „A jednak nie". Strumień pasażerów zmienił się w wężyk, a my wciąż czekaliśmy.

Po długiej, złowróżbnej przerwie, kiedy ze statku przestali schodzić ludzie, na pokładzie pojawili się kapitan i kilku oficerów. Szli w naszym kierunku, zawzięcie o czymś dyskutując.

– Nie ma jej – wymamrotał Elgie.

– Jak to? – zapytałam.

– To są, do cholery, jakieś jaja! – krzyknął.

– Co się stało? – zapytałam, kiedy kapitan i jego gang weszli do baraku biura imigracyjnego.

– Panie Branch – odezwał się kapitan z wyraźnym niemieckim akcentem. – Zdaje się, że mamy problem. Nie możemy znaleźć pańskiej żony.

Nie żartuję, Audrey. Bernadette znowu to zrobiła! Gdzieś po drodze udało się jej zniknąć ze statku.

Widziałam, że kapitan jest szczerze wstrząśnięty. Złożył raport zwierzchnikom i obiecał, że przeprowadzi gruntowne śledztwo. Potem sytuacja nabrała jeszcze bardziej surrealnego wymiaru. Kiedy staliśmy na środku biura, próbując się pozbierać po wybuchu tej afery, kapitan uprzejmie poinformował:

– Przepraszam, ale zaraz przybędzie następna grupa pasażerów. Musimy przygotować statek.

Stewardesa, Niemka o bardzo krótkich, rozjaśnionych na blond włosach, podała nam paszport Bernadette. Uśmiechnęła się przepraszająco, jakby chciała powiedzieć: „Wiem, że to niewiele, ale tylko tyle po niej zostało".

– Zaraz, zaraz...! – krzyknął Elgie. – Kto za to odpowiada? Do kogo mamy się udać?

Okazuje się, że odpowiedź brzmi: do nikogo. Wsiadając na statek, Bernadette opuściła terytorium Argentyny (co poświadcza pieczątka w jej paszporcie), więc władze argentyńskie uznały, że to nie ich problem. Tymczasem Antarktyda nie jest krajem i nie posiada własnego rządu, więc Bernadette oficjalnie nie wjechała do żadnego państwa.

– Mogę sam przeszukać statek? – błagał Elgie. – Albo jej kajutę?

Argentyński urzędnik upierał się jednak, że nie możemy wejść na pokład, bo nie mamy właściwych uprawnień. Kapitan ciężkim krokiem wrócił na zalaną deszczem przystań, zostawiając nas z otwartymi ze zdziwienia ustami.

– Inni pasażerowie... – powiedział Elgie i wybiegł na ulicę. Ale ostatni autobus już odjechał.

Elgie popędził jak szalony w kierunku statku. Nie pobiegł zbyt daleko, bo wpadł na słupek i się przewrócił. (Z powodu zasłoniętego szkła okularów zawodzi go błędnik.) Po chwili już stał nad nim argentyński celnik z bronią. Mój krzyk zdołał sprawić przynajmniej tyle, że kapitan zerknął przez ramię. Widok, który zobaczył – Elgie na oślizgłej ziemi, jęczący wprost do lufy wycelowanego w niego karabinu: „Moja żona, moja żona", i rozpaczliwie podskakująca kobieta – wystarczył, żeby zmiękczyć nawet jego niemieckie serce. Wrócił, żeby nam powiedzieć, że każe przeszukać statek. Mieliśmy poczekać na wyniki.

Moim zdaniem, jeżeli Bernadette popłynęła za ocean, na Antarktydę, to równie dobrze mogła już na zawsze tam zostać. Tak, dobrze słyszałaś. O ile nie lubiłam jej przedtem, o tyle teraz, kiedy jestem w ciąży z jej mężem, tym bardziej jej nie znoszę! Nie mam oporów przed przyznaniem się do tych egoistycznych emocji, bo kocham Elgiego tak bardzo, że jeśli jemu zależy na odnalezieniu żony, to i mnie na tym zależy. Przestawiłam się zatem na tryb zarządzania i administracji.

Stanęłam w kolejce za grupą kilkunastu marynarzy, którzy czekali, żeby zadzwonić do domu podczas krótkiej przerwy w rejsie. Kiedy nadeszła moja kolej, jakimś cudem udało mi się połączyć z agentem Strangiem z FBI. Oboje z Elgiem pochyliliśmy się nad słuchawką, a agent Strang połączył nas ze swoim kolegą, emerytowanym znawcą prawa morskiego. Przedstawiliśmy nasz problem, a on zaczął szukać w Internecie rozwiązań.

Z minuty na minutę nasze milczenie coraz bardziej irytowało marynarzy. W końcu prawnik znowu podniósł słuchawkę i powiedział, że „Allegra" pływa pod banderą liberyjską. (Oszczędzę Ci biegania po atlas – Liberia jest rozdartym wojną, podupadłym krajem w zachodniej Afryce.) Jego odpowiedź nie dała nam nadziei ani w niczym nie pomogła. Uprzedził nas też, żebyśmy nie spodziewali się chęci współpracy ze strony armatora, firmy Harmsen & Heath. W przeszłości nasz rozmówca reprezentował rodziny osób zaginionych podczas rejsów (kto by pomyślał, że istnieje taka specjalizacja?) i nawet tak banalna sprawa, jak uzyskanie listy pasażerów, wymagała wielu lat starań i wezwań sądowych. Zdaniem prawnika, jeżeli przestępstwa dokonano na wodach międzynarodowych, to jurysdykcję posiada rząd tego kraju, z którego pochodzi ofiara. Jednak Antarktyda to jedyny zakątek świata wyłączony z obszaru wód międzynarodowych, bo władzę nad nią sprawuje pakt zwany Układem Antarktycznym. Powiedział, że prawdopodobnie wpadliśmy w prawniczy odpowiednik czarnej dziury. Zaproponował, żebyśmy spróbowali poprosić o pomoc rząd liberyjski albo amerykański, ale najpierw musielibyśmy przekonać sędziego, że w tym wypadku prawo może działać poza granicami państwa. Nie wyjaśnił, jak mielibyśmy to zrobić, bo spieszył się na partyjkę squasha.

Agent Strang wciąż był na linii. Skomentował naszą sytuację mniej więcej tak, że „jesteśmy w ciemnej dupie". Zdaje się, że Elgie, a tym bardziej Bernadette go drażnią, ponieważ sprawili mu kłopot. Z jakiegoś powodu nie przepada też za mną.

Czas uciekał. Naszą jedyną potencjalną metodą kontaktu z Bernadette był odpływający za godzinę statek. Wróciły autobusy, tym razem z nowymi pasażerami, którzy wysiedli i zaczęli chodzić tu i tam, pstrykając zdjęcia.

Dzięki Bogu, kapitan dotrzymał słowa i wrócił. Statek został przeszukany od ładowni do pokładu za pomocą wykrywacza cząsteczek węgla, którego zwykle używa się do poszukiwania pasażerów na gapę. Jednak na statku nie było nikogo oprócz załogi. Elgie zapytał kapitana, czy zna jakiś inny statek, który mógłby nas (nas!) zawieźć we wszystkie miejsca, które zwiedziła Bernadette, żebyśmy mogli jej poszukać na własną rękę. Niestety, wszystkie jednostki przystosowane do łamania lodu były zarezerwowane z kilkuletnim wyprzedzeniem. Jakby tego było mało, odnalezienie Bernadette zdawało się tym bardziej niemożliwe, że kończyło się arktyczne lato i lód zaczął skuwać powierzchnię morza. Nawet „Allegra" podczas następnego rejsu nie miała zapuszczać się tak daleko, jak poprzednim razem.

Możesz mi wierzyć, kiedy mówię, że absolutnie nic nie dało się zrobić.

– Stop! *Warten sie*! – Stewardesa w krótkiej spódniczce i kowbojskich butach biegła do nas, wymachując notesem. – Znaleźliśmy to na biurku.

Notes był niezapisany.

– Są na nim ślady długopisu – dodała.

Elgie zdjął okulary i dokładnie obejrzał papier.

– Jest wgnieciony... – powiedział. – Możemy to wysłać do analizy. Dziękuję! Dziękuję!

Kiedy to piszę, notes znajduje się w laboratorium w Delaware, które zajmuje się badaniem takich rzeczy – warto dodać, że za słoną opłatą.

Podobno zawsze trzeba mieć nadzieję. Ale co zrobić, jeżeli masz nadzieję, że Bernadette została porzucona na jakiejś górze lodowej na Antarktydzie? Zniknąć w Seattle to jedno – zniknąć w najzimniejszym miejscu na świecie bez dachu nad głową to zupełnie co innego.

Wciąż w szoku wróciliśmy dzisiaj rano do Seattle. Elgie odsłuchał wiadomości na automatycznej sekretarce i okazało się, że parę razy dzwonił dyrektor Choate. Zdaje się, że mamy na głowie jakieś problemy z Bee. Elgie nie chciał mi powiedzieć, o co chodzi. Teraz jest w samolocie, leci na wschód spotkać się z córką, ale odniosłam wrażenie, że podjął tę decyzję w niezwykłym pośpiechu.

Jeżeli o mnie chodzi, próbuję się skoncentrować na bieżących sprawach – na ciąży i meblach do nowego domu. Tyle pokoi, a każdy z własną łazienką! Czekam na bezpieczne rozpoczęcie drugiego trymestru i dopiero wtedy powiem Alexandrze i Lincolnowi, że będą mieli rodzeństwo. Bee nie wie o ciąży ani o naszej podróży do Ushuaia. Elgie chce poczekać na raport kapitana, zanim usiądzie z nią, aby przeprowadzić poważną rozmowę. Bee to umysł ścisły, więc, zdaniem Elgiego, lepiej będzie zapoznać ją z faktami.

Tak czy owak, mówiłam Ci, że to coś wielkiego. Och, Audrey, tak bardzo za Tobą tęsknię. Wracaj jak najszybciej do domu!

Soo-Lin

Czwartek, 20 stycznia

■ ■ ■

Faks od Audrey Griffin

Soo-Lin,
nie przejmuj się tym e-mailem z Ushuaia. Zdarzały mi się jeszcze gorsze rzeczy. Nie wierzysz? Byłam aresztowana za zakłócanie porządku w Westin! Sprawę umorzono, ale i tak mnie nie przebijesz, jeśli chodzi o utratę kontroli nad swoimi emocjami. Ty przynajmniej możesz się wytłumaczyć burzą hormonów i wszyscy Ci uwierzą. Gratulacje! Modlę się za Ciebie, Elgiego i za maleństwo.

Niepokoi mnie to, co piszesz o Bernadette. Nigdy w życiu nie uwierzę, że zamarzła na śmierć na Antarktydzie. Przyślij mi raport kapitana, gdy tylko go dostaniesz. Umieram z ciekawości.

Ściskam,
Audrey

■ ■ ■

Wtorek, 25 stycznia

■ ■ ■

Faks od Soo-Lin

Droga Audrey,
zachowaj mój poprzedni list i opraw go w ramki, bo to ostatni artefakt ulotnych chwil, które mogłam nazwać prawdziwym szczęściem.

Przypominasz sobie, jak pisałam, że Elgie poleciał na wschód, żeby się spotkać z Bee? I jakie to było dziwne? Okazało się, że wypisał ją ze szkoły. Właśnie wrócił z nią do Seattle!

Pamiętasz, jaką słodką, grzeczną dziewczynką była kiedyś Bee? Teraz zmieniła się nie do poznania. Uwierz mi, zionie czystą nienawiścią. Elgie przeprowadził się z powrotem na Gate Avenue, żeby być przy niej, ale to dziecko nie chce z nim mieszkać pod jednym dachem. Śpi tylko w przyczepie kempingowej Bernadette. Świętej Bernadety!

Elgie ma tak silne wyrzuty sumienia, że godzi się na wszystko, czego żąda Bee. Nie chce wrócić do Galer Street? W porządku! Za żadne skarby nie przyjdzie do mnie na cotygodniowy obiad? Jego zdaniem, to też jest w porządku!

Nigdy nie zgadłabyś, co jest przyczyną tego zamieszania. Wszystkiemu jest winna niewiarygodna „książka", którą pisze Bee. Nikomu nie pozwala jej przeczytać, ale z tego, co mówi Elgie, wynika, że jest oparta na e-mailach, które do siebie pisałyśmy – tak, Ty i ja! – a ponadto na aktach FBI, a nawet na odręcznych liścikach, które pisałaś do tego faceta od jeżyn. Nie mam pojęcia, w jaki sposób te wiadomości wpadły w ręce Bee. Nie chcę nikogo wskazywać palcem, ale jedyną osobą, która miała do nich dostęp, jest Kyle. (Ten dawny Kyle.) Mogłabyś go o to zapytać podczas następnej sesji terapeutycznej? Na pewno nie tylko ja chciałabym poznać odpowiedź. Boję się, że nawet ten faks może zostać przechwycony przez wroga.

Elgie chce jesienią wysłać Bee do Lakeside. Niech no tylko ta panna doprowadzi się do porządku, bo nie ma mowy, żebyśmy postawili przyczepę kempingową przed naszym nowym domem! Wyobrażasz to sobie? Wszyscy mówiliby o nas „włóczędzy z Madison Park". Ha, ha, wciąż mówię „my", jakbym się łudziła, że Elgie naprawdę chce ze mną zamieszkać i stworzyć prawdziwą rodzinę!

Na pewno myślisz, że jestem okropnie samolubna, ale moje życie też zostało postawione na głowie! Zrezygnowałam z pracy, skończyłam czterdzieści lat i jestem w ciąży z mężczyzną po przejściach, a ponadto co rano dręczą mnie okropne mdłości. Bez wymiotowania mogę jeść jedynie tosty francuskie. Przybrałam na wadze jedenaście funtów, a jeszcze nawet nie zaczął się drugi trymestr. Kiedy Bee odkryje, że Bernadette zginęła, a tym bardziej kiedy dowie się o dziecku, to strach pomyśleć, co zrobi.

Wysyłam Ci list od armatora i raport kapitana, a także analizę laboratoryjną notesu. I obiecane przepiękne zdjęcia maków z Ushuaia. Muszę kończyć, bo już jestem spóźniona na spotkanie OPPP, a Bóg mi świadkiem, że bardzo potrzebuję ich wsparcia.

Ściskam,

Soo-Lin

▪ ▪ ▪

List Elijaha Harmsena,
prezesa firmy Harmsen & Heath Adventure Travel

Szanowny Panie Branch,

na wstępie chciałbym złożyć Panu i Bee serdeczne wyrazy współczucia z powodu nagłego zniknięcia Bernadette. Mogę sobie jedynie wyobrażać, w jakim szoku pozostają Państwo po stracie tej niezwykłej kobiety.

Mój pradziadek założył Harmsen & Heath w 1903 roku i już od pierwszych dni bezpieczeństwo pasażerów było naszym priorytetem. Dzięki temu przez ponad sto lat zachowaliśmy nieskalaną reputację.

Zgodnie z obietnicą załączam raport sporządzony przez kapitana Jürgena Altdorfa. W dużym stopniu zawdzięczamy go elektronicznemu monitoringowi karty pokładowej, którą posługiwała się Pańska żona. Mogliśmy w ten sposób dość wiernie i szczegółowo odtworzyć przebieg jej podróży – zejścia na ląd, zakupy w sklepach z pamiątkami oraz wypoczynek w sektorze rekreacyjnym statku. Ponadto kapitan Altdorf przeprowadził zakrojone na szeroką skalę wywiady zgodnie z procedurą postępowania firmy Harmsen & Heath.

Ostatnią aktywność Pańskiej żony zarejestrowano 5 stycznia. Wypłynęła na poranną wycieczkę i bezpiecznie wróciła na statek, a potem wydała znaczną kwotę w barze. „Allegra" akurat płynęła przez cieśninę Gerlache. Warto zauważyć, że przez następne dwadzieścia cztery godziny ocean był szczególnie niespokojny. Musieliśmy odwołać dwa z planowanych zejść na ląd. Sytuacja wymagała szczególnych środków ostrożności, więc kilka razy ostrzegliśmy pasażerów przez megafony na statku, żeby w tych warunkach atmosferycznych nie wychodzili na pokład.

Sądzę, że raport o pogodzie, jak również rachunek z Shackleton Lounge pozwolą Panu lepiej zrozumieć, w jakim stanie była Pańska żona, kiedy widziano ją po raz ostatni. Nikt się nigdy nie dowie, jak było naprawdę, ale wnioski nasuwają się same.

Rozumiem, że to nieprzyjemne wiadomości, ale znajomość faktów może dać Panu i córce pewien komfort w trudnym okresie żałoby.

Proszę przyjąć wyrazy najgłębszego współczucia.

Z poważaniem,
Elijah Harmsen

▪ ▪ ▪

Raport kapitana

PONIŻSZY RAPORT SPORZĄDZIŁ KAPITAN JÜRGEN GEBHARD ALTDORF, DOWÓDCA STATKU WYCIECZKOWEGO „ALLEGRA", KTÓRY NALEŻY DO FIRMY HARMSEN & HEATH. WYKORZYSTANO W NIM DANE Z MONITORINGU ELEKTRONICZNEGO ZAKUPÓW PASAŻER-

KI POSŁUGUJĄCEJ SIĘ KARTĄ POKŁADOWĄ NR 998322-01 PODCZAS REJSU 26 GRUDNIA Z USHUAIA W ARGENTYNIE NA PÓŁWYSEP ANTARKTYCZNY. DOTYCZY POTWIERDZENIA OBECNOŚCI NA POKŁADZIE WYŻEJ WSPOMNIANEJ PASAŻERKI NR 998322-01 BERNADETTE FOX, OBYWATELKI USA, ZAMIESZKAŁEJ W SEATTLE, W STANIE WASZYNGTON.

26 GRUDNIA 16.33 PASAŻERKA ZAOKRĘTOWAŁA SIĘ NA STATKU H&H „ALLEGRA" KABINA 322. 26 GRUDNIA 18.08 PASAŻERKA ODEBRAŁA KARTĘ POKŁADOWĄ ZE ZDJĘCIEM. 26 GRUDNIA 18.30 ODNOTOWANO OBECNOŚĆ PASAŻERKI NA ĆWICZENIACH ALARMOWYCH. 26 GRUDNIA 20.05 RACHUNEK ZE SKLEPU Z PAMIĄTKAMI NA KWOTĘ 433,09 USD ZA ARTYKUŁY ODZIEŻOWE I TOALETOWE.

27 GRUDNIA NA MORZU. 6.00 PASAŻERKA OTRZYMAŁA POMOC POKŁADOWEGO LEKARZA W ZWIĄZKU Z CHOROBĄ MORSKĄ. 27 GRUDNIA PASAŻERKA POPROSIŁA HOTELOWĄ CZĘŚĆ ZAŁOGI, ŻEBY DO ODWOŁANIA NIE WCHODZIŁA DO JEJ KAJUTY W CELU SPRZĄTANIA I ŚCIELENIA ŁÓŻKA. PRACOWNIK OBSŁUGI PAMIĘTA WIELOKROTNE KONTAKTY Z PASAŻERKĄ NA KORYTARZU STATKU I W INNYCH POMIESZCZENIACH. PYTAŁ O DALSZE INSTRUKCJE DOTYCZĄCE SPRZĄTANIA I ŚCIELENIA ŁÓŻKA. PASAŻERKA ZA KAŻDYM RAZEM ODMAWIAŁA. PRZEZ CAŁY CZAS TRWANIA REJSU NIE ODNOTOWANO ANI JEDNEJ USŁUGI HOTELOWEJ.

30 GRUDNIA 10.00 PASAŻERKA ZESZŁA Z POKŁADU NA WYSPĘ ZWODNICZĄ W ZATOCE WIELORYBNIKA. 30 GRUDNIA 12.30 POWRÓT NA STATEK. 30 GRUDNIA 13.47 PASAŻERKA WPISAŁA SIĘ NA WYCIECZKĘ DO PRZESMYKU NEPTUNE'S BELLOWS. 19.41 POWRÓT NA STATEK.

31 GRUDNIA 8.00 PASAŻERKA ZESZŁA NA LĄD PRZY WSPÓŁRZĘDNYCH GEOGRAFICZNYCH 70,6S 52,4W NA MORZU WEDDELLA. 31 GRUDNIA 13.23 WRÓCIŁA OSTATNIA NA POKŁAD.

1 STYCZNIA 10.10 PASAŻERKA SCHODZI NA DIABELSKĄ WYSPĘ. WRACA O 16.31. 1 STYCZNIA 23.30 PASAŻERKA KUPUJE DWA

DRINKI RÓŻOWY PINGWIN W BARZE SHACKLETON LOUNGE. DO KOLACJI 1 BUTELKA WINA CABERNET.

2 STYCZNIA 8.44 PASAŻERKA SCHODZI NA WYBRZEŻE DANCO. 2 STYCZNIA 18.33 POWRÓT. 2 STYCZNIA 23.10 1 BUTELKA WINA CABERNET DO KOLACJI. PASAŻERKA KUPUJE W BARZE 2 DRINKI RÓŻOWY PINGWIN.

3 STYCZNIA 8.10 WYSPA DETAILLE PASAŻERKA SCHODZI NA LĄD. 3 STYCZNIA 16.00 PASAŻERKA Z POWROTEM NA POKŁADZIE. 3 STYCZNIA 19.36 PASAŻERKA KUPUJE W BARZE 5 RÓŻOWYCH PINGWINÓW.

4 STYCZNIA 8.05 PASAŻERKA SCHODZI NA WYSPĘ PETERMANN. 4 STYCZNIA 11.39 WRACA. 4 STYCZNIA 13.44 PASAŻERKA KUPUJE 1 BUTELKĘ WINA CABERNET DO LUNCHU. 14.30 PASAŻERKA SCHODZI NA LĄD W PORT LOCKROY. 18.30 WRACA NA POKŁAD. 4 STYCZNIA 23.30 PASAŻERKA KUPUJE W SHACKLETON LOUNGE 4 RÓŻOWE PINGWINY, 4 WHISKY SOUR.

5 STYCZNIA 8.12 PASAŻERKA WYSIADA W PORCIE NEKO. 5 STYCZNIA 16.22 PASAŻERKA PODBIJA KARTĘ POKŁADOWĄ. 5 STYCZNIA 18.00 PASAŻERKA KUPUJE 2 BUTELKI WINA W SHACKLETON LOUNGE.

6 STYCZNIA 5.30 STATEK NIE MOŻE PRZYCUMOWAĆ Z POWODU WARUNKÓW ATMOSFERYCZNYCH. 6 STYCZNIA 8.33 OGŁOSZENIE O WZBURZONYM MORZU. RESTAURACJA SERWUJE JEDYNIE POSIŁKI KUCHNI KONTYNENTALNEJ. 6 STYCZNIA 18.00 OGŁOSZENIE PRZEZ MEGAFON: „SHACKLETON LOUNGE NIECZYNNY”.

15 STYCZNIA 17.00 WSTĘPNE PODLICZENIE KOSZTÓW. RACHUNEK UMIESZCZONY W DRZWIACH KAJUTY PASAŻERKI.

16 STYCZNIA 16.30 PASAŻERKA NIEOBECNA NA SPOTKANIU KOŃCZĄCYM REJS. 16 STYCZNIA 19.00 PASAŻERKA NIE UREGULOWAŁA RACHUNU ZA ZAKUPY W BARZE ANI W SKLEPIE. NIE DAŁA

ŻADNYCH NAPIWKÓW. 16 STYCZNIA 19.00 PASAŻERKA NIE ODPOWIADA NA KOLEJNE WEZWANIA PRZEZ MEGAFON. 16 STYCZNIA 19.30 PASAŻERKA MIMO WEZWAŃ NIE OTWIERA DRZWI PRACOWNIKOM OBSŁUGI. 16 STYCZNIA 19.32 KIEROWNICZKA HOSTESS WCHODZI DO KABINY. BRAK PASAŻERKI. 16 STYCZNIA 22.00 INTENSYWNE POSZUKIWANIA NIE PRZYNOSZĄ REZULTATU. NIE UDAJE SIĘ USTALIĆ, W KTÓRYM MIEJSCU NA POKŁADZIE PRZEBYWA PASAŻERKA.

17 STYCZNIA 7.00 PASAŻEROWIE PODDANI PRZESŁUCHANIU PRZEZE MNIE I KIEROWNICZKĘ STEWARDES. BRAK ISTOTNYCH INFORMACJI. PASAŻEROWIE ZWOLNIENI DO KAJUT. 17 STYCZNIA 10.00 SKANOWANIE STATKU ZA POMOCĄ DETEKTORA TERMICZNEGO NIE WYKRYŁO ŻADNYCH OSÓB.
** W ARCHIWUM FOTOGRAFICZNYM BRAK ZDJĘĆ PASAŻERKI. NIE MA JEJ TEŻ NA NAGRANIACH WIDEO.
*** PODCZAS PRZESZUKANIA KAJUTY NR 322 ZNALEZIONO NOTES, KTÓRY ZGODNIE Z POLECENIEM WYSŁANO DO SPECJALISTYCZNEGO LABORATORIUM W USA.

▪ ▪ ▪

Raport Tonyi Woods z laboratorium badania dokumentów

Szanowny Panie Branch,

zbadaliśmy za pomocą aparatu do badań elektrostatycznych pisma wgłębionego (ESDA) próbki zawierające ten rodzaj pisma na papierze listowym z logo HARMSEN & HEATH „ALLEGRA". Wyróżniliśmy trzy poziomy wgłębienia, które z dużym prawdopodobieństwem mogą świadczyć o tym, że napisano trzystronicowy list. Podpis brzmiał: „Kocham Cię, mama". To z pewnością oznacza, że list napisała matka do dziecka. „Audrey Griffin" to słowa, które powtarzają się najczęściej – występują co najmniej sześć razy. Niemożliwe jest odtworzenie treści całego listu, ale jesteśmy pewni, że zostały użyte następujące zwroty:

„Audrey Griffin to diabeł".

„Audrey Griffin jest aniołem".

„Romeo, Romeo".

„Jestem chrześcijanką".
„Audrey wie".
Proszę o kontakt, jeżeli mogłabym służyć dalszą pomocą.

Z poważaniem,
Tonya Woods

▪ ▪ ▪

Faks od Audrey Griffin do męża

Warren,
musisz jak najszybciej wrócić do domu i sprawdzić automatyczną sekretarkę, mój e-mail i skrzynkę pocztową. Upewnij się, czy są jakieś wiadomości od Bernadette Fox.

Tak, Bernadette Fox.

Od kilku miesięcy zastanawiałeś się, co takiego zdarzyło się przed Gwiazdką, że skapitulowałam. Próbowałam znaleźć w sobie dosyć odwagi, żeby Cię wtajemniczyć któregoś weekendu podczas terapii rodzinnej. Bóg jednak zdecydował, że powinnam wyznać Ci wszystko właśnie teraz.

Ostatnie dni przed Gwiazdką były dla mnie koszmarem. Byłam wściekła na Bernadette Fox. Byłam wściekła na Kyle'a, że okazał się takim hultajem. Byłam wściekła na Soo-Lin o to, że przeszła na stronę Elgina Brancha. Byłam wściekła na Ciebie o to, że pijesz i nie chcesz się z nami przeprowadzić do Soo-Lin. Piekłam domki z piernika, a moja wściekłość wciąż przybierała na sile.

Pewnego dnia odwiedziłam Soo-Lin w pracy. Nagle do biura przyszła jakaś kobieta, która szukała Elgina Brancha. Zauważyłam u niej identyfikator zakładu dla psychicznie chorych Madrona Hill. Łagodnie mówiąc, byłam zaintrygowana. Moją ciekawość jeszcze bardziej podsyciła Soo-Lin, która skłamała, przedstawiając mi tę kobietę.

Soo-Lin wróciła wtedy do domu bardzo późno, a kiedy zasnęła, przeszukałam jej torebkę. Znalazłam tajne akta FBI.

Ich zawartość wprawiła mnie w osłupienie. Bernadette niechcący udostępniła informacje o sobie gangsterom, którzy kradną dane osobowe, a FBI wykorzystało ją do urządzenia zasadzki. Jeszcze bardziej szokujące były karteczki przyklejone do okładki akt. Elgin i Soo-Lin prowadzili na nich odręczną korespondencję, z której wynikało, że kobieta z Madrona Hill przyszła w sprawie Bernadette, bo ta, zdaniem jej męża, była niebezpieczna dla siebie i otoczenia. Wiesz, co miało o tym świadczyć? Fakt, że zmiażdżyła mi stopę kołami samochodu i zniszczyła nasz dom.

Mój największy wróg zatem miał trafić do zakładu dla psychicznie chorych? Powinnam świętować zwycięstwo. Tymczasem roztrzęsiona usiadłam na ławce i nie mogłam się pozbierać. Nagle wszystko straciło znaczenie, liczyła się tylko prawda – Bernadette nie przejechała mi po stopie. To było kłamstwo. A lawina błotna? Bernadette usunęła jeżyny, bo sama ją o to poprosiłam.

Siedziałam tak chyba z godzinę. Nie mogłam się ruszyć. Głęboko oddychając, wpatrywałam się w podłogę. Szkoda, że nikt mnie wtedy nie filmował, żeby każdy mógł zobaczyć, jak wygląda kobieta, która nagle się przebudziła i otworzyła na prawdę. Prawdę? Przez moje kłamstwa i przesadne reakcje ktoś – inna matka! – mógł trafić za kraty.

Uklękłam i zaczęłam się modlić: „Boże, powiedz, co mam teraz zrobić?".

Nagle ogarnął mnie spokój. Ten spokój był moją opoką przez cały ubiegły miesiąc. Poszłam do całodobowego Safewaya i skserowałam wszystkie dokumenty z teczki oraz karteczki z odręcznymi zapiskami. Oryginały włożyłam z powrotem do torebki Soo-Lin, zanim ktokolwiek się zorientował.

Wszystko w tych aktach było prawdą, ale była to tylko część prawdy. Postanowiłam uzupełnić brakujące fakty dokumentami, które sama posiadałam. Nazajutrz przetrząsnęłam nasz dom w poszukiwaniu e-maili i listów związanych z lawiną i moimi „obrażeniami", a potem przez cały dzień układałam je chronologicznie, porównując wszystko z e-mailami Bernadette z teczki FBI. Wiedziałam, że taka kompletna dokumentacja oczyści Bernadette.

Ale z czego? Jakie ustalenia padły podczas spotkania Elgina z psychiatrą? Czy mieli jakiś plan?

O czwartej po południu wróciłam do domu Soo-Lin. Lincoln i Alexandra poszli na basen. Kyle, jak zwykle na haju, grał w gry wideo w piwnicy. Stanęłam między nim a telewizorem.

– Kyle – powiedziałam. – Gdybym musiała się dostać do e-maila w skrzynce Soo-Lin, w jaki sposób powinnam się do tego zabrać?

Kyle wymamrotał coś niezrozumiale, a potem poszedł na górę do schowka na bieliznę. Na podłodze stał zakurzony komputer z wielką klawiaturą i kwadratowym monitorem. Kyle ustawił sprzęt na łóżku w pokoju gościnnym i podłączył modem do gniazdka telefonu.

Załadowała się archaiczna wersja Windowsa z seledynowym pulpitem – przypomniały mi się dawne czasy!

– Domyślam się, że ona nie może się o tym dowiedzieć... – upewnił się Kyle.

– Tak byłoby najlepiej.

Kyle wszedł na stronę Microsoftu i ściągnął program, który pozwala na zdalne kontrolowanie innego komputera. Kazał przysłać sobie login i hasło Soo-Lin do jej programu pocztowego na tym komputerze. Uzbrojony w te informacje, wpisał serię liczb oddzielonych przecinkami i po kilku minutach na ekranie pojawiło się to samo, co aktualnie widziała Soo-Lin na swoim służbowym laptopie.

– Wygląda na to, że nie ma jej przy komputerze – powiedział Kyle, rozciągając palce. Wpisał parę dodatkowych znaków. – W stopce napisała, że wieczorem nie będzie jej w pracy. Zdaje się, że masz dużo czasu.

Nie wiedziałam, czy go wycałować, czy dać mu klapsa. Skończyło się na tym, że dałam mu trochę pieniędzy i kazałam poczekać za drzwiami na Lincolna i Alexandrę, a potem zabrać ich na pizzę. Kyle wyszedł z pokoju, ale kiedy był już w połowie schodów, wpadłam na jeszcze lepszy pomysł.

– Kyle! – zawołałam go. – Wiesz, że Soo-Lin jest administratorką, prawda? Sądzisz, że mamy dosyć informacji, żeby podejrzeć, na przykład, komputer jej szefa?

– To znaczy, taty Bee?

– Tak, jej taty.

– Zależy – powiedział Kyle. – Jeżeli Soo-Lin ma podgląd jego poczty, to tak. Sprawdzę.

Warren, nie żartuję – pięć minut później miałam przed oczami pulpit komputera Elgina Brancha. Kyle sprawdził jego kalendarz.

– W tej chwili jest na kolacji z bratem, więc pewno będzie off-line co najmniej przez godzinę.

Jak szalona czytałam korespondencję Elgina z Soo-Lin, z bratem i z psychiatrą z Madrona Hill. Odkryłam, że następnego dnia zamierzają przeprowadzić interwencję kryzysową. Chciałam dodać kopie ich e-maili do mojej dokumentacji, ale nie miałam pod ręką drukarki.

Kiedy wszyscy poszli spać (oprócz Soo-Lin, która telefonowała, żeby powiedzieć, że nie wróci na noc), Kyle założył dwa konta na Hotmailu i nauczył mnie, jak zrobić tak zwany zrzut ekranu, a potem przesłał e-mailem obrazy z jednego konta na drugie... No, w każdym razie, coś w tym rodzaju. Najważniejsze, że ten sposób się sprawdził. Wydrukowałam wszystko przy stoisku komputerowym w Safewayu.

Interwencja miała się odbyć w gabinecie dra Neergaarda. Nie chciałam się wtrącać do śledztwa FBI. Nie mogłam się jednak zgodzić, żeby z powodu moich kłamstw Bernadette trafiła do szpitala psychiatrycznego. O dziewiątej rano pojechałam do gabinetu dentysty. Pod wpływem impulsu skręciłam koło Straight Gate.

Na podjeździe stał radiowóz i subaru Soo-Lin. Zatrzymałam się w bocznej uliczce. Nagle minął mnie znajomy samochód. To była Bernadette, w czarnych okularach, jak zwykle. Musiałam jej jakoś dostarczyć moje dokumenty. Ale jak miałam się przedostać niezauważona koło policji?

Oczywiście! Przez dziurę w płocie!

Pobiegłam ulicą, przelazłam przez płot i wspięłam się po ogołoconym zboczu. (Przy okazji zwróciłam uwagę na niesamowity szczegół – jeżyny zaczęły odrastać. Cała robota poszła na marne!)

Grzęznąc na czworaka w błocie, dotarłam do głogownika. Trzymając się gałęzi, podciągnęłam się na trawnik. Na drugim końcu domu tyłem do mnie stał policjant. Nie miałam żadnego planu. Czułam się tak, jakbym istniała tylko ja, szara koperta wsunięta za pasek spodni i Bóg.

Niczym komandos zakradłam się szerokimi schodami pod tylną ścianę domu i wśliznęłam się na portyk od strony ogrodu. W środku wszyscy zebrali się w salonie. Nie słyszałam ich rozmów, ale z mowy ciała odczytałam, że interwencja trwa w najlepsze. Po chwili zobaczyłam, że jedna z osób wychodzi z salonu. To była Bernadette. Zbiegłam po schodach. W wąskim okienku mniej więcej dwanaście stóp nad ziemią zapaliło się światło. (Zbocze jest tak strome, że – jeśli patrzysz z tyłu na dom – pierwsze piętro znajduje się na wysokości kilku pięter.) Pobiegłam tam, nisko pochylona, żeby nikt mnie nie zauważył.

Nagle o coś się potknęłam. Nie mogłam uwierzyć – to była drabina. Leżała na trawniku, jakby sam Bóg ją tam podrzucił. Od tej chwili czułam się niezwyciężona. Wiedziałam, że Bóg nade mną czuwa. Podniosłam drabinę i oparłam ją o ścianę domu. Bez wahania wspięłam się na nią, żeby zapukać do okna.

– Bernadette – powiedziałam półgłosem. – Bernadette.

Okno się otworzyło. Bernadette wyglądała, jakby zobaczyła ducha.

– Audrey?

– Chodź.

– Ale... – Trudno jej było zdecydować, która trucizna jest gorsza: iść ze mną czy dać się zamknąć w wariatkowie.

– No już! – Zeszłam po drabinie, a po chwili Bernadette, zamknąwszy okno, ruszyła za mną. – Chodźmy do mojego domu – zaproponowałam.

Znowu się zawahała.

– Dlaczego to robisz? – zapytała.

– Bo jestem chrześcijanką.

Usłyszałyśmy cichy skrzek krótkofalówki: „Kevin, widzisz coś?".

Pobiegłyśmy z Bernadette przez trawnik, ciągnąc za sobą drabinę.

Ześliznęłyśmy się po błotnistym zboczu do mojego ogrodu. Stolarze remontujący podłogę byli kompletnie zaskoczeni, kiedy w drzwiach stanęły dwa niesamowite błotne stwory. Kazałam im iść do domu.

Dałam Bernadette uzupełnione dossier, do którego dołączyłam nowy, znaleziony przez Kyle'a w Internecie artykuł dotyczący jej kariery architektonicznej.

– Trzeba było mi powiedzieć, że zdobyłaś stypendium MacArthura – zwróciłam jej uwagę. – Może nie byłabym takim gzem, gdybym wiedziała, że jesteś geniuszem.

Zostawiłam ją przy stole. Wzięłam prysznic i przyniosłam jej herbatę. Bernadette czytała dokumenty, marszcząc brwi. Odezwała się tylko raz, żeby powiedzieć:

– Zrobiłabym to.

– Co byś zrobiła? – zapytałam.

– Dałabym Manjuli pełnomocnictwo na czas naszej nieobecności.

Zamknęła akta i wzięła głęboki oddech.

– Jeśli chciałabyś się przebrać, to w salonie wciąż stoją kartony z rzeczami z Galer Street – powiedziałam.

– Nie trzeba. Zobacz, jaka ze mnie desperatka. – Zdjęła zabłocony sweter. Pod spodem miała kamizelkę wędkarską. Poklepała się po siateczkowych kieszeniach. Zobaczyłam upchnięte w nich portfel, telefon komórkowy, klucze i paszport. – Jestem całkowicie samowystarczalna – powiedziała z uśmiechem.

– Jak zawsze.

– Proszę, upewnij się, że to trafi do rąk Bee. – Włożyła dokumenty z powrotem do koperty. – Wiem, że nie będzie jej łatwo, ale na pewno zrobi dobry użytek z tych papierów. Wolę, żeby zdruzgotała ją prawda niż kłamstwa.

– Nie będzie zdruzgotana – pocieszyłam ją.

– Muszę cię o coś zapytać. Czy on się z nią pieprzy? Z tą adminką, twoją kumpelą, jak ją tam?

– Soo-Lin?

– Tak – powiedziała. – Soo-Lin. Czy ona i Elgie...

– Trudno powiedzieć.

Wtedy widziałam Bernadette po raz ostatni.

Wróciłam do domu Soo-Lin i zarezerwowałam miejsce dla Kyle'a w Eagle's Nest.

Dowiedziałam się, że Bee już jest w szkole z internatem. Gwen Goodyear potwierdziła tę informację, więc wysłałam kopertę z dokumentami do Choate. Zaadresowałam ją do Bee, ale nie napisałam adresu zwrotnego.

Dopiero teraz się dowiedziałam, że Bernadette ostatecznie popłynęła na Antarktydę i zniknęła gdzieś po drodze. Przeprowadzono śledztwo, którego wnioski sugerują między wierszami, że Bernadette upiła się i wypadła za burtę. Ani trochę w to nie wierzę. Myślę, że ostatnio mogła próbować przemycić za moim pośrednictwem jakąś informację dla Bee. Warren, wiem, że niełatwo przełknąć te rewelacje, ale proszę, żebyś poszedł do domu i upewnił się, że nie ma żadnych wiadomości od Bernadette.

Całuję Cię,
Audrey

▪ ▪ ▪

Faks od Warrena Griffina

Kochana,
jestem z Ciebie ogromnie dumny. Właśnie wróciłem do domu. Nie ma żadnych wiadomości od Bernadette. Przykro mi. Nie mogę się Ciebie doczekać w weekend.

Całuję,
Warren

Piątek, 28 lutego

■ ■ ■

Faks od Soo-Lin

Audrey,
zostałam uziemiona na spotkaniu OPPP. Nie wolno mi wrócić, dopóki nie napiszę KUPA. (KUPA to skrót od Katalogu Udziału w Przemocy i Agresji. Wymawiamy go: Ka-U-Pe-A, żeby nie nasuwał niewłaściwych skojarzeń.) Jest to spis naszych własnych win, które doprowadziły do przemocy. Następnym razem, kiedy zacznę się czuć jak ofiara, muszę się sama uziemić. Już od trzech godzin robię KUPA. Oto efekt, jeśli Cię to interesuje.

■ ■ ■

KUPA Soo-Lin Lee-Segal

Po trudnym starcie na stanowisku administratorki zespołu Elgiego nasz związek nabrał rozpędu. Elgie wymagał rzeczy niemożliwych, a ja spełniałam wszystkie polecenia. Czułam, że moje nadludzkie umiejętności budzą jego respekt. Wkrótce okazało się, że nasz duet jest w stanie sięgnąć gwiazd. Wykonywałam najlepszą pracę swojego życia, a Elgie był mną zachwycony. Poczułam, że kiełkuje między nami uczucie.

(HALO! TU ZIEMIA: To ja się zakochałam, a nie on.)

Wszystko się zmieniło, kiedy Elgie zaprosił mnie na lunch i zwierzył się z trudnej sytuacji rodzinnej. Może nie rozumiał, że nie powinno się źle mówić o swojej żonie w obecności innych pracowników, a szczególnie pracowników odmiennej płci, ale ja doskonale o tym wiedziałam. Próbowałam unikać tego tematu, ale oboje mamy dzieci, które uczą się w tej samej szkole, zatem granica między naszym życiem rodzinnym i zawodowym już od początku była zatarta.

(HALO! TU ZIEMIA: W chwili, kiedy Elgie zaczął źle mówić o swojej żonie, mogłam uprzejmie przerwać konwersację.)

Potem Bernadette pozwoliła się wmanewrować w działania przestępcze hakerów internetowych. Elgie był na nią wściekły i opowiedział mi o swoich emocjach, co zinterpretowałam jako jeszcze jeden dowód miłości. Pewnego dnia Elgie zamierzał spędzić noc w biurze. Zarezerwowałam mu pokój w hotelu Hyatt w Bellevue i osobiście go tam zawiozłam. Oddałam kluczyki parkingowemu.

– Co robisz? – zdziwił się Elgie.

– Chcę sprawdzić, jakie tam są warunki.

– Jesteś pewna? – Moim zdaniem, te słowa stanowiły potwierdzenie, że tej nocy w końcu damy upust elektryzującemu napięciu seksualnemu.

(HALO! TU ZIEMIA: Nie tylko karmiłam się marzeniami, lecz również próbowałam wykorzystać mężczyznę przeżywającego kryzys emocjonalny.)

Pojechaliśmy windą do jego pokoju. Usiadłam na łóżku. Elgie zsunął buty i w ubraniu wczołgał się pod kołdrę.

– Mogłabyś zgasić światło? – zapytał.

Wyłączyłam lampkę nocną. W pokoju zapanowała kompletna ciemność. Siedziałam bez ruchu, drżąc z pożądania, niemal nie mogąc złapać oddechu. Ostrożnie podciągnęłam stopy na łóżko.

– Wychodzisz? – zapytał Elgie.

– Nie – odpowiedziałam.

Minęło parę minut. Wciąż pamiętałam, w jakiej pozycji Elgie leżał na łóżku. Wyobrażałam sobie jego głowę, ręce na kołdrze, dłonie złożone pod brodą. Minęło jeszcze trochę czasu. Było oczywiste, że Elgie czeka, aż zrobię pierwszy ruch.

(HALO! TU ZIEMIA: Ha!)

Sięgnęłam tam, gdzie powinny znajdować się jego dłonie. Moje palce zanurzyły się w czymś wilgotnym i miękkim, a potem poczułam coś ostrego.

– Aach... – jęknął Elgie.

Włożyłam mu palce do ust, a on odruchowo zacisnął zęby.

– Ojej! – powiedziałam. – Przepraszam!

– Przepraszam – powiedział Elgie. – Gdzie twoje...

W ciemności próbował znaleźć moją dłoń. W końcu mu się udało i przyłożył ją do swojej piersi, a potem zakrył drugą dłonią. A więc jednak zrobiliśmy progres! Oddychałam najciszej, jak umiałam, i czekałam na dalszą zachętę. Znowu minęła wieczność. Pogłaskałam kciukiem wierzch jego dłoni, próbując w ten żałosny sposób wykrzesać iskrę namiętności, ale on się nie poruszył.

– O czym myślisz? – zapytałam w końcu.

– Naprawdę chcesz wiedzieć?

Niemal wariowałam z podniecenia.

– Tylko jeżeli naprawdę chcesz mi to powiedzieć – wymruczałam najbardziej przymilnym tonem.

– Kiedy czytałem akta FBI, najbardziej zabolało mnie to, co Bernadette napisała w liście do Paula Jellinka. Chciałbym móc cofnąć czas i porozmawiać z nią. Powiedziałbym, że chcę ją lepiej poznać. Może wtedy nie musiałbym tu leżeć.

Dzięki Bogu, że było tak ciemno, bo w przeciwnym razie pokój zacząłby wirować. Wstałam i pojechałam sama do domu. Mam szczęście, że nie runęłam w dół z mostu 520 – przypadkiem albo i nie.

Następnego dnia poszłam, jak zwykle, do pracy. Elgie miał się spotkać z psychiatrą poza miasteczkiem zakładowym, żeby przećwiczyć interwencję w sprawie żony. Potem jego brat przyleciał z Hawajów. Zajęłam się codziennymi obowiązkami, ale cały czas błąkała mi się po głowie naiwna myśl, że za chwilę zobaczę w drzwiach bukiet kwiatów, a za nimi pojawi się Elgie i z miną winowajcy wyzna mi miłość.

Nagle zorientowałam się, że dochodzi czwarta po południu i już wiedziałam – dzisiaj Elgie w ogóle nie przyjdzie do pracy! Na jutro była zaplanowana interwencja, a dzień później Elgie miał płynąć na Antarktydę. Dotarło do mnie, że nie zobaczę go przez parę tygodni! Tymczasem nie zadzwonił ani nie dał innego znaku życia.

Skonfigurowałam tablet, który Elgie miał wziąć w podróż. W drodze do domu podrzuciłam go do hotelu, w którym zatrzymał się jego brat i gdzie zarezerwowałam na następne dwie doby pokój dla Elgiego.

(HALO! TU ZIEMIA: Mogłam zlecić doręczenie komuś innemu, ale byłam zdesperowana, żeby go zobaczyć.)

Zostawiłam przesyłkę na ladzie w recepcji. Nagle usłyszałam: „Hej, Soo-Lin!". To był Elgie. Wystarczyło, żeby wymówił moje imię, a ja niemal omdlałam ze szczęścia i znowu wypełniła mnie nadzieja. Elgie z bratem zaprosili mnie na kolację. Czy mogłam wybrać inne wyjście? Na kolacji passa się odwróciła, przede wszystkim dzięki tequili, którą Van wciąż zamawiał, tłumacząc, że „dobrze kręci". Chyba nigdy przedtem nie śmiałam się tak głośno, jak wtedy, gdy ci dwaj opowiadali historie z dzieciństwa. Od czasu do czasu zerkaliśmy z Elgiem na siebie i wytrzymywaliśmy sekundę, a potem nieśmiało spuszczaliśmy wzrok. Po kolacji wszyscy troje wyszliśmy do hotelowego lobby.

Tego dnia w hotelu zatrzymał się piosenkarz o pseudonimie Morrissey, więc zebrała się tam grupa jego fanów – młodych homoseksualistów, którzy mieli nadzieję, że uda im się go zobaczyć. Ściskali w rękach plakaty, płyty i pudełka czekoladek. Dookoła panowała atmosfera miłości!

Usiedliśmy z Elgiem na ławce, a Van poszedł do pokoju, żeby się przespać. Kiedy zamknęły się za nim drzwi windy, Elgie powiedział:

– Van nie jest taki zły, prawda?

– Jest przezabawny – potaknęłam.

– Bernadette uważa go za skończonego frajera, który dzwoni do mnie tylko wtedy, kiedy brakuje mu pieniędzy.

– Co na pewno jest prawdą – powiedziałam, a Elgie nagrodził ten drobny żart śmiechem. Podałam mu tablet. – Lepiej, żebym nie zapomniała ci go dać. Kazałam go skonfigurować w taki sposób, żeby przy każdym uruchomieniu wyświetlał pokaz slajdów.

Włączyłam komputer i zaczął się pokaz. Były to zebrane przeze mnie zdjęcia Elgiego, które przedstawiały wszystkie jego lata przepracowane w Microsofcie. Elgie opowiadający o swojej pracy w dużym audytorium, niepozowane fotografie z Samanthą 1, Elgie rzucający piłką baseballową z Mattem Hasselbeckiem podczas pikniku kadry menedżerskiej za czasów, kiedy te imprezy odbywały się na rancho Paula Allena, Elgie odbierający nagrodę za wybitne osiągnięcia w dziedzinie techniki. Były tam również zdjęcia trzyletniej Bee na kolanach taty. Właśnie wyszła ze szpitala i spod sukienki wciąż wystawał jej bandaż. Na jednym ze zdjęć była w przedszkolu zakładowym, z nogami w szynach, bo w pierwszych latach życia spędziła tyle czasu, leżąc w łóżku, że jej stawy biodrowe nieprawidłowo się rozwijały. Było tam też słynne zdjęcie, do którego Elgie pozował jako E-Dawg – robił raperskie gesty w złotych łańcuchach i z wielkim zegarem zawieszonym na szyi.

– Jest dla mnie ważne, żebyś co dzień to oglądał – powiedziałam. – Żebyś pamiętał, że masz drugą rodzinę, w Microsofcie. Wiem, że to nie to samo. Ale my też cię kochamy.

(HALO! TU ZIEMIA: Z kilku fotografii wycięłam Bernadette. Ponadto dołączyłam jedno zdjęcie przedstawiające mnie przy biurku, które podrasowałam w Photoshopie, żeby wyglądało, jakby moja twarz promieniała.)

– Nie będę płakał – powiedział Elgie.

– Ależ możesz – zapewniłam.

– Mogę, ale nie będę.

Po prostu patrzyliśmy na siebie, uśmiechając się. Elgie się zaśmiał. Ja też. Przyszłość przedstawiała się bardzo obiecująco i czekała na nas z otwartymi ramionami.

(HALO! TU ZIEMIA: Bo byliśmy pijani.)

A potem spadł śnieg.

Ściany hotelu Four Seasons są zbudowane z cienkich kamiennych płytek ułożonych jak warstwy ciasta francuskiego i jedna z ostrych krawędzi rozdarła parkę Elgiego. Z kurtki wysypał się biały puch, który wirował wokół nas. Fani Morrisseya teatralnie wymachiwali rękami i zaczęli śpiewać jedną z jego piosenek, brzmiącą mniej więcej tak: „Przez grad i śnieg będę szedł...". Przypomniał mi się jeden z moich ulubionych filmów – *Moulin Rouge*!

– Chodźmy na górę.

Elgie wziął mnie za rękę. Gdy tylko drzwi windy się zamknęły, zaczęliśmy się całować. Przerwaliśmy na chwilę, żeby złapać oddech, a ja powiedziałam:

– Zastanawiałam się, jakie to będzie uczucie.

Seks wyszedł nam dosyć niezręcznie. Elgie po prostu chciał mieć to z głowy, a potem zasnął. Rano czym prędzej ubraliśmy się, wbijając wzrok w podłogę. Elgie pożyczył Vanowi swój samochód, więc odwiozłam go do domu. I właśnie wtedy Bernadette przeszkodziła w swojej własnej interwencji.

Wciąż nie ma żadnych wiadomości o Bernadette, a ja jestem w ciąży. Tamtej godnej politowania nocy w hotelu pierwszy i ostatni raz uprawialiśmy seks. Elgie obiecał, że zajmie się mną i dzieckiem. Nie chce jednak ze mną mieszkać. Czasami wmawiam sobie, że muszę po prostu dać mu trochę czasu. Lubi czytać biografie prezydentów? Mój syn ma na imię Lincoln, na cześć byłego prezydenta. Kocha Microsoft? A zatem jesteśmy w pełni kompatybilni.

(HALO! TU ZIEMIA: Elgie nigdy nie będzie mnie kochał, bo brakuje mi jego inteligencji i obycia. Zawsze będzie kochał Bee bardziej niż nasze nienarodzone dziecko. Próbuje mnie spławić, kupując mi nowy dom, ale niech sobie nie wyobraża, że nie skorzystam z tej okazji.)

Środa, 2 lutego

▪ ▪ ▪

Faks od Soo-Lin

Audrey,
poszłam na spotkanie OPPP, żeby odczytać swój KUPA, i zostałam uziemiona. Znowu! Od czasów Frankensteina rozszalały tłum nie rzucał się z taką zajadłością na biedną, niewinną, cierpiącą istotę.

Sądziłam, że mój KUPA jest piekielnie dobry. Tymczasem wszyscy stwierdzili, że użalam się nad sobą.

Broniąc swojego stanowiska, wyjaśniłam, że spodziewam się dziecka i jako kobieta ciężarna stałam się ofiarą wtórnej przemocy ze strony Elgiego. To był błąd. OPPP nie uznaje pojęcia wtórnej przemocy – jeżeli do niej dochodzi, to znaczy, że sami dopuszczamy jej stosowanie, a zatem mamy do czynienia z nowym oprawcą, czyli sobą samym, więc teoretycznie nie dochodzi do aktu zewnętrznej przemocy wtórnej. Zwróciłam uwagę grupy na fakt, że Elgie znęca się nad moim nienarodzonym dzieckiem, zatem winny jest wciąż ten sam, ale ofiara – nowa. Okazało się jednak, że według nich to ja robię z mojego dziecka ofiarę. Niemal zgodziłam się z tym argumentem, ale nagle ktoś zauważył, że to także dziecko Elgiego, więc i on jest ofiarą przemocy psychicznej z mojej strony.

– Co to w ogóle za wsparcie?! – wybuchnęłam. – Powiedzieć wam, kto się nad kim znęca? To ja jestem ofiarą, a wy – moimi prześladowcami. Sadyści z przykościelnej piwnicy!

Wybiegłam z sali, kupiłam opakowanie lodów i długo płakałam w samochodzie.

To była kulminacja nieszczęść.

Wróciłam do domu i nagle przypomniałam sobie, że tego dnia Elgie przychodzi do nas na kolację. Już tam był, pomagał Lincolnowi i Alexandrze w lekcjach. Zawczasu przygotowałam lazanię. Dzieci tylko wstawiły ją do pieca i nakryły do stołu.

Elgie na początku bronił się przed cotygodniowymi rodzinnymi kolacjami, ale zdaje się, że je polubił. Bernadette nigdy nie gotowała, tylko zamawiała dania z restauracji – wyobrażasz to sobie? A po obiedzie nie chciało jej się zmywać. W stole były szuflady – takie, jak pod biurkiem, więc Bernadette wpadła na pomysł, żeby po jedzeniu chować do nich brudne talerze i sztućce. Następnego dnia gosposia wyjmowała je i zmywała. Słyszałaś kiedyś o takim niechlujstwie?

Kiedy przekładałam sałatę do miski, Elgie zapytał szeptem:

– Wysłałem do ciebie raport kapitana i list prawnika. Miałaś czas, żeby je przeczytać?

– Dlaczego mnie o to pytasz? – Postawiłam z hukiem miskę i butelkę dressingu na stole. – Przecież wcale cię nie obchodzi, co myślę.

Nagle otworzyły się drzwi wejściowe i do domu wpadła niczym huragan Bee, wymachując listem od pana Harmsena i raportem kapitana.

– Już chcecie uśmiercić mamę?!

– Bee... – zdziwił się Elgie. – Skąd masz te dokumenty?

– Przyszły pocztą pod nasz adres. – Tupnęła nogą i mocno pociągnęła za oparcie krzesła Elgiego. – Inne rzeczy jakoś zniosłam! Ale dlaczego wszyscy próbują udowodnić, że mama nie żyje?!

– Ja tego nie napisałem – powiedział Elgie. – To tylko wymówki faceta, który chce uniknąć procesu.

– Jak myślisz, co mama sobie pomyśli, kiedy wróci i odkryje, że jadasz kolację i słodko ćwierkasz z ludźmi, których całe życie nienawidziła?

– Jeżeli wróci, to raczej ona będzie musiała się gęsto tłumaczyć – zwróciłam jej uwagę. Wiem, wiem, źle to rozegrałam.

– Ty gzie! – Bee spojrzała na mnie i wrzasnęła: – Tobie najbardziej zależy na tym, żeby pozbyć się mamy, żebyś mogła usidlić tatę i położyć łapy na jego pieniądzach!

– Wybacz – zwrócił się do mnie Elgie. – Bardzo przeżywa stratę.

– Najbardziej przeżywam to, że jesteś takim fiutem – powiedziała Bee. – I że dałeś się uwieść tej Yoko Ono.

– Lincoln, Alexandra – powiedziałam. – Idźcie pooglądać telewizję.

– Jestem pewien, że nie chciała, żeby tak to zabrzmiało – Elgie próbował załagodzić sytuację.

– Lepiej idź dalej obżerać się po kryjomu – syknęła Bee w moim kierunku.

Rozpłakałam się. Oczywiście Bee nie wie, że jestem w ciąży. Ale mówiłam Ci, Audrey, jak ciężko znoszę poranne mdłości. Z jakiegoś powodu przestały mi wystarczać francuskie tosty. Pewnej nocy zbudziłam się z nieodpartym pragnieniem, żeby je zjeść z lodami Molly Moon o smaku słonego karmelu. Kupiłam więc cały karton tych lodów i od tamtej pory obkładam nimi kanapki z francuskich tostów. Są takie dobre, że powinnam je opatentować i sprzedawać. Wczoraj doktor Villar powiedział, że powinnam uważać, bo jeszcze urodzę cukrowego baranka czy coś w tym rodzaju. Chyba Cię zatem nie dziwi, że zebrało mi się na płacz. Pobiegłam na górę do sypialni i zrozpaczona rzuciłam się na łóżko.

Po godzinie przyszedł do mnie Elgie.

– Soo-Lin, jak się czujesz? – zapytał.

– Źle! – jęknęłam.

– Przykro mi – powiedział. – Przepraszam cię za Bee. Przepraszam za Bernadette. I za dziecko.

– Przepraszasz mnie za dziecko?!

Znowu wybuchnęłam konwulsyjnym płaczem.

– Nie to miałem na myśli – tłumaczył się. – Wszystko stało się tak nagle.

– Tylko twoim zdaniem, bo przyzwyczaiłeś się do poronień Bernadette. Jeśli, tak jak ja, jesteś zdrową kobietą i uprawiasz seks z mężczyzną, to normalnie zachodzisz w ciążę.

Zapanowało długie milczenie. W końcu Elgie powiedział:

– Obiecałem Bee, że jednak popłyniemy na Antarktydę.

– Przecież wiesz, że ja nie mogę.

– Tylko Bee i ja. Chcemy w ten sposób zamknąć pewien etap. To jej pomysł.

– A ty oczywiście bez wahania się zgodziłeś.

– To jedyny sposób, żebym spędził z nią trochę czasu. Tęsknię za nią.

– No to jedź.

– Jesteś fantastyczną kobietą, Soo-Lin.

– Daj spokój.

– Wiem, co chciałabyś usłyszeć – powiedział. – Ale pamiętaj, przez co przeszedłem... przechodzę. Naprawdę chcesz, żebym mówił rzeczy, których nie jestem pewien?

– Tak! – Do diabła z honorem.

– Ostatni rejs w tym sezonie zaczyna się za dwa dni – powiedział w końcu. – Na statku są wolne miejsca. Mamy bilety, które w przeciwnym razie się zmarnują. Dużo kosztowały. Zresztą jestem to winien Bee. To dobre dziecko, Soo-Lin. Naprawdę.

No i klamka zapadła. Elgie i Bee jutro wyruszają na Antarktydę. Moim zdaniem, celem tej wyprawy jest jedynie darcie szat. Ale co ja tam wiem? Przecież jestem tylko sekretarką z Seattle.

Pozdrawiam i całuję,

Soo-Lin

ROZDZIAŁ 6

BIAŁY KONTYNENT

Wylądowaliśmy w Santiago o szóstej rano. Jeszcze nigdy nie leciałam pierwszą klasą, więc nie wiedziałam, że wszystkie fotele są oddzielone od siebie i rozkładają się po naciśnięciu guzika. Rozłożyłam moje siedzenie na płask, a stewardesa od razu okryła mnie świeżą białą kołdrą. Chyba miałam bardzo błogą minę, bo tata zerknął na mnie z drugiego fotela i powiedział:

– Tylko się za bardzo nie przyzwyczajaj.

Uśmiechnęłam się do niego, ale zaraz sobie przypomniałam, że przecież go nienawidzę, więc wtuliłam twarz w poduszkę. Wyparzają je w mikrofali i wypełniają siemieniem lnianym z lawendą, więc była przyjemnie ciepła i skłaniała do pełnego relaksu. Spałam dziesięć godzin.

Na lotnisku utworzyła się długa kolejka do odprawy celnej, ale pracownik obsługi skinął na tatę i na mnie, a potem otworzył drugie przejście, żebyśmy mogli podejść prosto do pustego stanowiska dla rodzin z dziećmi. Na początku się wkurzyłam, bo przecież mam już piętnaście lat, ale potem pomyślałam: „A co mi tam! Mogę przez chwilę zgrywać słodkiego dzieciaczka".

Facet miał na sobie mundur i niesamowicie długo badał nasze paszporty. Wciąż na nas spoglądał – szczególnie na mnie – i porównywał ze zdjęciami w dokumentach. W górę i w dół, w górę i w dół. Domyśliłam się, że chodzi o moje głupie nazwisko.

– Ładna czapka – powiedział w końcu.

Miałam na głowie baseballówkę z logo Princeton Tigers. Wysyłali je mamie za każdym razem, kiedy chcieli od niej wydębić kasę.

– Princeton. – Urzędnik z uznaniem pokiwał głową. – To amerykański uniwersytet, tak jak Harvard.

– Tyle że lepszy – dodałam.

– Lubię tygrysy. – Położył dłonie na naszych paszportach. – Podoba mi się ta czapka.

– Mnie też. – Oparłam brodę na ręce. – Dlatego ją noszę.

– Bee – powiedział tata. – Daj panu czapkę.

– Cooo? – zdziwiłam się.

– O tak, bardzo chciałbym ją mieć – przytaknął facet.

– Bee, po prostu mu ją daj.

Tata chciał mi ją zdjąć, ale zaczepiła się o kucyk z tyłu głowy.

– To moja czapka! – Zasłoniłam ją obiema rękami. – Mama mi ją dała.

– Wyrzuciła ją do śmieci – powiedział tata. – Załatwię ci taką samą.

– Niech pan sobie kupi taką czapkę – zwróciłam się do urzędnika. – Można je zamówić przez Internet.

– No to zamówimy ją dla ciebie – upierał się tata.

– Nie! – odparłam. – To jest dorosły facet. Ma pracę i karabin. Może sam to zrobić.

Urzędnik oddał nam podstemplowane paszporty i wzruszył ramionami, jakby chciał powiedzieć: „Zawsze warto spróbować”. Odebraliśmy bagaże i poszliśmy korytarzem do głównej hali lotniska. Przewodnik od razu nas poznał po biało-błękitnych tasiemkach, które przywiązaliśmy do walizek. Kazał nam czekać, aż wszyscy uczestnicy wycieczki przejdą przez odprawę. To mogło długo potrwać.

– Tutaj nie ma darmowego lunchu – uprzedził mnie tata. Mówił do rzeczy, ale udawałam, że go nie słyszę.

W hali zaczęli się pojawiać inni turyści z biało-błękitnymi tasiemkami. To byli nasi współpasażerowie – przede wszystkim starcy o pomarszczonych twarzach i w niewymagających prasowania ubraniach podróżnych. A ile mieli sprzętu fotograficznego! Krążyli dookoła siebie niczym pawie w różnych odcieniach khaki, dumnie prezentując obiektywy i aparaty. W przerwach między stroszeniem piór wyciągali suszone owoce w zaparowanych plastikowych woreczkach, wyławiali pojedyncze kąski i z namaszczeniem wkładali je do ust. Widziałam, że od czasu do czasu zerkają na mnie z zainteresowaniem, chyba dlatego, że byłam najmłodsza, i przyjaźnie się uśmiechali. Jeden z nich gapił się tak długo, że nie mogłam się powstrzymać, musiałam powiedzieć:

– Niech pan zrobi zdjęcie. Wystarczy na dłużej.

– Bee! – zgorszył się tata.

Rozbawiła mnie jedna rzecz na lotnisku – przy pomieszczeniu bez okien wisiała tabliczka przedstawiająca ludzika z patyków, który klęczał pod spiczastym dachem. Ten znak symbolizował kościół. Sprzątacze, sprzedawcy i taksówkarze mogli tam wejść i się pomodlić.

Nadszedł czas przesiadki do autobusu. Czekałam, aż tata zajmie miejsce, a potem usiadłam w zupełnie innej części. Autostrada do centrum miasta wiodła wzdłuż rzeki, której brzeg zaśmiecały puszki, butelki po wodzie, tony plastiku i wyrzucone resztki jedzenia. Dzieci grały w piłkę wśród tego syfu, biegały w tym syfie z psami o skudlonej sierści, a nawet kucały w syfie, żeby wyprać rzeczy w rzece. Normalnie można było się wkurzyć. Dlaczego nikt z was się nie schyli, żeby posprzątać?

Wjechaliśmy do tunelu. Stojący koło kierowcy przewodnik włączył mikrofon i zaczął piać o tym, kiedy zbudowano ten tunel, kto wygrał przetarg na budowę, jak długo trwały prace, który prezydent go otworzył, ile pojazdów przejeżdża tędy każdego dnia itp. Czekałam, żeby wreszcie powiedział, na czym polega jego wyjątkowość. Może sam się sprząta albo przy budowie wykorzystano zużyte butelki? Nic z tych rzeczy – to był zwykły tunel. A jednak zachwyt przewodnika sprawiał mi radość. Nawet gdyby nic w życiu mu nie wyszło, to zawsze pozostanie mu ten tunel.

Dojechaliśmy do hotelu – betonowego budynku w kształcie spiralnej kolumny. Austriacka hostessa powitała nas w specjalnie wydzielonej sali konferencyjnej.

– Proszę się upewnić, że w naszym pokoju są dwa oddzielne łóżka – powiedziałam. Ze zgrozą przyjęłam fakt, że przez całą podróż mamy mieszkać z tatą razem.

– Tak, mają państwo dwa łóżka – odparła hostessa. – Proszę, oto państwa wowchery na wycieczkę po mieście i transfer na lotnisko.

– Nasze co? – zdziwiłam się.

– Państwa wowchery – powtórzyła.

– Co takiego?

– Państwa wowchery.

– Co to jest wowcher?

– *Voucher* – powiedział tata. – Przestań się zachowywać jak mała jędza.

Naprawdę nie zrozumiałam hostessy. Ale generalnie zachowywałam się jak mała jędza, więc tym razem odpuściłam tacie. Dostaliśmy klucz i poszliśmy do pokoju.

– Wygląda na to, że w tym mieście można się dobrze zabawić! – powiedział tata.

Było mi go prawie żal, gdy patrzyłam na jego zaklejone plastrem okulary i widziałam, jak desperacko się stara. Ale po chwili przypomniałam sobie, że wszystko zaczęło się od tego, że próbował zamknąć mamę w szpitalu wariatów.

– Rzeczywiście – potaknęłam. – Chcesz wyjść się rozejrzeć?

– Pewno – powiedział z nadzieją w głosie, cały rozanielony.

– No to baw się dobrze.

Wzięłam plecak i poszłam nad basen.

▪ ▪ ▪

Szkoła Choate była ogromna. Wśród rozległych, ośnieżonych trawników, poprzecinanych siatką śladów, stały majestatyczne, obrośnięte bluszczem budynki i perły architektury współczesnej. Nie miałam nic przeciwko samemu miejscu, ale ludzie zdawali mi się co najmniej dziwni. Moja współlokatorka Sarah Wyatt od początku mnie nie lubiła. Zapewne dlatego, że zanim wyjechała na przerwę świąteczną, mieszkała sama w dwuosobowym pokoju, a po powrocie nagle okazało się, że ma współlokatorkę. Jednym ze zwyczajów panujących w Choate jest chwalenie się ojcami. Jej tata był właścicielem kilku budynków w Nowym Jorku. Każdy uczeń – nie żartuję, co do jednego – miał iPhone'a, większość paradowała z iPadami, a z komputerów widziałam jedynie różne modele Maców. Kiedy powiedziałam, że mój tata pracuje w Microsofcie, stałam się pośmiewiskiem. Miałam peceta, a muzyki słuchałam na Zune. „Co to jest?", pytali wszyscy, i to z takimi minami, jakbym wyjęła wielką, śmierdzącą kupę z wetkniętymi w nią słuchawkami. Powiedziałam Sarah, że moja mama jest słynnym architektem i laureatką nagrody MacArthura dla geniuszy, a ona na to: „Już to widzę". „No pewnie, że tak. Sprawdź w Internecie", nalegałam. Ale Sarah Wyatt nie sprawdziła – tak mało miała dla mnie szacunku.

Sarah miała gęste proste włosy i nosiła drogie ciuchy, o których lubiła mi opowiadać, a kiedy któregoś dnia przyznałam się, że nie znam jednego z tych sklepów, zaczęła niemiło mruczeć pod nosem. Jej najlepsza przyjaciółka Marla mieszkała piętro niżej. Marla nie przestawała trajkotać i była całkiem w porządku, ale miała okropny trądzik, paliła papierosy i była zawieszona w prawach ucznia. Jej ojciec był dyrektorem stacji telewizyjnej w LA, więc bez przerwy gadała o swoich znajomych z podwórka, których rodzicami były różne gwiazdy. U jej stóp zbierał się tłum, kiedy opowiadała, jakim fajnym facetem jest Bruce Springsteen, a ja myślałam: „Przecież wiem, że Bruce

Springsteen jest fajny, Marla nie musi mi tego mówić". Chodzi mi o to, że w Galer Street śmierdziało rybami, ale przynajmniej ludzie byli normalni.

Pewnego dnia sprawdziłam pocztę i znalazłam w skrzynce szarą kopertę. Nie miała adresu zwrotnego, była opisana dziwnym kanciastym pismem – na pewno nie był to charakter pisma mamy ani taty. Nie widziałam żadnego listu, z którego wynikałoby, kto jest nadawcą. W środku znajdowały się tylko dokumenty dotyczące mamy. Od tej pory wszystko zmieniło się na lepsze, bo zaczęłam pracę nad moją książką.

Pewnego dnia jednak wróciłam po lekcjach do internatu i od razu wiedziałam, że szykuje się jakaś bomba. Nasz internat nazywał się Homestead – skrzypiący mały budynek w samym środku kampusu. Tabliczka przy drzwiach głosiła, że raz George Washington spędził tam noc. Aha, zapomniałam napisać, że Sarah wydzielała dziwny zapach, jakby pudru dla niemowląt, ale taki, który przyprawia o mdłości. W każdym razie otworzyłam drzwi wejściowe i usłyszałam na piętrze tupot stóp. Weszłam na górę, lecz nasz pokój był pusty. Słyszałam jednak, że Sarah jest w łazience. Usiadłam przy biurku, otworzyłam laptopa i poczułam ten zapach. Obrzydliwy smród zasypki dla niemowląt unosił się w powietrzu nad moim biurkiem. To było o tyle dziwne, że Sarah sama stanowczo nalegała, żeby podzielić pokój na pół, i wprowadziła zasadę, że żadnej z nas pod żadnym pozorem nie wolno przekroczyć niewidzialnej granicy. Nagle usłyszałam, że Sarah wyskoczyła jak oparzona z łazienki, przemknęła przez pokój i zbiegła po schodach. Trzasnęły drzwi. Po chwili zobaczyłam ją za rogiem. Czekała, żeby przejść na drugą stronę Elm Street.

– Sarah! – zawołałam ją przez okno. Zatrzymała się i uniosła głowę. – Dokąd idziesz? Wszystko w porządku?

Martwiłam się, że mogło dojść do tragedii w którymś z budynków jej taty.

Zachowywała się tak, jakby mnie nie słyszała. Pobiegła Christian Street, co zdawało mi się dziwne, bo wiedziałam, że powinna iść na trening squasha. Nie skręciła do Hill House ani do biblioteki. Dalej był już tylko Archbold, budynek dziekanatu. Poszłam na lekcję tańca, a po powrocie próbowałam porozmawiać z Sarah, ale unikała mojego wzroku. Spędziła tę noc na dole, w pokoju Marli.

Parę dni później w połowie lekcji angielskiego pani Ryan wezwała mnie do gabinetu pana Jessupa. Sarah była ze mną na tej lekcji. Odruchowo zerknęłam w jej kierunku, a ona szybko spuściła wzrok. Nagle wszystko zrozumiałam – zostałam zdradzona przez tę dziwnie pachnącą laskę z Nowego Jorku w legginsach i wielkich, diamentowych kolczykach.

W gabinecie pana Jessupa zastałam tatę. Powiedział, że dla własnego dobra powinnam wyjechać z Choate. Nieźle się ubawiłam, widząc, jak pan Jessup w parze z tatą wykonują dziwaczne, skomplikowane układy choreograficzne, zaczynając każde zdanie od: „Ponieważ Bee jest mi tak bardzo droga...", „Bee jest niezwykłym dzieckiem, więc..." albo „Dla dobra Bee...". Ustalono, że odejdę z Choate, a moje oceny zostaną wysłane do Lakeside, żebym mogła tam kontynuować naukę. (Podobno w Lakeside też zdałam egzamin wstępny. Kto by pomyślał?)

Na korytarzu zostałam tylko z tatą i z mosiężnym popiersiem sędziego Choate. Tata koniecznie chciał zobaczyć książkę, którą pisałam, ale mu nie pozwoliłam. Pokazałam mu za to kopertę, która przyszła pocztą.

– Skąd to masz?

– Od mamy.

Jednak koperta była zaadresowana zupełnie innym charakterem pisma i tata też to widział.

– Dlaczego miałaby tobie przysłać te papiery? – zdziwił się.

– Żebym wiedziała.

– O czym?

– Jak było naprawdę. Przecież ty na pewno byś mi nie powiedział.

Tata wziął głęboki oddech i westchnął.

– Jedyne, co wiem na pewno, to że przeczytałaś rzeczy, które źle interpretujesz, bo jeszcze jesteś za mała.

Właśnie w tej chwili podjęłam ostateczną decyzję – nienawidzę go.

■ ■ ■

Wcześnie rano wylecieliśmy czarterowym samolotem z Santiago i wylądowaliśmy w Ushuaia w Argentynie. Potem jechaliśmy autobusem ulicami małego bielonego wapnem miasteczka. Domy były pokryte dachami w stylu hiszpańskim, przed każdym z nich widziałam błotnisty ogródek, w którym stały zardzewiałe huśtawki. Po przyjeździe na przystań kazano nam czekać w baraku podzielonym wzdłuż szklaną ścianą. To było biuro celne, więc oczywiście utworzyła się długa kolejka. Wkrótce pomieszczenie za szybą wypełniło się starcami w strojach podróżnych, którzy nosili plecaki z biało-błękitnymi tasiemkami. To była grupa, która właśnie zeszła z pokładu statku – nasi poprzednicy, których śladem mieliśmy ruszyć już za chwilę. Wyciągali kciuki do góry i bezgłośnie mówili do nas przez szybę: „Będziecie zachwyceni, tam jest przepięknie, szczęściarze z was". Nagle wszyscy po naszej stronie zaczęli dosłownie bzyczeć: „Buzz Aldrin, to Buzz Aldrin, Buzz Aldrin". Za szybą prężył się krzepki staruszek w skórzanej kurtce lotniczej upstrzonej naszywkami NASA. Zgiął ręce w łokciach, jakby się rwał do bójki. Uśmiechał się całkiem szczerze i dzielnie pozował za szklaną ścianą, kiedy ludzie z naszej grupy kolejno stawali koło niego i fotografowali się razem. Tata też zrobił mi zdjęcie – pokażę je Kennedy i powiem: „Tutaj odwiedzam Buzza Aldrina w więzieniu".

■ ■ ■

Wróciłam z Choate do Seattle w piątek, więc od razu poszłam do świetlicy młodzieżowej. Weszłam w trakcie głupiej zabawy, która nazywa się „Głodne ptaszki". Uczestnicy podzielili się na dwa zespoły – mamusie i pisklęta. Mamusie wybierały z miski ziarenka popcornu, używając rurek lukrecjowych jak słomek, a potem musiały dobiec z nimi do piskląt, żeby je nakarmić. Byłam w szoku, widząc, że Kennedy też się bawi w taką dziecinną grę. Stałam z boku, dopóki mnie nie zauważyli i na sali zapadło milczenie. Kennedy nawet nie podeszła. Luke i Mae przytulili mnie na powitanie, jak przystało na prawdziwych chrześcijan.

– Przykro nam z powodu twojej mamy – powiedział Luke.

– Przecież nic jej się nie stało – odparłam.

Milczenie zdawało się coraz bardziej niezręczne. W końcu wszyscy zaczęli zerkać na Kennedy, bo była moją najbliższą przyjaciółką. Widziałam jednak, że ona też się mnie boi.

– Grajmy dalej – powiedziała ze wzrokiem wbitym w podłogę. – Nasza drużyna wygrywa dziesięć do siedmiu.

Podstemplowaliśmy paszporty i wyszliśmy przez brezentowy korytarz na dwór. Jakaś pani kazała nam stanąć w kolejce do kapitana, który miał nas powitać na pokładzie. Wystarczyło, że usłyszałam słowo „kapitan", żeby się puścić biegiem wzdłuż pomostu. Emocje dodały mi skrzydeł i niemal nie dotykałam stopami najeżonych drzazgami desek. Przy schodach stał mężczyzna w granatowym mundurze i białej czapce.

– Pan kapitan Altdorf? – zapytałam. – Nazywam się Bee Branch. – Kapitan uśmiechnął się, jakby zakłopotany. Gwałtownie łapiąc oddech, dodałam: – Bernadette Fox to moja mama.

Nagle zauważyłam identyfikator na jego mundurze: KAPITAN JORGES VARELA, a poniżej ARGENTYNA.

– Zaraz... – powiedziałam. – Gdzie jest kapitan Altdorf?

– Aha – odparł farbowany kapitan. – Kapitan Altdorf. On przedtem. Teraz wrócił do Niemcy.

– Bee! – wołał tata, sapiąc i dysząc. – Nie możesz mi tak uciekać.

– Przepraszam – zdołałam wykrztusić, zanim załamał mi się głos. – Widziałam tyle zdjęć „Allegry", że poczułam, jakby cała historia się domknęła.

Oczywiście to było kłamstwo. Niby jak widok statku może cokolwiek domknąć? Po powrocie z Choate odkryłam jednak, że w imię „domknięcia" tata pozwoli mi na wszystko. Mogłam spać w przyczepie kempingowej mamy, nie chodzić do szkoły, a nawet wyjechać w podróż na Antarktydę. Osobiście uważam, że słowo „domknięcie" jest kompletnie niewłaściwe, bo sugeruje, że powinnam zapomnieć o mamie. Tymczasem płynęłam na Antarktydę, żeby ją odnaleźć.

W kajucie już czekał nasz bagaż. Mieliśmy z tatą po dwie sztuki – walizkę z normalnymi ubraniami i płócienną torbę żeglarską ze sprzętem turystycznym. Tata od razu wziął się do rozpakowywania.

– OK – powiedział. – Zajmę dwie górne szuflady. Ty masz dwie dolne. Ta strona szafy będzie moja. Świetnie! W łazience są dwie szuflady. Wezmę górną.

– Nie musisz komentować każdej nudnej czynności, którą wykonujesz – mruknęłam. – Nie grasz w curling, tylko rozpakowujesz walizkę.

– A więc chcesz, żebym cię ignorował – powiedział tata, bardziej do siebie niż do mnie. – No dobrze. Specjaliści też mi to radzili, więc niech tak będzie.

Usiadł na koi, umieścił między kolanami swoją torbę żeglarską i zdecydowanym ruchem rozpiął zamek. Pierwszą rzeczą, jaką zobaczyłam, był irygator do nosa. O nie! Nie ma mowy, żebym siedziała z tatą w jednej kajucie, kiedy będzie go używał. Schował irygator do szuflady i sięgnął do torby po następne rzeczy.

– O Boże...

– Co?

– To turystyczny nawilżacz powietrza.

Otworzył kartonik. W środku było urządzenie wielkości mniej więcej pudełka płatków śniadaniowych. Tata zacisnął usta i odwrócił się do ściany.

– Co się stało?

– Prosiłem mamę, żeby mi kupiła ten nawilżacz, bo powietrze na Antarktydzie jest bardzo suche.

Zrobiłam wielkie oczy, myśląc: „Może to jednak nie był najlepszy pomysł, żeby płynąć w podróż z tatą, jeśli ma się co chwila rozklejać".

– Dzień dobry, panie i panowie – w samą porę z głośnika w suficie zaskrzeczał głos z nowozelandzkim akcentem. – Witamy na pokładzie. Kiedy się państwo rozgoszczą, zapraszamy do Shackleton Lounge na powitalne cocktaile i przekąski.

– Idę to zobaczyć. – Pospiesznie wyszłam z kajuty i zostawiłam mażącego się tatę.

Za każdym razem, kiedy wypadały mi mleczaki, zębowa wróżka zostawiała mi film na DVD. Pierwszymi trzema były: *Noc po ciężkim dniu*, *Zabawna buzia* i *To jest rozrywka!* Potem za lewą jedynkę dostałam *Xanadu*, który do dzisiaj jest moim ulubionym filmem. Najlepszy w nim jest ostatni taniec na wrotkach w nowo otwartej dyskotece, całej w chromach i polerowanym drewnie, z obłymi aksamitnymi kanapami i ścianami obitymi pluszem.

Właśnie tak się prezentował Shackleton Lounge, tyle że pod sufitem wisiały telewizory z płaskimi ekranami i można było wyjrzeć przez okna. Miałam to wszystko tylko dla siebie, bo pasażerowie wciąż byli zajęci bagażami. Kelner rozstawił na stołach koszyki pełne chipsów. Sama pożarłam jedną z tych porcji. Parę minut później nonszalanckim krokiem wkroczyła do baru grupa opalonych na mahoń ludzi w szortach i klapkach, z tabliczkami zawieszonymi na piersi. To byli członkowie załogi, przyrodnicy.

Podeszłam do nich.

– Mogę pana o coś zapytać? – zagadnęłam jednego z nich o imieniu Charlie.

– Pewno. – Charlie włożył oliwkę do ust. – Wal śmiało.

– Płynął pan w pierwszy rejs po Bożym Narodzeniu?

– Nie. Zacząłem w połowie stycznia. – Włożył do ust kolejne dwie oliwki. – Dlaczego?

– Zastanawiałam się, czy słyszał pan o jednej z pasażerek. Nazywała się Bernadette Fox.

– I tak bym jej nie pamiętał. – Wypluł w dłoń garść pestek.

Inny, równie opalony przyrodnik, noszący identyfikator z imieniem FROG, zapytał:

– O co chodzi?

Poznałam po akcencie, że pochodził z Australii.

– O nic – powiedział pierwszy przyrodnik Charlie i nieznacznie pokręcił głową.

– Był pan na statku podczas rejsu noworocznego? – zapytałam Froga. – Wśród pasażerów była kobieta, Bernadette...

– Ta, która się zabiła? – wtrącił Frog.

– Nie zabiła się – odparłam.

– Nikt nie wie, co naprawdę się stało – powiedział Charlie, znacząco zerkając na Froga.

– Eduardo płynął z nimi. – Frog sięgnął do miski z orzeszkami. – Eduardo! Byłeś w obsłudze, kiedy ta kobieta skoczyła do morza, no nie? Na rejsie noworocznym. Mówiłeś nam o tym.

Eduardo miał okrągłą twarz Latynosa i mówił z angielskim akcentem.

– Chyba wciąż prowadzą śledztwo.

Do rozmowy dołączyła kobieta z kręconymi czarnymi, upiętymi w kok włosami. Na jej identyfikatorze widniało imię KAREN.

– Naprawdę byłeś wtedy na statku, Eduardo?... Aaaau! – Karen wypluła beżową papkę z powrotem do miski. – Co tam jest?

– Kurde, to orzeszki? – zapytał Charlie. – Wyplułem tam pestki oliwek.

– Cholera! – zaklęła Karen. – Chyba złamałam ząb.

Wtedy się zaczęło:

– Słyszałem, że zanim wsiadła na statek, uciekła z wariatkowa.

– Złamałam ząb.

– Kto ją w ogóle wpuścił na statek? No, pytam się.

– To twój ząb?

– Za dwadzieścia patyków wpuszczą każdego wariata.

– Dupek!

– Jezu, no przepraszam.

– Dobrze, że sama się zabiła. Jeszcze zrobiłaby co innym pasażerom albo tobie, Eduardo...

– Nie zabiła się! – wrzasnęłam. – To moja mama, więc wiem, że nie zrobiłaby nic takiego!

– Och, to twoja mama? – wymamrotał Frog. – Nie wiedziałem.

– Żadne z was nic nie wie!

Kopnęłam krzesło Karen, ale ani drgnęło, bo było przykręcone do pokładu. Zbiegłam po schodach ewakuacyjnych, ale zapomniałam numeru naszej kajuty. Zresztą nie pamiętałam nawet, na którym pokładzie jesteśmy, więc szłam na oślep przez śmierdzące ropą, koszmarnie wąskie korytarze z niskimi sufitami. W końcu otworzyły się jakieś drzwi i stanął w nich tata.

– Aha, tutaj jesteś! – powiedział. – Gotowa, żeby wyjść ze mną na pokład i się rozejrzeć?

Odepchnęłam go, wbiegłam do kajuty i zatrzasnęłam drzwi. Liczyłam na to, że wejdzie za mną, ale się nie doczekałam.

Kiedy byłam bardzo mała, a nawet jeszcze w przedszkolu, moja skóra czasami przybierała sinoniebieski odcień z powodu wady serca. Najczęściej trudno to było zauważyć, ale od czasu do czasu wyglądałam naprawdę źle, co znaczyło, że czeka mnie kolejna operacja. Pewnego dnia przed operacją metodą Fontana mama zabrała mnie do Seattle Center, żebym się pobawiła przy ogromnej grającej fontannie. Rozebrałam się do kąpielówek i biegałam w górę i w dół po stromo nachylonych ścianach fontanny, uciekając przed strumieniami wody. Nagle jakiś starszy chłopiec wskazał mnie palcem.

– Patrz! – zwrócił się do kolegi. – Violet Beauregarde!

Tak nazywała się źle wychowana dziewczynka z filmu *Willie Wonka i fabryka czekolady*, która zsiniała i rozdęła się jak balon. Ja też byłam napuchnięta, bo lekarze wpompowali we mnie sterydy, żeby mnie przygotować do operacji. Pobiegłam do mamy siedzącej na murku fontanny. Wtuliłam się w jej pierś.

– Co się stało, Bee?

– Oni mnie przezywają.

– Jak?

Mama popatrzyła mi prosto w oczy.

– Violet Beauregarde – wyjąkałam i znowu wybuchnęłam płaczem.

Mali złośliwcy przyczaili się w pobliżu i obserwowali nas z cichą nadzieją, że się nie wygadamy przed ich matkami.

– Ale jesteście oryginalni! – powiedziała na cały głos mama.

Szkoda, że sama tego nie wymyśliłam!

Gdyby ktoś mnie zapytał o najszczęśliwszą chwilę w moim życiu, wskazałabym właśnie tę, bo wtedy się przekonałam, że mama zawsze będzie trzymała moją stronę. Dzięki niej poczułam się niepokonana. Pobiegłam betonową rampą szybciej niż kiedykolwiek przedtem – tak szybko, że powinnam upaść, ale nie upadłam, bo mama była przy mnie.

Usiadłam na wąskiej koi w naszej ciasnej kajucie. Silnik statku zaczął pomrukiwać i z głośnika znowu dobiegł głos z akcentem kiwi:

– Szanowni państwo... – Pilot zawiesił głos, jakby zamierzał ogłosić złe wiadomości i musiał zebrać myśli. Po chwili mówił dalej: – Pożegnajmy Ushuaię, bo nasza antarktyczna przygoda właśnie się zaczęła. Szef kuchni pan Issey przygotował tradycyjny rostbef i Yorkshire pudding. Życzymy państwu udanej podróży, a po manewrach i ustaleniu kursu zapraszamy do mesy na poczęstunek.

Ten punkt odpadał, bo musiałabym siedzieć tam z tatą, więc postanowiłam raczej wziąć się do pracy. Sięgnęłam po plecak i wyciągnęłam z niego raport kapitana.

Zamierzałam pójść tropem mamy, bo wiedziałam, że musi się stać coś niezwykłego – że odkryję jakąś wskazówkę, na której nikt oprócz mnie nie umiał się poznać. Co dokładnie to miało być? Nie miałam pojęcia.

Pierwszą rzeczą, którą mama zrobiła na statku, były zakupy za czterysta trzydzieści trzy dolary w sklepie z pamiątkami. Niestety, z paragonu nie wynikało, co konkretnie kupiła. Wyszłam z kajuty. Nagle przyszło mi na myśl, że to doskonała okazja, aby się pozbyć tego ohydnego irygatora do nosa. Wzięłam go i poszłam na dziób statku. Mijając kosz na śmieci, wyrzuciłam irygator, a na wierzchu położyłam stertę ręczników papierowych.

Skręciłam do sklepu z pamiątkami i nagle... ja cię kręcę! – dopadła mnie choroba morska. Mogłam jedynie zrobić w tył zwrot i wolno, bardzo ostrożnie zejść z powrotem po schodach. Zwymiotowałabym od razu, gdybym wykonała choćby najmniejszy gwałtowny ruch. Bez kitu, minęło dobre piętnaście minut, zanim dowlokłam się na niższy pokład. Kiedy tam dotarłam, ostrożnie weszłam na korytarz. Wzięłam głęboki oddech, a przynajmniej próbowałam, ale zesztywniały mi wszystkie mięśnie.

– Dziecko, źle się czujesz? – Czyjś głos wdarł się do mojego umysłu. Było ze mną tak źle, że nawet ten dźwięk wywoływał mdłości.

Obróciłam się sztywno i stanęłam przed sprzątaczką z przypiętym do relingu wózkiem.

– Proszę, to ci pomoże na chorobę morską – powiedziała.

Podała mi małą białą saszetkę. Stałam jak sparaliżowana, ledwo udało mi się spuścić wzrok.

– Ależ cię rozłożyło, moja panno. – Dała mi butelkę wody, ale byłam w stanie jedynie na nią popatrzeć. – Z której kajuty jesteś? – Sięgnęła do tabliczki, którą nosiłam na szyi. – Pomogę ci, dziecko.

Moja kajuta znajdowała się parę drzwi dalej. Sprzątaczka otworzyła ją kluczem i podparła drzwi, żeby się nie zamknęły. Wolno ruszyłam po schodach, co wymagało ode mnie ogromnej determinacji. Kiedy dotarłam do kajuty, sprzątaczka już zdążyła zamknąć żaluzje i zasłać koje. Dała mi do ręki dwie tabletki i znowu zaproponowała otwartą butelkę wody. Patrzyłam na nią, milcząc, ale potem policzyłam do trzech i zdołałam się skupić na tyle, żeby połknąć tabletki i usiąść na koi. Kobieta uklękła i zdjęła mi buty.

– Zdejmij sweter. I spodnie. Będzie ci wygodniej.

Rozpięłam zamek bluzy, a sprzątaczka pociągnęła za rękawy. Zsunęłam dżinsy i zadrżałam, czując na gołym ciele zimne powietrze.

– Połóż się. Spróbuj zasnąć.

Zebrałam siły, żeby się wśliznąć pod wychłodzoną kołdrę. Z podkurczonymi kolanami wpatrywałam się w deski boazerii. Mój żołądek był pełen rozedrganych chromowych jajek – takich, jakie tata trzymał na biurku. Zostałam sam na sam z dudnieniem silnika, grzechotaniem wieszaków i stukiem otwierających się i zatrzaskujących szuflad. Byłam tylko ja i czas. Czułam się tak, jak podczas szkolnej wycieczki za kulisy baletu – widziałam tam setki obciążonych odważnikami lin, baterię monitorów i konsolę reżysera światła z tysiącami podpowiedzi dotyczących zaledwie jednej drobnej zmiany dekoracji. Teraz leżałam na koi i obserwowałam kulisy czasu. Dostrzegłam, jak wolno się zmienia wszystko, co stanowi jego materię, czyli wielkie nic. Ściany były obite nad podłogą granatową tkaniną, którą od polerowanego drewna oddzielał metalowy pas, a dalej do sufitu pokrywał je beżowy plastik. Pomyślałam: „Zabije mnie ten tandetny melanż kolorów". Musiałam zamknąć oczy, jednak nie stać mnie było nawet na taki wysiłek. Zatem niczym kierownik sceny w balecie zaczęłam pociągać za sznurki w moim mózgu – jeden, potem drugi, w końcu pięć naraz, aż udało mi się zamknąć powieki. Rozchyliłam usta, ale nie wydostały się z nich żadne słowa, tylko chrapliwy jęk. Gdyby, jakimś cudem, były to jednak słowa, brzmiałyby: „Wszystko, tylko nie to".

Nie wiem, jak to się stało, ale obudziłam się czternaście godzin później i zobaczyłam liścik od taty, w którym informował mnie, że poszedł do baru na wykład o ptakach morskich. Zeskoczyłam z koi, ale nogi odmówiły mi posłuszeństwa, a w żołądku znowu zachlupotało. Pociągnęłam łańcuszek żaluzji w oknie. Czułam się jak w pralce. Rzuciło mnie z powrotem na koję. Właśnie mijaliśmy Cieśninę Drake'a. Chciałam przeczekać ten moment, ale miałam coś do zrobienia.

Korytarz statku był upstrzony torbami chorobowymi, które – ułożone w wachlarze – wystawały z połączeń między relingami, zza dozowników płynu do mycia rąk i z kieszeni w drzwiach. Statek pochylił się tak bardzo, że jedną nogą szłam po ścianie, a drugą po podłodze. Główny pasaż był bardzo szeroki, więc nie mogłam się niczego przytrzymać, żeby przejść na drugą stronę. Na szczęście załoga rozciągnęła tam sieć lin, jakby spodziewała się wizyty Spidermana. Byłam jedyną osobą. Wszyscy pasażerowie pochowali się, niczym chore zwierzęta, w swoich świątyniach cierpienia.

Chciałam otworzyć drzwi butiku z pamiątkami, ale były zamknięte na klucz. Stojąca za ladą kobieta uniosła głowę. Wcierała coś w nadgarstek.

– Otwarte? – zapytałam szeptem, bo i tak nie mogła mnie usłyszeć.

Ekspedientka podeszła i zwolniła blokadę na dolnym metalowym pasku.

– Przyszłaś po papier do origami? – zapytała.

– Co? – Nie wiedziałam, o co jej chodzi.

– Japońscy turyści organizują o jedenastej pokaz składania origami. Mam papier, jeżeli chcesz wziąć udział.

Widziałam tych Japończyków. Nie mówili ani słowa po angielsku, ale mieli swojego tłumacza. Kiedy chciał zwrócić ich uwagę, machał patykiem ozdobionym wstążkami i pluszowym pingwinem na sznurku.

Statek się zakołysał i wpadłam prosto do kosza pełnego sportowych bluz z logo Harmsen & Heath. Próbowałam się wydostać, ale było to niemożliwe.

– Zawsze jest tak źle?

– Tym razem dosyć mocno kołysze. – Ekspedientka wróciła za ladę. – Fale sięgają trzydziestu stóp.

– Płynęła pani w rejs gwiazdkowy? – zapytałam.

– Tak.

Otworzyła mały słoik bez etykietki i zanurzyła w nim palec. Zaczęła smarować drugi nadgarstek.

– Co pani robi? – zainteresowałam się. – Co jest w tym słoiku?

– Krem przeciwko chorobie morskiej. Załoga nie mogłaby bez niego funkcjonować.

– ABHR? – zapytałam.

– Rzeczywiście.

– Nie boi się pani dyskinezy późnej?

– Nieźle – powiedziała. – Widzę, że jesteś zorientowana. Zdaniem lekarza, dawka jest na tyle mała, że nie mamy się czego obawiać.

– Dwudziestego szóstego grudnia, podczas rejsu gwiazdkowego pewna pasażerka zrobiła wieczorem duże zakupy w tym sklepie – powiedziałam. – Gdybym podała jej nazwisko i numer kajuty, to mogłaby pani sprawdzić na paragonie, co dokładnie kupiła?

– Och... – Kobieta popatrzyła na mnie z dziwną miną, której nie potrafiłam rozszyfrować.

– To moja mama – wyjaśniłam. – Zrobiła zakupy za czterysta dolarów.

– Płyniesz z tatą? – zapytała ekspedientka.

– Tak.

– Idź do swojej kajuty, a ja poszukam tego paragonu. To może potrwać z dziesięć minut.

Podyktowałam jej numer kajuty i wróciłam do siebie, wciągając się po linach. Na początku rejsu byłam szczęśliwa, że mamy w kajucie telewizor, ale mój entuzjazm szybko osłabł, kiedy okazało się, że odbiera tylko dwa kanały – na jednym był *Happy Feet*, a na drugim prelekcja o ptakach morskich. Nagle drzwi otworzyły się z hukiem, aż podskoczyłam ze strachu. Do kajuty wszedł tata i... ekspedientka ze sklepu z pamiątkami.

– Polly powiedziała mi, że chciałaś zobaczyć paragon mamy. To prawda?

– Zgodnie z instrukcjami kapitana, musiałam o tym powiedzieć twojemu tacie. – Ekspedientka zrobiła zawstydzoną minę. – Przyniosłam ci papier do origami.

Popatrzyłam na nią z miną kubrickowskiego szaleńca i ciężko opadłam na koję.

Tata rzucił Polly wymowne spojrzenie, które znaczyło: „Dziękuję za pomoc, resztą zajmę się sam". Kiedy kobieta zamknęła za sobą drzwi, usiadł koło mnie.

– Przyrodnikom było bardzo przykro z powodu wczorajszego nieporozumienia – powiedział. Leżałam z twarzą wciśniętą w poduszki. – Przyszli do mnie. Kapitan rozmawiał z całą załogą. – Tata zamilkł na dłużej. – Porozmawiajmy, Bee. Chciałbym wiedzieć, co myślisz i czujesz.

– Chcę odnaleźć mamę – mruknęłam w poduszkę.

– Wiem, kochanie. Ja też.

Obróciłam głowę.

– To dlaczego poszedłeś na ten głupi wykład o ptakach? Zachowujesz się tak, jakby nie żyła. Powinieneś bardziej się starać.

– Tutaj? – zapytał. – Na statku?

Stolik nocny był zaśmiecony drobiazgami – leżały na nim krople do oczu, okulary z zaklejonym szkłem służące tacie do czytania, okulary przeciwsłoneczne – też z zaklejonym szkłem, okropne gumki Croakie, które tata zakładał na okulary, żeby mu nie spadały, monitor pracy serca i parę fiolek z witaminami, które wkłada się pod język. Musiałam usiąść, żeby na to nie patrzeć.

– Na Antarktydzie.

Wyjęłam z plecaka raport kapitana. Tatę zatkało z wrażenia.

– Po co to wzięłaś?

– Może dzięki temu uda mi się znaleźć mamę.

– Przecież nie po to płyniemy na Antarktydę – powiedział. – Wybraliśmy się tutaj, bo chciałaś zamknąć pewien etap.

– Oszukałam cię, żebyś się zgodził. – Teraz wiem, że nie można tak mówić i oczekiwać, że drugiej osoby to nie urazi. Byłam jednak zbyt rozdrażniona. – To ty, tato, dałeś mi do myślenia, mówiąc, że list Harmsena to tylko wymówki faceta, który chce uniknąć odpowiedzialności. Bo jeśli przeczytasz z otwartym umysłem raport kapitana, okaże się, że mamie podobała się ta podróż. Tak dobrze się bawiła, popijając drinki i chodząc na długie spacery, że postanowiła tu zostać. Napisała do mnie list, w którym to wyjaśniła, żebym przestała się martwić.

– Mogę ci przedstawić inną interpretację? – zapytał tata. – Bo moim zdaniem, z raportu wyłania się portret kobiety, która unikała ludzi i samotnie wypijała do kolacji butelkę wina, a potem przerzuciła się na mocniejsze trunki. To mi nie wygląda na dobrą zabawę, tylko na zapijanie się na śmierć. Nie wątpię, że mama naprawdę napisała do ciebie list, ale były w nim przede wszystkim paranoiczne uwagi dotyczące Audrey Griffin.

– Kapitan użył słowa: „prawdopodobnie".

– Ale nigdy nie dowiemy się tego na pewno – mówił dalej tata. – Bo wcale go nie wysłała.

– Dała list innemu pasażerowi, żeby go wysłał po powrocie do domu, ale gdzieś się zapodział.

– Dlaczego więc żaden z pasażerów nie zgłosił tego podczas przesłuchania?

– Bo mama kazała mu zachować tajemnicę.

– Jest takie powiedzenie: „Kiedy słyszysz tętent, rozejrzyj się za koniem, a nie za zebrą". Wiesz, co to znaczy?

– Tak.

Rzuciłam się z powrotem na koję i głośno westchnęłam w poduszkę.

– To znaczy, że kiedy próbujesz coś zrozumieć, powinnaś unikać zbyt egzotycznych tłumaczeń.

– Wiem, co to znaczy.

Musiałam się przesunąć, bo poduszka była mokra od śliny.

– Minęło sześć tygodni, odkąd zniknęła bez śladu – powiedział tata.

– Gdzieś jest i czeka na mnie – odparłam. – To pewne.

Poczułam pulsującą aurę na policzku. Fala energii zaatakowała mnie z prawej strony, od stolika z gadżetami taty. Było ich tak dużo i były tak pedantycznie ułożone – gorzej niż u dziewczyny

– że od samego patrzenia robiło mi się niedobrze. Wzdrygnęłam się i odwróciłam wzrok.

– Nie wiem, kochana, skąd się u ciebie bierze to przekonanie. Naprawdę nie rozumiem.

– Tato, mama nie popełniła samobójstwa.

– To jednak nie znaczy, że nie mogła pewnej nocy wypić za dużo, a potem wypaść za burtę.

– Nie dopuściłaby do tego – powiedziałam.

– Mam na myśli nieszczęśliwy wypadek, Bee. Wypadki mają to do siebie, że nikt ich nie planuje.

Zza krzesła przy biurku uniósł się pióropusz pary. To zadziałał nawilżacz powietrza, który mama kupiła dla taty. Był podłączony do prądu i sterczała z niego odwrócona do góry dnem butelka. Dokładnie tak, jak tata sobie życzył.

– Dobrze wiem, dlaczego byłoby ci na rękę, gdyby mama się zabiła. – Zanim wypowiedziałam te słowa, nie zdawałam sobie sprawy, że tkwią głęboko we mnie. – Bo ją zdradziłeś, a dzięki temu mógłbyś się w końcu zerwać ze smyczy i pójść swoją drogą. Nie wmawiaj mi więc, że była wariatką.

– Bee, to nieprawda.

– Rozejrzyj się za koniem – przypomniałam. – Całe swoje życie spędzałeś w pracy, a tymczasem my z mamą świetnie się razem bawiłyśmy. Żyłyśmy dla siebie. Ani przez chwilę nie pomyślałaby o tym, żeby po pijanemu kręcić się koło burty statku, bo to znaczyłoby, że już nigdy mnie nie zobaczy. Twoja pewność, że tak postąpiła, świadczy o tym, jak słabo ją znasz. To ty powinieneś rozejrzeć się za koniem, tato.

– W takim razie, gdzie się ukryła? – zapytał tata, powoli tracąc panowanie nad sobą. – Na górze lodowej? A może dryfuje na tratwie? Czym się żywi? Jak się chroni przed zimnem?

– Właśnie do tego potrzebuję paragonu ze sklepu z pamiątkami – wyjaśniłam. Specjalnie mówiłam wolno, bo miałam nadzieję, że dzięki temu lepiej mnie zrozumie. – Żeby udowodnić, że kupiła ciepłe ubranie. Mają je w sprzedaży. Sama widziałam. Parki, mocne buty i czapki. Sprzedają też batoniki z musli.

– Batoniki z musli! – Tego już było dla niego za wiele. – Batoniki z musli? Na tym opiera się twoja teoria? – Widziałam, jak pulsuje żyła pod niemal przezroczystą skórą na jego szyi. – Na parce i batonikach z musli? Czy ty w ogóle byłaś już na pokładzie?

– N... nie... – wyjąkałam.

Tata wstał.

– Chodź ze mną.

– Dokąd?

– Chcę ci pokazać, jaka tam jest temperatura.

– Nie! – odmówiłam tak stanowczo, jak tylko umiałam. – Przecież wiem, jak to jest w niskich temperaturach.

– Nie w aż tak niskich.

Porwał z łóżka raport kapitana.

– To moje! – wrzasnęłam. – To własność prywatna!

– Chodź ze mną, jeśli tak bardzo interesują cię fakty.

Złapał mnie za kaptur i pociągnął za drzwi.

– Puszczaj! – warknęłam na niego.

– Idziesz ze mną! – warknął na mnie tata.

Szarpaliśmy się na wąskim trapie na drugi pokład, potem na trzeci, wymachując rękami i klnąc tak zawzięcie, że dopiero po chwili zdaliśmy sobie sprawę, że jesteśmy w centrum uwagi. Znaleźliśmy się w barze. Japończycy siedzieli bez ruchu i obserwowali nas zza stołów usłanych arkuszami papieru.

– Przyszliście na origami? – zapytał tłumacz, okazując mieszane emocje, bo z jednej strony, wyglądało na to, że nikt inny nie pojawił się na warsztatach, a z drugiej, kto chciałby uczyć sztuki origami kogoś takiego jak my?

– Nie, dziękujemy – powiedział tata i zwolnił chwyt.

Puściłam się sprintem na drugi koniec baru. Przez przypadek potrąciłam jedno z krzeseł, ale zapomniałam, że – jak wszystkie meble – było przykręcone do podłogi, więc zamiast się przewrócić, wbiło mi się pod żebra. Ból odrzucił mnie na blat stołu. Na domiar złego statkiem zaczęło kołysać.

To wystarczyło, żeby tata mnie dogonił.

– A ty dokąd...

– Nie wyjdę z tobą na pokład!

Szamocząc się i drapiąc, zbliżaliśmy się w kierunku drzwi niczym skłębiona chmura papieru do origami i wciąż pachnących nowością parek z logo Patagonii. Zaparłam się stopą o futrynę, żeby tata nie mógł mnie wypchnąć na dwór.

– Czym mama zawiniła?! – krzyczałam. – Tym, że znalazła w Indiach asystentkę, która załatwiała za nią różne rzeczy? A niby do czego służy Samantha 2? To gadżet, który pozwala ludziom siedzieć na tyłku i nie kiwnąć palcem, bo robot zrobi wszystko za nich! Poświęciłeś dziesięć lat życia i miliardy dolarów na wymyślenie, jak sprawić, żeby ludzie nie musieli się zajmować swoim życiem. Mama znalazła na to sposób, który kosztował tylko siedemdziesiąt pięć centów za godzinę, a ty chciałeś ją zamknąć w wariatkowie!

– Naprawdę tak uważasz? – zapytał.

– Byłeś jak gwiazda rocka, tato, kiedy szedłeś między siedzeniami Connectora.

– Ja tego nie napisałem!

– Ty nie, tylko twoja laska! – odparłam. – Wszyscy wiemy, jak było naprawdę. Mama uciekła, bo zabujałeś się w swojej admince.

– Idziemy.

Lata ćwiczeń na siłowni oczywiście odniosły jakiś skutek, bo tacie udało się mnie podnieść jedną ręką, jakbym była kawałkiem balsy. Wolną ręką otworzył drzwi.

Zanim się za nami zamknęły, zdążyłam jeszcze zobaczyć naszych biednych Japończyków. Żaden z nich się nie ruszył. Niektórzy zastygli z uniesionymi rękami, w których trzymali złożone na pół kartki. Wyglądali jak diorama w muzeum przedstawiająca kurs origami.

Od początku rejsu dopiero teraz pierwszy raz znalazłam się na górnym pokładzie. Uszy zaczęły mnie szczypać, a nos zmienił się w piekący od mrozu sopel. Wiał tak silny wiatr, że zamarzały mi oczy. Miałam wrażenie, że moja skóra na policzkach zaraz pęknie.

– Jeszcze nawet nie dopłynęliśmy do Antarktydy! – Tata próbował przekrzyczeć wycie wiatru. – Czujesz, jak zimno? Czujesz?

Otworzyłam usta i od razu zamarzła mi ślina, niczym w jaskini lodowej. Kiedy przełknęłam – wkładając w to całą determinację – smakowała śmiercią.

– Jak Bernadette udało się przeżyć pięć tygodni w tych warunkach? Rozejrzyj się! Czujesz, jakie tu jest powietrze? A to wciąż nie Antarktyda!

Wsunęłam dłonie w rękawy i zacisnęłam zdrętwiałe palce. Tata machał mi przed oczami raportem.

– Możemy być pewni jedynie tego, że bezpiecznie wsiadła na statek piątego stycznia o szóstej po południu, a potem zaczęła pić. Morze było zbyt wzburzone, żeby rzucić kotwicę. I tyle. Chcesz faktów? Proszę bardzo, poczuj je na własnej skórze. To jest wiatr, a to mróz. Fakty.

Tata miał rację. Jest mądrzejszy ode mnie i miał rację. Wiedziałam, że nie znajdziemy mamy.

– Daj mi to – powiedziałam i wyciągnęłam rękę po raport.

– Nie chcę, żebyś się tym zajmowała, Bee! Źle ci służy uganianie się za nieistniejącymi duchami!

Tata potrząsnął raportem. Próbowałam mu go odebrać, ale kompletnie straciłam czucie w rękach, dłonie zaplątały mi się w rękawy, a po chwili już było za późno i wszystkie kartki, co do jednej, poszybowały z wiatrem do nieba.

– O nie! To było wszystko, co mam!

Przy każdym słowie igły lodu wbijały mi się w płuca.
– Nieprawda, Bee – powiedział tata. – Masz mnie.
– Nienawidzę cię!
Pobiegłam do kajuty i łyknęłam dwie tabletki, nie z powodu nowego ataku choroby morskiej, lecz dlatego, że wiedziałam, że zetną mnie z nóg i pomogą zasnąć. Zbudziłam się tylko raz i już nie byłam zmęczona. Wyjrzałam za okno. Morze było wzburzone i czarne – tak, jak i niebo. Nad nami przeleciał samotny ptak. Coś się zakołysało na wodzie – wielka kra lodowa, pierwszy zwiastun koszmarnej krainy, do której zmierzaliśmy. Wzięłam jeszcze dwie tabletki i znowu zasnęłam.

Nagle usłyszałam muzykę, najpierw bardzo cichą, ale stopniowo coraz głośniejszą. *I'm starting with the man in the mirror...* To Michael Jackson zaśpiewał mi pobudkę. Ze szczeliny między żaluzjami a ramą okna bił oślepiający blask.
– Dzień dobry państwu – powitał pasażerów pilot z głośnika. Złowieszczo zawiesił głos, a potem mówił dalej: – Informujemy tych z państwa, którzy jeszcze nie mieli przyjemności zerknąć przez okno, że dopłynęliśmy na Antarktydę. – Słysząc to, zerwałam się z koi. – Wielu z państwa już wyszło na pokład, żeby odetchnąć czystym porannym powietrzem. Po raz pierwszy ujrzeliśmy ląd o szóstej dwadzieścia trzy, mijając wyspę Snow Hill. Teraz płyniemy w kierunku zatoki Deception.
Nerwowo pociągnęłam za sznurki żaluzji.
Zobaczyłam ją – czarną, skalistą, pokrytą śniegiem wyspę zawieszoną między czarną wodą a pustym, szarym niebem – Antarktydę. Czułam straszny ucisk w żołądku, bo miałam wrażenie, że gdyby Antarktyda mogła mówić, powtarzałaby tylko jedno: „Nie ma tu miejsca dla ciebie".
– O dziewiątej trzydzieści nasze „Zodiaki" zaczną zabierać chętnych na ląd – mówił dalej głos z akcentem kiwi. – Mogą państwo wziąć udział w spacerach pod okiem naszych przyrod-

ników i instruktorów fotografii. Do dyspozycji są także kajaki dla tych, którzy wolą w ten sposób spędzić czas. Temperatura na dworze wynosi minus trzynaście stopni Celsjusza, osiem w skali Fahrenheita. Jeszcze raz dzień dobry i witamy na Antarktydzie.

Tata wpadł jak petarda do kajuty.

– O, wstałaś! Idziesz popływać?

– Popływać?

– To wyspa wulkaniczna – wyjaśnił. – Bije tutaj gorące źródło, które nagrzewa wodę w pobliżu brzegu. Co ty na to? Masz ochotę zanurzyć się w Oceanie Antarktycznym?

– Nie.

Zdawało mi się, jakbym patrzyła na siebie oczami obcego człowieka. Dawna Bee stała przede mną i mówiła: „Co ty gadasz? To super sprawa. Kennedy ocipieje, kiedy jej o tym opowiesz", ale teraz nowa Bee przejęła kontrolę i odparła:

– Idź sam, tato.

– Coś mi się zdaje, że wkrótce zmienisz zdanie – zaćwierkał radośnie tata.

Oboje wiedzieliśmy, że tylko udaje.

Mijały kolejne dni. Straciłam poczucie czasu, bo słońce nie zachodziło, więc zaufałam rozkładowi dnia taty. Nastawiał budzik na szóstą, tak jak w domu, i szedł na siłownię, potem Michael Jackson śpiewał z głośników, a tata wracał, żeby wziąć prysznic. Opracował szczególny system – brał zmianę bielizny do kingstona i tam ją wkładał, a ubierał się po drodze do pokoju. Tylko raz powiedział: „Do licha, nie mogę znaleźć irygatora". Po prysznicu szedł na śniadanie. Wracał z talerzem dla mnie i skserowanym egzemplarzem „New York Times Digest", na którym ktoś odręcznie napisał wielkimi literami: EGZEMPLARZ DO CZYTANIA NA MIEJSCU – NIE ZABIERAĆ DO KAJUT. Tata kserował go na odwrocie kart dań z poprzedniego dnia. Lubiłam czytać, jakie ryby były na kolację, bo o wielu z nich nawet nigdy nie słyszałam. W menu były takie cuda, jak zębacz, morszczuk, polyprion i leszcz morski. Nie wyrzucałam tych kartek na wypadek, gdyby Kennedy mi nie uwierzyła. Później tata – mistrz ubierania się „na cebulę" – z namaszczeniem wkładał strój globtrotera, smarował się kremem z filtrem, pomadką wazelinową, zakraplał oczy i ruszał na podbój Antarktydy.

Wkrótce czarne gumowe łodzie z napisem „Zodiac" na silnikach zaczynały transportować pasażerów na brzeg. Odżywałam dopiero po wypłynięciu ostatniego „Zodiaca". Byłam na statku tylko ja i sprzątacze. Szłam na najwyższy pokład, gdzie znajdowała się biblioteka, i sprawdzałam postępy graczy w imponującej rozgrywce Osadników z Catanu. Były tam też puzzle, co na początku bardzo mnie ucieszyło, bo je uwielbiam, ale straciłam zapał, kiedy zaczęłam znajdować w pudełkach karteczki z ostrzeżeniami w rodzaju „Brak siedmiu klocków" i coraz częściej zastanawiałam się nad sensem ich układania.

Na statku była jeszcze jedna kobieta, która nie schodziła na ląd, ale nie wiem, dlaczego. Nie odzywała się do mnie, tylko wciąż rozwiązywała zadania z książki pod tytułem: *Sudoku: Nie irytuj się*. Na marginesach zapisywała, gdzie znajdował się statek, kiedy rozwiązała daną łamigłówkę. To była jej pamiątka z podróży. Raz podejrzałam, jakie miejsca uwieczniła w ten sposób. Na każdej stronie widniała ta sama nazwa – „Antarktyda". Najczęściej jednak siedziałam w bibliotece, nie robiąc nic szczególnego. Wszystkie ściany były ze szkła, więc bez problemu widziałam, co się dzieje dookoła. O Antarktydzie wystarczy wiedzieć, że składa się z trzech warstw. Pierwsza od dołu to warstwa wody, której odcień waha się między czernią a szarością. Nad nią znajduje się warstwa ziemi, zwykle biała lub czarna. Na samej górze jest warstwa nieba w kolorze sinym albo błękitnym. Antarktyda nie ma flagi, ale gdyby miała, to powinna przedstawiać trzy poziome pasy w różnych odcieniach szarości. Można by też podejść do tej kwestii jak artysta – zaproponować jednolitą szarą flagę, ale tłumaczyć, że w istocie składa się z trzech pasów szarości, symbolizujących wodę, ląd i niebo, tyle że wtedy trzeba by się dużo nagadać, żeby wszyscy zrozumieli.

W końcu flota „Zodiaców" wracała. Nie wiedziałam, na którym z nich jest tata – wszystkim pasażerom rozdano identyczne parki z czerwonym kapturem i spodnie do kompletu, zapewne dlatego, że czerwony kolor jest najlepiej widoczny na szarym tle. Przewodnicy mieli czarne kurtki. Za każdym razem schodziłam do kajuty, zanim łodzie dobiły do burty – chciałam udawać przed tatą, że siedziałam tam nadąsana przez cały czas jego nieobecności. Sprzątaczka zawsze zostawiała na mojej poduszce ręcznik związany w taki sposób, że wyglądał jak króliczek, i z dnia na dzień dodawała mu coraz więcej wymyślnych akcesoriów. Najpierw króliczek z ręcznika nosił moje okulary przeciwsłoneczne, potem opaskę na włosy, a jeszcze innym razem jeden z plastrów udrażniających do nosa, które tata przyklejał sobie na noc.

Tata dziarsko wchodził do kajuty, wciąż owiany lodowatym powietrzem, i zasypywał mnie informacjami i wrażeniami. Pokazywał mi zdjęcia w aparacie, mówiąc, że nie ukazują całego piękna. Potem szedł do mesy na lunch i mnie też coś przynosił, a po lunchu wybierał się na następny wypad. Moją ulubioną porą było wieczorne podsumowanie dnia, które oglądałam w telewizorze w kajucie. Codziennie grupa pasażerów nurkowała z akwalungami i filmowała dno morza. Okazuje się, że w tych nieprzyjaznych czarnych wodach żyją miliony najbardziej zwariowanych stworzeń, jakie w życiu widziałam – gładkie jak szkło ogórki morskie, insekty uzbrojone w cienkie, długie na stopę kolce, fluorescencyjne rozgwiazdy i widłonogi pokryte cętkami i prążkami, jakby się urwały z *Żółtej łodzi podwodnej*. Nie podaję ich naukowych nazw (zresztą wcale nie miałabym na to ochoty), bo wciąż są nienazwane. Większość tych stworzeń ludzie dopiero odkrywają.

Starałam się poczuć do taty miłość zamiast niechęci z powodu jego udawanego entuzjazmu i okropnego gustu w kwestii ubrań. Próbowałam sobie wyobrazić, co mama w nim widziała w czasach, gdy jeszcze zajmowała się architekturą. Wczuwałam się w rolę osoby, którą totalnie cieszy każdy jego gest. Było to jednak żałosne, bo na myśl o nim i o jego arsenale akcesoriów zawsze robiło mi się niedobrze. Szkoda, że kiedyś porównałam go w myślach do olbrzymiej dziewczyny, bo jeżeli raz sobie coś takiego wkręcisz, to trudno się pozbyć tego skojarzenia.

Od czasu do czasu było tak fajnie, że wręcz nie mogłam uwierzyć w swoje szczęście. Mijaliśmy dryfujące pośrodku oceanu góry lodowe. Były gigantyczne, a ich ściany pokrywały fantastyczne formacje. Wyglądały na tak potężne i majestatyczne, że rozsadza ci serce od samego patrzenia, chociaż to przecież nic nieznaczące bryły lodu. Widziałam czarne jak heban plaże zasypane śniegiem, a czasami udawało mi się wypatrzyć samotnego pingwina cesarskiego – giganta wśród pingwinów – z pomarańczowym upierzeniem na policzkach. Stał na górze, a ja zastanawiałam się, jak tam się znalazł i w jaki sposób zamierza zejść, jeżeli w ogóle chce stamtąd schodzić. Na innej górze lodowej wygrzewał się uśmiechnięty lampart morski. Wyglądał, jakby nie był w stanie skrzywdzić muchy, ale to jeden z najdzikszych drapieżników na świecie i na pewno chętnie rzuciłby się na ciebie, złapał ostrymi jak brzytwy zębami i wciągnął pod lodowatą wodę, gdzie potrząsałby tobą tak długo, aż zdarłby z ciebie skórę. Czasami wychylałam się za burtę, żeby popatrzeć na dryfujące kry, wyglądające jak białe puzzle, których nikt nigdy nie dopasuje. Pobrzękiwały jak kostki lodu w koktajlu.

Dosłownie wszędzie pływały orki. Pewnego dnia zobaczyłam ławicę pięćdziesięciu osobników – matek z młodymi. Pluskały się, radośnie wypuszczając fontanny wody, a pingwiny skakały po powierzchni atramentowego oceanu niczym pchły, by w końcu bezpiecznie wylądować na górze lodowej. Gdybym miała wybrać, to byłby mój ulubiony widok – pingwiny wyskakujące z wody na brzeg. Niewielu ludziom na świecie dane jest ujrzeć to zjawisko na własne oczy, więc starałam się szczególnie je zapamiętać i znaleźć właściwe słowa, które opiszą to cudo. Potem myślałam o rzeczach niezwiązanych z podróżą, na przykład, o liścikach, które mama wkładała mi do pudełka z drugim śniadaniem. Zdarzało się, że wkładała je też do śniadania Kennedy, bo jej mama nigdy nie wpadła na taki pomysł. Niektóre liściki układały się w trwającą kilka tygodni historię. W takich chwilach wstawałam z fotela w bibliotece na statku i patrzyłam przez lornetkę, ale nigdzie nie widziałam mamy. Po jakimś czasie przestałam rozmyślać o domu i znajomych, bo kiedy płyniesz statkiem na Antarktydę, a dzień miesza się z nocą, to właściwie kim jesteś? Chyba chcę przez to powiedzieć, że czułam się jak zjawa na statku-widmie w widmowej krainie.

Pewnego wieczoru tata przyniósł mi z mesy talerz bułeczek serowych i wrócił do baru, a ja oglądałam wieczorne podsumowanie dnia w telewizorze. Jeden z naukowców wygłosił prelekcję o liczeniu piskląt pingwinów w ramach jakiegoś badania naukowego. Potem nadszedł czas na zapowiedź przyszłych atrakcji. Następnego dnia mieliśmy się zatrzymać w Port Lockroy, brytyjskiej bazie z czasów drugiej wojny światowej, która aktualnie pełni funkcję muzeum dziedzictwa antarktycznego. Mieszkają tam ludzie, jest sklep z pamiątkami i poczta. Przewodnicy zachęcali pasażerów, żeby kupili lokalne znaczki z pingwinami i wysłali stamtąd listy do domu!

Moje serce zaczęło wyprawiać dzikie harce, nerwowo chodziłam po kajucie, powtarzając: „O Boże, o Boże, o Boże”, i oczekiwałam, że za chwilę tata otworzy z hukiem drzwi.

– Panie i panowie – w głośnikach zatrzeszczał głos pilota. – Za nami kolejne niezwykle interesujące podsumowanie dnia.

Szef kuchni Issey właśnie mnie poinformował, że kolacja już jest gotowa. *Bon appétit*.

Jak na skrzydłach popędziłam do baru, mając nadzieję, że tata wciąż tam siedzi, oszołomiony wiadomościami, ale pasażerowie już się rozeszli. Kilka osób schodziło po trapie. Pobiegłam w głąb baru i nadkładając drogi, skręciłam do mesy. Tata siedział przy stole z jakimś facetem.

– Bee! – zawołał. – Zjesz z nami kolację?

– Jak to? Nie było cię na podsumowaniu? – zapytałam. – Nie słyszałeś, że...

– Ależ tak! To jest Nick, który studiuje kolonie pingwinów. Powiedział mi, że zawsze przydaje mu się pomoc w liczeniu piskląt.

– Cześć... – Beztroski humor taty przerażał mnie tak bardzo, że cofnęłam się o krok i wpadłam na kelnera. – Przepraszam... dzień dobry... do widzenia.

Odwróciłam się i czym prędzej ruszyłam naprzód, byle już stamtąd wyjść. Wbiegłam do pomieszczenia nawigacyjnego z ogromnym stołem, na którym leżała rozłożona mapa Półwyspu Antarktycznego. Co dzień widziałam, jak członkowie załogi zaznaczają kropkowaną linią trasę, którą przebył statek, a potem pasażerowie mozolnie kopiowali ten wykres na swoje mapy. Otworzyłam wielką, płaską szufladę i znalazłam mapę rejsu mamy. Rozłożyłam ją na stole i przeciągnęłam palcem wzdłuż kropek. Tak, jak się spodziewałam, jej statek zacumował w Port Lockroy.

Rano tata poszedł na siłownię, a ja wyszłam na pokład. Zobaczyłam wciśnięty w skalisty brzeg czarny drewniany budynek w kształcie litery L – wyglądał jak dwa hotele w grze Monopoly – z białą obwódką dookoła okien i wesołymi czerwonymi okiennicami. Okolica była upstrzona pingwinami. W tle widziałam ośnieżony ląd, a jeszcze dalej wznosił się stromy szczyt górujący nad siedmioma zbitymi w gromadę niższymi stożkami – Królewna Śnieżka i siedmiu krasnoludków.

Tata zapisał się na wyprawę kajakami, a dopiero później na zwiedzanie Port Lockroy. Poczekałam, aż znajdzie się w kajaku. Potem zerwałam metki ze swojej czerwonej parki i ocieplanych spodni i ubrałam się. Dołączyłam do strumienia ludzi, którzy niczym astronauci zgromadzili się na schodach przed strefą załadunku pasażerów. Zobaczyłam rzędy zamykanych na klucz szaf i dwie ogromne furty po obu stronach statku, do których były przypięte dryfujące pomosty. Ruszyłam w kierunku warczącego na wodzie „Zodiaca".

– Do Port Lockroy? – upewnił się Charlie. – Zeskanowałaś się?

Wskazał mi stoisko z komputerem. Zeskanowałam kartę pokładową. Na ekranie pojawiło się moje zdjęcie, a pod nim słowa: MIŁEGO POBYTU NA LĄDZIE, BALAKRISHNA! Poczułam złość na Manjulę – przecież miała zadbać o to, żebym występowała na statku pod imieniem Bee – ale po chwili przypomniałam sobie, że Manjula jest przestępcą internetowym.

Kilkanaście osób w czerwonych skafandrach wsiadło do „Zodiaca", a Charlie zajął miejsce przy silniku. Grupa składała się przede wszystkim z kobiet, które uznały, że już wystarczy im na całe życie oglądania pingwinów, a teraz ogarnęła je gorączka zakupów. Przekrzykiwały się, pytając, co można kupić w Port Lockroy.

– Nie wiem – odpowiedział Charlie z wyczuwalną niechęcią w głosie. – T-shirty.

Pierwszy raz podczas tego rejsu opuściłam statek i znalazłam się na szklistych wodach oceanu. Porywisty wiatr atakował ze wszystkich stron. Skuliłam się przed podmuchami, ale za każdym razem, kiedy się poruszyłam, moja skóra dotykała lodowatego materiału, więc starałam się siedzieć bez ruchu

– czułam się uwięziona w grubej kurtce. Przekręciłam głowę o parę milimetrów, tylko tyle, żeby zerknąć na brzeg.

Dziwne, że im bardziej zbliżaliśmy się do Port Lockroy, tym mniejszy zdawał się stojący na brzegu budynek. Po raz pierwszy zaczęłam się bać. Charlie dodał gazu i skierował „Zodiaca" między skały. Przeturlałam się na brzuchu za gumową burtę i zrzuciłam kamizelkę ratunkową. Wdrapałam się na skały, omijając pingwiny białobrewe, które krzykiem broniły swoich gniazd. W końcu dotarłam do drewnianego pomostu wiodącego do drzwi budynku. Flaga brytyjska trzepotała w podmuchach szarego, zimnego wiatru. Pierwsza dotarłam do drzwi i z całej siły je popchnęłam. Powitały mnie dwie dziewczyny. Wyglądały na studentki college'u – trochę nierozgarnięte, ale chętne do pomocy.

– Witamy w Port Lockroy! – powiedziały z angielskim akcentem.

Była to jedna z takich żałosnych sytuacji, kiedy w środku panuje taki sam chłód jak na dworze. Stałam w sklepie o pomalowanych na turkusowo ścianach. Pod sufitem wisiały kolorowe banery, a dookoła widziałam stoły pełne książek, wypchanych zwierząt i pocztówek, a ponadto szklane pojemniki na sportowe bluzy, baseballówki i w ogóle wszystko, na czym można wyhaftować pingwina. Nic nie wskazywało na obecność mamy, ale i dlaczego miałoby wskazywać? To był tylko sklep z pamiątkami.

Po drugiej stronie sklepu znajdowało się wyjście do pozostałych zabudowań Port Lockroy, ale było zablokowane. Zachowałam zimną krew i udawałam zainteresowanie ogłoszeniami na tablicy, a tymczasem do środka zaczął napływać strumień klientów i rozległy się pierwsze okrzyki zachwytu nad łupami. Nawet miłośniczka sudoku porzuciła z tej okazji swój fotel w bibliotece.

– Witamy w Port Lockroy – powtarzały na zmianę dziewczyny. – Witamy w Port Lockroy.

Miałam wrażenie, jakby od mojego wejścia minęła co najmniej godzina.

– Gdzie są wszyscy mieszkańcy? – zapytałam w końcu. – Gdzie mieszkacie?

– Tutaj – odparła jedna z dziewczyn. – Poczekajmy z wykładem, aż wszyscy wejdą. – Po chwili kolejny raz usłyszałam: – Witamy w Port Lockroy.

– Ale gdzie śpicie? – dopytywałam.

– Witamy w Port Lockroy. To już wszyscy? Och, jeszcze ktoś idzie.

– Jest tu jakaś stołówka, gdzie wszyscy się spotykają?

Dziewczyna popatrzyła nad moim ramieniem.

– Witamy w Port Lockroy. OK, wygląda na to, że wszyscy już są.

Jedna z nich zaczęła wyuczoną gadkę:

– Podczas drugiej wojny światowej Port Lockroy był tajną bazą angielskich sił zbrojnych... – Przerwała, bo właśnie weszła grupa japońskich turystów, co oczywiście znowu wywołało zamieszanie.

Miałam tego dość. Przepchnęłam się koło Angielek.

Zobaczyłam dwa małe pomieszczenia. Poszłam w lewo do staromodnego centrum dowodzenia z biurkami i zardzewiałą maszynerią pełną pokręteł i przełączników. Nie spotkałam tam nikogo. Na drugim końcu pomieszczenia zobaczyłam drzwi z tabliczką NIE OTWIERAĆ. Minęłam wysoki do sufitu regał z butwiejącymi książkami i pociągnęłam za klamkę. Oślepiło mnie tak jasne światło, że musiałam się cofnąć – drzwi wychodziły na zasypane śniegiem pustkowie. Zamknęłam drzwi i wróciłam tą samą drogą do poprzedniego pokoju.

– W tysiąc dziewięćset dziewięćdziesiątym szóstym roku brytyjski Antarctic Heritage Trust wyłożył pieniądze na przekształcenie Port Lockroy w muzeum historyczne – mówiła jedna z Angielek.

W następnym pomieszczeniu znajdowała się kuchnia z zardzewiałymi piecykami i półkami uginającymi się pod ciężarem dosyć dziwnie wyglądającego prowiantu i puszek brytyjskich produktów. Tam też były drzwi z tabliczką NIE OTWIERAĆ. Pobiegłam do nich i pociągnęłam za klamkę. Znowu zobaczyłam białą połać, od której oczy nabiegły mi łzami.

Szybko zamknęłam drzwi. Kiedy mój wzrok przyzwyczaił się do normalnego światła, wróciłam do głównej części budynku i próbowałam spokojnie przemyśleć sprawę. OK, było tylko troje drzwi – te, którymi weszliśmy, i dwoje prowadzących na zewnątrz, z tyłu budynku...

– Podczas wojny Port Lockroy służył jako baza operacji „Tabarin"... – mówiła dziewczyna.

– Nic z tego nie rozumiem – wtrąciłam. – Ile osób tu mieszka?

– Tylko my dwie.

– Ale gdzie mieszkacie? – powtórzyłam. – Gdzie śpicie?

– Tutaj.

– Czyli gdzie?

– Rozkładamy śpiwory w sklepie.

– A gdzie chodzicie do toalety?

– Na dwór...

– Gdzie pierzecie?

– Hm, no...

– Gdzie bierzecie prysznic?

– Po prostu żyją w trudnych warunkach – powiedziała surowo jedna z turystek. Miała piegi, błękitne oczy i siwe pasma w jasnych włosach. – Nie musisz być dla nich taka opryskliwa. Te dziewczyny przyjeżdżają tu na trzy miesiące i dla przygody godzą się siusiać do puszki.

– Naprawdę jesteście tutaj tylko we dwie? – upewniłam się zrezygnowanym głosem.

– Tak, jeśli nie liczyć turystów, którzy przypływają na chwilę nas odwiedzić.

– I nie zdarzyło się, że któryś z pasażerów nie wrócił na statek, tylko został z wami...?

Sens tych słów i w ogóle pomysł, że mama będzie tu na mnie czekać, nagle wydały mi się tak naiwne, że rozbeczałam się jak dzieciak. Moje upokorzenie pogarszała złość na siebie o to, że pozwoliłam nadziei puścić się w niekontrolowany galop. Zasmarkałam sobie pół twarzy, usta, brodę i nową parkę, z której tak bardzo się cieszyłam, bo po rejsie mogłam ją zatrzymać na pamiątkę.

– Dobry Boże – jęknęła piegowata turystka. – Co jej się stało?

Nie mogłam powstrzymać płaczu. Byłam uwięziona w tym cyrku wśród porcji suszonego mięsa, fotografii Doris Day, skrzynek whisky, z pordzewiałą puszką Quaker Oats, na której mężczyzna z logo wciąż miał młodą twarz, z nadajnikami kodu Morse'a, z wiszącymi na sznurze, zapinanymi na guziki kalesonami i ze śliniakami z nadrukowanym napisem ANTARCTICA BEACH CLUB. Charlie zwiesił głowę i cicho coś mówił do przyczepionej do parki krótkofalówki. Słyszałam wiele zatroskanych kobiecych głosów: „Co się stało?". Dzisiaj umiem to powtórzyć nawet po japońsku: *„Anata wa daijōbudesu?"*.

Przedarłam się przez gąszcz nylonowych kurtek i wybiegłam na dwór. Zachwiałam się na pomoście, a kiedy już byłam na dole, wspięłam się na wysokie skały tak daleko, jak to możliwe, i zatrzymałam się na wąskim cyplu. Zerknęłam przez ramię, ale nikogo nie widziałam. Usiadłam więc, żeby złapać oddech. W pobliżu wypatrzyłam samotnego słonia morskiego. Wylegiwał się na boku, a przed zimnem chroniła go gruba warstwa tłuszczu. Trudno mi było sobie wyobrazić, jak zamierza się ruszyć. Jego oczy wyglądały jak duże czarne guziki, z których cały czas sączyły się czarne łzy. Z nosa też spływało mu coś czarnego. Mój oddech tworzył gęsty obłoczek. Poczułam, że mróz daje mi się we znaki. Nie wiedziałam, czy jestem w stanie zrobić choćby najmniejszy ruch. Antarktyda okazała się naprawdę okropnym miejscem.

Nagle usłyszałam głos taty:

– Bee! Kochanie! Dziękuję – zwrócił się cicho do Japonki, która zapewne przyprowadziła go do mnie. Usiadł i podał mi chusteczkę do nosa.

– Myślałam, że tu będzie, tato.

– Rozumiem, dlaczego tak pomyślałaś.

Popłakałam jeszcze trochę, ale wkrótce się uspokoiłam. Mimo to wciąż słyszałam płacz. Teraz tata płakał.

– Ja też za nią tęsknię, Bee. – Jego ciałem wstrząsały spazmy. Płacz nie był mocną stroną taty. – Wiem, wiem, sądzisz, że masz monopol na uczucie straty, ale mama była moją najlepszą przyjaciółką.

– Nieprawda, bo moją – odparłam.

– Ja ją znałem dłużej.

Nawet nie próbował być zabawny. Kompletnie się rozkleił, a ja pomyślałam: „No nie, teraz oboje mamy załamywać ręce, siedząc na skale na Antarktydzie?".

– Wszystko będzie dobrze, tato.

– Masz rację – powiedział, wydmuchując nos. – Wszystko się zaczęło od tego nieszczęsnego listu, który napisałem do doktor Kurtz. Chciałem jedynie pomóc mamie. Musisz w to uwierzyć.

– Wierzę.

– Jesteś świetna, Bee. Zawsze byłaś. Udałaś się nam najlepiej na świecie.

– Nieprawda.

– Ależ prawda. – Objął mnie i przytulił. Moje ramię idealnie mieściło się pod jego ręką. Po chwili poczułam ciepło promieniujące spod jego pachy. Wtuliłam się mocniej. – Masz, spróbuj. – Sięgnął do parki i wyciągnął dwa ogrzewacze z kieszeni.

Od razu zrobiło mi się tak przyjemnie, że zawyłam z rozkoszy.

– Wiem, że nie jest ci łatwo w tej podróży – powiedział tata. – Nie jest tak, jak sobie wymarzyłaś. – Ckliwie westchnął. – Żałuję, że musiałaś przeczytać te wszystkie dokumenty. Nie były przeznaczone dla ciebie. Masz dopiero piętnaście lat.

– Cieszę się, że je przeczytałam.

Nie wiedziałam, że mama była tyle razy w ciąży. Poczułam się tak, jakbym miała siostry i braci, których mama wolałaby urodzić i kochać tak, jak mnie, ale tylko ja przeżyłam, a i tak byłam wybrakowana z powodu wady serca.

– Paul Jellinek miał rację – powiedział tata. – To fajny facet, prawdziwy przyjaciel. Co ty na to, żebyśmy pewnego dnia pojechali do LA i spędzili z nim trochę czasu? On najlepiej znał Bernadette. Wiedział, że powinna dalej tworzyć.

– W przeciwnym razie stanie się zakałą społeczeństwa – dodałam.

– Na tym polu zawiodłem twoją mamę – mówił dalej tata. – Była artystką, która nagle przestała tworzyć. Powinienem zrobić, co w mojej mocy, żeby wróciła do zawodu.

– Dlaczego tego nie zrobiłeś?

– Nie wiedziałem jak. Nakłonić artystę, żeby tworzył... to gigantyczne wyzwanie. Piszę programy komputerowe. Nie rozumiałem jej. Wciąż nie rozumiem. Wiesz, że zupełnie zapomniałem i dopiero artykuł w „Artforum" mi przypomniał, że Straight Gate kupiliśmy za pieniądze z fundacji MacArthura? To tak, jakby wszystkie marzenia i nadzieje Bernadette dosłownie popadały w ruinę.

– Nie wiem, dlaczego wszyscy się czepiają naszego domu – powiedziałam. – Słyszałeś, że jedną z właściwości mózgu jest tendencja do umniejszania wartości?

– Nie.

– Powiedzmy, że dostajesz prezent. Otwierasz go i okazuje się, że to przepiękny diamentowy naszyjnik. Na początku szalejesz ze szczęścia. Następnego dnia wciąż jesteś szczęśliwy, ale już nie tak bardzo. Po roku patrzysz na naszyjnik i myślisz: „Aha, to ten staroć". Z negatywnymi emocjami jest podobnie. Na przykład, pęka ci szyba w samochodzie, więc jesteś naprawdę załamany. „O nie! Moja szyba! Do niczego się nie nadaje, nic przez nią nie widzę. Co za tragedia! Nie masz jednak dosyć pieniędzy, żeby ją naprawić, więc jeździsz z rysą. Po miesiącu ktoś cię pyta, co się stało z twoją szybą, a ty odpowiadasz: „Coś jest nie tak z moją szybą?". Twój mózg zniwelował znaczenie tej straty. Za pierwszym razem, kiedy weszłam do domu Kennedy, zwróciłam uwagę na obmierzły, ciężki zapach, bo jej mama wciąż smaży ryby. Zapytałam Kennedy: „Co to za smród", a ona na to: „Nie czuję. Jaki smród?".

– No właśnie – przytaknął tata. – Wiesz, dlaczego mózg reaguje w taki sposób?

– Nie...

– To kwestia przetrwania. Masz być gotowa na nowe doświadczenia, bo często sygnalizują niebezpieczeństwo. Jeżeli mieszkasz w dżungli pełnej pachnących kwiatów, musisz przestać za bardzo zwracać uwagę na ich zapach, bo w przeciwnym razie nie poczujesz drapieżnika. Dlatego mózg umniejsza wartość doznań. Chodzi o przetrwanie.

– Ciekawe.

– Ze Straight Gate jest tak samo – powiedział. – Przestaliśmy zwracać uwagę na dziury w suficie, mokre plamy na podłogach i na zamknięte na głucho pokoje. Bardzo mi przykro, że muszę cię rozczarować, ale normalni ludzie tak nie mieszkają.

– My tak mieszkaliśmy.

– Rzeczywiście, my tak mieszkaliśmy.

Przez jakiś czas siedzieliśmy w milczeniu, co sprawiło mi dużą przyjemność. Na świecie byłam tylko ja, słoń morski i tata, który znowu wyciągnął sztyft z wazeliną.

– Byliśmy jak Beatlesi, tato.

– Wiem, że tak uważasz, kochanie.

– Naprawdę. Mama to John, ty jesteś Paulem, ja George'em, a Lodzia – Ringiem.

– Lodzia – powtórzył, śmiejąc się.

– Lodzia – powiedziałam. – Obrażona na przeszłość, niepewna przyszłości.

– Co to znaczy? – zapytał, smarując usta.

– Mama kiedyś przeczytała taki komentarz o Ringu Starze. Autor napisał, że Ringo jest obrażony na przeszłość i niepewny przyszłości. Nigdy przedtem nie widziałam mamy śmiejącej się tak głośno. Za każdym razem, kiedy patrzyłyśmy na Lodzię z wywieszonym ozorem, mówiłyśmy: „Biedna Lodzia, obrażona na przeszłość, niepewna przyszłości".

Tata szeroko się uśmiechnął.

– Soo-Lin... – zaczęłam, ale jej imię z trudem przeszło mi przez gardło. – To całkiem miła kobieta, ale jest jak kupa w zupie.

– Jak kupa w zupie? – zdziwił się tata.

– Załóżmy, że ugotowałeś zupę – wyjaśniłam. – Naprawdę pyszną. Chcesz ją zjeść...

– No tak – powiedział tata.

– I nagle ktoś wrzuca do niej kawałek kupy. Wystarczy odrobina, i to doskonale wymieszana. Chciałbyś zjeść takie danie?

– Nie – zgodził się tata.

– Soo-Lin to właśnie taka kupa w zupie.

– Wiesz, moim zdaniem, to trochę niesprawiedliwe – powiedział tata.

Mimo woli się zaśmialiśmy.

Pierwszy raz od początku rejsu uważnie popatrzyłam na tatę. Nosił opaskę z polaru na uszach dla ochrony przed mrozem, a nos posmarował maścią cynkową. Twarz mu błyszczała od kremów do opalania i nawilżającego. Założył okulary przeciwsłoneczne z osłonkami po bokach – takie jak do wspinaczki górskiej. Nie widziałam plastra na soczewce, bo obie były bardzo ciemne. Szczerze mówiąc, nie miałam za co go nienawidzić.

– Chcę, żebyś wiedziała, że nie tylko tobie chodzą po głowie dziwne teorie na temat mamy. Wmawiałem sobie, że schodząc z pokładu, mogła mnie zobaczyć z Soo-Lin i w jakiś sposób udało jej się nas ominąć. Wiesz, co zrobiłem?

– Co?

– Wynająłem w Seattle łowcę nagród, żeby poleciał do Ushuaia i jej poszukał.

– Naprawdę? – Byłam pod wrażeniem. – Prawdziwego łowcę nagród?

– Jednego z tych, którzy specjalizują się w odnajdywaniu ludzi zaginionych daleko od miejsca zamieszkania – potaknął. – Spędził dwa tygodnie w Ushuaia, szukając Bernadette. Sprawdzał na przypływających i odpływających statkach oraz w hotelach. Niestety, niczego nie znalazł. A potem dostaliśmy raport kapitana.

– Tak... – westchnęłam.

– Bee – zaczął z namysłem. – Muszę ci coś zdradzić. Zauważyłaś, że niezbyt mnie martwi brak dostępu do skrzynki e-mailowej?

– Szczerze mówiąc, nie. – Zrobiło mi się wstyd, bo w tej chwili zdałam sobie sprawę, że w ogóle nie myślałam o tacie. To prawda, zwykle siedział po uszy w e-mailach.

– Prawdopodobnie właśnie w tej chwili zarząd Microsoftu ogłasza kolejną reorganizację. – Zerknął na zegarek. – Dzisiaj jest dziesiąty?

– Nie wiem. – Wzruszyłam ramionami. – Może.

– Dziesiątego projekt Samantha 2 przestaje istnieć.

– Przestaje istnieć?

Trudno mi było połączyć te słowa z Samanthą 2.

– Tak, to koniec. Przenoszą nas do gier.

– To znaczy, do Xboxa?

– Mniej więcej – powiedział. – Walter Reed wycofał się ze względu na cięcie kosztów. W Microsofcie jesteś nikim, jeśli nie napędzasz sprzedaży. Jeżeli Samantha 2 będzie komponentem gier, to przynajmniej sprzeda się parę milionów egzemplarzy.

– A co ze sparaliżowanymi ludźmi, z którymi prowadziłeś testy?

– Rozmawiam z UW – powiedział. – Mam nadzieję, że tam uda mi się prowadzić dalsze badania. Trochę to skomplikowane, bo Microsoft jest właścicielem patentu.

– Myślałam, że to twój patent.

– Ja mam tylko kostki patentowe na pamiątkę. Same patenty formalnie należą do Microsoftu.

– To znaczy, że odejdziesz z firmy?

– Już to zrobiłem. W ubiegłym tygodniu oddałem identyfikator.

Nigdy nie widziałam taty bez identyfikatora Microsoftu. Przytłaczający smutek sączył mi się przez głowę do reszty ciała, aż w końcu wypełnił je po brzegi – jak miód w butelce.

– Niesamowite – jedynie tyle zdołałam wykrztusić.

– Czy to dobry moment, żeby ci powiedzieć coś jeszcze bardziej niesamowitego? – zapytał.

– Chyba tak – powiedziałam.

– Soo-Lin jest w ciąży.

– Co?

– Jesteś za młoda, żeby wszystko zrozumieć, ale to była tylko jedna noc. Trochę za dużo wypiłem. Wszystko skończyło się tak szybko, jak się zaczęło. Domyślam się, że moje tłumaczenia zdają ci się... jak ty to nazywasz... obmierzłe?

– Nigdy w życiu nie użyłam tego słowa – powiedziałam.

– Użyłaś go przed chwilą. Nazwałaś tak zapach w domu Kennedy.

– Naprawdę jest w ciąży?

– Tak.

Biedaczysko, wyglądał, jakby zaraz miał puścić pawia.

– A zatem – wycedziłam – twoje życie legło w gruzach.

Przykro mi, ale mimowolnie się uśmiechnęłam.

– Muszę przyznać, że przez chwilę też tak sądziłem – powiedział. – Ale staram się unikać negatywnego nastawienia. Próbuję się przestawić na myślenie, że teraz moje życie toczy się innym torem. A właściwie, nasze życie. Moje i twoje.

– To znaczy, że ja, Lincoln i Alexandra będziemy mieć wspólnego brata albo siostrę?

– Tak.

– Ale maks.

– Maks! – powtórzył. – Nigdy nie lubiłem, kiedy używałaś tego słowa. Masz jednak rację, to naprawdę maks.

– Tato – powiedziałam. – Tamtego dnia nazwałam Soo-Lin Yoko Ono, bo to przez nią rozpadli się Beatlesi, a nie dlatego, że jest Azjatką. Było mi bardzo źle.

– Wiem – zapewnił.

Dobrze, że w pobliżu wylegiwał się ten zapłakany słoń morski, bo mogliśmy na niego patrzeć i nie odzywać się do siebie. Po chwili jednak tata zaczął zakraplać sobie oczy.

– Tato – powiedziałam. – Nie chcę cię urazić, ale...

– Ale co?

– Masz tyle różnych gadżetów, że nie mogę się w nich połapać.

– W takim razie dobrze, że nie musisz, prawda?

Milczeliśmy przez chwilę, a potem powiedziałam:

– Moim ulubionym zajęciem na Antarktydzie jest po prostu patrzenie w dal.

– Wiesz, dlaczego? – zapytał tata. – Kiedy wzrok przez jakiś czas łagodnie spoczywa na linii horyzontu, mózg uwalnia endorfiny. To zjawisko podobne do euforii biegacza. W dzisiejszych czasach wszyscy całe życie wpatrują się w oddalone o dwanaście cali monitory, a więc to miła odmiana.

– Mam pomysł – powiedziałam. – Powinieneś wymyślić aplikację na telefon, która sprawi, że kiedy popatrzysz na wyświetlacz, twój mózg dostanie taki impuls, jakbyś obserwował horyzont. Ludzie wpadaliby w euforię od wysyłania SMS-ów.

– Co powiedziałaś? – Tata zwrócił głowę w moim kierunku. Widziałam, że jego umysł pracuje na najwyższych obrotach.

– Tylko nie próbuj ukraść mojego pomysłu! – Dałam mu kuksańca.

– To pierwsze i ostatnie ostrzeżenie.

Jęknęłam i nie poruszałam dalej tego tematu. Potem przyszedł Charlie i powiedział, że czas wracać.

Przy śniadaniu Nick – facet od liczenia pingwinów – znowu zapytał, czy chcę zostać jego asystentką. Pomyślałam, że to może być dobra zabawa. Wyruszyliśmy przed innymi pasażerami własnym „Zodiakiem". Nick pozwolił mi stać na rufie i sterować. Można o nim powiedzieć jedynie tyle, że był kompletnie pozbawiony charakteru. Wiem, że to brzmi złośliwie, ale odpowiada prawdzie. Tylko raz otarł się o charakter – kiedy kazał mi przeczesywać wzrokiem horyzont niczym snop światła latarni w prawo i w lewo, w prawo i w lewo. Zwierzył się, że za pierwszym razem, kiedy liczył antarktyczne pingwiny, wrócił do domu i od razu spowodował wypadek, bo rozglądał się w prawo i w lewo, a tymczasem wjechał prosto w tył samochodu stojącego przed nim. No, ale to nie dowód na osobowość, tylko wypadek samochodowy.

Wysadził mnie w kolonii pingwinów białookich i dał podkładkę do pisania z mapą satelitarną, na której zaznaczył obwódką granicę. Chodziło o to, żeby porównać wyniki badań sprzed miesiąca, przeprowadzonych przez innego naukowca. Moim zadaniem było sprawdzenie, z ilu jajek wykluły się pisklęta. Nick ocenił stan kolonii.

– To wygląda na totalną katastrofę hodowlaną.

Wzruszył ramionami. Byłam w szoku, widząc, z jaką lekkością ogłosił ten wyrok.

– Jak to: totalną katastrofę?

– Jednym z nawyków pingwinów białookich jest składanie jaj co roku w tym samym miejscu – wytłumaczył. – Mieliśmy późną zimę, więc ich miejsca lęgowe wciąż były pod śniegiem, kiedy zaczęły budować gniazda. Zdaje się, że nie ma piskląt.

– Po czym to poznajesz?

Nie widziałam żadnych śladów, które by wskazywały na katastrofę.

– Ty mi to powiesz – odparł. – Przyjrzyj się ich zachowaniu i powiedz, co widzisz.

Zostawił mi licznik przyciskowy i popłynął do innej kolonii. Obiecał, że wróci za dwie godziny. Białookie śmiało można nazwać najbardziej czarującymi pingwinami na świecie. Mają całkowicie czarne głowy z wyjątkiem śnieżnobiałych, idealnie okrągłych obwódek wokół malutkich oczu, jakby stosowały makijaż do ich podkreślenia. Zaczęłam od górnego lewego rogu mapy i przyciskałam guzik licznika za każdym razem, kiedy wypatrzyłam szarą, kosmatą kulkę między stopami pingwina. Klik, klik, klik. Najpierw uporałam się z całym obszarem wzdłuż górnej granicy na mapie, a potem wróciłam wzdłuż dolnej granicy. Musiałam uważać, żeby nie liczyć dwa razy tych samych pingwinów, ale to prawie niemożliwe, bo są w ciągłym ruchu. Kiedy skończyłam, policzyłam je od nowa i otrzymałam taki sam wynik.

Zdziwiło mnie, że brzuchy pingwinów nie są jednolicie białe, lecz upstrzone zielonymi i brzoskwiniowymi plamami – resztkami częściowo strawionych i zwymiotowanych alg i krylu, którymi się brudzą podczas karmienia piskląt. Drugi zaskakujący fakt to, że pingwiny śmierdzą! I są piekielnie głośne. Czasami gaworzą i wtedy ich głos jest miły dla ucha, ale przede wszystkim wrzeszczą. Pingwiny, wśród których przebywałam, większość czasu spędzały, skradając się chwiejnym krokiem i podkradając sobie kamienie, a potem toczyły zacięte walki i dziobały się do krwi.

Wspięłam się na skały i rozejrzałam po okolicy. Widziałam lód w każdej postaci. Był wszędzie: w formie lodowców, lodu stałego, gór lodowych, brył lodowych w nieruchomej wodzie... Powietrze było takie zimne i czyste, że nawet z dużej odległości widziałam lód tak wyraźnie i żywo, jakbym stała tuż przy nim. Bezkres, bezruch i przytłaczająca cisza – mogłabym tam siedzieć do końca świata.

– Jakie zachowania zaobserwowałaś? – zapytał Nick po powrocie.

– Pingwiny, które większość czasu trwoniły na walkę, nie miały piskląt – powiedziałam.

– No proszę – skomentował Nick.

– Moim zdaniem, ich najważniejszym celem jest ochrona piskląt, ale jeżeli ich nie mają, szukają innego ujścia dla nadmiaru energii. Z tego powodu wszczynają bójki.

– Podoba mi się ta teoria. – Zerknął na moje wyniki. – Wygląda dobrze. Złóż tutaj autograf.

Podpisałam dokument potwierdzający, że jestem rasowym naukowcem.

Kiedy wróciliśmy z Nickiem na statek, tata stał w sektorze załadunkowym i zdejmował kolejne warstwy ubrania. Zeskanowałam kartę pokładową. Nagle zabrzęczał gong, a na ekranie wyświetliła się informacja: BALAKRISHNA, PROSIMY O KONTAKT Z DOWÓDZTWEM STATKU. Hmm, przeciągnęłam kartę jeszcze raz. I znowu gong.

– To dlatego, że się nie zeskanowałaś, schodząc – wytłumaczył Nick. – System widzi, że cały czas jesteś na statku.

– Panie i panowie – rozbrzmiał głos kiwi nad naszymi głowami i tradycyjnie zrobił długą pauzę. – Mamy nadzieję, że udały się państwu poranne wycieczki i że mają państwo apetyt na argentyńskie barbecue, które w tej chwili serwujemy w mesie.

Byłam już w połowie trapu, kiedy się zorientowałam, że nie ma ze mną taty. Z zamyśloną miną stał przy skanerze.

– Tato! – ponagliłam go, bo wiedziałam, że zaraz wszyscy się rzucą do bufetu, a nie chciałam być ostatnia w kolejce.

– OK, OK. – Tata ruszył truchtem, więc udało nam się wyprzedzić tłum wygłodniałych turystów.

Na ten dzień nie zaplanowano żadnych popołudniowych wypraw, bo musieliśmy przepłynąć długi etap i nie mieliśmy czasu na cumowanie. Poszliśmy z tatą do biblioteki, żeby się rozejrzeć za jakąś dobrą grą.

Właśnie tam znalazł nas Nick. Podał mi dokumenty.

– Tutaj są kopie twoich pomiarów, a to poprzednie badania w razie, gdybyś była zainteresowana.

Może zatem taki był jego charakter – miły.

– Fajnie – ucieszyłam się. – Chcesz z nami zagrać?

– Nie – odpowiedział. – Muszę się spakować.

– Szkoda – zwróciłam się do taty. – Bo naprawdę lubię „Ryzyko", ale do niej trzeba trzech graczy.

– My chętnie zagramy – usłyszałam głos z brytyjskim akcentem.

To była jedna z dziewczyn z Port Lockroy! Obie miały przypięte do koszul karteczki z odręcznie napisanym imieniem i informacją: ODPOWIADAM NA PYTANIA O PORT LOCKROY. Były świeżo wykąpane, a na ich błyszczących twarzach gościły szerokie uśmiechy.

– Skąd się tutaj wzięłyście? – zdziwiłam się.

– Przez następne dwa dni żaden statek nie przybija do Port Lockroy – powiedziała Vivian.

– Kapitan pozwolił nam spędzić noc na „Allegrze" – dodała Iris.

Obie były tak spragnione rozmowy, że przywodziły na myśl kierowców rajdowych, którzy zajeżdżają sobie drogę, żeby dojść do głosu. To na pewno był skutek długiego braku towarzystwa.

– W jaki sposób wrócicie? – zapytałam.

– Nastąpiła zmiana planów dotycząca Nicka... – zaczęła Vivian.

– Dlatego dzisiaj nie ma popołudniowych wycieczek – dokończyła Iris.

– „Allegra" musi go podwieźć do Palmer... – powiedziała Vivian.

– Po drodze miniemy się z następnym statkiem płynącym do Port Lockroy. Przesiądziemy się na niego...

– Biura podróży nie lubią tego rozgłaszać...

– Wolą utrzymywać przed pasażerami pozory, że są zupełnie sami na ogromnym Oceanie Antarktycznym. Z tego powodu transfery załogi odbywają się jedynie podczas najgłębszej nocy...

– Aha, na pewno cię ucieszy, że wzięłyśmy prysznic! – zażartowała Vivian i obie zaczęły chichotać na zakończenie swojego słownego wyścigu.

– Naprawdę mi przykro, że mogłam się wam zdawać niemiła – przeprosiłam.

Zwróciłam się do taty, ale on już szedł w kierunku mostka. Postanowiłam go nie zatrzymywać, bo i tak znał moją strategię w „Ryzyku", która polega na tym, żeby już na starcie zająć Australię. To mały kontynent, ale jeżeli go nie posiadasz, to w fazie podboju świata twoja armia jest tam uwięziona i musisz czekać do następnej rundy, żeby ją wyprowadzić. Następny gracz może wytłuc wszystkie pojedyncze oddziały, które zostawiłeś w tyle. Szybko wybrałyśmy kolory i ustawiłyśmy armie, zanim tata zdążył wrócić. W ciągu pierwszych czterech rund zaanektowałam Australię.

„Ryzyko" z tymi dziewczynami było czystą przyjemnością, bo nigdy nie widziałam, żeby ktoś tak cudownie się cieszył. Taki wpływ na człowieka ma gorący prysznic i możliwość załatwienia się w prawdziwej toalecie. Vivian i Iris opowiedziały mi zabawną historię o tym, jak pewnego dnia siedziały w Port Lockroy między kolejnymi rejsami wycieczkowymi. Nagle podpłynął ogromny luksusowy jacht o nazwie „Octopus". Okazało się, że to jacht Paula Allena, który zszedł z pokładu razem z Tomem Hanksem i poprosił o oprowadzenie po forcie. Zapytałam dziewczyny, czy wzięły prysznic na „Octopusie", ale odparły, że bały się o to poprosić.

Piegowata turystka, która w forcie zwróciła mi uwagę, usiadła obok z książką i zobaczyła mnie w towarzystwie Vivian i Iris – roześmiane, jakbyśmy się znały od wielu lat.

– Dzień dooobry – przywitałam ją leniwym głosem niczym duży, uśmiechnięty kot.

Zanim zdążyła odpowiedzieć, usłyszeliśmy głos z megafonu:

– Dobry wieczór państwu.

Pilot powiedział, że za prawą burtą przepływa stado orek, ale już je widziałam. Jeszcze parę razy życzył pasażerom dobrego wieczoru, zapowiadając wykład o fotografii, a potem kolację, a na zakończenie dnia *Marsz pingwinów*. Nie chciałyśmy przerywać gry, więc na zmianę przynosiłyśmy z mesy talerze z jedzeniem. Po każdej zapowiedzi tata zaglądał do biblioteki i unosił kciuk, a ja mu odpowiadałam tym samym gestem. Słońce wciąż było wysoko, więc jedynym sposobem, żeby ocenić upływ czasu, była obserwacja pasażerów, którzy już zaczęli wychodzić z biblioteki. Wkrótce nawet tata przestał do nas zaglądać i zostałyśmy tylko my trzy nad planszą „Ryzyka". Musiało minąć parę godzin. Przyszła ekipa sprzątająca. Potem zdawało mi się, że znowu usłyszałam: „Dobry wieczór państwu", ale nie byłam pewna, bo koło mnie szumiał odkurzacz. Zaspani pasażerowie w parkach narzuconych na piżamy wyszli na pokład z aparatami fotograficznymi.

– Co się dzieje? – zdziwiłam się. Była druga w nocy.

– Och, na pewno dopłynęliśmy do Palmer – powiedziała Vivian, lekceważąco machając dłonią. Teraz był jej ruch w grze i miała nadzieję, że uda jej się zająć Europę.

Na pokład wyszło jeszcze więcej pasażerów, ale nic nie widziałam ponad ich głowami. W końcu stanęłam na krześle.

– O Boże! – Przed sobą miałam małe miasto, o ile parę kontenerów i budynków z blachy falistej można nazwać miastem. – Co to jest?

– Palmer – powiedziała Iris.

Palmer to skrót od Palmer Station. Kiedy Nick wspomniał, że musi się spakować, a Iris powiedziała, że odstawiamy go do Palmer, założyłam, że mówią o jakiejś wyspie, na której będzie liczył pingwiny.

– Nick spędzi tutaj najbliższy miesiąc – powiedziała Vivian.

Wiedziałam wszystko o trzech miejscach na Antarktydzie, w których mogą mieszkać Amerykanie. Największym z nich jest McMurdo Station, które wygląda jak straszna dziura zamieszkana przez mniej więcej tysiąc osób. Oczywiście jest też biegun południowy – znajdujący się daleko w głębi lądu i niedostępny. Mieszka tam dwadzieścia osób. No i Palmer Station z mniej więcej czterdziestoma pięcioma mieszkańcami. W każdym z nich mieszkają naukowcy i pracownicy obsługi. Sprawdziłam w pomieszczeniu nawigacyjnym i zapytałam kapitana, ale okazało się, że w święta „Allegra" nie zawijała do Palmer Station. My jednak dopłynęliśmy.

– Wysiadamy tutaj? – zapytałam dziewczyny.

– Och, nie – powiedziała Iris.

– Tylko naukowcy mogą zejść na ląd – dodała Vivian. – Prowadzą jakieś pilne badania.

Pobiegłam na pokład. Kilka „Zodiaców" pływało w tę i z powrotem między naszym statkiem i Palmer Station. Nick oddalał się na „Zodiacu" załadowanym przenośnymi chłodziarkami i skrzynkami z prowiantem.

– Kim są ci ludzie, którzy wchodzą na pokład? – zastanawiałam się głośno.

– To taka tradycja. – Przyrodnik Charlie pojawił się przy mnie nie wiadomo skąd. – Zapraszamy naukowców z Palmer na drinka na pokładzie. – Zdaje się, że poznał po mojej minie, o czym myślę, bo szybko dodał: – Nie, nie. Wniosek o przyjęcie do Palmer Station trzeba złożyć z pięcioletnim wyprzedzeniem. Liczba łóżek i zapasy są bardzo ograniczone. Pierwsza lepsza turystka z Seattle nie może tu zamieszkać tylko dlatego, że ma taki kaprys. Przepraszam, wiem, jak to brzmi, ale sama rozumiesz...

– Bee! – usłyszałam pełen emocji szept.

To był tata. Myślałam, że śpi, bo była druga w nocy. Zanim otworzyłam usta, już mnie prowadził w dół po trapie.

– Zastanowiła mnie tamta historia ze skanerem – powiedział drżącym głosem. – A jeśli Bernadette też zeszła ze statku bez skanowania swojej karty? W systemie wciąż widniałaby jako obecna na pokładzie, więc wszyscy oczywiście zakładaliby, że zniknęła z samego statku. Ale jeżeli w którymś momencie zeszła ze statku, a system nie zarejestrował tego faktu, to znaczy, że wciąż możemy ją znaleźć.

Otworzył drzwi do baru, w którym zaczęło się zbierać dosyć zaniedbane towarzystwo naukowców z Palmer Station.

– Ostatnim miejscem, w którym mama opuściła statek, była Neko Station – powiedziałam, próbując uporządkować fakty. – A potem wsiadła z powrotem.

– To wynika tylko z danych w systemie – tłumaczył tata. – A jeśli później wymknęła się ze statku bez skanowania karty pokładowej? Przed chwilą wyszedłem z baru. Jakaś kobieta zamówiła Różowego Pingwina.

– Różowego Pingwina? – Serce zabiło mi mocniej. To drink z raportu kapitana.

– Okazało się, że była naukowcem z Palmer Station – powiedział tata. – Różowy Pingwin to ich oficjalny drink.

Popatrzyłam na twarze nowo przybyłych. Byli młodzi i trochę niechlujni, jakby wszyscy urwali się z REI w Seattle. Cały czas się śmiali. Mamy nie było wśród nich.

– Tylko popatrz – powiedział tata. – Nie wiedziałem o istnieniu tego miejsca.

Uklękłam na ławce pod oknem i popatrzyłam na osiedle. Czerwone kładki pozwalały przejść między niebieskimi, metalowymi budynkami. W kilkunastu miejscach sterczały słupy elektryczne, był też zbiornik na wodę, który zdobiła namalowana orka. W pobliżu cumował ogromny pomarańczowy statek, ale nie pasażerski – przypominał raczej jednostki przemysłowe stojące w zatoce Elliotta.

– Zdaniem tej kobiety, Palmer Station jest najchętniej wybieranym portem na całej Antarktydzie – powiedział tata. – Tutejszy szef kuchni szkolił się w Le Cordon Bleu, wyobrażasz to sobie?

Pod nami „Zodiaki" wciąż kursowały między statkiem i skalistym brzegiem. W jednym z nich siedział manekin przedstawiający Elvisa, którego przyrodnicy nagrywali na wideo przy wtórze dzikich okrzyków i pohukiwań. Kto wie, może chodziło o jakiś tylko im znany żart?

– A zatem Różowe Pingwiny z raportu kapitana... – powiedziałam, wciąż analizując informacje.

– Nie były dla Bernadette – dokończył tata. – Kupiła je dla jakiegoś naukowca, z którym się zaprzyjaźniła i który, tak jak Nick, został podrzucony do Palmer Station.

Jeden szczegół wciąż mi nie pasował.

– Mama nie przepływała w pobliżu Palmer Station... – Nagle wpadłam na pomysł. – Wiem, jak to sprawdzić!

Wybiegłam z baru i popędziłam po trapie do pomieszczenia nawigacyjnego. Tata deptał mi po piętach. Na błyszczącym drewnianym blacie leżała rozłożona mapa Półwyspu Antarktycznego. Czerwone kropki znaczyły trasę, którą pokonaliśmy. Otworzyłam szufladę i wertowałam arkusze, dopóki nie znalazłam mapy z datą 26 grudnia.

– To trasa rejsu mamy. – Rozłożyłam ją i przygniotłam rogi mosiężnymi ciężarkami.

Przesunęłam palcem wzdłuż kropkowanej linii tamtego rejsu. Za Ziemią Ognistą „Allegra" zacumowała przy Wyspie Zwodniczej, tak samo, jak my. Potem zrobiła pętlę wokół Półwyspu Antarktycznego, wypłynęła daleko na Morze Weddela i wróciła w kierunku Portu Neko i Wyspy Adelajdy, ale dalej ostro skręciła i popłynęła przez Cieśninę Bransfielda na Wyspę Króla Jerzego i do Ushuaia.

– Jej statek nie zawinął do Palmer Station.

Musiałam się z tym pogodzić.

– Co to jest? – Tata wskazał ukośne szare kreski przecinające w trzech miejscach czerwoną kropkowaną trasę.

– Chyba prądy czy coś w tym rodzaju – zaproponowałam.

– Nie... to nie prądy – powiedział tata. – Czekaj, są oznaczone symbolami... – To prawda, przy szarych liniach były dorysowane płatek śniegu, dzwonek i trójkąt. – Musi być do nich jakiś klucz...

Był – na dole po lewej stronie. Przy symbolach napisano słowa: SITKA STAR SOUTH, LAURENCE M. GOULD i ANTARCTIC AVALON.

– Laurence M. Gould coś mi mówi – powiedziałam.

– To brzmi jak nazwy statków – zauważył tata.

– Skąd go znam...

– Bee – powiedział tata, uśmiechając się od ucha do ucha. – Popatrz tam.

Uniosłam głowę. Za oknem stał ogromny statek z pomarańczowym kadłubem. Na dziobie widniała napisana wielkimi niebieskimi literami nazwa: RV LAURENCE M. GOULD.

– Przeciął trasę rejsu mamy i zobacz, gdzie zacumował – powiedział tata. Bałam się wyrazić moje myśli. – Ona tu jest, Bee! – krzyknął tata. – Mama tu jest.

– Szybko! – powiedziałam. – Chodźmy zapytać tych ludzi z baru...

Tata złapał mnie za ramię.

– Nie! Jeżeli mama się dowie, może znowu próbować zniknąć.

– Tato, jesteśmy na Antarktydzie. Gdzie miałaby zniknąć?

Popatrzył na mnie znacząco.

– OK, OK, OK. – Zrozumiałam, co miał na myśli. – Ale turyści nie mogą schodzić ze statku. Jak się...

– Porwiemy „Zodiaca" – powiedział tata. – Mamy dokładnie czterdzieści minut.

Dopiero wtedy zwróciłam uwagę, że trzyma nasze czerwone parki. Wziął mnie za rękę i puściliśmy się biegiem trzy piętra w dół po spiralnych schodach, aż dotarliśmy do furty załadunkowej.

– Dobry wieczór – przywitała nas stewardesa stojąca za kontuarem. – A może już dzień dobry? Właściwie, tak!

Wróciła do swojej papierkowej roboty.

– Idziemy na górę – powiedział głośno tata.

Popchnęłam go za rząd szafek.

– Daj mi kurtki.

Włożyłam parki do pustej szafki i poprowadziłam tatę do części dla załogi, gdzie przedtem byłam z Nickiem. Na ścianie wisiał rząd czarnych skafandrów.

– Nałóż ten – szepnęłam.

Nonszalanckim krokiem wyszłam na dok, do którego był przywiązany „Zodiac". Kręcił się tam tylko jeden członek załogi – Filipińczyk, który nosił tabliczkę z imieniem JACKO.

– Podsłuchałam rozmowę marynarzy – powiedziałam. – Podobno nasz statek znalazł się w zasięgu nadajnika satelitarnego w Palmer Station. Wszyscy wyszli na mostek i dzwonią za darmo do domu.

Jacko pobiegł na złamanie karku i zniknął we wnętrzu statku.

– Teraz! – szepnęłam do taty.

Zapięłam zamek obszernej parki dla członków załogi i podwinęłam rękawy. Wzięliśmy dwie kamizelki ratunkowe i wgramoliliśmy się do „Zodiaca". Odcumowałam łódź, włączyłam starter silnika, motor zakaszlał i po chwili wypłynęliśmy na czarne, migotliwe wody, coraz bardziej oddalając się od „Allegry".

Zerknęłam przez ramię. Grupa pasażerów wciąż stała na pokładzie i robiła zdjęcia, ale reszta wróciła do środka. Miłośniczka sudoku już była w bibliotece. Iris i Vivian siedziały nad rozłożoną planszą „Ryzyka" i patrzyły przez okno. Większość żaluzji w oknach była opuszczona. Wszyscy na statku wierzyli, że tata i ja jesteśmy bezpieczni na jego pokładzie.

– Pochyl się – powiedział tata.

Inny „Zodiac" zbliżał się w naszym kierunku.

– Jesteś o wiele za mała, jak na kogoś, kto może się tłuc łódką o tej godzinie. – Stanął przy silniku i złapał ster. – Jeszcze niżej – ponaglił. – Połóż się na dnie.

Położyłam się na brzuchu na drewnianych deskach.

– Zdejmij te idiotyczne okulary!

Tata znowu miał na nosie swoje zwykłe okulary. Zaklejone plastrem szkło bardzo rzucało się w oczy.

– O kurka!

Przez chwilę szamotał się, niezdarnie próbując je schować do kieszeni, a potem zapiął kurtkę tak, że zasłaniała mu pół twarzy.

– Kto tam płynie? – zapytałam. – Poznajesz?

– Frog, Gilly i Karen – powiedział tata, zesztywniały z napięcia. – Lekko odbiję w tę stronę. Nie za ostro, tylko tyle, żeby zwiększyć dystans... – Pomachał do nich ręką.

Poczułam, że „Zodiac" nas minął.

– W porządku, udało się – powiedział tata. – Teraz się rozejrzę, gdzie można przycumować...

Zerknęłam znad burty. Byliśmy w samym centrum Palmer Station.

– Musisz wpłynąć na pełnych obrotach na skały... – poradziłam.

– Na pewno nie...

– Ależ tak – powiedziałam, wstając. – Tylko daj pełen gaz...

Tata posłuchał mojej rady i nagle wylądowałam na dnie łodzi. Złapałam linę relingu, a moje ciało bezwładnie przetoczyło się na drugą stronę i klapnęło o burtę. Stopa i kolano utkwiły między twardą gumą i skalistym brzegiem.

– Aaach! – krzyknęłam.

– Bee! Wszystko w porządku?

Szczerze w to wątpiłam.

– Nic mi nie jest! – Uwolniłam się i stanęłam na drżących nogach. – O nie!

„Zodiac", którego minęliśmy, zawrócił, a jego pasażerowie machali rękami i krzyczeli. Do nas! Kucnęłam za łodzią.

– Idź! – powiedział tata.

– Dokąd?

– Znajdź ją. Ja spróbuję ich zatrzymać. Nasz statek odpływa o trzeciej, czyli za pół godziny. Znajdź jakichś ludzi. Popytaj o mamę. Albo tu będzie, albo nie. Jeżeli będziesz chciała wrócić, to do drugiej pięćdziesiąt musisz się skontaktować przez radio ze statkiem. Rozumiesz? Do drugiej pięćdziesiąt.

– Dlaczego powiedziałeś, „jeżeli" będę chciała wrócić?

– Nie wiem – odpowiedział tata.

Z zaciśniętym gardłem popatrzyłam na rozciągające się przede mną połacie blachy falistej.

– Upewnij się... – Tata sięgnął do wewnętrznej kieszeni i wyciągnął czarny aksamitny woreczek przewiązany złocistą jedwabną tasiemką. – ...że to trafi do jej rąk.

Bez pożegnania odwróciłam się i pokuśtykałam zniszczoną przez mróz drogą. Po obu stronach stały kontenery w różnych odcieniach niebieskiego, na których widniały nazwy: REEFER, VOLATILE, FLAM LOCKER, CORR LOCKER, THE BAT CAVE. Na drewnianych platformach były rozstawione namioty. Miały prawdziwe drzwi i śmieszne flagi – na przykład, piracką albo z Bartem Simpsonem. Chociaż świeciło słońce, panowała cisza nocna. Im dalej szłam, tym bliżej siebie stały zabudowania. Budynki były połączone siecią czerwonych pomostów i rur. Po lewej miałam akwarium z ośmiornicą, przyssaną do ściany rozgwiazdą i innymi dziwnymi stworzeniami, które pamiętałam z wieczornych prelekcji na statku. Widziałam też wielką aluminiową beczkę, a obok tabliczkę z kieliszkiem martini i napisem: ZAKAZ WNOSZENIA SZKLANYCH PRZEDMIOTÓW NA TEREN ŁAŹNI.

Stanęłam przed schodami głównego budynku. Dopiero w połowie odważyłam się zerknąć za siebie. Drugi „Zodiac" dopłynął do brzegu. Jeden z przewodników wsiadł do łodzi taty. Wyglądało na to, że się kłócą. Tata jednak wciąż trzymał ster, więc przewodnicy stali tyłem do mnie. Na razie nikt mnie nie zauważył.

Otworzyłam drzwi i znalazłam się w dużym, ciepłym pomieszczeniu z wykładziną na podłodze i rzędem aluminiowych stolików piknikowych. Pachniało jak na lodowisku. Jedna ściana była zastawiona półkami pełnymi płyt DVD. W głębi widziałam kontuar i otwartą kuchnię z nierdzewnej stali. Na białej tablicy ktoś napisał mazakiem: WITAJ W DOMU, NICK!

Usłyszałam przytłumiony śmiech. Puściłam się biegiem przez korytarz, otwierając wszystkie drzwi. W jednym pokoju zobaczyłam jedynie krótkofalówki wpięte do stacji ładowania baterii. Duża tablica informacyjna głosiła: NIE WNOSIĆ KUBKÓW DO KAWY – NIE DOTYCZY JOYCE. W drugim stały biurka, komputery i zbiorniki z tlenem. W innym – tajemniczy sprzęt laboratoryjny. Dalej była toaleta. Usłyszałam głosy dobiegające zza zakrętu korytarza. Ruszyłam w ich kierunku. Nagle o coś się potknęłam.

Duży garnek do spaghetti stał na rozłożonej torbie na śmieci. Zobaczyłam w nim T-shirt ze znajomym motywem... Poznałam ten odcisk ręki w tęczowych kolorach! Sięgnęłam do garnka i wyciągnęłam T-shirt z zimnej, szarej wody. SZKOŁA GALER STREET.

– Tato! – krzyknęłam. – Tatusiu!

Pobiegłam z powrotem korytarzem, aż do ściany z oknami.

Oba „Zodiaki" szybko oddalały się od Palmer Station w kierunku naszego statku. W jednym z nich siedział tata.

– Ty mała zołzo.

Odwróciłam się. Za mną stała mama. Miała na sobie spodnie Carhartt i bluzę z polaru.

– Mamo! – Do oczu napłynęły mi łzy. Pobiegłam do niej. Uklękła przede mną, a ja przytuliłam ją najmocniej, jak umiałam. – Znalazłam cię!

Musiała wytężyć siły, bo zwiotczały mi wszystkie mięśnie. Patrzyłam na jej piękną twarz – niebieskie oczy mamy, jak zwykle, przyglądały mi się badawczo.

– Co ty tu robisz? – zapytała. – Jak się tutaj dostałaś?

Zmarszczki wokół jej uśmiechniętych oczu wyglądały jak promienie słońca. Przez środek jej głowy przebiegał szeroki pas siwizny.

– Prawie mnie zabiłaś – powiedziała. – Wiesz, prawda? – Po chwili, widząc, że nie bardzo rozumiem, dodała przez łzy: – Dlaczego nie napisałaś?

– Nie wiedziałam, gdzie jesteś!

– A mój list? – zapytała.

– Jaki list?

– Wysłałam go dawno temu.

– Nie dostałam żadnego głupiego listu – powiedziałam. – Masz. To od taty.

Podałam jej aksamitny woreczek, wiedziała, co jest w środku. Przyłożyła go do policzka i zamknęła oczy.

– Otwórz!

Rozwiązała tasiemkę i wyciągnęła medalik ze świętą Bernadetą. To był naszyjnik, który dostała od taty, kiedy wygrała konkurs architektoniczny. Widziałam go po raz pierwszy.

– A co to? – Wyjęła z woreczka kawałek papieru i przytrzymała w pewnej odległości od oczu. – Nie widzę, co tu jest napisane.

Wzięłam od niej karteczkę i przeczytałam na głos:

– Jeden: Beeber Bifocal. Dwa: Twenty Mile House. Trzy: Bee. Cztery: Twoja ucieczka. Zostało jeszcze czternaście cudów.

– Elgie – powiedziała mama, czule się uśmiechając.

– Wiedziałam, że cię znajdę. – Przytuliłam ją z całej siły. – Nikt mi nie wierzył. Ale wiedziałam.

– Mój list... – powiedziała po chwili. – Jeżeli go nie dostałaś... – Przytrzymała mnie za ręce i popatrzyła prosto w oczy. – Nie rozumiem, Bee. Jeśli nie dostałaś mojego listu, to jakim cudem tutaj trafiłaś?

– Tak, jak ty, mamo. Wymknęłam się.

ROZDZIAŁ 7

UCIEKAJĄCY KRÓLICZEK

Poniedziałek, 21 lutego

Pierwszego dnia po powrocie do Galer Street, spiesząc się na lekcję muzyki, przeszłam koło mojej skrytki na korespondencję. Wysypywały się z niej nieprzeczytane wiadomości z kilku miesięcy. Wśród ulotek reklamujących konkurs zbierania surowców wtórnych lub Dzień Rowerzysty leżała koperta – z pieczątką i znaczkiem pocztowym – zaadresowana do mnie, ale z nazwą ulicy i numerem Galer Street. Nadawcą była jakaś firma budowlana z Denver, jednak po charakterze pisma poznałam, że to list od mamy.

Kennedy zauważyła moją minę, więc już nie mogłam się od niej uwolnić. Skakała dookoła mnie, cały czas pytając:

– Co to? Co to? Co to?

Nie chciałam przy niej otwierać koperty, ale wolałam, żeby ktoś był ze mną, kiedy to zrobię. Pobiegłam do pokoju nauczycielskiego. Pan Levy miał okienko i właśnie wychodził z innymi nauczycielami do Starbucksa. Kiedy mnie zobaczył, powiedział kolegom, że zaraz do nich dołączy. Zamknął drzwi, a ja próbowałam mu wszystko naraz opowiedzieć – o interwencji, o tym, jak Audrey Griffin uratowała mamę, o Choate i współlokatorce, która mnie nie lubiła, o Antarktydzie, o dziecku Soo-Lin, o odnalezieniu mamy i o zaginionym liście, który nagle się znalazł. Zdałam sobie jednak sprawę, jak chaotycznie brzmi ta opowieść, więc zdecydowałam się na najlepszą rzecz, którą w tej chwili mogłam zrobić – poszłam do szafki i wyjęłam z niej książkę, którą napisałam w Choate. Dałam ją panu Levy'emu i poszłam na lekcję.

■ ■ ■

Pan Levy odszukał mnie podczas przerwy obiadowej. Powiedział, że podoba mu się moja książka, ale uważa, że warto by jeszcze nad nią popracować. Miał pomysł. Może zechciałabym ją dokończyć w ramach wiosennego projektu naukowego? Zaproponował, żebym poprosiła Audrey, Paula Jellinka, panią Goodyear i inne osoby o udostępnienie reszty dokumentów. Mamę oczywiście też, ale ona miała wrócić z Antarktydy dopiero za dwa tygodnie. Obiecał, że warunkowo dopuści mnie do egzaminu, chociaż opuściłam dużo lekcji. I tyle.

Piątek, 7 stycznia

■ ■ ■

Zaginiony list od mamy

Bee,

piszę do Ciebie z kontenera na Antarktydzie, w którym czekam na wyrwanie (na własne życzenie) czterech zębów mądrości przez lokalnego weterynarza. Pozwól jednak, że wrzucę wsteczny bieg i opowiem Ci wszystko od początku.

Na pewno już wiesz, że ostatni raz widziano mnie, kiedy parę osób biegało za mną po całym domu z siatką na motyle. Chwilę później się zdematerializowałam. Pamiętasz, że wcześniej przyszłam do szkoły na Święto Ziemi? Chcąc jednak uniknąć świętowania z mieszkańcami tejże Ziemi, zakrzątnęłam się koło barku z kawą – byłam tak zaabsorbowana nalewaniem, mieszaniem i parzeniem, że przez cały występ wypiłam aż pięć małych czarnych.

Gdy przedstawienie się skończyło, pojechałam z piskiem opon do domu (a nie do doktora Neergaarda na zabieg wyrwania zębów – sama zrozumiałam, że to był pomysł godny szaleńca). Przypadkiem natknęłam się na interwencję psychiatryczną zorganizowaną „dla mojego dobra", co było bolesnym doświadczeniem, tym bardziej że przycisnęła mnie potrzeba i musiałam jak najszybciej skorzystać z toalety. W końcu udało mi się wyjść do łazienki, a tam – puk, puk, puk – czekała mnie niespodzianka.

Pamiętasz, jak powtarzałyśmy, że Audrey Griffin to diabeł? Okazuje się, że Audrey Griffin jest aniołem. Stanęła pod moim balkonem, pomogła księżniczce uciec z wieży i bezpiecznie ukryła mnie w swojej kuchni. Tam pokazała mi dossier dokumentujące moje okropne zachowanie. Na pewno listonosz już Ci je dostarczył.

Wiem, że z pozoru wszystko wskazuje na to, że podkuliłam ogon i zwiałam, ale to nieprawda.

Byłam pewna, że Elgie wciąż zamierza wziąć Cię na Antarktydę. Podczas interwencji bardzo stanowczo to podkreślał. Następnego dnia pojechałam na lotnisko, żeby z Wami o tym porozmawiać. (Lojalnie ostrzegam – już nigdy, przenigdy do nikogo nie napiszę e-maila, SMS-a, a może i nawet nie zatelefonuję. Od teraz będę jak mafioso – kontaktuję się tylko twarzą w twarz albo wcale.) Zapytałam, czy już się zgłosiliście do odprawy, ale ujawnianie tego rodzaju informacji jest surowo wzbronione – podziękujmy za to porywaczom z jedenastego września – więc pozostało mi jedynie kupić bilet i znaleźć Was w samolocie.

Jednak, jak wiesz, wcale Was tam nie było. Wpadłam w panikę, ale po chwili młoda, ładna stewardesa podała mi sok pomarańczowy z kostkami lodu. Kto by pomyślał, że sok może tak dobrze smakować! Poleciałam zatem do Miami, a przez całą drogę moje myśli płonęły świętym ogniem oburzenia – byłam wściekłym, żądnym krwi pociskiem. Elgie był zdrajcą, ja – niezrozumianym geniuszem. Przygotowałam w myślach rozbudowane, dramatyczne, ale precyzyjnie trafiające do celu argumenty.

Wysiadając z samolotu w Miami, poczułam się, jakbym wróciła do łona matki. Czy zawdzięczam to powitaniu przez ciepłe, nastrojowe głosy LeBrona Jamesa i Glorii Estefan? Nie – sprawił to zapach bułeczek Cinnabon. Kupiłam największą, jaką udało mi się wypatrzyć, i poszłam do tramwaju, który miał mnie zawieźć do kas biletowych. Chciałam kupić bilet powrotny i pogodzić się z przeznaczeniem.

Cinnabon sama się nie zje, więc usiadłam na chwilę. Kolejne tramwaje podjeżdżały i odjeżdżały, a ja delektowałam się każdym kęsem puszystej rozkoszy dla podniebienia, dopóki się nie zorientowałam, że zapomniałam o serwetce. Ręce i cała twarz kleiły mi się od lukru. Wiedziałam, że gdzieś w kamizelce mam chusteczkę. Uniosłam dłonie jak chirurg przed operacją i poprosiłam siedzącą obok kobietę:

– Przepraszam, mogłaby pani rozpiąć mi kieszeń?

W kieszeni, którą otworzyła, była tylko książka o Antarktydzie. Wyjęłam ją i wytarłam dłonie – twarz też, a co! – w czyste kartki.

Przyjechał tramwaj. Drzwi się rozsunęły i po chwili zajęłam miejsce. Zerknęłam na książkę, którą położyłam na kolanach. To *Na krańcu świata* Apsleya Cherry-Garrarda, jednego z kilku ocalałych uczestników tragicznej wyprawy kapitana Scotta na biegun południowy. Blurb na okładce z tyłu głosił: „Ludzie nie podróżują na Antarktydę, tylko odpowiadają na jej wezwanie".

Dojechaliśmy do głównego terminala, ale nie wysiadłam. Poleciałam na Antarktydę.

Oczywiście wiedziałam, że kiedy będziecie mnie szukać, przede wszystkim zapytacie w biurze organizatora rejsów. Tam Wam powiedzą, że jestem na pokładzie, więc będziecie wiedzieć, że nic mi nie grozi. W ramach bonusu podczas rejsu miałam być odcięta od komunikacji ze światem. Właśnie tego było potrzeba mnie i tacie – trzech tygodni z daleka od siebie.

Kiedy wsiadłam na „Allegrę" (wciąż nie mogę uwierzyć, że w ostatniej chwili nie złapał mnie za kołnierz żaden stróż prawa), przywitał mnie dyżurny przyrodnik. Zapytałam go, jak się czuje.

– Nie narzekam – odpowiedział. – O ile wiem, że wkrótce znajdę się wśród lodu.

– Zdaje się, że dopiero co stamtąd przypłynąłeś – zdziwiłam się.

– Przed trzema dniami. – Rozmarzył się.

Zupełnie go nie rozumiałam. Mówił o lodzie. Jak bardzo można kochać lód?

Cóż, wkrótce się o tym przekonałam. Po dwóch dniach potwornej choroby morskiej zbudziłam się na Antarktydzie. Za oknem zobaczyłam trzy razy wyższą niż statek i dwa razy szerszą od niego górę lodową. To była miłość od pierwszego wejrzenia. Usłyszałam komunikat, że w tym miejscu można się wybrać na kajaki. Szybko się ubrałam i już po chwili pierwsza stałam w kolejce chętnych. Chciałam czym prędzej dać mu sobą zawładnąć – znaleźć się blisko, bardzo blisko LODU.

Lód. Pełny odlot, zamarznięta symfonia, żyjąca materia nieożywiona, no i potężna dawka koloru – błękitu. (Śnieg jest biały, a lód – błękitny. Dla Ciebie, Bee, to będzie oczywiste, bo znasz się na tych rzeczach, ale ja nie miałam pojęcia.) Tutaj rzadko pada śnieg, bo Antarktyda jest pustynią. Góry lodowe liczą sobie wiele milionów lat i oderwały się od lodowca w wyniku jego cielenia. (Czy to nie piękne? Jednego dnia udostępniasz swój numer ubezpieczenia gangsterom z mafii rosyjskiej, a dwa tygodnie później używasz takich słów, jak „cielić", mówiąc o lodzie.) Widziałam ich mnóstwo – katedry lodowe, stożki gładkie jak lizawki w lesie, wraki okrętów, bryły wygładzone erozją niczym marmurowe stopnie watykańskich schodów, Centra Lincolna wywrócone do góry dnem i pokryte ospowatymi bliznami, hangary lotnicze wyrzeźbione dłutem Louise Nevelson, trzydziestopiętrowe wieżowce o fantastycznych liniach, jakby wyjęte żywcem z Wystawy Światowej. Białe – owszem, ale i niebieskie, i to w każdym istniejącym odcieniu. Granatowe jak mundur kapitański, opalizujące niczym neonowe lampy, soczyste jak bluza francuskiego legionisty, pastelowe jak kocyk z Piotrusiem Królikiem. Wszystkie te lodowe potwory wędrowały po posępnych czarnych akwenach.

Było coś niebywale szlachetnego w ich wieku, skali, braku świadomości i w ich prawie do istnienia. Każda z tych gór wzbudzała we mnie uczucie smutku i zachwytu. Zwróć uwagę, że to nie były myśli o smutnych ani zachwycających rzeczach, bo myśli wymagają pewnego zaangażowania, a tymczasem moja głowa była pusta jak balon, kompletnie niezdolna do myślenia. Nie myślałam o tacie, nie myślałam o Tobie ani nawet, uważaj, nie myślałam o sobie. Czułam się jak po heroinie (chyba tak to jest) i chciałam przedłużyć ten stan tak bardzo, jak to możliwe.

Nawet najprostsza interakcja z ludźmi wywołałaby powrót do przyziemnych myśli i doprowadziła do bolesnego lądowania. Dlatego uciekałam ze statku skoro świt i wracałam na niego ostatnia. Interesowały mnie jedynie kajaki, ani razu nie stanęłam na białym kontynencie. Unikałam kontaktu wzrokowego, godzinami przesiadywałam w kajucie, spałam, ale przede wszystkim BYŁAM. Żadnych palpitacji ani gonitwy myśli.

Pewnego razu spokojnie wiosłowałam po przybrzeżnych wodach. Nagle, ni stąd, ni zowąd zaskoczył mnie głos:

– Cześć! Przypłynęłaś pomóc?

Głos był tak zuchowaty, błękity takie kinowe, a góra przede mną tak spiralna, że mniej bym się zdziwiła, słysząc pytanie: „Jesteś dobrą czy złą wiedźmą?".

Okazało się, że to powitanie zgotowała mi Becky, biolog morski, która na pokładzie „Zodiaca" pobierała próbki wody. Załapała się na „Allegrę" w drodze do Palmer Station – kolonii badawczej, gdzie, jak wyjaśniła, miała mieszkać przez najbliższe parę miesięcy.

„Niemożliwe", pomyślałam. „Naprawdę można mieszkać na Antarktydzie?"

Wsiadłam do „Zodiaca" i aż do powrotu na statek podawałam jej wyniki pomiarów zawartości fitoplanktonu w wodzie. Becky była okropną gadułą. Jej mąż, budowlaniec, wrócił do Ohio, żeby się nauczyć obsługi programu komputerowego o nazwie Quickie Architect (!), bo chciał się dostać do zespołu rozbiórkowego, który miał zdemontować kopułę geodezyjną na biegunie południowym i zastąpić ją stacją badawczą.

Cooo...?

Już wiesz, że jestem geniuszem i mam na to papier. Nie mów, że Ci nie opowiadałam o stypendium MacArthura, bo w to nie uwierzę. Po prostu nigdy nie robiłam szczególnego szumu wokół tego faktu. Kto chciałby się przyznać swojej córce, że kiedyś był najlepiej zapowiadającym się architektem w kraju, a teraz prawie wszystkie funkcje genialnego umysłu wykorzystuje do wyżywania się na kierowcach za to, że jeżdżą na rejestracjach z Idaho?

Domyślam się, jak ciężko musiało Ci być przez te wszystkie lata, kiedy przypięta pasami do fotelika byłaś więźniem moich rajdowych zapędów. Próbowałam się powstrzymywać. Powtarzałam sobie, że nigdy więcej nie powiem złego słowa na innych kierowców. Potem czekałam, czekałam i czekałam, aż jakiś minivan wyjedzie z parkingu. „Nie, nie powiem tego", strofowałam się w myślach. I nagle słyszałam Twój cieniutki głos z tylnego siedzenia:

– Wiem, co zaraz powiesz o tej pani. Że jest pieprzoną kretynką.

Dlaczego w ogóle to wspominam? Chyba chcę przez to powiedzieć, że zawiodłam Cię na sto różnych sposobów. Ha, sto? Raczej tysiąc.

Zastanowiły mnie słowa Becky o rozbiórce kopuły geodezyjnej. Jaki miał być jej dalszy los? Z jakich materiałów miała powstać nowa stacja badawcza? Jakie materiały można znaleźć na biegunie południowym? Czy w ogóle jest tam coś oprócz lodu? Miałam milion pytań. Zaprosiłam Becky, żeby zjadła ze mną kolację. Była nieatrakcyjna, miała dupę jak szafa trzydrzwiowa, nieszczerze się uśmiechała do kelnerów, jakby na każdym kroku chciała udowodnić: „Widzisz, jak dobrze traktuję służbę?". (To chyba cecha wspólna wszystkich mieszkańców Środkowego Wschodu.) Po kolacji Becky niezbyt subtelnie dała mi do zrozumienia, że teraz chciałaby zawinąć do baru, gdzie – w przerwach między jej pytaniami skierowanymi do barmana o wiek jego „dzieciarni" w Kaszmirze – udało mi się wydusić z niej parę faktów.

Zaryzykuję, że zachowam się jak tata i wytłumaczę Ci rzeczy, o których sama doskonale wiesz. Antarktyda jest najdalej wysuniętym na południe, najbardziej suchym, najzimniejszym i najbardziej wietrznym obszarem na Ziemi. Średnia temperatura na biegunie południowym wynosi minus sześćdziesiąt stopni, szaleją tam wiatry o sile huraganu, a ponadto punkt ten znajduje się na wysokości dziesięciu tysięcy stóp. To znaczy, że pierwsi odkrywcy nie tylko musieli tam dotrzeć, lecz jeszcze pokonać po drodze całkiem spore góry. (Przy okazji, kiedy tutaj mieszkasz, powinnaś się opowiedzieć za obozem Amundsena, Shackletona albo Scotta. Amundsen pierwszy dotarł na biegun, ale udało mu się dlatego, że karmił psy ich własnym mięsem, był więc Michaelem Vickiem ekspedycji polarnych – możesz go lubić, ale lepiej się do tego nie przyznawaj, bo narazisz się grupie fanatyków. Shackleton jest Charlesem Barkleyem wśród polarników – legendą, gwiazdą, tyle że jest z nim pewien problem: nigdy nie dotarł do samego bieguna, co oznacza, że ani razu nie zdobył mistrzostwa. Naprawdę nie wiem, skąd mi przyszły na myśl te sportowe porównania. I wreszcie mamy kapitana Scotta, który wszedł do panteonu za sprawą swojej tragicznej porażki i do dzisiaj podbił niewiele serc, bo okropnie traktował swoich ludzi. Jak się domyślasz, mój głos oddaję właśnie na niego.) Biegun południowy znajduje się na ruchomym lodowcu. Naukowcy co roku muszą przenosić oficjalną tablicę informacyjną, bo zdarza się, że zmienia położenie nawet o sto stóp! Czy to znaczy, że mój budynek miałby wyglądać jak igloo i poruszać się niczym krab na zasilanych wiatrem „odnóżach"? Możliwe. Na razie się tym nie przejmuję. Od czego przecież są pomysłowość i bezsenność!

Bez względu na formę, budowę należałoby koordynować z Ameryki. Wszystkie materiały, aż do ostatniego gwoździa, trzeba by przetransportować samolotem. Ich dostarczenie byłoby tak kosztowne, że absolutnie NIC nie mogłoby się zmarnować. Dwadzieścia lat temu zbudowałam dom bez żadnych strat, wykorzystując jedynie materiały pozyskane w promieniu dwudziestu mil. Nowy projekt wymagałby użycia materiałów pochodzących z miejsc oddalonych o nie mniej niż dziewięć tysięcy mil.

Serce zabiło mi mocniej, ale to nie był zły znak – na przykład, że zaraz umrę. To było pozytywne bicie, jakby ktoś zapukał do drzwi, mówiąc: „Dzień dobry, mogę w czymś pomóc? Jeżeli nie, to proszę się odsunąć, bo zamierzam dać życiu solidnego kopniaka w tyłek".

Cały czas towarzyszyła mi myśl: „Cóż to był za wspaniały pomysł, żeby się wybrać na rodzinną wyprawę na Antarktydę!".

Znasz mnie, a może i nie, ale od tej chwili każdą godzinę poświęcałam knuciu, jak by tu przejąć kontrolę nad nową stacją na biegunie południowym. Kiedy mówię: „każdą godzinę", mam na myśli dwadzieścia cztery godziny na dobę, bo tutaj słońce nie zachodzi.

Gdyby ktoś mnie zapytał, czy uważam się za wybitną architekt – a uczciwie muszę przyznać, że reporter z „Artforum" podjął parę bohaterskich prób, by to udowodnić, ale kiedy widziałam wśród nadawców wiadomości jego nazwisko, panicznie wciskałam klawisz DELETE DELETE DELETE – odpowiedziałabym, że nie. Jestem raczej poszukiwaczką twórczych rozwiązań, która przypadkiem ma dobry gust i słabość do horrorów logistycznych. Musiałam się tym zająć. Przynajmniej po to, żeby dotknąć tablicy z napisem BIEGUN POŁUDNIOWY i ogłosić, że cały świat kręci się wokół mnie, dosłownie i w przenośni.

Nie spałam dwie doby, bo ten temat zdawał się niesamowicie interesujący. Biegun południowy, McMurdo Station i Palmer Station obsługuje jedna wojskowa spółka budowlana z siedzibą w Denver. Zrządzeniem losu, koordynator wszystkich inwestycji polarnych tej firmy miał przez cały miesiąc przebywać w Palmer. Moim najlepszym pośrednikiem w tych sprawach była Becky. Podjęłam zatem decyzję, że nie obchodzi mnie, jak bardzo przepraszającym tonem Becky wzywa kelnera, żeby przyniósł dodatkową porcję pieczywa. Postanowiłam się jej kurczowo trzymać.

Pewnego dnia podawałam Becky odczyty w naszym pływającym laboratorium. W przerwie niezobowiązująco rzuciłam pomysł, że fajnie byłoby z nią popłynąć do Palmer Station. Żebyś Ty słyszała, jaki jazgot wywołała moja propozycja! Zakaz wstępu osobom z zewnątrz! Tylko niezbędny personel! Czas oczekiwania to pięć lat! Najbardziej pożądane miejsce na świecie dla wszystkich naukowców! Ona latami starała się o pozwolenie!

Tego dnia Becky powiedziała mi: „*Adieu*". Zamurowało mnie, bo wciąż byliśmy daleko od Palmer Station. Jednak o trzeciej nad ranem przypłynął po nią statek. Okazuje się, że na Antarktydzie działa półoficjalna sieć transportu równie gęsta jak sieć Microsoft Connectora. Jednostki badawcze wciąż krążą po tych wodach, przewożąc personel, sprzęt i towary do różnych stacji, a ich szlaki często przecinają się z trasami wycieczkowców, które pełnią podwójną rolę i oprócz ludzi wożą zapasy dla odległych kolonii.

Miałam zaledwie sześć godzin. Przekonanie Becky, żeby mnie wzięła do Palmer Station, nie wchodziło w grę. O trzeciej w nocy, kiedy w ponurym nastroju leżałam na koi, niespodziewanie podpłynęła do nas gigantyczna stalowa konserwa w kolorze papryki – „Laurence M. Gould".

Zeszłam do strefy załadunku, żeby obserwować z miejsca w pierwszym rzędzie, jak oddala się moja przyszłość. Na pływającym doku stały plastikowe kuferki z próbkami Becky i pięćdziesiąt skrzynek świeżych produktów. Widziałam w nich pomarańcze, kabaczki, kapustę. Zaspany Filipińczyk ładował je na kiwającego się na wodzie „Zodiaca" bez załogi. Nagle zdecydowanym ruchem podał mi skrzynię ananasów.

Po chwili zrozumiałam, o co chodzi. Od wielu dni regularnie wypływałam z Becky, żeby badać plankton. Facet wziął mnie więc za naukowca. Wzięłam skrzynkę, wskoczyłam do „Zodiaca" i już w nim zostałam. Facet podał mi jeszcze parę skrzyń. Kiedy stwierdziliśmy, że więcej się nie zmieści, marynarz wskoczył na łódź i uruchomił silnik.

Jakby nigdy nic, popłynęłam na olbrzymi statek towarowy o nazwie „Laurence M. Gould". Tam przywitał nas tak samo zaspany i naburmuszony rosyjski marynarz. Filipińczyk został na „Zodiacu", a ja wspięłam się na pokład „Goulda" i zaczęłam odbierać skrzynki. Rosjanin nie palił się do pomocy, skupił się jedynie na liczeniu i zapisywaniu dostawy. Kiedy opróżniliśmy „Zodiaca", lekko pomachałam do Filipińczyka – chciałam po prostu sprawdzić, co się wydarzy. Facet zapuścił motor i wrócił na „Allegrę" w pojedynkę.

No to stało się – nieoczekiwanie znalazłam się na pokładzie „Laurence'a M. Goulda". A najlepsze było to, że opuszczając „Allegrę", nie zeskanowałam karty pokładowej. W systemie nie został zatem żaden ślad mojego zejścia – domyślałam się, że moja nieobecność zostanie zauważona dopiero podczas cumowania w Ushuaia. Do tej pory na pewno uda mi się skontaktować z Tobą.

Ostatni raz zerknęłam na „Allegrę" i skinęłam głową, żeby się z nią pożegnać. Nagle z jej paszczy wyszła Becky i zaczęła ładować kolejne skrzynie na pokład „Zodiaca". Znowu dała o sobie znać moja bezpodstawna niechęć do tej kobiety. „Po co mi Becky?", pomyślałam. „Becky nie jest moim bossem".

Znalazłam drogę pod pokład i weszłam w labirynt korytarzy śmierdzących ropą, smażonym jedzeniem i papierosami. Weszłam do mikroskopijnej kajuty wypoczynkowej z poprzecieranymi sofami w pastelowych kolorach i ze starym telewizorem. Usiadłam i usłyszałam basowy warkot silnika. Nie wstałam, kiedy statek ruszył. Posiedziałam jeszcze trochę. W końcu zasnęłam.

Zbudził mnie jazgot Becky. Mniej więcej w porze śniadania marynarze zobaczyli, że śpię na statku, i zaczęli rozpytywać o mnie. Na szczęście do Palmer Station zostało nam już tylko sześć godzin. Becky zdecydowała, że należy mnie oddać do dyspozycji Ellen Idelson, kierowniczki badań polarnych. Do końca podróży byłam więźniem i lokalną ciekawostką. Rosyjscy badacze zaglądali z zainteresowaniem do mojej kajuty i patrzyli, jak oglądam *Olej Lorenza*.

Po zawinięciu do Palmer Becky złapała mnie za kołnierz i zaciągnęła do swojej drogiej szefowej Ellen Idelson. Przeżyła jednak rozczarowanie, bo Ellen była zachwycona, kiedy powiedziałam, że mogę pracować za darmo i że żadna praca mnie nie hańbi.

– Ale jak ona wróci do domu? – jęknęła płaczliwie Becky.

– Wsadzimy ją na „Goulda" – odparła Ellen.

– Mamy za mało łóżek. – Becky podjęła jeszcze jedną heroiczną próbę.

– Tak – zgodziła się z nią Ellen. – Zawsze to powtarzamy.

– Ona nie ma paszportu! Zostawiła go na „Allegrze".

– To już jej problem, prawda?

Obie popatrzyłyśmy na Becky, która wyszła z nadąsaną miną.

– Jest naprawdę niezła w pozyskiwaniu grantów – powiedziała Ellen, nie kryjąc niechęci.

Klasyczny przypadek – wróg mojego wroga jest moim przyjacielem. *Czerwiec zapachniał kwiatami*, jak śpiewają w musicalu.

Kazano mi zgłosić się do Mike'a, byłego senatora z Bostonu, który tak bardzo chciał spędzić trochę czasu na Antarktydzie, że ukończył kurs naprawy silników Diesla. Ten skierował mnie do szlifowania i malowania pomostów wokół pomieszczenia z generatorem prądu. Dał mi plik papieru ściernego o różnych grubościach. Zanim jednak mogłam zacząć szlifowanie, drewno trzeba było oczyścić. Miałam szpachlę, niestety tępą, ale pomyślałam, że uda mi się pożyczyć osełkę z kuchni.

– To ona – powiedziała Ellen, która akurat była w trakcie *tête-à-tête* z kucharzem, kiedy weszłam. Wskazała mi miejsce przy stoliku piknikowym, a ja posłusznie usiadłam.

Podeszła do otwartego laptopa.

Na ekranie zobaczyłam moją stronę w Wikipedii. W drugim oknie był serwis artforum.com. (Przy okazji, mają tutaj najszybszy Internet, jaki kiedykolwiek widziałam, bo to specjalne łącza dla wojska czy coś w tym rodzaju. Lokalne motto powinno brzmieć: „Palmer Station – przyjedź zobaczyć lód, zostań dla Internetu".)

– To, co zrobiłaś, było nie w porządku – powiedziała Ellen. – Wiesz, o czym mówię. Że wsiadłaś na gapę na „Goulda". Nie chciałam niepotrzebnie drażnić Becky. To źle wpływa na morale.

– Rozumiem.

– Czego chcesz? – zapytała. – Dlaczego tu jesteś?

– Chcę wysłać list do córki. Ale nie e-mailem, tylko zwykłą pocztą. Musi dotrzeć do Seattle przed siedemnastym.

Bee, najważniejsze, żeby ten list dotarł do Ciebie, zanim mój statek wróci do Ushuaia. Nie chcę, żebyście się martwili.

– Poczta wyjeżdża jutro – odparła Ellen. – List zdąży dotrzeć na czas.

– A po drugie, chciałabym spróbować sił przy projektowaniu stacji badawczej na biegunie południowym. Tyle że musiałabym jakoś się tam dostać, żeby wczuć się w klimat.

– Aha. – Ellen skinęła głową. – Zastanawiałam się, kiedy to powiesz.

Zaczęła mi tłumaczyć, dlaczego to jest absolutnie niemożliwe – samoloty na biegun odlatują tylko z McMurdo Station, która znajduje się 2100 mil morskich od Palmer. Dotarcie do McMurdo jest względnie łatwe. Loty na biegun to zupełnie co innego. Są zarezerwowane jedynie dla niezbędnego personelu, a tymczasem ja nadałam określeniu „zbędny personel” zupełnie nowe znaczenie.

W połowie jej tyrady olśniło mnie, że Ellen Idelson jest rasowym przedsiębiorcą. Odgrywała przede mną biznesową wersję teatru *kabuki*. To skomplikowany rytuał, podczas którego: (a) przedsiębiorca bardzo szczegółowo tłumaczy, że zadanie, które mu zlecasz, jest niewykonalne, (b) ty dajesz pokaz bezgranicznego poczucia winy wywołanego faktem, że w ogóle przyszedł ci do głowy tak nierealny pomysł, i wycofujesz swoją propozycję, (c) przedsiębiorca oświadcza, że znalazł rozwiązanie problemu, (d) okazuje się, że jesteś mu coś winna za wykonanie zadania, do którego go zatrudniłaś.

Doskonale weszłyśmy w swoje role – Ellen wymieniała różne trudności, a ja pokornie przepraszałam za swoją nieracjonalną, bezmyślną propozycję. Pokiwałam smutno głową i wróciłam do szlifowania pomostów. Po pięciu godzinach Ellen gwizdnęła na mnie, żebym przyszła do jej biura.

– Szczęściaro – powiedziała. – Tak się składa, że mam słabość do dziwaków, zagadkowych osób i geniuszy. Załatwiłam ci miejsce w Herculesie, który leci z McMurdo do obozu Ninety South. Wylot za sześć tygodni. Palmer opuścisz za pięć. Cały trzygodzinny lot spędzisz na stojąco, bo samolot będzie załadowany po brzegi balonami pogodowymi, mlekiem w proszku i paliwem.

– Lubię stać – powiedziałam.

– Teraz tak mówisz. Muszę cię jednak o coś zapytać. Masz wszystkie zęby mądrości?

– Tak... – odparłam. – Dlaczego pytasz?

– Na biegun południowy nie mogą latać ludzie posiadający zęby mądrości. Dwa lata temu musieliśmy wysłać samolot po trzy osoby z infekcją ósemek. Nie pytaj, ile nas to kosztowało. Wprowadziliśmy więc zasadę: chcesz lecieć na biegun, pozbądź się zębów mądrości.

– Do diabła!

Zaczęłam przestępować z nogi na nogę jak Yosemite Sam. Byłam wściekła, że biegun południowy może mi się wymknąć z rąk tylko dlatego, że nie poszłam na tę cholerną wizytę do doktora Neergaarda!

– Uspokój się – powiedziała Ellen. – Możemy ci je usunąć. Ale trzeba to zrobić dzisiaj.

Moim ciałem wstrząsnął dreszcz. Ta kobieta przeniosła powiedzenie „damy radę" na ekscytujący nowy poziom.

– Musisz jednak wiedzieć – ciągnęła – w co się pakujesz. Powszechnie uważa się, że na biegunie południowym warunki życia są najbardziej stresogenne. Będziesz zamknięta na ciasnej przestrzeni z dwudziestoma osobami, których prawdopodobnie nie polubisz. Moim zdaniem, to wstrętna banda, a izolacja nie wpływa na nich najlepiej. – Podała mi plik kartek. – To jest test psychologiczny dla kandydatów na pobyt zimowy. Składa się z siedmiuset pytań. Większość to bzdury. Sama zobacz.

Usiadłyśmy i otworzyłam plik na przypadkowej stronie. „Odpowiedz TAK lub NIE: Stawiając buty przed drzwiami, sugeruję się kolorami. Jeżeli ktoś je poprzestawia, mogę być agresywny". Ellen miała rację – to był stek bzdur. Ważniejsze znaczenie miała okładka, na której opisano profil psychologiczny kandydatów najlepiej dostosowanych, by przetrwać ekstremalne warunki na biegunie południowym. Mieli to być „zobojętniali ludzie z tendencjami aspołecznymi", którzy ponadto „czują komfort, spędzając większość czasu samotnie w małych pomieszczeniach", „nie czują potrzeby zażywania ruchu na świeżym powietrzu" i niespodzianka – „mogą się długo nie myć".

A zatem ostatnie dwadzieścia lat było treningiem do zimowej rezydencji na biegunie południowym! Wiedziałam, że to nie przypadek.

– Wytrzymam ten zabieg – oznajmiłam Ellen. – O ile córka da mi błogosławieństwo. Muszę się z nią skontaktować.

– Akurat to jest najłatwiejsze – powiedziała Ellen, w końcu uśmiechając się do mnie. – Jest tutaj facet, który bada futro fok. Ma uprawnienia weterynarza, które zdobył w Pasadenie. Specjalizuje się w stomatologii zwierzęcej. Kiedyś czyścił zęby wyścigowego Zenyatty. (Słowo honoru, nie uwierzyłabyś, kogo tu można spotkać. Dzisiaj przy lunchu pewien fizyk noblista tłumaczył mi koncepcję wszechświatów wielowarstwowych. Nie ma to nic wspólnego z rodzicami w kurtkach North Face stojącymi rzędem przed Galer Street, żeby odebrać dzieciaki. To pojęcie z dziedziny fizyki kwantowej, które opiera się na założeniu, że jeżeli coś może się zdarzyć, to się dzieje – w nieskończonej liczbie wszechświatów równoległych. Kurczę, teraz nie potrafię Ci dokładnie wyjaśnić tych spraw. Ale słowo daję, podczas lunchu na chwilę to zrozumiałam. Jak wszystko w życiu, coś zyskałam i od razu to straciłam!)

A zatem weterynarz wyrwie mi zęby mądrości. Miejscowy lekarz Doug będzie mu asystował. Doug jest chirurgiem z Aspen. Przypłynął na Antarktydę, bo ma ambicję, żeby przed śmiercią przejechać na nartach wszystkie siedem kontynentów. Obaj są pewni, że zabieg będzie łatwy, bo moje zęby mądrości prawidłowo się wybiły i nie rosną pod dziwnymi kątami. Z jakiegoś powodu Cal, genialny znawca neutrinów, chce uczestniczyć w tej operacji. Zdaje się, że jestem tutaj lubiana, co wynika z faktu, że przywiozłam świeże warzywa i powiększyłam parytet na korzyść kobiet. Jestem jedną z dziesięciu lokalnych polarniczek, a już wkrótce mogę się stać jedną z pięciu.

Bee, mam tylko jedną szansę na dotarcie do bieguna południowego. Za pięć tygodni „Laurence M. Gould" odpływa do McMurdo. Jeśli dopisze mi szczęście, złapię tam samolot do Ninety South. Ale wyruszę tylko wtedy, jeśli dostanę od Ciebie wiadomość. Spróbuj się ze mną skontaktować przez Ellen Idelson pod adresem e-mailowym, który widzisz poniżej. Jeżeli nie odpiszesz, wsiądę na statek do McMurdo i stamtąd polecę do domu.

XXXX

Doug, nasz chirurg, dał mi novocainę i vicodin. Okazało się, że znawca neutrinów Cal kręcił się koło nas tylko dlatego, że zwietrzył, że się dobieramy do kuferka z lekarstwami. Już wyjechał. Wkrótce lekarstwa zaczną działać, a ja dostanę bzika. Nie mam zbyt dużo czasu, a zatem do rzeczy:

Bee, nie wyżywaj się na tacie. Wystarczy, że ja go nienawidzę za nas obie. Mogę mu jednak wybaczyć, bo nie wiem, co byśmy bez siebie zrobili. To znaczy, wiem, co on by zrobił – przeleciałby swoją adminkę. Ale nie mam pojęcia, co stałoby się ze mną.

Pamiętasz, jak wiele rzeczy Cię we mnie drażniło, kiedy byłaś mała? Drażniło Cię, kiedy śpiewałam. Drażniło Cię, kiedy tańczyłam. Kompletnie wyprowadziło Cię z równowagi, kiedy powiedziałam „bracie" do bezdomnego z dreadami, który chodził po ulicach obładowany kocami. Drażniło Cię, kiedy nazwałam Cię moją najlepszą przyjaciółką.

W tym ostatnim punkcie mogę się z Tobą zgodzić. Nie jestem Twoją najlepszą przyjaciółką. Jestem Twoją matką. I jako matka ogłaszam dwie ważne rzeczy.

Po pierwsze, wyprowadzamy się ze Straight Gate. Ten dom jest jak prześladujący nas od wielu lat koszmar, ale wszyscy troje zbudzimy się, kiedy pstryknę palcami.

Parę miesięcy temu dzwonił do mnie pewien pajac, który przedstawił się jako Ollie-O i zbierał pieniądze na nowy kampus dla Galer Street. Co powiesz na to, żebyśmy przekazali nasz dom szkole albo sprzedali go za symbolicznego dolara? Nie do wiary, ale Galer Street to najlepsze, co mnie w życiu spotkało, bo miałaś tam zapewnioną wspaniałą opiekę. Nauczyciele Cię uwielbiali, rozwinęłaś się i zostałaś moją grającą na flecie Krishną, już nie Bala. Szkoła potrzebuje nowego kampusu, a my musimy zacząć żyć jak normalni ludzie.

Będzie mi brakowało tych chwil, kiedy po południu wychodziłam do ogrodu i patrzyłam w niebo. Niebo nad Seattle jest tak nisko, jakby Bóg rozpostarł nad nami jedwabny spadochron. Są w nim wszystkie emocje, jakie znam. Migotliwe, radosne promienie; nonszalanckie, chichoczące strzępki chmur; oślepiające kolumny słońca. Złote, różowe, cieliste bańki, tak nasycone światłem, że aż kiczowate. Gigantyczne, puszyste chmury, serdeczne, pobłażliwie powielają się w nieskończoność nad horyzontem jak odbicie w stojących naprzeciw siebie lustrach. No i smugi deszczu, które zalewają świat niczym mokre nieszczęście, najpierw w oddali, ale już wkrótce wprost nad naszymi głowami, a w innej części nieba widać czarną plamę, ale bez opadów.

Niebo tworzą łaty, warstwy, wiry. Wciąż coś się na nim porusza, kłębi, a czasami po nim pędzi. Wisi tak nisko, że od czasu do czasu sięgam do niego tak, jak Ty, Bee, na Twoim pierwszym filmie 3D, pewna, że uda mi się go dotknąć, a potem – stopić się z nim.

Mylą się wszyscy głupcy. Pogoda w Seattle jest największą zaletą tego miasta. Na całym świecie ludzie mają widok na ocean. Ale tylko u nas widać drugi brzeg oceanu – wyspę Bainbridge, pas zieleni, a za nim strzeliste, pobrużdżone, pokryte śniegiem góry Olympic. Chyba chcę w ten sposób powiedzieć, że tęsknię. Tęsknię za wodą i górami.

Czas na ogłoszenie drugiej deklaracji – nie pojedziesz do szkoły z internatem. Przyznaję – nie zniosłabym życia bez Ciebie. Ale przede wszystkim podejmuję tę decyzję dla

Twojego dobra, naprawdę. Nie będzie Ci odpowiadało życie wśród małych bogatych snobów. Za bardzo się różnicie. Cytując naszą znajomą adminkę: „Nie chcę użyć słowa: «ogłada»". (Aha, musimy obie przysiąc, że nigdy nie będziemy drażnić taty cytatami z e-maili jego administratorki. Na pewno nie jest Ci łatwo, wiedząc, o czym do siebie pisali, ale uwierz mi – to nic nie znaczy. Tata i tak już wije się ze wstydu. Nie przejmuj się – jeżeli do mojego powrotu jej nie rzuci, to sama się jej pozbędę.)

Bee, kochanie, jesteś dzieckiem Ziemi, Stanów Zjednoczonych i Seattle. Dzieciaki ze Wschodniego Wybrzeża to zupełnie inny gatunek, zmierzający donikąd. Twoi znajomi z Seattle są tak mili, że mogliby być Kanadyjczykami. Żadne z Was nie ma telefonu komórkowego. Dziewczyny noszą bluzy z kapturem, szerokie bawełniane spodnie, mają potargane włosy i wesołe, własnoręcznie ozdobione plecaki. Zdajesz sobie sprawę, jakie to egzotyczne, że nie skaziły Was trendy mody ani popkultura? Pamiętasz, jak w ubiegłym miesiącu powiedziałam coś o Benie Stillerze, a Ty zapytałaś: „Kto to?". Wtedy kolejny raz Cię pokochałam.

Wszystkiemu jestem sama winna. Seattle nie miało żadnego wpływu na to, co się działo w moim życiu. Chociaż, z drugiej strony, może jednak miało. Mieszkańcy Seattle są dosyć nudni. Wstrzymajmy się jednak z ostateczną oceną do czasu, kiedy znowu będę bardziej artystką, a mniej zakałą społeczeństwa. Mogę Ci obiecać tylko jedno – że zrobię krok naprzód.

Przykro mi, ale nie masz wyboru. Zostajesz ze mną, z nami, blisko domu. I tylko mi nie odstawiaj Uciekającego Króliczka. Uciekający Króliczek zostaje z mamusią.

Jeśli się zgodzisz, zostanę tutaj jeszcze przez miesiąc. Potem wrócę i zacznę pracę nad projektem nowej stacji badawczej na biegunie południowym, Ty ukończysz Galer Street i pójdziesz do Lakeside, tata dalej będzie w Microsofcie ulepszał świat i przeprowadzimy się do normalnego domu – może nawet w stylu *craftsman*?

Zgódź się. I pamiętaj, że zawsze pozostanę Twoja
Mama

PODZIĘKOWANIA

Dziękuję...
Annie Stein, ostrej i zawsze eleganckiej agentce oraz przyjaciółce.
Judy Clain, nie tracącej wiary, pełnej łagodności i blasku.
Arzu Tahsin, aniołowi z Anglii – za Twoje ciepło i pasję.

Moim rodzicom. Joyce – za niemal krępującą wiarę we mnie, Lorenzowi – za to, że właśnie dzięki niemu postanowiłam zostać pisarką.

Ponadto, proszę, żeby podziękowania za wszelką pomoc przyjęły następujące osoby:

Heather Barbieri, Kate Beyrer, Ryan Boudinot, Carol Cassella, Gigi Davis, Richard Day, Claire Dederer, Patrick deWitt, Mark Driscoll, Robin Driscoll, Sarah Dunn, Jonathan Evison, Jonathan Franzen, Holly Goldberg Sloan, Carolyne Heldman, Barbara Heller – strach pomyśleć, z jakim bałaganem musiałabym się uporać, gdyby nie Twoje notatki, Johanna Herwitz, Jay Jacobs, Andrew Kidd, Matthew Kneale – moja migocząca rzymska gwiazda, Paul Lubowicki – szczególnie, szczególnie!, Cliff Mass, John McElwee, Sally Riley, Maher Saba, Howie Sanders, Lorenzo Semple III, Garth Stein, Phil Stutz, Wink Thorne, Chrystol White, John Yunker.

Siostry Casselli: Elise, Julia i Sara, bez których uroku i przyzwoitości nie byłoby Bee.

W Little Brown: Terry Adams, Reagan Arthur, Emily Cavedon, Nicole Dewey, Heather Fain, Keith Hayes, Michael Pietsch, Nathan Rostron – czasami zdaje się, że cała moja kariera pisarska jest jedynie sprytnym sposobem zmuszenia Ciebie do odbierania moich telefonów, Geoff Shandler, Amanda Tobier, Jane Yaffe Kemp.

W Weidenfeld & Nicolson: Elizabeth Allen, Sophie Buchan, Jess Htay, Mark Rusher.

Wyrazy głębokiej dozgonnej wdzięczności dla: Mii Farrow, Merrill Markoe, Petera Menscha, Ann Roth, Jamesa Saltera, Larry'ego Salza, Bruce'a Wagnera.

Za szczególną atmosferę Seattle dziękuję: rodzicom, nauczycielom i pozostałym pracownikom M____ School, w której wszyscy są jak pan Levy, a nikt nie jest gzem. Składam też serdeczne podziękowania moim kolegom z Seattle7Writers, Elliott Bay Book Company, University Books oraz z Richard Hugo House.

A przede wszystkim dziękuję George'owi Meyerowi, który z wrodzoną łagodnością i prawie nie skarżąc się na swój los, znosi wszystkie niewygody, kiedy zamykam się na cztery spusty, żeby pisać. Kochany, wspaniale, że przy mnie jesteś.

SPIS TREŚCI

GORZKA
CZEKOLADA

W SERII UKAZAŁY SIĘ TAKŻE:

GORZKA CZEKOLADA

KSIĄŻKI NELE NEUHAUS

GORZKA
CZEKOLADA

KSIĄŻKI DOMINIKA DÁNA